suhrkamp taschenbuch 2920

Eine explosive, eine leicht lachhafte, eine hochromantische Konstellation: Zwei junge Männer, einander in je eigener Verlorenheit zugetan, umwerben zwei Schwestern, von denen die jüngere schließlich die Leidenschaft beider Männer weckt: Der Dichter und Feuilletonist Camilo ist befreundet mit José Augusto, einem müßigen Adelsabkömmling, der ihn einmal vor dem Selbstmord bewahrt hat. Die beiden »Romantiker«, die für Goethes *Werther* und Lord Byrons Dichtung schwärmen, sind auf der Suche nach der unbedingten Leidenschaft, die mehr sein soll als eine erotische Eroberung oder eine sinnvolle Heirat. In Fanny Owen finden sie beide eine gefährlich wahlverwandte Seele.
Mit kühlem Interesse erzählt Agustina Bessa-Luís eine romantische Dreiecksgeschichte. »Du hast Fanny geliebt? Welch große Neuigkeit! Tröste dich mit der Archäologie der Liebe! Besitzt du eine Haarlocke von ihr? Ein Band von ihrem Gürtel? Einen schilfgrünen Handschuh?... Nur wenig versteht von der Traurigkeit, wer dem Traurigen sagt, er solle sich freuen.«
Agustina Bessa-Luís, 1922 in Porto geboren, gilt als bedeutendste portugiesische Schriftstellerin der Gegenwart. Ihr Roman *Die Sibylle* liegt als suhrkamp taschenbuch 2893 vor.

Neue Bücher 2. Halbjahr 1998

Suhrkamp Literatur

Pjotr Aleschkowski · Jehuda Amichai · Louis Begley
Paul Celan · Marianne Fritz · Rainald Goetz
Joachim Helfer · Hermann Hesse · Ludwig Hohl
Yasushi Inoue · Elfriede Jelinek · Uwe Kolbe
György Konrád · Angela Krauß · Hans Mayer
Friederike Mayröcker · Thomas Meinecke
Eduardo Mendoza· Adolf Muschg · Andreas Neumeister
Paul Nizon · Cees Nooteboom · Erica Pedretti
Boris Pilnjak · Manuel Rivas · Thomas Rosenlöcher
Patrick Roth · Ralf Rothmann · Peter Sloterdijk
Martin Walser · Josef Winkler
Spectaculum · Edition Zweite Moderne
Bibliothek Suhrkamp · Jüdischer Verlag

Martin Walser

Ralf Rothmann

Angela Krauß

Friedenspreis des Deutschen Buchhandels 1998

Martin Walser
Ein springender Brunnen

Roman
416 Seiten. Leinen
DM 49,80/ öS 364,– / sFr. 46.–
(August 1998)

Im Dorf, und erst recht in der Gastwirtschaft, kommt alles vor, was die Welt gerade erschüttert. Aber der Mittelpunkt der Welt ist Johann (den manche Leser mit dem jungen Martin W. verwechseln könnten), bestürmt, bedroht, gefördert von allem, was ihm passiert. Er lernt beten, beichten, singen, schießen, gehorchen, dagegensein, küssen, lieben, schreiben. Liebend erlebt er ein veritables Wunder. Schreibend erlebt er sich selbst. Martin Walser erzählt das mit der Fabulierlust, für die er berühmt ist; so entsteht ein Roman der deutschen Tragödienzeit jenseits aller Meinungen, mit einer nur dem Erzähler möglichen Schlüssigkeit.

Ralf Rothmann
Flieh, mein Freund!

Roman
280 Seiten. Leinen
DM 39,80 / öS 291,– / sFr. 37.–
(August 1998)

Flieh, mein Freund! ist ein Roman über Jugend und den Versuch einer Liebe in Berlin. Ein Roman über die Mühe, so etwas wie Persönlichkeit zu entwickeln in einer Zeit, »in der man das Jungsein mit Autoschlüsseln, Handy am Gürtel und geiler bunter Mitgliedskarte so trostlos professionell betreibt, daß einem angst werden kann«.

Marianne Fritz
Naturgemäß
II

Es ist ein Ros entsprungen / Wedernoch / heißt sie
Roman. Etwa 2720 Seiten. 5 Bände in Kassette. Typoskript. Kartoniert
ca. DM 580,– / öS 4234,– / sFr. 516.–
(August 1998)

Die Werke der Marianne Fritz laden ein, sich auf das *Abenteuer Lesen* im

Denkmal in Berlin, zu den Rechten des Staates Israel oder zur Rolle Ungarns in einem zusammenwachsenden Europa.

Pjotr Aleschkowski
Der Erbe

Roman
Aus dem Russischen von Alfred Frank
Etwa 300 Seiten. Gebunden
ca. DM 39,80 / öS 291,– / sFr. 37.–
(September 1998)

Bei einer Geburtstagsfeier hält der renommierte Geschichtsprofessor, der einem alten Adelsgeschlecht entstammt, für seine Familie eine Überraschung bereit: Als Vermächtnis übergibt er seinen Töchtern Schmuckstücke von einzigartigem Wert und erzählt von einem Schatz, der seit zweihundert Jahren auf dem Stammsitz der Familie versteckt sein, jedoch unter einem Fluch stehen soll ... Ein Abenteuerroman, der in der modernen russischen Literatur seinesgleichen sucht.

Boris Pilnjak
Die Doppelgänger

Elf Kapitel eines klassischen Berichts
Roman
Herausgegeben und aus dem Russischen übersetzt von Dagmar Kassek
Etwa 280 Seiten. Gebunden
ca. DM 42,– / öS 307,– / sFr. 39.–
(September 1998)

Die Zwillingsbrüder Latschinow könnten gegensätzlicher nicht sein: Nikolai, der kompromißlose Wissenschaftler und Revolutionär, verschreibt sich – nach der Russischen Revolution – ganz und gar dem Fortschritt, Alexander hingegen, ein Schauspieler und Bohemien, fühlt sich zerrissen und versucht, aus seinem Leben auszubrechen. Der Konflikt zwischen den Brüdern, in dem Pilnjak die zwanziger Jahre in Rußland lebendig werden läßt, nimmt eine unerwartete Wendung ...

Manuel Rivas
In wilder Gesellschaft

Roman
Aus dem Spanischen von Elke Wehr
Etwa 200 Seiten. Gebunden
ca. DM 39,80 / öS 291,– / sFr. 37.–
(September 1998)

In souveräner Anknüpfung an das mündliche Erzählen seiner galicischen Heimat – poetisch, grell und nicht ohne Komik – erzählt der junge spanische Autor Manuel Rivas von Rosa und ihrer Welt. Darin gibt es Raben, die hundert Jahre alt werden können, und ebenso ist die Rede von den Ehemännern der Elizabeth Taylor.

Peter Sloterdijk
Sphären I: Blasen

Mit zahlreichen Abbildungen
Etwa 580 Seiten. Kartoniert
ca. DM 45,– / öS 329,– / sFr. 41.50
Ln. ca. DM 68,– / öS 496,– / sFr. 62.–
(September 1998)

Peter Sloterdijk unternimmt nichts Geringeres als den Versuch, die Geschichte der Menschheit zu erzählen. Dabei geht er von der einfachen Frage ist das Kuckuckskind. Sie pflegt die sterbende Sophie mit einer Hingabe, die zum Himmel schreit. Und die Sterbende erzählt ihr Leben – um endlich Erleichterung zu finden. – Ein Buch mit einem großen Thema: dem des Abschieds vom Leben.

Patrick Roth
Die Christus-Trilogie

Drei Bände in Kassette mit einer CD
Signierte und limitierte Auflage
Etwa 436 Seiten. Gebunden
ca. DM 78,– / öS 569,– / sFr. 71.–
(August 1998)

Die drei Bände *Riverside*, *Johnny Shines* und *Corpus Christi* sind nun in einer limitierten Auflage von 500 Exemplaren in Kassette erhältlich, vom Autor signiert und durch eine CD mit Lesungen ergänzt.

Josef Winkler
Wenn es soweit ist

Erzählung
Etwa 190 Seiten. Gebunden
ca. DM 38,– / öS 277,– / sFr. 35.–
(August 1998)

In einem Kärntner Dorf lebte ein Knochenköhler, der Tierknochen sammelte und sie in einen Tonkrug legte, den er auf glühende Kohlen stellte. Er ließ die Knochen köcheln, bis sich ein schwarzer Knochensud absetzte, den die Bauern den Pferden um die Augen pinselten, um sie an heißen Sommertagen vor Insekten zu schützen.
Josef Winkler legt die Gebeine verstorbener und verunglückter Bewohner dieses Dorfes – ihre Lebens- und Sterbegeschichten – in einen Tonkrug und erzählt so die Geschichten seines Dorfes vom Ende her.

Uwe Kolbe
Vineta

Gedichte
Etwa 70 Seiten. Gebunden
ca. DM 28,– / öS 204,– / sFr. 26.–
(August 1998)

»Diese Art Schweigen, dieses östliche Schweigen der einzigen DDR-Generation wird mit uns verschwinden. Ich fasse unsere, meine jetzige Arbeit auf als eine zur Klärung des Schweigens.« *Vineta*, das Venedig des Nordens, das Atlantis der Ostsee ist ein ›verschwundener‹ Ort; er steht für die Geheimnisse und das Schweigen in einer geschlossenen Gesellschaft, in der die Zeit stillzustehen scheint. In Uwe Kolbes *Vineta* sind persönliche Erfahrungen von der Kindheit bis zum Fall der Mauer verborgen.

Thomas Rosenlöcher
Ich sitze in Sachsen und schau in den Schnee

Gedichte
Etwa 128 Seiten. Gebunden
ca. DM 26,– / öS 190,– / sFr. 24.–
(August 1998)

»In Gedichten kommt es oft gar nicht so sehr auf eine bestimmte Botschaft an, sondern einfach darauf, Dinge spürbar erscheinen zu lassen, daß man sie fühlt, wenn man die Gedichte liest.« Diesem Credo begegnet man in Thomas Rosenlöchers Lyrikband. Humorvoll bis sarkastisch, mit Ironie und nicht

Adolf Muschg

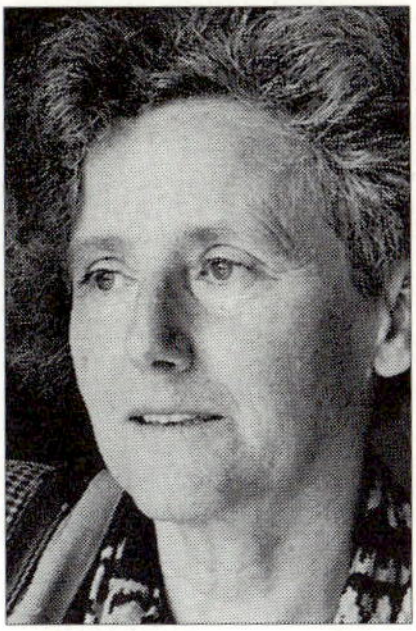

Erica Pedretti

Paul Nizon

Andreas Neumeister
Gut laut

Roman
Etwa 180 Seiten. Gebunden
ca. DM 28,– / öS 204,– / sFr. 26.–
(August 1998)

»Es gibt Leute, in deren Leben spielt Musik eine völlig nebensächliche Rolle, ich kenne Leute, die hören nicht mal Klassik.« Er kenne Menschen, in Mjunik lebende Menschen, sagt Roman, die sich in dieser musikbesessenen Epoche weder für Popmusik noch für irgendeine andere Art von Musik interessieren. Seltsam, sagt Roman, Zeitgenossen, scheinbare Zeitgenossen, die bei dem Wort Kraftwerk einfach nur an banale Stromerzeugung denken, machen ihn krank. »Bin ich froh, daß ich nicht ohne Marc Bolan aufwachsen mußte.«

Paul Nizon
Hund
Beichte am Mittag

Roman
Etwa 150 Seiten. Leinen
ca. DM 36,– / öS 263,– / sFr. 33.–
(September 1998)

Wer sich – in unbeobachteten Momenten – fragt, ob es ein richtiges Leben gebe im falschen, wer morgens brav zur Arbeit dackelt und abends müd nach Hause hechelt, der lese Nizons *Hund*, und er wird vom nächsten Heimweg abkommen, und vor allem – auf andere Gedanken.

Erica Pedretti
Kuckuckskind oder Was ich ihr unbedingt noch sagen wollte

Roman
Etwa 190 Seiten. Gebunden
ca. DM 36,– / öS 263,– / sFr. 33.–
(August 1998)

Die ewig nörgelnde, eitle, mit ihrer forcierten Zuneigung erdrückende Trude aus: Wo leben die Menschen, nachdem sie wissen, daß sie auf einer Kugel, einem Globus, zu Hause sind? Sloterdijk entwickelt so den Begriff der *Sphären* und spannt einen faszinierenden, perspektivenreichen Bogen von den frühesten Kulturen bis in unser globales Zeitalter. So ist ein Werk entstanden, das nicht nur seine Zeit, sondern auch die Zeit der Menschheitsgeschichte in Gedanken faßt und sie uns erzählend vor Augen führt.

Spectaculum 67

Sechs moderne Theaterstücke und Materialien
Etwa 280 Seiten. Gebunden
ca. DM 36,– / öS 263,– / sFr. 33.–
Im Abonnement:
ca. DM 32,– / öS 234,– / sFr. 29.50
(Oktober 1998)

Thomas Bernhard: Elisabeth II
Per Olov Enquist: Die Bildermacher
Elfriede Jelinek: er nicht als er
Sean O'Casey: Das Ende vom Anfang
Ein Pfund abheben
George O'Darkney: Die Blinden von Kilcrobally

Edition Zweite Moderne

Herausgegeben von Ulrich Beck

»Ein ideenpolitisches Ereignis ersten Ranges«
die tageszeitung

André Gorz
Arbeit zwischen Elend und Utopie

Aus dem Französischen von Renate Hörisch-Helligrath
Etwa 200 Seiten. Broschur
ca. DM 34,– / öS 248,– / sFr. 31.50
(Oktober 1998)

Der Sozialwissenschaftler André Gorz betrachtet den Zustand der heutigen Gesellschaft aus einer ungewöhnlichen Perspektive: Er erkundet die nicht realisierten Chancen, die sich im Elend der gegenwärtigen sozialen und politischen Situation verbergen. Wenn die Arbeitsgesellschaft unwiderruflich Vergangenheit ist, besteht die Möglichkeit, die ganze Gesellschaft neu zu gestalten.

Michael Zürn
Regieren jenseits des Nationalstaates

Globalisierung und Denationalisierung als Chance
Etwa 230 Seiten. Broschur
ca. DM 34,– / öS 248,– / sFr. 31.50
(September 1998)

»Globalisierung« ist zu einem Schlagwort geworden, das gegenwärtig zur Erklärung von allem und jedem herhalten muß – kein Tag, an dem es nicht in der Zeitung, im Fernsehen, in Politikerreden auftaucht, von Unternehmern und Gewerkschaftern, Pädagogen und Predigern benutzt wird. Doch Globalisierung bedarf einer Differenzierung.

Bibliothek Suhrkamp

Oktober bis Dezember 1998

Marcel Proust
Freuden und Tage

BS 1297. ca. DM 24,80/öS 181,–/sFr. 23.–

Weniamin Kawerin
Vor dem Spiegel

Roman

BS 1298. ca. DM 27,80/öS 203,–/sFr. 26.–

Juan Carlos Onetti
Wenn es nicht mehr wichtig ist

Roman

BS 1299. ca. DM 24,80/öS 181,–/sFr. 23.–

Franz Hessel
Pariser Romanze

Papiere eines Verschollenen

BS 877. ca. DM 19,80/öS 145,–/sFr. 19.–

Erstausgabe

Hans Blumenberg
Begriffe in Geschichten

BS 1303. ca. DM 27,80 öS 203,– /sFr. 26.–

Über das Leben der Begriffe, ihre Physiologie und Pathologie, gibt dieses Buch Auskunft. Es ist eine Enzyklopädie mit dem Anspruch auf Unvollständigkeit. Nicht jeder Begriff darf für seinen Nennwert genommen werden, mancher ist uns nur in seiner ironischen Brechung erträglich, einige gab es bisher noch nicht und stehen hier zum ersten Mal.

Hans Henny Jahnn
13 nicht geheure Geschichten

BS 1301. ca. DM 27,80/öS 203,–/sFr. 26.–

Claude Simon
Die Akazie

Roman

BS 1302. ca. DM 29,80/öS 218,–/sFr. 27.50

Alain
Die Pflicht glücklich zu sein

BS 470. ca. DM 24,80/öS 181,–/sFr. 23.–

Friederike Mayröcker
Benachbarte Metalle

Ausgewählte Gedichte

BS 1304. ca. DM 19,80/öS 145,–/sFr. 19.–

Friederike Mayröcker ist ohne Zweifel die einflußreichste Dichterin deutscher Zunge der Gegenwart. Jetzt endlich liegen Benachbarte Metalle vor: eine Auswahl von Mayröckers Gedichten, zusammengestellt und mit einem Nachwort versehen von Thomas Kling.

S.Yishar
Ein arabisches Dorf

Erzählung

BS 1305. ca. DM 19,80/öS 145,–/sFr. 19.–

Paul Valéry
Leonardo da Vinci

Essays

BS 1306. ca. DM 22,80/öS 166,–/sFr. 21.–

Ernst Bloch
Zur Philosophie der Musik

BS 398. ca. DM 29,80/öS 218,–/sFr. 27.50

Thomas Meinecke

Friederike Mayröcker

Patrick Roth

Friederike Mayröcker
brütt oder
Die seufzenden Gärten

Roman
Etwa 350 Seiten. Leinen
ca. DM 44,– / öS 321,– / sFr. 41.–
(August 1998)

Dieses Buch ist ein Liebesroman. Friederike Mayröcker ist von einer ›Geschichte‹ überwältigt worden, die ihre zwei Seiten hat: *brütt*, ein aus dem Französischen geholter Begriff, soviel bedeutend wie: roh, gefühllos. Und darunter beziehungsweise darüber schweben *Die seufzenden Gärten*, das sanfte, kapitulierende Gegengewicht zu Härte und Schmerz.

Thomas Meinecke
Tomboy

Roman
Etwa 260 Seiten. Gebunden
ca. DM 36,– / öS 263,– / sFr. 33.–
(August 1998)

In *Tomboy* werden der Odenwald, die BASF-Werke, das Patrick-Henry-Village der US-Army, die Geschichte der RAF, das Nibelungenlied, das Techno-Label Source, Judith Butler, Otto Weininger und Ernst Bloch, US-Westküsten-Frauenbands, Filme von Rohmer, Godard, Fassbinder und Leni Riefenstahl, der Playboy und die FAZ, D.H. Lawrence und Lacan miteinander verstrickt und zu einem mehrspurigen Track abgemischt. What a sound!

Adolf Muschg
O mein Heimatland!

150 Versuche mit dem berühmten Schweizer Echo
Etwa 336 Seiten. Leinen
ca. DM 42,– / öS 307,– / sFr. 39.–
(August 1998)

Die Schweiz braucht kein Sonderfall zu bleiben. Sie kann werden, was sie ist: keine Nation, aber ein Bündnis mit europäischer Vergangenheit und einer möglichen Zukunft. – Davon erzählt ein Schriftsteller, der Geschichte lebendig zu machen versteht wie nur wenige: Adolf Muschg.

unkritischem Auge betrachtet Rosenlöcher sich, den Zeitgenossen im Umbruch, seine Umgebung, und immer wieder wandert sein Blick auch nach oben – auf den Himmel über Sachsen, auf den Himmel über der Welt.

Rainald Goetz
Jeff Koons

Stück
Etwa 180 Seiten. Engl. Broschur
ca. DM 34,– / öS 248,– / sFr. 31.50.–
(September 1998)

Kunst,
ein Wochenende Kunst.
Die Kneipe
und das Atelier,
die Galerie und die Gebückten.
Die Gebückten vom Görlitzer Bahnhof
maschieren auf.
Ein Stück
in sieben Akten,
schön knapp abgepackt.

Georg-Büchner-Preis 1998

Elfriede Jelinek
er nicht als er

zu, mit Robert Walser
Ein Stück
Etwa 40 Seiten. Bütten-Broschur
ca. DM 19,80 / öS 145,– / sFr. 19.–
(Juli 1998)

»Die Literaturgeschichte ist voll von skurrilen oder tragischen Schicksalen. Doch die Geschichte Robert Walsers ist unter den tragischsten. Ihm ist die letzten 30 Jahre seines Lebens eine Irrenanstalt als Wohnsitz zugewiesen worden, und fast diese ganze Zeit hat er nicht mehr geschrieben.«

Elfriede Jelinek

Paul Ce[illegible]
Werke [illegible]

Tübinger Ausga[illegible]
Herausgegeben von Ju[illegible]
Wertheimer

Der Meridian

Endfassung – Entwürfe – Materialien
Herausgegeben von Bernhard Böschenstein und Heino Schmull unter Mitarbeit von Michael Schwarzkopf und Christiane Wittkop
Etwa 320 Seiten. Broschur
ca. DM 84,– / öS 613,– / sFr. 76.–
Subskriptionspreis (bei Abnahme aller Bände):
ca. DM 72,– / öS 526,– / sFr. 65.50
(Oktober 1998)

Der Meridian ist eine der kunstvollsten Selbstdeutungen eines Dichters überhaupt. Nach den beiden Gedichtbänden *Sprachgitter* und *Die Niemandsrose* rekonstruiert dieser dritte Band der Tübinger Ausgabe die Entstehung der Büchner-Preis-Rede *Der Meridian*: Eingebettet in ein Geflecht von Bezügen zu zeitgeschichtlichen Vorgängen und zu literarischen, mystischen und philosophischen Einflüssen, ordnet die Ausgabe die umgebenden Materialien nach ihren thematischen Schwerpunkten.

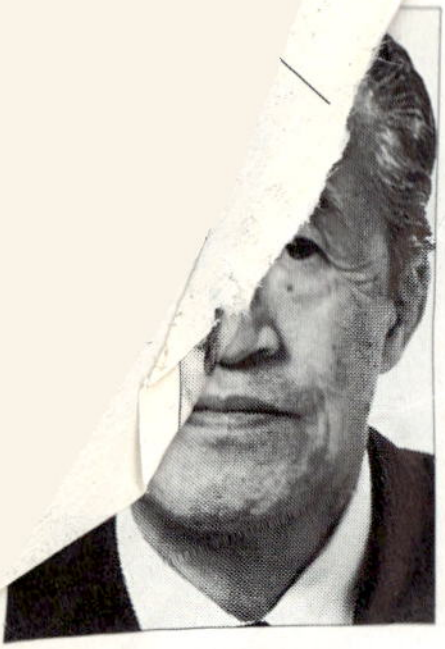

Yasushi Inoue

György Konrád

Pjotr Aleschkowski

Yasushi Inoue
Reise nach Samarkand

Aus dem Japanischen von
Andreas Mrugalla
Etwa 180 Seiten. Gebunden
ca. DM 39,80 / öS 291,– / sFr. 37.–
(August 1998)

Auf seiner *Reise nach Samarkand* wird Inoue zum Spurensucher und entführt den Leser in die mythenumrankte Welt Samarkands und der Khanate, der zentralasiatischen Fürstentümer. Die großen Feldzüge und Schlachten, der Einfall der ›Goldenen Horde‹ werden in kraftvollen Bildern ebenso gegenwärtig wie das bunte Leben der unterschiedlichen Kulturen.

Jehuda Amichai
Zeit

Gedichte
Aus dem Hebräischen von
Lydia und Paulus Böhmer
72 Seiten. Gebunden
DM 28,– / öS 204,– / sFr. 26.–

in Mensch in seiner Zeit hat keine / um Zeit für alles zu haben. / Hat keine Zeit, um Zeit zu haben / für jegliches Ding. Kohelet, der Prediger, irrt. // Er muß hassen und lieben zur gleichen Zeit, / mit den gleichen Augen weinen und lachen, / Steine werfen mit gleichen Händen, / mit den gleichen Händen sie sammeln. / Er muß Liebe machen im Krieg und Kriege in der Liebe.«

György Konrád
Die unsichtbare Stimme

Essays
Aus dem Ungarischen von
Hans-Henning Paetzke
Etwa 350 Seiten. Gebunden
ca. DM 44,– / öS 321,– / sFr. 41.–
(September 1998)

György Konrád, der ungarische Friedenspreisträger des Deutschen Buchhandels und gegenwärtige Präsident der Berliner Akademie der Künste, schreibt faszinierende Essays über das Zusammenleben der Religionen und Nationen. Er greift ganz bewußt in öffentliche Diskussionen ein: Er äußert seine Meinung zum zentralen Holocaust-

Louis Begley

Eduardo Mendoza

Cees Nooteboom

Louis Begley
Mistlers Abschied

Roman
Aus dem Amerikanischen von
Christa Krüger
Etwa 270 Seiten. Gebunden
ca. DM 39,80 / öS 291,– / sFr. 37.–
(August 1998)

»Ich bitte Dich sehr, liebster Sam, warte nicht bis August, komm eher nach Hause. Ich habe es nicht über mich gebracht, am Telefon davon zu sprechen, aber es gibt einen Grund zur Eile.«

Eduardo Mendoza
Eine leichte Komödie

Roman
Aus dem Spanischen von Peter
Schwaar
540 Seiten. Gebunden
DM 49,80 / öS 364,– / sFr. 46.–
(August 1998)

Ein erfolgreicher Autor von Kriminalkomödien muß erleben, wie seine bis dato todsicheren Boulevardstücke aus der Mode geraten. Schlimmer noch, Stammregisseur und Starschauspielerin – beides gute alte Freunde – scheinen sich von ihm abzuwenden, und unversehens ist er selbst Hauptverdächtiger in einem Mordfall. Zu allem Überfluß sind seine amourösen Verhältnisse alles andere als geordnet …

Cees Nooteboom
Rückkehr nach Berlin

Aus dem Niederländischen von
Helga van Beuningen
Mit Fotos von Simone Sassen und
Eddy Posthuma de Boer
53 Seiten. Kartoniert
DM 24,– / öS 175,– / sFr. 22.–

Cees Nootebooms »Berliner« Rede hat im Dezember 1997 große Beachtung gefunden und liegt hier erstmals in ungekürzter Form vor. Sie ist eine Hommage an Berlin und ein passionierter Beitrag zur augenblicklichen Europadebatte.

Hermann Hesse

Wieder in gebundenen Ausgaben lieferbar:

Siddhartha

Etwa 128 Seiten. Leinen
ca. DM 34,– / öS 248,– / sFr. 31.50
(August 1998)

Der Steppenwolf

Etwa 232 Seiten. Leinen
ca. DM 38,– / öS 277,– / sFr. 35.–
(August 1998)

Narziß und Goldmund

Etwa 312 Seiten. Leinen
ca. DM 38,– / öS 277,– / sFr. 35.–
(August 1998)

Gesammelte Schriften in sieben Bänden

6168 Seiten. Leinen
Subskriptionspreis bis 31. 12. 1998:
DM 598,– / öS 4365,– / sFr. 532.–
Ab 1. 1. 1999:
DM 680,– / öS 4964,– / sFr. 605.–
(August 1998)

Jubiläumsausgabe

Romane und große Erzählungen in acht Bänden

Etwa 2300 Seiten. Gebunden in Schmuckkassette
ca. DM 68,– / öS 496,– / sFr. 62.–
(August 1998)

Agustina Bessa-Luís
Fanny Owen

Roman

Aus dem Portugiesischen von
Georg Rudolf Lind und
Lieselotte Kolanoske

Suhrkamp

Die Originalausgabe erschien 1979 unter dem Titel
Fanny Owen bei Guimarães Editores, Lissabon
Umschlagfoto: Joyce Tenneson/nonstock/Bilderberg

suhrkamp taschenbuch 2920
Erste Auflage 1998

Druck: Nomos Verlagsgesellschaft, Baden-Baden
Printed in Germany
Umschlag nach Entwürfen von
Willy Fleckhaus und Rolf Staudt

1 2 3 4 5 6 – 03 02 01 00 99 98

Fanny Owen

Vorwort

Es ist eher ungewöhnlich, daß ich meinen Büchern ein Vorwort beigebe. Ich meine, sie sollten sich selbst empfehlen wie die Santiago-Pilger durch die Muscheln an ihrem Hut, die die Reise in ihrem höchsten Sinne symbolisieren, als Entdekkung, Zeugnis und Erlösung. Jedes Buch ist eine Pilgerfahrt; es braucht keinen Paß und keinen Hinweis, der es hervorhebt und ihm Gastfreundschaft sichert. Dieses jedoch muß Rechenschaft ablegen, denn es handelt sich um einen Roman, den mir eine Idee zugeführt hat, die nicht mir eingefallen ist. Man hatte mich um die Dialoge für einen Film gebeten, dessen Thema Fanny Owen bilden sollte.* Um diese Dialoge schreiben zu können, mußte ich die Umstände kennen, von denen sie angeregt worden waren, und die Geschichte, die sie zusammenschließt. So entstand dieses Buch, und ich habe es geschrieben.

Es erschien mir notwendig und nützlich, Camilo Castelo Branco in das Licht unserer menschlichen Erfahrung zu rükken, ohne ihn in meine eigene schriftstellerische Meinung zu übersetzen. Deshalb verwandte ich die Collagetechnik; fast alle seine Aussprüche sind authentisch; man kann sie in den Novellen, in den verstreuten Aufsätzen und in den Blättern, auf denen er seine Gedanken niederlegte, wiederfinden. Auch zahlreiche Äußerungen von Fanny und José Augusto kann man als unmittelbar zu ihren Lebzeiten aus ihrem Munde vernommen betrachten. Zum Teil, weil sie sie so in ihren intimen Tagebüchern hinterlassen haben, und auch weil Camilo sie in die Bücher übernommen hat, in denen er sie als Romangestalten auftreten läßt, noch immer unter dem Druck der leidenschaftlichen Erinnerung, die alles unsterblich

* Hinweise zum historischen Hintergrund des Romans findet der Leser im Nachwort und in den Anmerkungen.

macht, was sie anrührt. So erscheint vielleicht alles weniger ausweichend in diesem Roman der Evasion und der Faszination, die als Regel der um ihre Erfüllung betrogenen Abbrüche gelten kann.

Agustina Bessa-Luís

I

Die Majoratsherren

Der Douro hat keine Sänger. Der Mondego hat sie und der Tejo gleichfalls. Doch jenseits der Gipfel des Marão-Gebirges erklang anstelle von Laute und Gitarre das Läuten der Glokken oder ihr rhythmisches Gebimmel. Von Muxata und Cachão da Valeira herüber knallten die treffsicheren Schüsse der Rebhuhnjäger. Durch den Schneestaub hindurch, der die Schluchten von Sabroso bedeckte, tönten die Hornrufe der Guerrilleros. Der Douro blieb aus der portugiesischen Lyrik verbannt; sein wilder Anblick war wenig geeignet, das Gezwitscher von Liebesgedichten im Stile Bernardim Ribeiros anzuregen, die ständig wehklagen müssen und sich am Ufer des Wassers Füße und Sünden abspülen. Und dennoch ist er ein so majestätischer Fluß, wie man keinen zweiten findet. Ich habe ihn mir im spanischen Zamora angesehen und ihn nicht wiedererkannt; es heißt, seine Ufer seien dicht mit Pinien bestanden gewesen und daher stamme sein Name »dum«, was so viel besagen will wie Holz. Doch nach Portugal kommt er mit einem bösen Gesicht. Er wirbelt seine Wassermassen über Felsen und brüllt und schnaubt wie ein Stier, der unter dem schwarzen ledernen Joch eine gepflasterte Straße hochschnauft. Ich glaube nicht, daß Dichter an ihm zu Hause sind; und gleichwohl hätte ihn Dante geliebt und anderen vorgezogen, so wie er die weißglühenden Werften von Venedig und die offenen Gräber der Arenen von Arles bevorzugt hat, um die Hölle zu beschreiben. Hierzulande klingt die Leier des Dichters sanft; unter dem Stachel des Hungers brechen zuweilen Revolten aus, die auf Kalliope einen Stockschlag niedersausen lassen. Unter dem eisernen Stachel der Liebe begeht man Verbrechen höchstens in Gestalt von Sonetten oder Sextinen. Epische Gedichte sind eher selten; unsere Musen sind zärtlich, nicht glutvoll.

Nun gab es jedoch an den Ufern des Douro einige ganz

besondere Einheimische, die sich von gekochtem Stockfisch mit Eiern ernährten, einer Mahlzeit, die sich traditionsgemäß gastronomisch immer gleich bleibt. Um neun Uhr abends setzte sich der Grundbesitzer des Douro im metallischen Licht der Gaslampen oder dem sanften der Kerzen in den zweiarmigen Leuchtern zu Tisch; im allgemeinen war er ein Mensch von bedächtigem Wesen und hochmütigem Auftreten. Er hatte zumeist vier Töchter und zwei Söhne; einer von ihnen war der künftige Majoratsherr, stämmig gebaut und ein starker Trinker; noch vor dem 20. Lebensjahr wurde er Waise und brachte sein Erbe in den Schenken von Régua durch, wo man mit einer Hartnäckigkeit Karten spielte, die, wäre sie nicht lasterhaft gewesen, geradezu spartanisch hätte heißen können. Régua war gegen 1840 so etwas wie Saint Louis am Missouri, nur mit weniger Europäern. Freilich gab es die Engländer; aber diesseits des Ärmelkanals sind die Engländer fünfzig Prozent weniger englisch.

Um nun zu meinem Thema zu kommen, muß ich berichten, daß im Jahre 1845 auf den Höhen von Baião und in einem Ort namens Santa Cruz do Douro einer jener bizarren Majoratsherren lebte, die ihr Schicksal erfüllen, indem sie eine Näherin verführen, eine Kusine heiraten und in Schulden geraten, fast ohne aus dem Hause zu treten – nur indem sie essen und ihre Ländereien schlecht verwalten. Doch José Augusto Pinto de Magalhães, der junge Besitzer des Gutshofs Lodeiro, hatte eine noch verderblichere Eigenheit: er schmiedete Verse. Seine Eltern waren gestorben, und sein Halbbruder hatte eine talentierte Dame aus guter Familie geehelicht. Anstatt sich nun auf die Abendgesellschaften von Mesão-Frio und Amarante zu beschränken, begab José Augusto sich nach Porto, wo intelligente, von Byron geprägte Bohemiens triumphierten, die mehr Westen als Ideen besaßen und mehr Ahnen als Sinn für neue Gedanken. Bohemiens wie andere auch. Enttäuscht von diesem Schwarm von Romantikern, die sich fast alle als Don Juans aufspielten und imstande waren, sich für eine Mitgift aus Pará oder die eines Kabeljaufängers aus der

Rua Nova de São João zu opfern, verfiel José Augusto auf die Hauptstadt Lissabon, wo er seine Salontaufe erlebte: das will heißen, daß man ihn närrisch fand und er niemanden davon überzeugen konnte, daß er es nicht war.
Dort nun begegnete er Camilo Castelo Branco, einem begabten jungen Mann mit Blatternarben und schlechtem Gedächtnis. Schlechtes Gedächtnis ist eine wesentliche Voraussetzung, wenn man Romane schreiben und sie leben will, alles wiederholt sich. Ist ein gutes Gedächtnis im Übermaß vorhanden, so ist alles zum Scheitern verurteilt; denn das Genie überzeugt nicht, wenn es nicht überschattet wird von einer gewissen geistigen Härte, die gar nicht bemerkt, wie sehr verehrungswürdig die Phantasie des Alters wegen ist, das sie bekundet. Nun also, Camilo begegnete José Augusto und fand ihn unsympathisch. Holla! dachte er bei sich, diesen Typ Mensch kennst du doch, ein ausgemachter Provinzler. Doch gerade das war er nicht, wie man später sah. Camilo mochte Leute, die weinen konnten, hinter ironischer Ausfälligkeit und hinter dem Glaubenssatz der Menschenverachtung findet man zuweilen so verwundbare Seelen, daß selbst ein gerissener Teufel nicht weiß, was er mit ihnen anfangen soll. Camilo freilich war kein gerissener Teufel; er hatte einige wenige Semester Medizin studiert, noch weniger Jura und dazu ein bißchen Theologie. Seine Beziehungen zu Gott waren eher zeremoniös als intim, gerade so wie bei Voltaire. Nur hatte er sich am Skeptizismus den Magen verdorben, und daraus wurde mit der Zeit ein peinliches Delirium, peinlich deshalb, weil es einer gewissen Herzenskälte verdächtig nahekam; es war das traurige kleine Fieber eines Menschen, der aus Verachtung tötet und aus Rache liebt.
Wenn José Augusto seine tiefe Verachtung für die Frauen an den Tag legte, war er aufrichtig. Er hatte zumindest eine kennengelernt, von der er enttäuscht worden war: seine Mutter. Sie war gestorben und hatte ihn blutjung zurückgelassen. Eine größere Nachlässigkeit des Mutterherzens ist gar nicht denkbar. Wenn sich der dunkle Auftrag der Zuneigung festigt

und alle Gefahren ausgekostet, ausgekundschaftet und verraten sind, dann erscheint dieser Tod der Mutter als Skandal, und er ist es auch in Wahrheit. Ein junger Mann von achtzehn Jahren, musikalisch, vielseitig gebildet und eine elegante Erscheinung, ein König seines Hauswesens, an den Schoß der Frauen gewöhnt, die ihn großgezogen haben, ein Erstgeborener wie Esau und ein vorgezogener Liebling wie Jakob, läßt sich vom Tod nicht täuschen. Für ihn stirbt seine Mutter nicht – sie verläßt ihn. Von daher stammt die scheinbar müßige Gereiztheit gegen alle die Dinge, die man ihm aufdrängen möchte, und gegen die Geliebten, die sich ihm anbieten. Camilo, der die Gelegenheiten rascher, aber vielleicht auch eigennütziger beim Schopfe packte, verspürte keine Sympathie für José Augusto. Wohl möglich, daß er bei ihm etwas zutiefst Anziehendes ahnte, einen Menschentypus, der nur durch seine luziferische Natur definierbar ist: durch den Stolz. Der Stolz hat keine Seele, und doch ahmt er sie in allem nach. Die Frauen besitzen diesen engelhaften und tierischen Stolz, selbst wenn sie schlichten Gemütes, banal und abgelebt sind.

Eines Tages traf Camilo José Augusto in Porto wieder. Es war eine jener Begegnungen, die alle Bedenken und alle Hindernisse überspielen, an denen sich die Vernunft festgebissen hat. Er setzte sich an denselben Caféhaustisch und tauschte mit ihm Ansichten über Dichtung aus. Camilo schrieb schlechte Verse, aber die schlechten Dichter sind im allgemeinen gute Kritiker; denn was der Inspiration im Wege steht, ist die ihrem Urteil eigene Unverfrorenheit. Diesmal gewann Camilo einen anderen Eindruck von José Augusto. Er fand ihn intelligent und geistreich und in seiner Douro-Einsamkeit nur wenig angesteckt von der schwerfälligen Denkart der Stadt der Kaufleute und Feuilletonisten. Porto war voller gewitzter junger Leute, fetter, schläfriger Bürger, Klöster und exzentrischer Gecken. Dieser hochmütige junge Mann, der ganz ohne jede Pose traurig war und ein bißchen gleichgültig gegen das Leben und seine Intrigen, erschien ihm originell inmitten des

Schwarms, der sich um die Opernsängerinnen raufte, gern mit großem Getöse auftrat und die Empörung der Bürger genoß. Sie freundeten sich an; und selbst unter dem Ansporn gegenseitiger Zuneigung ersannen sie Rivalitäten. Der eine verteidigte die Debedeille, der andere die Belloni. Die Debedeille war hübsch und hatte wirklich eine gute Stimme. José Augusto zog sie vor, weil sie sich beim Applaus nicht lächerlich machte. Im übrigen kann man vermuten, daß er zu jener Gattung von Musikliebhabern gehörte, die auf die Galerie hinaufstiegen, das Gesicht auf die Fäuste stützten und schweigsam wie Wasserspeier zuhörten; beim geringsten mißtönenden Piepser trampelten sie wie eine Husarenschwadron, daß das ganze Haus einzustürzen drohte.
Die Majoratsherren vom Douro standen in dem Rufe, etwas von Musik zu verstehen. Wenigstens einige. Mein Großvater Lourenço Ferreira war einer von ihnen; er war ein schöner junger Mann mit Abenteurerblut und außerstande, sich unterzuordnen. Solange die Goldstücke vorhielten, die er aus dem Verkauf seiner Besitzungen bei Cales erlöst hatte, trieb er sich mit der Bohemiengesellschaft herum, die es im Jahre 1870 immer noch gab und die immer noch dieselben Fräcke und schachbrettgemusterten Hosen trug. Sein Stiefvater und Vetter Belchior de Almeida Carvalhães versah ihn vergeblich mit den weisen Ratschlägen eines Einsiedlers und unterstrich für ihn die passenden Seiten des Erasmus. Die Majoratsherren sündigten alle aus Unbesonnenheit und Freude am Risiko. Das leichte Glück verträgt sich schlecht mit der Ehre, José Augusto gehörte wahrscheinlich zu dieser Gattung. Da er mehr Literat war als sie, ging es mit ihm auf ausgeklügelten Wegen bergab, jenen, die die tiefsten Wunden hinterlassen. Auf ihnen verliert man nicht nur das Leben, man verliert auch die Reputation, dieses Parfüm der Nachwelt. Auf diese Wege begab sich Caligula mit seinem Pferd; die Lust, eine Persönlichkeit darzustellen, führte ihn in den Untergang.
Camilo bemerkte erst später, in welchem Ausmaß José Au-

gusto sich eine falsche Rolle zu eigen gemacht hatte und sich für die Kunstfigur hielt, die er selbst geschaffen hatte.
Im November des Jahrs 1849 befand sich Camilo im Hause Lodeiro als José Augustos Gast. Das ist im Douro eine abgetakelte Jahreszeit. Die Weinstöcke präsentieren sich mit zerzauster Mähne, das Jäten hat noch nicht stattgefunden. Die Blätter verfaulen und verlieren ihren rotbraunen Schimmer. Es regnet, und aus den Lagerschuppen hört man die Kelterpressen ächzen, die den letzten Trester quetschen. Wenn die Sonne scheint, trocknen die Traubenkerne auf den mostfarbenen Säcken. Die lehmige Erde klebt an den dicken Stiefeln aus Lohleder und sprenkelt die tadellos sitzenden Hosen des Majoratsherrn von Lodeiro, der an der Tür zum Salon von seinem Pferd steigt. Die Häuser im Douro besitzen alle einen Salon, der an den Eingangshof anschließt; im allgemeinen ist dies ein Saal mit einer backtrogförmigen, weißgetünchten Decke und schweren Läden vor den Guillotinefenstern. Diese ärmlichen Herrenhäuser, die als Zufluchtsstätte für ruinierte Adlige entstanden und ganz allmählich um verglaste Veranden und durch Trennwände abgeteilte Alkoven vergrößert wurden, in denen das Flittergold der Bildchen mit Wunderdarstellungen glitzerte, gab es im Douro in reicher Anzahl. Sie lagen im ebenen Grunde eines Weingartens zwischen alten Honigfeigenbäumen oder eingezwängt in Weiler mit glitschigem Straßenpflaster, über das die Kinder rannten, einen einzelnen Hosenträger quer über der Brust wie das Bandelier einer Flinte; oder auch an Orten mit aristokratischem Ehrgeiz, umgeben von Mauern, an denen Bougainvilleen, seltenere, Zimtbaum genannte Schlinggewächse oder Kapuzinerkresse rankten.
José Augusto lebte an einem solchen Ort: in Lodeiro. Einer jener Wohnstätten, die die entschuldigende Würde der Armut mit Hilfe einer zwischen zwei Wohntrakte eingeschobenen Kapelle zurückweisen. Brausend ertönte eben eine religiöse Hymne, die jemand auf den Tasten der kleinen Orgel spielte. Es war Camilo. Die Langeweile hatte sich seiner wohl

derart bemächtigt, daß sie ihn zu lieblichen Harmonien trieb; vielleicht auch litt sein Herz noch unter einer Krise seines Ehrgeizes, so daß er sich in einer Art nervöser Verstimmtheit diesem Zufluchtsort ohne Aufgaben überließ. José Augusto lachte, unterbrach ihn aber nicht. Er blieb am Eingang der Kapelle stehen und lehnte die Stirn gegen den gebeugten Arm wie ein Mensch, der mit einem Schwindelanfall kämpft. Eine düstere Erschöpfung überkam ihn, und an seinem Haaransatz bildeten sich Schweißtropfen wie bei einem Todeskandidaten. Er war ein hochgewachsener junger Mann, dessen Augen zu nahe beieinanderstanden, um schön sein zu können; sein Gesichtsausdruck wirkte angestrengt, fast hinterhältig, weil er vieles zu verstecken schien, vielleicht ein Laster, einen Schmerz oder eine Sorge, die den ganzen Horizont seiner Seele erfüllte. Er trug mit einer etwas simplen Eleganz Reithosen aus grünem Loden und einen kleinen runden Hut aus gestepptem Tuch. Er war ein guter Reiter, und obwohl sein Vermögen nicht auf sicheren Füßen stand, pflegte er auf der Route der Snobs zu reisen; er wohnte den Pferderennen von Chantilly bei und plante gerade eine Pilgerfahrt nach Palästina. Zu diesem Zweck hatte er einen Weingarten verkauft und sogar eine Hypothek auf einen Teil seines Besitztums in Lodeiro aufgenommen. Als Camilo den langsamen Hufschlag des Pferdes hörte, das ein Diener wegführte, drehte er sich um.

»Bist du es?« fragte er. Er sprang von der Bank auf und nahm sich in der Dunkelheit der Kapelle fast bedrohlich aus, so geladen von vibrierender Energie, daß man nicht wußte, ob er womöglich die Wände, die Lämpchen und die blauen Vasen auf dem kleinen Altar zerschlagen wollte. Eine heftige, fast zornige Willenskraft sprach aus ihm. Er hatte gerade einen Selbstmordversuch überlebt, und seine Rettung war José Augusto zu verdanken.

Diese Szene stand noch einige Zeit danach zwischen ihnen. Camilos Zimmerchen mit den zehn Vasen kümmerlicher Blumen, die schon Modergeruch aushauchten, befand sich in einem Palast der Rua da Fábrica, wo die Redaktion der Zeitung »O Nacional« untergebracht war. Camilo behauptete, leidenschaftlich in eine Dame der Gesellschaft verliebt zu sein; sie lieferte ihm den Vorwand für seine ständigen Enttäuschungen über dürftige Erbschaften, unterbrochene Studien, den Guerrillakrieg mit den Anhängern Dom Miguels, die Vernunftheirat, die Gefängnisstrafe wegen Entführung, seine Witwerschaft und sonstige Mißgeschicke und Trübsale. Am 14. Februar 1848 war Camilo in Vila Real von zehn Unteroffizieren verprügelt worden, die ihn für seine giftigen Artikel im »Nacional« bestrafen wollten. Sie prügelten ihn am hellichten Tage vor dem menschenleeren Szenarium der geschlossenen Geschäfte und Fenster beinahe zu Tode. Er war allgemein verhaßt, sie schimpften ihn den »Zeitungsschmierer«, lauerten ihm auf und drohten ihm mit Ermordung. Angewidert von den unerbittlichen Nachstellungen dieser dem Geistesadel feindlich gesonnenen Leute, hatte sich Camilo in Porto installiert. Wahrscheinlich spürte er die Abneigung dieser Stadt, die ihn noch mehr ignorierte, als sie ihn verachtete. Mit seiner kleinen Futterkrippe, der Provinzlyrik, mit seinem Gebirge, seinem Leben als Schreiber und Mitarbeiter an Pamphleten war es nun vorbei. Vor ihm lag die Praça Nova mit ihren Brasilienheimkehrern, deren Frauen vor Brillanten funkelten, mit den Gecken aus dem Garten São Lázaro und den Literaten aus dem Café Guichard. Er legte sich ein blaues Jackett mit gelben Knöpfen und einen spanischen Umhang zu; er kaufte sich auch einen Hund und hoffte, zumindest ebenso berühmt zu werden wie Alkibiades. Doch niemand beachtete ihn. Er nahm einen Anlauf, publizierte einen Gedichtband, verliebte sich, schlug sich im Duell, und all das störte den auf seine Buchführung und die Abendgeselligkeiten seines Clubs festgelegten Bürgersmann nicht im geringsten in seiner ochsenhaften Ruhe. Blieb ihm nur noch der Selbstmord übrig. In diesem Augenblick griff José Augusto ein.

Die besten Tragödien beginnen mit einer einfachen Posse. Camilos Zimmerchen in der Rua da Fábrica mit seinem Überfluß an Blumenvasen und den hohen Schaftstiefeln in einer Ecke wirkte wie einer der Nebenräume der Kathedralen mit einem wassertropfenden Marmorbecken und einem Gemälde der büßenden Magdalena. Es hatte freilich weder die Bögen einer Sakristei noch deren liturgische Unordnung aus Meßhemden, Handtüchern und Sitzgelegenheiten für die Taufen, mit Tintenflecken und Unterschriftschnörkeln bekleckst. Und auch nicht die Kreuzabnahme auf einem unter Staub und Rauch melancholisch verschwommenen Gemälde. Eher sah es aus wie ein Zimmer, in dem die zwölfjährigen Jungen und die fünfzehnjährigen Jünglinge zur Beichte gehen. Sie beichten ihre ersten Sünden, die Glut ihrer jungen Jahre, ja fast ihre ersten Verse in einem ehrlichen Gemurmel, das sich wie eine Denunziation anhört. Die beiden Freunde, die sich bis dahin nur als seelenverwandte Naturen kannten, begegneten einander nunmehr bei dem Alarmsignal eines einzigen und mit Sicherheit gnadenlosen Gefühls: dem ihres gemeinsamen Unglücks. Neben Camilos Kopfkissen lagen ein paar Opiumkörner und etwas Geld. Damit wollte er alle Rechnungen begleichen, bei denen, die gar kein Vertrauen zu ihm hatten, und bei denen, die allzu viel Vertrauen in ihn setzten. José Augusto, im allgemeinen ein kühler und abweisender Mensch, war mit einem Mal gerührt. Vielleicht weinte er sogar. Camilo liebte Menschen, die weinen konnten.

»Noch bin ich nicht tot«, meinte Camilo halb spöttisch.

»Entschuldige! Ich habe nicht um dich geweint. Ich weinte um unsere Jugend.«

»Noch ist sie nicht zu Ende.«

»Wir sehen das aber so. Es kommt auf das gleiche heraus.«

»In dieser Welt ist entweder alles wahr, oder es gibt überhaupt keine Wahrheit. Du hast recht.« Camilo lächelte und fuhr fort: »Diese Blumen, mit denen ich so tue, als bereite ich mich auf die Festlichkeiten des Herzens vor, sind in Wahrheit verwelkt. Ich schüre nur Brände in der Phantasie. Ich ersinne Stürme; ich errege in mir fiktive Leidenschaften.«

»Das weiß ich wohl«, sagte José Augusto. Er machte eine

Runde durch das Zimmer und strich mit den behandschuhten Fingern über die Buchrücken. Es gibt Augenblicke, deren Bedeutung ihren Reiz einbüßt, wenn sie sich in die Länge ziehen. José Augusto redete von der Zeit, da doch Camilo von den Blumen gesprochen hatte. Der selbstmörderische Impuls gedieh nicht weiter. Ihre Freundschaft befestigte sich, mehr weil sie gegenseitig ihren Rätseln vertrauten, als weil sie sich in ihren Herzensergießungen solidarisch fühlten.

Am folgenden Tag kam José Augusto wieder, aber er kam nicht allein. Ihn begleitete ein Vetter, ein bäuerlicher Adeliger aus der Gegend von Mosteirô, ein schlichter junger Mann, der zu den seltenen Menschen gehörte, in denen sich der portugiesische Menschentypus durch ungetrübten Adel manifestiert. Ängstlich wird er nur bei Verleumdungen, aller Bravour seines Armes und seines Herzens zum Trotz. Manuel Negrão war mit sechzehn Jahren Offizier unter dem Befehl Macdonells gewesen und hatte ihn bis auf das Schlachtfeld von Vila Pouca begleitet, wo der General den Tod fand. Camilo war ihm seit den Tagen dieses Feldzugs zugetan und befragte Negrão häufig über die Einzelheiten dieses Marsches, der mit einer unnützen, halb durch Verrat, halb durch kriegsbedingte Irrtümer ausgelösten Tragödie geendet hatte. Negrão blieb ihm die Antwort schuldig oder gab doch nur spärlich Auskunft. Er verachtete zerredeten Ruhm und die Öffentlichkeit des geschriebenen Wortes. Außerdem war er schwerhörig; eine im verschneiten Biwak im Marão-Gebirge verbrachte Nacht hatte sein Hörvermögen für immer geschädigt. Doch verband ihn mit Camilo eine Freundschaft, die in der Erinnerung unwirklich genug wurde, um aufrichtig zu sein. Die Reibereien des Zusammenlebens verloren sich in den Konturen der Vergangenheit und dank der verschönernden Wirkung ihrer eigenen Einbildungskraft.

Manuel Negrão war groß an Leib und Seele. Er war langsam wie alle Schwerhörigen, und vor allem die Stille, die ihn umgab, schloß ihn in die Galerie der Romantiker aus Enthaltsamkeit ein; er enthielt sich gewisser Wahrheiten, die nicht über das Gehör hinausgelangen und nur innerhalb einer ganzen Skala von Informationen registriert werden. Er war ein unermüdlicher Reiter, und Camilo pflegte ihm auf mehr oder minder eigennützigen Spazierritten auf der Suche nach Zicklein-Schmorbraten und geräucherten Alsen in den Tavernen der Straße nach Lissabon zu folgen.

Manuel Negrão betrat das Zimmer und betrachtete Camilo mit dem etwas unsteten Blick der Schüchternen. Camilo frühstückte eben getoastetes Kuchenbrot und trank dazu Kaffee aus einer Tasse, die wie ein Weihwasserbecken aussah.

»Hallo«, rief Negrão. »Dir scheint es ja zu schmecken! Da hat mich mein Vetter wohl falsch informiert.«

»O nein, keineswegs. Aber was willst du? Ich bin unglücklich eingeschlafen, habe von einem größeren Unglück geträumt und bin getröstet aufgewacht.«

»Dann ist es ja gut. Aber du scheinst mir noch recht schwach zu sein; dein Schnurrbart hängt herunter wie eine Kletterpflanze ohne Ast.« Er las das Etikett auf einer Schachtel, schüttelte die Flacons, die auf dem Nachttisch standen, und schüttelte angewidert den Kopf. »Diese Drogen werden dich noch umbringen, alter Junge. Das ist dein Laster, die Hausmittelchen und die Medikamente.«

»Sie sind das einzige wahre Laster, das man mir zuschreibt. Alle anderen sind falsch.«

Ihr Gespräch wurde lebhaft und geräuschvoll. Camilo griff zu seiner Gitarre und schlug ein paar Fado-Akkorde an. Aus der Redaktion der »Nacional« kamen zwei junge Leute mit langer Mähne und Tintenflecken an den Fingern herauf; sie gehörten zu der Spielart, die Camilo als »entzückende Leutchen« bezeichnete, sofern er sie nicht gerade mit Grabmälern verglich, weil sie nichts als einen Namen hatten. José Augusto stand ein wenig beiseite; er hob mit den Fingerspitzen den Vorhang aus zerknitterter Musseline hoch und äugte auf die Straße, auf der soeben ein andalusisches Pferd mit seinem Reiter vorübertrabte. Er liebte Pferde und hatte kürzlich mit einem noch begeisterteren Pferdeliebhaber Bekanntschaft geschlossen; das war Hugh Owen, ein Sohn des Obersten gleichen Namens, der während der Belagerung von Porto der Berater von Dom Pedro gewesen war. Er hatte ihn in einer Karnevalsnacht im Theater São João kennengelernt. Der junge Owen begleitete seine Schwestern, zwei hochgewachsene Mädchen mit gerader, männlich straffer Haltung, die im Gegensatz zum Puppenhaften der übrigen Frauen stand. Es war ein Maskenball, und José Augusto war eingetreten, um sich zu zerstreuen, hatte jedoch seinen Entschluß rasch bereut; die Trauer um seine Mutter war noch frisch – sie war vor noch nicht zwei Jahren verstorben. Seine Blässe, die plötzlich tränenfeuchten Augen und ein Zittern der Lippen verrieten jenen Herzenszustand, der sich dagegen auflehnt, dem Leiden so treu zu sein, und erschöpft Vergnügungen sucht, obwohl er doch sicher ist, daß er nur im Weinen Erleichterung findet.

»Nun, so traurig?« sagte eine Stimme zu ihm. Eine Frau legte ihm die Hand auf die Brust, und die rosenfarbene Kamelie, die in seinem Knopfloch steckte, entblätterte sich unter ihrer Hand. Die Frau war blutjung; ihre Haut schimmerte seidig frisch in lebhaftem Rosenrot. Sie trug eine Maske aus weißem Satin mit einer vorspringenden Ausbuchtung für die Nase. Es war unmöglich, ihre Gesichtszüge zu erkennen. Da trat Hugh Owen auf sie zu und entführte sie. In seiner Gesellschaft war noch ein anderes Mädchen mit tabakfarbenem Haar, der Krepp ihres Kleides war mit Granatapfelblüten bestickt. Das vergaß er nicht. Sie trug lange, an den Ellenbogen gefältelte Handschuhe; er entdeckte ihr Monogramm auf der Manschette: M. O. Später erfuhr er, daß es Maria Owen war. Sie war ein lebhaftes Geschöpf und besaß ein zum Phantastischen neigendes Temperament, in ihr glühte das Blut ihrer Mutter, einer Brasilianerin mit wertvollen Juwelen und einem kleinen Besitztum in der Umgebung von Porto. Oberst Owen nahm seine Rolle als Ehemann nicht sonderlich ernst. Er besaß eine Stadtwohnung und verbrachte viel Zeit in der Hauptstadt; nur im Sommer sah man ihn in seinem Hause in Vilar do

Paraíso, mit einem Hund, seiner Zeitung und der angewiderten Miene »von fünfzehn skeptischen Barden«, wie sich Camilo ausdrückte.
»Wonach hältst du Ausschau, José Augusto?« fragte er jetzt seinen Freund und drückte die Stirn an die Fensterscheiben.
»Ach, nach gar nichts...«, José Augusto wandte sich der Gruppe zu, die über den Infinitiv, über die Liebe und über Magnetismus debattierte. Man redete von Frauen. Er schnitt eine verächtliche Grimasse, wenngleich nicht ohne Nachsicht. »Willst du nicht mit mir nach Lodeiro kommen und eine Weile dort bleiben?«
»Gern«, erwiderte Camilo. »Aber wolltest du nicht auf Reisen gehen?«
»Das will ich auch. Aber zuvor muß ich noch ein paar Geschäfte abwickeln. Komm doch mit! Was ich dir zu bieten habe, wird dich freilich kaum überraschen. Das Haus ist wie eine Gruft, besitzt ein altes verstimmtes Cembalo und Alkoven, die nach Verwesung riechen.«
»Natürlich komme ich mit, José. Zwei Unglückliche können einander besser trösten«, sagte Camilo leise. Es war ein noch heller Tag zu Novemberbeginn; grüner Schlick wuchs auf den Mauern der Häuser, auf die niemals das Sonnenlicht fiel.
»Wie kann man in einer solchen Stadt tugendhaft sein? In einer Stadt, die prosperiert und dennoch keinen Schritt vorankommt. Wo sich die Literaten gegenseitig loben, weil alle gleichermaßen empfänglich sind für Dankbarkeit, damit wir uns gar nicht erst die Lust am Mäzenatentum angewöhnen. Reiten wir also nach Lodeiro, Freund. Und was tun wir dort?«
»Du schreibst. Ich reite aus. Beide Beschäftigungen sind gegen Lächerlichkeit gefeit.«
»O nein, das sind sie nicht. Selbst in der Wohnstätte der Toten überlebt die Lächerlichkeit. Man braucht nur die Grabinschriften zu lesen. Das macht aber nichts. Laß uns sehen, ob wir, die wir daran gewöhnt sind, uns Bagatellen anzuhören, es langweilig finden, im Ernst miteinander zu reden.«

Und sie ritten ab. Um diese Zeit kehrte auch Manuel Negrão nach Mosteirô zurück. Er hatte ein galantes Abenteuer hinter sich, das schlecht ausgegangen war, mit einer Dame, die er nachts am Fenster erblickte und mit der er eine in ihrer Sinnlosigkeit anregende Unterhaltung angesponnen hatte.
»Und wie heißen Sie?« hatte Negrão sie gefragt.
»Mich das zu fragen ist eine Unverschämtheit!«
Ohne daß man wußte wie, sprach es sich herum, daß er eine gewisse Vicência do Carmo liebte; er schrieb sich ihre Initialen mit purpurroter Tinte in die Handfläche und auf den Rand der Servietten. Die Dame war verheiratet und eine ehrbare Frau, was ihn doppelt niederschmetterte. Also begab sich Manuel Negrão in das Herrenhaus von Mosteirô, ließ die Weinstöcke beschneiden und sorgte für das Umfüllen der Weine in die Fässer. Er trug Haarlocken, Kieselsteinchen, Muscheln, Bänder und vertrocknete Blumen bei sich, lauter Erinnerungsstücke an seine platonischen Gebliebten und an die anderen.
»Dieser Junge hat zu viel Herz, um Geist haben zu können«, sagte Camilo.
Sie trennten und verabschiedeten sich an einem Sonntag, nicht im Garten von São Lázaro, sondern in der Neta-Gasse unter einem Wolkenbruch, der wie Kugelhagel auf die Steine niederprasselte. Porto bei Regen ist die Vision einer Sintflut mit zeitgenössischem lebendem Inventar. Die Überschwemmungen in Porto, bei denen an der Oberfläche der Wassermassen Holzkübel mit Sardinen und Katzen mit zottigem Fell treiben, sind noch immer so ortstypisch wie eh und je. Die Bäume der Cordoaria sind noch immer dieselben, nur haben sie in ihrer Langlebigkeit mehr Flechten und Ranken angesetzt. Sie filtern die grollenden Gewitter und die Blicke der Gefängnisinsassen.
Bei schwerem Unwetter ritten die beiden Freunde, Camilo und José Augusto, über die Gemarkung von Baião. Sie trugen wallende Umhänge und sevillanische Hüte und sahen aus wie aus einer Buchillustration herausgetreten, auf der die Trup-

pen von Juarez denen Kaiser Maximilians gegenüberstehen. José Augusto vertrat dabei einen Anhänger des Hauses Österreich mit grimmiger, rachdurstiger Miene und einer gewissen Aura des Wahnsinns. Und Camilo sah aus wie ein einfacher Aufständischer, schlammbedeckt bis auf die Knochen und mit zwei Grammatikbüchern anstelle der Lungen. Er hustete und bat flehentlich um heißen Tee und wärmende Decken.

»Schau nur: Schnee!« staunte Camilo, als sie auf die Höhe von Soalhães gelangten. »Es sieht aus wie Frauenhemden auf der Bleiche.«

Mit einem Sonnenstrahl verabschiedete sich der Nachmittag auf den Anhöhen von Abobreira. Ein Junge lief mit zwei Schafen, deren Wolle mit Wasser vollgesogen war, in großen Sprüngen bergab. Durch die Risse in seiner schmutzstarrenden Kleidung hindurch sah man seinen von Flöhen zerstochenen Körper. José Augusto gab seinem Pferd die Sporen. Wortlos ließ er seinen Gefährten hinter sich und wurde binnen kurzem zu einem kleinen Punkt, der zwischen dem Gezweig der Kermes-Eichen verschwand, die der Regen über den Weg herabgedrückt hatte.

»Auch das noch! So ein verfluchter Hund! Wer ohne Not rennt und ohne Angst flieht, hat weder Beruf noch Seele.« Und er folgte ihm.

In Wirklichkeit war gar kein Schnee gefallen. Die Jahreszeit wurde noch immer begünstigt von den lauen Ostwinden, nur reichliche Wassermengen, die als dichter Dampf von der Erde wieder aufstiegen, ergossen sich als schwerer Strichregen vom Himmel. Große Tücher aus Werg, die eben den Webstuhl verlassen hatten, bleichten auf dem Rasen. Während Camilo durch diesen Ausläufer des Marão ritt, ganz nahe der alten Straße, über die er so oft vor seinen Liebesabenteuern oder der Rache der von seinen Artikeln Betroffenen geflohen war, sann er vergangenen Zeiten nach. Den Zeiten, in denen er an

Macdonells Seite ritt und das Bataillon von Baião eintreffen sah, zweihundert ebenso furchtlose Leute wie die vierzig von Gralheira, Leute ohne Uniform und ohne Waffen, geschwärzt wie die Legionen Luzifers. Manuel Negrão folgte Macdonell in Gewaltmärschen auf der Straße von Vila Pouca und folgte ihm bis zu jenem Wildpark, wo der Engländer den Tod fand. Er wollte niemals glauben, daß der General bei diesem Feldzug der Majoratsherren mittat, um die Anhänger der miguelistischen Revolte in Fallstricke zu verwickeln. Camilo vermutete, daß dieses Gefecht am Wildpark von Vila Pouca ein vorausgeplanter Mord gewesen war. Der vergreiste und ewig betrunkene General stand wohl im Dienst von Engländern und Spaniern, denen die Sache Dom Miguels ungelegen kam. Er war im gleichen Schiff wie Saldanha nach Portugal gekommen und hatte im Gutshof von Linhares mehr Weinflaschen den Hals gebrochen als strategische Einfälle im Dienste seiner Mission ausgeheckt. Doch Negrão war ihm mit der ganzen Gutgläubigkeit seiner sechzehn Jahre treu zugetan, und man durfte ihm nicht mit den Besäufnissen des Generals kommen, von denen mehr geredet wurde als von seiner Kampfmoral. Macdonell ritt auf einem schönen Falben und Negrão auf Rabicha, einem Pferd, das an die Douro-Schluchten gewöhnt, dazu klug und ein guter Springer war. Schnee bedeckte alle Wege. Zwei Gebirgler, schöne junge Männer vom Bergführerkorps, kamen ihnen im dumpfen Trab ihrer kleinen stämmigen Pferdchen entgegengeritten. Sie brachten die Nachricht, der Feind marschiere auf Vila Real. Macdonell ließ seine Leute vorrücken und quartierte sich mit seinem Generalstab im Herrenhaus der Canavarros in Sabroso ein, wo er eine Offiziersmütze und ein halb geleertes Schnapsfaß zurückließ. Er starb am nächsten Tag im hellen Sonnenlicht, das auf dem Schnee der Schluchten funkelte. Negrão versuchte noch, ihn zu retten, er meldete ihm die Ankunft der feindlichen Vorhut, einiger Kavalleristen, deren Metallgeschirr man in der Ferne blitzen sah. Doch der General zögerte zweiflerisch und konnte sich zu keiner klaren

Entscheidung durchringen. Vielleicht glaubte er nicht, daß sie ihn töten würden. Manuel Negrão verdankte sein Leben Rabicha, als sie über eine hohe Barriere hinwegsprang, die die Gegner nicht zu überwinden vermochten. Von weitem sah er versprengte Pferde; Rabicha blutete stark am Hals; der Gebirgswind hatte sich mit Schneekristallen vollgesogen. So blieb Negrão der Tod erspart und außerdem das traurige Schauspiel von Macdonells Ende – der General wurde hinterrücks erschossen und von einem Sergeanten ausgeraubt, der ihm seine Uhr und seine Goldmünzen abnahm. Zu Hause in Mosteirô schrieb Negrão im Januar 1885 diese Erinnerungen nieder. Nur widerstrebend erzählte er Camilo bisweilen etwas daraus. Er scheute die Öffentlichkeit des gedruckten Papiers und wußte, wie sehr sein Freund zum Schwindeln neigte. Im übrigen sagte Camilo, Macdonell sei ein rechter Halunke gewesen, und dieserhalb stritten sie ständig miteinander.

»Zuweilen zweifelt man an einem Verbrechen und entehrt damit die Tugend«, kommentierte Camilo. Er hatte recht, aber auch er hatte einen schlechten Charakter, und das machte seine Ansichten einigermaßen verdächtig. Während er versuchte, José Augustos Gestalt nicht aus den Augen zu verlieren, ging ihm das Schicksal des schönen Generalspferdes durch den Sinn, das er später den Wagen des Barons von São Lourenço ziehen sah. Rabicha lebte noch lange und trug die Spur eines Streifschusses am Halse. Wenn sie die Schüsse der Jäger in den Douro-Tälern hörte, wieherte sie so laut, als verspürte sie Sehnsucht nach ihrer miguelistischen Jugendzeit.

Als Camilo in Lodeiro anlangte, war José Augusto bereits vom Pferd gestiegen und schüttelte eben seinen wollenen Poncho aus, den er als ein in jener Gegend originelles Kleidungsstück zu tragen pflegte. Einer der Alten, wie er die Verwandten seines Vaters zu nennen pflegte, hatte ihn aus Argentinien mitgebracht; er hatte auch eine Kalebasse mitgebracht, um mit dem zugehörigen silbernen Trinkrohr Matetee daraus schlürfen zu können. Sie stand im Geschirrschrank des Eßzimmers neben Fruchtschalen aus Caldas da Rainha und anderen, auf denen der »Bom Jesus do Monte« abgebildet war.

Angesichts der etwas verwackelten Fassade und der Kapelle mit ihren drei bemoosten Stufen konnte sich Camilo eines Schauders nicht erwehren. Auf dem mit Steinplatten ausgelegten Hof hallten die Hufe der Pferde wider; es war ein vibrierender, übernatürlicher Klang. Ein reizender Ort! dachte Camilo bei sich, entweder wird man hier zum Heiligen oder verrückt, oder man begeht ein Verbrechen. Doch dieser Eindruck verwischte sich, als er das Wohnzimmer sah, mit seinem schimmernden Kirschbaumholz und einem Glutbekken voller Rebstöcke. Er trank Tee und aß von den Zuckerplätzchen aus Resende. Eine Dienstmagd mit einem Leinenhäubchen zog ihm die Stiefel aus und brachte ihm bestickte Pantoffeln. Es war eine Frau mit einem vorstehenden Bauch, und deshalb war auch ihre Schürze etwas abgeschabt, wo sie sich an Tischen und Küchenbänken gerieben hatte. Sie hieß Clotilde; sie hatte den spähenden Blick derer, die lange Zeit hindurch an einem abgeschlossenen Ort dienen. Camilo war angenehm überrascht, als er gute Bücher in den Bücherregalen stehen sah. Es fanden sich da Enzyklopädien und Ritterromane. Einige waren auch neueren Datums: »Clarissa Harlowe« und »Tom Jones«. Das Gesamtwerk von Byron erregte seine Aufmerksamkeit.

»Reizend! Das hatte ich mir doch gleich gedacht! ... Du bist genau so ein Byronianer wie fünf Prozent von den Portuenser Gecken.«

»Fünf Prozent? Und die übrigen?« hielt José Augusto dagegen, während er die Glut schürte.

»Die anderen sind einfach große Männer.« Er machte eine Pause und fuhr dann fort: »Byron ist in Mode, und in der Literatur ist Mode das Schlimmste von allem. Ich weiß nicht, ob ich das irgendwo gelesen habe, aber wenn ich es nicht gelesen haben sollte, stammt es von mir.«

»Mode hin oder her. In Sachen Liebesliteratur gehen du und ich noch immer mit gepudertem Haar und Schnallenschuhen einher.«

Camilo fand, daß sein Freund durch das tiefe Grübeln, in das er verfallen war, menschlicher wirkte als gewöhnlich. Er setzte sich neben ihn und steckte sich eine Zigarre an, die das Zimmer mit ihrem gelben Rauch anfüllte wie die Keramikkamine von Limoges, aus deren Kaolinrauchspiralen »Die Internationale« hervorgegangen ist.

»Hast du sie nur auf dem Ball gesehen?« erkundigte er sich ohne Umschweife.

»Dort sind wir einander begegnet.«

»Freund, man sollte niemals die Augen zu einer Frau aufheben, die die Gabe besitzt, uns in Engel zu verwandeln. Ich beneide dich nicht. Dieser Ball war das Vorzimmer, durch welches du in die Sphäre eingetreten bist, in der die Geister leben.«

»Ist das so schlimm?«

»Es ist schrecklich. Sie erweitern die Horizonte des Nachdenkens. Wie heißt sie denn?«

»Maria.«

»Es gibt Namen, die erhellen in unserer verborgenen Welt neue Welten, in denen Geheimnisse existieren, die eines Tages offenkundig werden können.«

»Wann?«

»Nach der Apokalypse, wenn die Zivilisation die sieben Siegel bricht.«

In diesem Augenblick wurde ihr Zwiegespräch durch die Ankunft von José Augustos Bruder unterbrochen. Er erschien mit seiner Frau, Dona Josefa, einer Dame mit graziösen, liebenswürdigen Manieren, wie sie den Provinzlerinnen eigen sind, bei denen der Stolz auf den Namen durch die Gunst der Vermögensumstände ersetzt wird. Sie trug ein rötlich braunes Kleid aus napolitanischer Seide, dazu einen ebenfalls braunen Atlasumhang mit einem schottischen Band. Ein grüner Hut mit weiß und grün gestreiften Federn be-

deckte ihr schwarzes und ein wenig öliges Haar. Sie nahm ihn ab, und man erblickte ihren Madonnenscheitel ohne falsches Haar, was für ihren damenhaften Typus verheerend war. Es würde hübsch aussehen, wenn sie blond wäre, sagte Camilo zu sich selbst. Sie versteckte ihre Füße und die Pantoffeln unter dem fransenbehangenen Stuhl. Eine tugendhafte Frau von unverbesserlicher Ignoranz, dachte er weiter. Er seinerseits gehört zur Gattung der Barone eines sanften Feudalismus, die in ihren Herrenhäusern bei Butter, Stockfisch und Maniok zurückgezogen leben. Was gäbe ich darum, wenn sie nicht zum Abendessen blieben!
Aber sie blieben. Die Unterhaltung war mit Banalitäten gespickt, die ein Diener mit langsamem Kopfnicken unterstützte; er schien geradewegs aus der Finsternis herausgetreten zu sein mit seinen weißen Handschuhen, die aussahen, als wollte er einen der Gäste strangulieren, statt ihm das Frikassee zu servieren. Draußen klatschte der Regen auf die Steine. Die Hunde kratzten an der Küchentür, weil es nach Reis mit Kutteln roch. An der löwengrimmigen Falte auf José Augustos Stirn konnte man seine fiebrige Stimmung ablesen, die sich ständig steigerte, seinen Wunsch, die Besucher zu vertreiben und die der Einsamkeit nahe Vertrautheit mit einem Freunde zurückzugewinnen, der ihn zu Konfidenzen anregte. Zu Konfidenzen, bei denen die unwirklichen Handlungen, die die Phantasie noch nicht einmal ausgemalt hatte, mit unerbittlicher Unfehlbarkeit herausgestrichen wurden. Er hatte sich auf Gott weiß welch brutales Abenteuer eingelassen, an dessen Ausgang nur der Tod stehen konnte. Es gehörte zu seinen Torheiten, daß Frauen ihm den Vorwand lieferten für sein männliches Gefühl, das sich nicht mit Wünschen oder Lastern oder auch nur mit der Sublimierung von alledem zufriedengab. Der Geist ist dem Antlitz Gottes am ähnlichsten; sein Anblick stürzt uns in den Wahnsinn, sein Glanz lähmt. Frauen! Noch war nicht die Zeit gekommen, wo er sich ihrer Hilfe bedienen sollte, damit sie den namenlosen Illusionen Weihe verliehen, aus denen die Männer ge-

macht sind. Jetzt wollten sie nur die gleichen Augenblicke miteinander teilen, die Leere des Herzens, in der alle Verheißungen der Welt Platz fanden.

José Augusto erhob sich und erblickte auf dem Fußboden einen der elfenbeinfarbenen Handschuhe, die seine Schwägerin getragen hatte; mit einer gewissen Bosheit trat er darauf. Camilo schwelgte in gezuckerten Sarkasmen; sie waren seine Form des Sadismus. Man redete über die Gleichheit, und er meinte: »Portugal ist dabei, ein Modell der Gleichheit zu werden, der Gleichheit des Baronats. Ich wohne in einer Straße, in der es fünf Barone, zwei Vizegrafen und zehn Komture gibt, die sich bester Protektion erfreuen. Glauben Sie nicht, ich mißbilligte das. O nein. Ich verfüge über ein paar skeptische Fledermäuse, die mir mit ihren schwarzen Flügeln die Stirn streifen. Aber außerhalb dieser Krisen bin ich ein armer Teufel, der niemandem etwas Böses zufügt und ernsthaft über die Möglichkeit nachdenkt, selber Baron werden zu können.«

»Sagen Sie, Schwager, können Sie das nicht durch die Hofintrigen arrangieren?« fragte Dona Josefa.

»Jetzt, wo man die Prozessionen wieder einführen will, die König Pedro IV. abgeschafft hatte, wo man sogar daran denkt, die Soldaten wie Mönche anzuziehen, kann ich sehr wohl Baron werden, an Inspiration dazu fehlt es mir nicht.«

»Was haben Sie denn, José Augusto? Setzen Sie sich doch; Sie haben ja noch gar nicht den Nachtisch gegessen.« Die beiden Brüder siezten sich mit einer gewissen höfischen Nonchalance.

»José Augusto ist verliebt. Wissen Sie, was die Liebe ist? Sie ist die Blattlaus der Seele, die Edelfäule auf den Muskatellertrauben der Illusionen. Er liebt, wie man zum zwanzigsten Mal im Leben liebt«, sagte Camilo.

Sie lachten und prosteten sich zu. Die Nacht erschauerte unter einem sanften Windhauch, der mehr Regen verhieß. Doch es regnete nicht, als sich Dona Josefa und ihr Mann zurückzogen; in den Augen der Frau lag ein samtweicher

Glanz, in der Hand zerknüllte sie ihr Batisttaschentuch. »Eine liebe Frau«, sagte Camilo. »Gibt es wohl viele dieser Art hier in der Gegend?« Als José Augusto ihm keine Antwort gab, fuhr er fort: »Die Frauen strafen das Evangelium Lügen, so wie sie sich kleiden. Der Gatte kann nicht mehr sagen: ›Das ist Fleisch von meinem Fleische‹, denn die Hälfte besteht aus einer Baumwollmischung.«

José Augusto war eingeschlummert. Sein Haar, das er über die Ohren frisiert trug, sah ein wenig zerzaust aus, eine Strähne fiel ihm in die Augen. Sein Kopf sah aus wie der eines Sterbenden, bläuliche Schatten umspielten den Mund, und die Nasenflügel waren weiß wie Papier. Camilo war sehr beeindruckt und weckte ihn auf.

»Geh zu Bett!...«

»Ich gehe gleich...«, erwiderte José Augusto, der nicht merken lassen wollte, daß er geschlafen hatte. Er stand auf. Er war sehr groß und knochig gebaut und hatte leicht vorgewölbte Schultern, wodurch er aussah, als trüge er eine Last. Er verabschiedete sich und verschwand im schwach erleuchteten Korridor. Was mag er wohl haben? dachte Camilo. Dieser Dandy mit der Samtkrawatte und der Hose aus schwarzem Wollstoff kam ihm auf einmal vor wie ein von seinen Hypotheken aufgezehrter Majoratsherr, den die vulgäre Besorgnis um die Rettung seines Besitztums, seiner Pferde und seiner Cutaways aus englischem Tuch verblödet hatte. Er mußte eine reiche Heirat machen, das war das einzige, was ihm übrigblieb. Der Zynismus ist älter als der Anstand, dachte Camilo, dieser junge Herr will stilvoll leben, und für jemanden, der ruiniert ist, muß jeder Stil gut genug sein.

Camilo legte sich zu Bett und sann seiner Lage als ein Gast nach, der sich schon langweilte, bevor er überhaupt die Möglichkeiten kannte, die seinem Talent angeboten wurden. Wenn man wenigstens seine Gewohnheiten respektierte und ihm zum Frühstück Milchkaffee und Kekse aus Avintes servierte, versprach er, sich nicht zu beklagen. Er betrachtete seinen ziemlich abgeschabten Paletot und den Kastorhut,

dem schon etliche Biberhaare fehlten. Sein einziger Luxus war seine Schlafmütze aus rotem Kaschmir mit einer Troddel aus blauer Seide. Er war arm, war immer arm gewesen, und deshalb waren seine Gegner ungeschliffen oder unbedeutend; seine Frauen waren vulgäre Nachbarinnen und trugen Namen, die eher Mitleid als dichterische Improvisationen eingaben. Er war unter einem »üblen Stern« auf die Welt gekommen, hatte von der Milch der Obskurität getrunken, Klopse aus hartem Fleisch verzehrt und gelernt, daß man alle Verluste wettmachen kann, nur keine Geldverluste. Kaufleute können ehrenhaft Pleite machen, Literaten nur in Situationen niederer Komik zugrundegehen. Er betrachtete sich im Spiegel des Kleiderschrankes und sagte laut: »Vom 15. Juli bis zum 15. August bin ich unerhört liebesfähig. Aber dann im Winter: keine Liebe, kein Geist. Was erwartet mich an diesem Ort ohne Blumen, ohne Licht, ohne Sonne, ohne Natur? Wenn ich nicht so müde wäre, schriebe ich jetzt einen Leitartikel. Das ist alles, was man tun kann, ohne nachzudenken.«
Mit diesen Worten legte er sich in das von einem Glutbecken vorgewärmte Bett und schlief ein.

Anfangs schien ihm, dieses Exil mit Ohrenklappen und Gummischuhen sei für längere Zeit nicht zu ertragen. Ihm fehlten die Literaten aus dem Café Guichard, die kantigen Typen mit den genialen Nasen, den anarchistischen Schnurrbärten und den Steuermann-Capes. Sie traten ein und ließen Regen und Epigramme abtropfen, einige griechisch, die anderen französisch, einige versprühten Feuerfunken, andere Salon-Esprit. Er wußte es sehr zu schätzen, sie zu kennen. Alexandre Braga, Soares de Passos, Marcelino de Matos, sie alle, die das Thermometer der Literatur in Bewegung hielten, während sie Limonade tranken und Lose aus der spanischen Lotterie kauften.
José Augusto leistete als Gastgeber Großes und ließ Seezungen aus Afurada in algengepolsterten Weidenkörben kom-

men, was ihn ein Sümmchen kostete, das ausgereicht haben würde, zwei durch die Regengüsse weggespülte Terrassen wiederherzurichten. Doch Camilo sagte: »Die Augen des Körpers haben ihre Logik und die der Seele eine andere.« José Augusto gab einen Ball.

»Jeremias weinte an den Toren Jerusalems, und niemand hörte auf ihn. Ich habe diese Mazurka-Männer und Cotillon-Frauen um Bußfertigkeit gebeten. Im Namen der Zivilisation habe ich sie gebeten, sie möchten sich ruhig verhalten wie anständige Menschen, und sie wollten nichts davon wissen. Wenigstens ist es kein Maskenball«, sagte Camilo.

»Das ist es nicht. Aber ich kann dir einen Maskenball versprechen.«

»Wo denn? Wo?«

»In Porto. Im Hause des Barons Corvo in Cedofeita.«

»Ich werde eines Tages die Ehre haben, im Gemeindebezirk Cedofeita zu wohnen, aber diese Ehre wird durch den Ball des Barons Corvo besudelt. Immer diese Barone! Mehr will ich dazu nicht äußern. Bei Bagatellen soll man mit dem homerischen Stil zurückhaltend umgehen.«

»Du wirst mit mir auf den Ball gehen, und ich werde sehen, wie du im Delirium eines Walzers deine Seidenstrümpfe zeigst.«

»Ich tanze nicht«, versetzte Camilo. »Ich bin keine Gliederpuppe mit Armen wie die Alabasterstatue, die die Muse des Feuilletonisten ist.«

»Ich werde dich meinen Kusinen vorstellen. Sie haben nichts Visionäres oder Romantisches an sich. Der Tonfall, in dem sie zum Dienstmädchen sagen: ›Eusébia, Sie können abräumen!‹, erklärt sie zur Genüge. Die Liebe nennen sie ›etwas, was uns treibt‹. Aber sie verstehen sich anzuziehen, tragen keine Mantillen aus Porto und sehen nicht aus wie ambulante Verkaufsbuden.«

Dies waren die Zwiegespräche der beiden Freunde in den Pausen zwischen der Niederschrift von Artikeln für den »Nacional« und Zwei-Meilen-Ritten zwischen Baião und Marco, wo besagte Kusinen lebten, heitere Wesen, die sich mit Frisuren à la Königin die Zeit vertrieben und mit dem Sticken von Schnupftüchern, die sie »Die vier Teile des Tages« nannten. Doch nach und nach wurde ihr Zusammenleben ernsthafter und vertrauensvoller. Hinter Frivolität verstecken sich oft Ängste, und Camilo hatte vieles von einem Dichter, der fürchtet, mit dem, was ihn demütigt, verglichen zu werden. Dann befleißigt er sich der Mystifikation, um von der Tugend der Aufrichtigkeit keine Abstriche machen zu müssen.

Sie sprachen über Maria Owen. Sie hatte auf José Augusto einen Eindruck gemacht, der Anlaß zu Besorgnissen bot. Camilo kannte sie nicht.

»Wie ist sie denn?« fragte er einmal, während er die Schöße seines Hausrocks um die mageren Beine schlang. Es war kalt, nachdem der Regen nachgelassen hatte. Die Gemüsegärten sahen faulig aus, nur die von einem Laubengang herabhängenden Kürbisse glänzten wie skalpierte Köpfe, auf denen das Netz der Kapillargefäße bloßgelegt ist. José Augusto saß ein Weilchen schweigend.

»Ihr Gesicht scheint nicht in unsere Zeit, nicht in unsere Breiten zu gehören. Es erinnert an die von Vergil beschriebenen männlichen Jungfrauen.« Er legte eine Pause ein und fügte nachdenklich hinzu: »Es gefiel mir nicht. Ich sage dir ohne jede Prahlerei, daß es mir nicht gefiel. Dann wurde mir erzählt, sie sei literarisch sehr bewandert. Bei den Frauen wird die Intelligenz entweder mit dem Herzen geboren oder sie tötet es, wenn sie später erscheint. Du weißt, daß ich mir vorgenommen hatte, ein junges, unerfahrenes, unwissendes Herz zu finden. Das ich mir erziehen könnte!«

»Ja, so etwas nennt man Eitelkeit!«

»Wie dem auch sei, wir haben drei Briefe gewechselt, und das war alles. Beim dritten packte ich meine Koffer und fuhr an den Douro. Und dabei ist es geblieben.«

»Das sind die besagten Dinge, die uns treiben ... Was hast du ihr in deinem letzten Brief geschrieben?«

»Ich habe sie Schwester genannt. Wenn mich eine Frau nicht

mehr fesselt, pflege ich ihr die Ehre einer Verwandten zu gönnen.«

»Und sie?«

»Sie hat mir geantwortet. Sie sagte mehr oder minder folgendes: ›Deine Schwester! Mit einer solchen Zuneigung werde ich sicherlich die Vergnügungen aller andern begreifen.‹«

»Junge, da hat sie dich erwischt.«

»Was denn? Mich?«

»Hast du nicht auf die Notwendigkeit der Distanz gedrungen? Hast du nicht das Mißliche der Intimität, wie du sagst, mitbedacht? Na also, Freund! Spielen wir nicht die starken Männer, wenn es unsere Ehre gebietet, schwach zu erscheinen.«

José Augusto erregte sich und kehrte die launische und harte Seite seiner Natur heraus. Er redete von Maria mit einer Mißachtung, die man nicht anders als verstockt nennen konnte. Camilo dachte bei sich: Dieser Mensch ist närrisch. Er kann nicht ertragen, daß Maria leidet; er liebt nicht, er ist eifersüchtig auf das Leiden, er ist ein Studienobjekt. Doch bald spürte er, daß er in ein undurchdringliches Dunkel hineingezogen wurde, und das schlichte Band der Dankbarkeit wurde durch die lasterhafte Neigung, die Wahrheit herauszufinden, gefährdet. Die Wahrheit? Wer konnte sie hier ahnen? Er las Marias Briefe; sie kamen ihm banal vor, ausgenommen der letzte. Da hatte sie geschrieben: »Beachten Sie wohl, ich habe meinen Wert. Aber ich werde gewöhnlich sein, um würdig zu bleiben.« Hier konnte Camilo sich erstmals ein Bild von dieser Frau machen. Ihr Geheimnis wurde bei weitem überboten von ihrem Glauben an das Unglück. Aber Geheimnisse gibt es nicht, es gibt nur Trivialitäten, die stärker funkeln.

Inzwischen hatte er José Augustos Kusinen kennengelernt, gefühlvolle Mädchen mit diesen Pferdezähnen, die Rasse verraten, und einer aus der »Damenpost« eingesogenen Bildung. Camilo mochte sie gut leiden, so wie sie waren, doch er hätte sie auch gemocht, wenn sie anders gewesen wären. Frauen blendeten ihn derart, daß es schon einem Attentat auf die Freiheit selber gleichkam; er rächte sich dafür, indem er sie schnell vergaß und in Erzählstoff umsetzte, auf niederträchtige oder ins Geistige überhöhte Weise. Als er José Augusto im Kreise von drei oder vier Mädchen mit rosafarbenen Marabuhütchen und in schwarzen Kleidern erblickte, als ob sie zur Messe gehen wollten, die ihm mit Batisttüchlein übers Gesicht strichen und ihm Gürtelbänder um die Handgelenke banden, verspürte er Neid. Neid auf diesen nach Beifall gierenden Menschen, der so zerbrechlich war, daß er unbedingt Talent haben mußte wie ein Caligula der Schenken. Seine Seele war so alt, daß man ihre Falten zählen konnte, indem man sie durch vorgetäuschte Metaphysik kenntlich machte. Er versuchte diese böswilligen, eiligen und zerstörerischen Gedanken abzuschütteln; doch sie tauchten in den unverhofftesten Augenblicken auf, wenn er ihn am Cembalo sitzen sah, an dem sich seine Mutter niederzulassen und kleine Arien zu spielen pflegte; oder wenn er ihn von draußen hereintreten sah, wobei er mit der Pferdepeitsche die schmutzbespritzte Elenlederhose abklopfte und alles mit argwöhnischen, kühlen Blicken überschaute. Er flößte ihm Furcht ein, in die sich Bewunderung mischte. Doch was bewunderte er eigentlich an ihm? Seine Blässe, sein Lächeln, die träge Aufmerksamkeit, die er den schönsten Frauen zuteil werden ließ? Camilo fühlte sich allmählich an eine düstere Botschaft aus der Hölle gefesselt; dieser Mensch war ein Gähnen des Teufels mit Nardenduft. Er nahm sich vor, sich rasch von ihm zurückzuziehen, aber auf beiden Seiten gab es immer wieder einen Vorwand zum Bleiben: ein Spazierritt, die Ankunft Manuel Negrãos mit seiner friedlichen Naivität, die ein bißchen Klarheit in diesen bedrängenden Absturz aus einer trügerischen Wirklichkeit brachte. Er wirkte wie eine kurzfristige Amnestie, wie ein Taschentuch voller Frische, das den Fieberhauch aufhielt. Doch dann kehrte die Herzensbedrängnis zurück samt ihren im Allerkleinsten wahrgenommenen Zeichen wie dem plötzlichen Gesang eines Vogels auf dem Fensterbrett,

der sich in der stillen Luft wie ein Alarmsignal anhörte. Unmerklich verringerten sich ihre gemeinsam verbrachten Augenblicke. Sie sahen sich seltener, und jeder klammerte sich an seine Gewohnheiten; Camilo schrieb den ganzen Morgen auf seinem Zimmer, wo die Reste des Frühstücks bis gegen Mittag herumstanden, der Stunde, zu der die Dienstmagd Clotilde das Tablett abholen kam. Sie schaute sich neugierig um mit einem vagen Tadel: Also das ist ein Schriftsteller! schien ihr Blick zu besagen. Und sie schlug die Tür hinter sich mit mehr Kraft zu, als man erwartet hätte.
Ein andermal war es Vicente, der zweite Sohn des Verwalters, der einige häusliche Arbeiten verrichtete. Er war fünfzehn Jahre alt und als Zehnjähriger ins Priesterseminar eingetreten. Er war sehr schön, wie alle Söhne des Inácio Marques und seiner Frau Judite; sie war groß und fromm und besaß einen feinen, hinterhältigen Verstand. Sie haßte ihren Mann. Ihre Streitereien konnte man schon von weitem hören, wenn die Scherben klirrten und schluchzende Schreie laut wurden. Inácio Marques trank und war auf seine Söhne eifersüchtig. Er beschuldigte Judite, mit ihnen zu schlafen, denn ihn hatte sie schon seit langem aus ihrem Bett verbannt und redete von ihrem Mann wie vom Antichristen. Sie hielt sich gern in der Nähe von Missionaren und frommen Übungen auf, mehr um den ihr innewohnenden Ehrgeiz zu befriedigen als aus echtem Drang zur Frömmigkeit. Sie war träge und boshaft, und José Augustos Mutter konnte sie innerhalb des Hauses nicht entbehren. Sie hatte eine witzige Art, Intrigen zu erzählen, sie ließ die Niedertracht und Gemeinheit daran einfach weg. Ihr Vorzugskind war der gehorsame, zärtliche Vicente; sie fand, er sei für ein gerechteres, gehobeneres Schicksal bestimmt. Ohne in ihrem Diensteifer nachzulassen, hatte Judite für ihre Herrschaft nur tiefste Abneigung übrig. Ihre Seele war zu groß, um sich mit ihrer Stellung als dienstbarer Geist zufriedenzugeben. Zwischen ihr und José Augusto schwelte ein alter, verborgener Streit voll gegenseitiger Erbitterung. Nur Vicente verhinderte, daß sich diese Feindschaft auswuchs.

»Die Frau, die den abkriegt, ist übel dran«, erklärte sie, während sie Weintrauben abschnitt und mit entschlossener Miene die Beeren abzupfte, doch ihre Bemerkungen waren scharf und hitzig und trieben die anderen Frauen zum Aufruhr an. Bei der Weinlese gab es ständig Auseinandersetzungen mit ihr. Die Frauen empörten sich über das Essen und leerten die Blechnäpfe in den Schweinetrog oder auf den Boden vor die Füße des Verwalters, und das war Marques.

»Niederträchtiges Weibervolk!« beklagte er sich. Judite lachte ihn aus und zeigte dabei ihre gelben, lückenhaften Zähne, die Zähne einer alten Frau, die zu ihrem mit einem Tuch umhüllten Gesicht paßten. Es bereitete ihr Vergnügen, die Autorität ihres Mannes zu untergraben und ihn inmitten dieser Schar lächerlich zu machen, die nach einer Genugtuung ohne Recht und Gesetz dürstete. Am Abend verprügelte er sie dann. Und nur wenn Vicente mit dem zur Hälfte geschorenen Lockenkopf in seinem ausgewachsenen Anzug nach Hause kam, zügelte sie sich und wurde fast fügsam. Doch eines Abends wurde Camilo von Angstschreien aufgeschreckt, und Vicente trat blaß und zitternd ins Zimmer.

»Helfen Sie meiner Mutter, er will sie umbringen!« rief er. Und wollte ihn aus dem Zimmer ziehen. Camilo leistete Widerstand, doch dann folgte er dem Jungen, der davonlief, ohne ihn weiter zu drängen. Auf dem Hof erwartete ihn eine sonderbare Szene. Der Verwalter verprügelte Judite; sie hatte einen tiefen Schnitt an der Augenbraue, der stark blutete. Sie versuchte ihre Röcke in Ordnung zu bringen, die bis zu den Knien hochgerutscht waren, und diese kühle Schamhaftigkeit gab ihr einen Anstrich von Verbitterung, aus der der Schmerz ausgeschlossen war. Ein Arm war offensichtlich verletzt; Marques hatte ihr mit dem Küchenhocker einen harten Schlag versetzt. Camilo erblickte José Augusto, der mitten in der Kapellentür stand und zum Eingreifen bereit schien. Doch unternahm er nichts. Er verharrte einige Augenblicke, als ob er einer einfachen Hundebalgerei zusähe, stieg dann zwei Steinstufen hinunter und wandte sich der Rückseite des Hauses zu, wo das schon gesattelte Pferd für ihn bereitstand. Vicente lief hinter ihm her; er lief fast geduckt wie ein Tier, das seine Beute anspringt, und packte ihn kräftig am Arm. José Augusto kehrte sich um, und seine Augen verrieten nicht die geringste Absicht, zu helfen oder zu bestrafen. Plötzlich biß der Junge zu und rannte davon. José Augusto schaute ihm nach, führte die Hand zum Munde und lutschte langsam das Blut ab, und dann umwickelte er die Wunde mit dem Taschentuch, das er aus der Brusttasche zog. Es war ein Leinentaschentuch mit einem Monogramm. Camilo sah ihn zwischen den Pfeilern des Laubenganges verschwinden, aber er hörte kein Pferdegetrappel, er hörte überhaupt nichts. José Augusto schien plötzlich vom Erdboden verschluckt zu sein; aber es war, als vibrierte die Luft an der Stelle, wo er vor der Kapelle gestanden und zugeschaut hatte, wie eine Frau verprügelt wurde.

Judite hatte einen gebrochenen Arm und mußte auf zwei oder drei Tage ins Krankenhaus. Als sie zurückkam, war sie hochmütiger denn je.

»Na und, Judite? Geht es dir besser?« fragte José Augusto, als er sie mit dem heilen Arm das Zimmer der verstorbenen Senhora säubern sah. Den anderen Arm trug sie geschient und mit einem indischen Tuch hochgebunden.

»Gewiß, danke für Ihre Nachfrage.«

»Hast du mit Marques Frieden geschlossen?«

»Wozu? Er hat ein Herz aus Knoblauchbeize, und seine Seele ist eine große Weinflasche, wie Senhor Camilo zu sagen pflegt. Eines Tages wird sie zu Bruch gehen, und dann hab ich Ruhe im Haus.«

José Augusto lächelte nicht und ließ sich auch nicht auf ein weiteres Gespräch ein. Aber, verzwackter Charakter, der er war – eines schönen Tages brachte er ihr einen spanischen Kamm mit und steckte ihn ihr eigenhändig auf den kleinen, von Rebstockfunken gesprenkelten Zopf. Judite füllte die Glutbecken auf, indem sie im Kamin armweise noch feuchte Rebstöcke verbrannte, deren Saft bei der Verbrennung siedete. Der Kamin, so breit wie der einer Klosterküche, sog die Rauchsäulen in sich ein, und die feuchte Luft hielt sie oben in der Schwebe wie Wolken.

Vicente kehrte ins Priesterseminar zurück. Urbino, der Älteste, blieb daheim – ein schlichter, etwas beschränkter Junge mit der Figur eines Lords und einem spärlichen, ins Rötliche spielenden Bart. Tonico war erst zehn Jahre alt. Er war ein Streuner und immer darauf bedacht, alte Frauen zu ärgern und Fensterscheiben einzuwerfen. Sein Vater empfand für ihn eine etwas säuerliche Zärtlichkeit und nannte ihn einen »bösen Räuber«, weil er ihn immer mit heraushängendem Hemdzipfel und rußgeschwärztem Gesicht herumlaufen sah. Er war der einzige Sohn, den er nicht ablehnte; aber er verprügelte ihn mit einem Lederriemen, wenn er ihn Fallen mit Vogelleim aufstellen oder mit seiner Schleuder die Orangen von den Ästen herunterschießen sah.

Camilo kannte sich bereits in der ganzen Gesellschaft aus, die Pferde und zwei Tigerkatzen inbegriffen, die in der Sonne schliefen, ein Auge geöffnet, das andere geschlossen. Nur am Abend hielt sich José Augusto längere Zeit im Hause auf und blieb nach dem Abendessen, um eine Zigarre zu rauchen, wobei er mit dem kleinen Finger die Asche auf den Teppich schnippte. Wenn seine Schwägerin anwesend war, verfeinerte er diese Geste noch, weil sie ihr auf die Nerven ging. Sie hatte Angst vor Feuer und legte sich nie zu Bett, ohne das ganze Haus bis in die unverdächtigsten Winkel abzusuchen.

Das Leben in der Provinz war bestimmt von kleinlichem Meinungsstreit, Unduldsamkeit gegenüber politischen Richtungen und der Verfemung der Gefühle; das alles bediente sich der Physiognomie der Leidenschaften, die um so schändlicher waren, als sie nur dazu beitrugen, die Zeit zu betrügen und den Tod zu vergessen. Frömmigkeit und Lasterhaftigkeit, Tränen der Freude oder des Kummers, aus allem sprach die große Langeweile, die für kleine Naturen eine Aureole des Martyriums ist.

Trotzdem wurden diese banalen, in fast klösterlicher Eintönigkeit verbrachten Abendgesellschaften mit einer gewissen Spannung erwartet. Manchmal hinterließen sie eine erbitterte Unzufriedenheit, weil sie nur eine Debatte über Literatur erbracht hatten, was José Augusto mit einem Male zu verabscheuen schien. Sie führten heftige, erregte Gespräche, nur weil es ihnen eine Lust war, einander zu widersprechen und einer Feindseligkeit Luft zu verschaffen, die sie auf andere Weise nicht hätten erklären können.

»Ich bin zu jung, um mich an der richtigen Stellung der Kommata und der Vollkommenheit der Syntax zu ergötzen. An Maria hat mich geärgert, daß sie dazu ausersehen ist, den Verfasser des ›Liebesbriefstellers‹ dazu zu bringen, sein Geschwätz auszuschwitzen.« Aber als Camilo sich bequemer auf seinem Stuhl zurechtsetzte und sich eine Antwort überlegte, gab José Augusto dem Gespräch eine andere Wendung und ließ ihn enttäuscht zurück. Dies geschah mit solcher Regelmäßigkeit, daß es einen Zustand des Unbefriedigtseins schuf, der den Wahnsinn streifte. Doch dann auf einmal wurde José Augusto wieder menschlich und »emanzipierte sich von der Gewalt«, wie er selber einräumte.

»Ich liebe sie nicht und frage mich, weshalb ich sie nicht liebe«, sagte er. »Warum bringt sie nicht den Schneid auf, mich zu verachten und durch den lächerlichsten aller Menschen zu ersetzen? Jeder ist ihrer würdiger als ich.«

»So sind die Frauen. Ich weiß nicht, was die Verachtung so anziehend macht, daß sie um sie wie um einen Sieg kämpfen.«

Die Unterhaltung verlief nun so freundschaftlich und so aufrichtig, als wäre das die Folge der Erschöpfung durch eine innere Qual. Camilo bemitleidete den Freund, Tränen erstickten seine Stimme. Er ließ davon ab, ihm Ratschläge zu erteilen; er begriff, daß sein Leben nur einer Logik folgte, der Logik der Launenhaftigkeit, und daß er, sobald der Augenblick der Entfremdung von der eigenen Wesensart vorüber war, zu seinem Drang nach Freiheit zurückkehren würde, einer schrecklichen Freiheit, weil sie ihn an einer Berichtigung seines Gewissens hinderte. Er fühlte sich von ihm beherrscht, er, der doch weitaus begabter und geschickter im Durchschauen des menschlichen Herzens war. Beherrscht von der festen Haltung eines Menschen, der für die Unabhängigkeit der Empfindung kein Opfer bringt. Gut und Böse existierten nicht für José Augusto; für die Dinge der Seele hatte er keinen Sinn. Oder sollte das alles nur seine Phantasievorstellung sein? Täuschte er sich nicht, wenn er ihn mit Hilfe der Aufwallung seines Herzens analysierte? Um seine Gelassenheit auf die Probe zu stellen, kündigte er an, er werde nach Porto abreisen. José Augusto gab Order, seine Koffer vorzubereiten, und stellte ihm seine Sänfte zur Verfügung.

»Ich reite lieber. Das Wetter ist herrlich«, sagte Camilo. Am Vorabend seiner Abreise nutzte er José Augustos Abwesenheit zu einem Rundgang durch das Haus, und da das Zimmer der Verstorbenen offenstand, trat er dort zum ersten Mal ein. Clotilde hatte die Fenster geöffnet und machte sauber. Sie schien gesprächiger als gewöhnlich und erzählte von José Augustos Mutter, einer Dame, die nach den Bildern zu urteilen ein wenig korpulent gewesen, à la Ninon Lenclos gekämmt war und sich in einen großen, quastenbesetzten Umhang hüllte. Es sah aus, als hätte sie sich in den Bühnenvorhang eines Theaters gewickelt. Clotilde versicherte, sie sei schlank gewesen, und öffnete zum Beweis den Schrank mit den drei Spiegeln und zeigte die tadellos erhaltenen Kleider. Darunter befand sich ein Hofkleid aus lavendelfarbenem indischem Stoff, das mit zwei Reihen Seidenspitzen verziert war. Der Oberrock war mit rosa- und lilafarbenen Litzen eingefaßt. Er roch stark nach Nelkenessenz, die man benutzte, um Zahnschmerzen zu lindern. Nur eine schöne Frau konnte dieses Kleid tragen, ohne wie eine Pantomimen-Figur auszusehen. Um so mehr, als Clotilde versicherte, der zugehörige Kopfputz sei ein Turban mit Goldschnüren gewesen, von denen eine unter dem Kinn entlangführte.

»Warum hebt man das hier auf?« erkundigte sich Camilo.

»Sie sind zu prächtig, um für unsereinen in Frage zu kommen.

Die Mode hat sich geändert, und niemand wird sie mehr tragen. Selbst wenn Senhor José Augusto heiraten sollte, wird daraus bestenfalls ein Hemd für eine Heilige in der Kirche. Es ist üblich, daß man solche Sachen für die Aussteuer der heiligen Jungfrau herschenkt.«

Das mißfiel Camilo, ohne daß er recht wußte weshalb. Er schloß sich zum Schreiben ein und war auch beim Abendessen äußerst wortkarg. Am nächsten Tag war er recht mitgenommen und klagte über Magenschmerzen. Er blieb bis sechs Uhr im Bett und verließ sein Zimmer auch nur, um im Eßzimmer einen Teller Brühe zu sich zu nehmen. José Augusto bedauerte ihn und wollte den Arzt rufen.

»Das ist nicht nötig«, wehrte Camilo ab. »Mit den Jahren werde ich zum Denker und Chemiker. Ich stelle meine eigenen Medikamente her und zerstampfe in einem Mörser mehr Rhabarber als Finanzprobleme und Gesellschaftsfragen.«

Von Abreise war nicht mehr die Rede. Die Maultiere standen im Stall, die Sänfte war zum Anschirren bereit. Camilos Befinden besserte sich schließlich dank Rebhuhnbrühen und Wasser von Sabroso. Als er einen kleinen Spaziergang im Obstgarten unternahm, sah er, wie Tonico mit einem Messer die Bastrinde eines Feigenbaums abschälte.

»Was machst du da, du Schlingel?« fragte er ihn. Der Junge blickte ihn fröhlich-herausfordernd an. Er hatte ein sympathisches Gesicht und schwarze Augen; aber er war so verschlagen und verlogen wie ein echter Blindenführer. Für den Diener eines Majoratsherrn war er zu schlau. Der Junge kannte Freimaurersprüche und Spottgedichte und war der Plagegeist seiner Mutter. Es war eine heitere Epoche, die jedoch schon die Umwälzungen ahnen ließ, in denen Portugal gewisse Tugenden des Gefühls einbüßen sollte, verbunden mit dem Hinsiechen des alten Adels. »Wer den alten Adel vernichtet, wird zum Gespött des neuen werden«, sagte Camilo, der Anwärter auf den Titel eines Vicomte, gekränkt durch Enttäuschungen des Herzens und gewillt, sich dafür durch die Unverfrorenheiten des Willens zu entschädigen. Es gibt Leute, die in Camilo einen Gauner der Feder erblicken, den die Versuchung umtrieb, sich mit Hilfe des Amtes für Öffentliche Bauten gesundzustoßen. Die Korruption machte sich eher durch lärmende Konfusion als durch nüchternen Zynismus bemerkbar. Der »Patriota« äußerte sich wie Camilo, wenn er es ernst meinte, seine »Burleske Beilage« wie Camilo, wenn er spottete. »Im Parlament begegnen sich die Halunken aus allen Provinzen«, sagte er. »Im Genuß einer faulen Ruhe gelangt Portugal nicht aus dem schändlichen Sumpf seiner Dekadenz heraus; heuchlerisch wird sie von Scharlatanen geleugnet, die unfähig sind, auch nur ein Dorf zu verwalten« – so schrieb er in »O Porto e a Carta« im März 1855. Da hatte er seine mystische Krise schon hinter sich, die auf eine Talentkrise gefolgt war, in der er Verse wie »A Castelã de Baião« schrieb und sie José Augusto widmete. Im Jahre 1855 war José Augusto bereits tot. »Die Eselei ist das Schlußwort der Talente«, sagte Camilo. Vielleicht hätte er hinzusetzen sollen: »Deshalb habe ich überlebt.«

Während seiner Genesung war ihm Tonicos Gesellschaft willkommen, der ihm Neuigkeiten und Kastanien brachte. Bei einigen von ihnen saß im Inneren ein Wurm fett und rosig wie ein Säugling. Doch auf einmal erschien Tonico nicht mehr. Er erkundigte sich nach ihm. Da hieß es, er sei im Weinberg beschäftigt, die Rebstöcke einzusammeln. Das war eine harte Arbeit für ein Kind: die Hände schmerzten vor Kälte, die Leute zündeten kleine Feuerchen an, um die sie sich scharten; sie schluchzten beim Sprechen, frosterstarrt, und eisige Tropfen rannen ihnen aus der Nase. Ihre Augen sahen verweint aus; manche Frauen fielen plötzlich um, wenn die Wärme wirkte. Der Pächter trieb sie auseinander.
»Vorwärts ... Weitermachen!«
Er war ein rechter Sklaventreiber, dieser Marques. Aber er hatte keine Geliebten, so sehr nahm ihn die Abweisung durch seine Frau mit, die stets einen Bogen um ihn machte und ihm

Liebe und angenehmes Leben verweigerte. Tonico war so gut wie gar nicht gegen die Kälte geschützt. Judite hatte ihm alte Zeitungen unters Hemd gestopft, das war alles, was sie für ihn tun konnte. Er machte lange Finger, stahl Öl und Eier, wenn Clotilde einmal nicht aufpaßte oder den Schlüssel in der Tür der Vorratskammer stecken ließ. Camilo trat für den Jungen ein.

»Er ist noch ein junges Bürschchen, laß ihn nicht so schwere Arbeiten verrichten!« sagte er zu José Augusto. Dieser sah ihn ruhig an, weder erzürnt noch beeindruckt.

»Willst du dich ablenken, Camilo? Dann schreib einen Roman! Auch wenn du ihn unter Tränen schreibst, bleibt es eine Ablenkung. Die Arbeit, so schmerzlich sie sein mag, ist nichts weiter als das – eine Ablenkung von der Hölle, die moralische Ungeheuer aus uns macht.«

»Du beschimpfst die Größe des Leidens.«

»O nein, keineswegs. Ich bin noch pietätloser, weil ich den Schmerz liebe, der weder die Nerven noch das Herz angreift. Jeder andere Schmerz wirkt verrohend.«

»Welcher?«

»Derjenige, keine Schwächen zu haben, mein Freund.«

Camilo spürte eine eisige Kälte, die sich über seinen Nacken legte, als würde er mit einem Messer gestreichelt. Obwohl ihn die Krankheit angegriffen hatte, reiste er am nächsten Tage nach Porto ab. Er heuchelte Dankbarkeit, aber in Wahrheit war er nur verwirrt. Als letztes Bild, das er von Lodeiro mitnahm, sah er José Augusto auf der Schwelle der Kapelle stehen, still und ohne ein Lächeln, doch ein zartes Etwas, das ohne Lüge war, lag auf seinem Gesicht. Judite kam mit einem Wäschebündel unter dem Arm an der Hausecke vorbei; sie biß in ein Stück Brot, und als sie den Mund öffnete, sah man die Lücken, wo ihr Mann ihr bei den großen ehelichen Kämpfen die Zähne ausgeschlagen hatte.

Bevor Camilo nach Porto gelangte, wurde das Pferd dämpfig und war außerstande, die Reise fortzusetzen. Camilo war allein und immer noch krank. In der Herberge von Vila Boa

stieg er ab; die Aussichtspunkte des Gebirges schienen seines Elends zu spotten, dem es an Kraft fehlte, sein Leben mit einem klaren Entschluß in Ordnung zu bringen. Er hörte, wie von oben, von einem mit Mennige gestrichenen Fenster aus jemand nach ihm rief. Es war Manuel Negrão mit seiner auf zweihundert vollen Wagenladungen Mais gegründeten Aufrichtigkeit und seinem zum Patriarchat neigenden Schicksal.
»Du hier?« rief er mit seiner tiefen Stimme, die in den Vorhallen des Gebirges widertönte.
»Allerdings. Und du?« schrie Camilo zurück.
»Ich stecke hier im Verlies. Wohin reist du denn?«
»Ich wollte nach Porto, aber mit meinem Tragesel ist es aus und ebenso mit meiner Phantasie, wie ich mein Glück machen könnte.«
»Laß deinen Gaul hier, irgendwer wird ihn schon verwenden können. Ein Empedokles aus dem Marão kann seine Haut gewiß als Schirm gebrauchen, um den Wind abzuwehren. Du kannst in meiner Sänfte mitreisen.«
»Eine Sänfte? Hoffentlich ist es nicht der feurige Wagen des Propheten Elias. Das nenne ich Glück haben.«
Er stieg durch den Weingarten hinauf und begrüßte Negrão mit tadelloser Höflichkeit. Den reichen Negrão, der so majestätisch wie ein Bischof aussah, ein Bündel glücklicher Materie und außerdem schwerhörig. Gemeinsam aßen sie eine dünne Brühe und zwei Eckchen geräucherte Schweinsohren. Dazu gekochte Kastanien. Der Wein war ebenso schlecht wie die Brühe, das Brot so dunkel wie das Wasser der Kastanien. Doch die beiden Freunde waren so vergnügt wie die Kukkucke und lächelten den Kindern der Schankwirtin zu, die so schmutzig waren wie kleine Teufel und denen der gelbe Rotz bis zur Stirn reichte. »Kommst du aus Lodeiro?« fragte Negrão. Hier klappte das Visier ihres Gelächters herunter, und sie sahen einander ein wenig verlegen an.
»Gewiß.« Camilo machte eine lange Pause. Dann fuhr er fort: »Dein Vetter ist ein sonderbarer Vogel.«
»Er ist einer von den Menschen, von denen man nur sagen

kann: ›Nehmt ihn hin, wie er ist.‹ Weiter sage ich dir nichts, denn du schreibst solche Sachen irgendwann auf, aber auf deine Weise. Und ich lasse nicht zu, daß man in meinem Namen lügt, und ich habe auch keine Lust, mich öffentlich zum Gespött zu machen.«

Sie setzten beide unter gleichbleibend munteren Gesprächen ihre Reise fort, doch dieses Thema sparten sie aus. Sie redeten von Heiraten, von Geld und von Fohlen. Negrão war ein Fohlenzüchter und handelte mit ihnen so geschickt, daß es seinem Ansehen keinen Abbruch tat. Er bewunderte Camilo, ohne sich jedoch etwas aus Romanen zu machen. Er war ein Materialist mit einem Herzen, das mit Versen gepolstert war, wie sie einem guten Sohn und ehrenwerten Gutsherrn zu Gesichte stehen. In Baltar machten sie es sich am Feuer des Gasthauses gemütlich; eine ausgestopfte Boa hing von den Balken der Küche, und das Essen war nicht schlecht.

Mit einemmal sagte Negrão: »Jedes Unglück auf dieser Welt hat eine Daseinsberechtigung. Aber um die zu finden, muß man das Gehör eines Hasen besitzen, das ich nicht habe, dazu ein Adlerauge und die Witterung eines Windhundes, die auch du wahrscheinlich nicht hast. Nimm die Daseinsberechtigung der Dinge hin, wie sie ist, wenn du nicht mit der Gabe der Wahrsagung ausgestattet bist.«

»Weißt du was? Ich habe die Absicht, über Magnetismus zu schreiben. Das Leben ist eine Übertragung magnetischer Kräfte. Die Welt ist eine Kugel, in der sich das magnetische Fluidum vergnügt, das weder Baron noch Literat, noch Bürgersmann ist. Aber man sollte besser nicht alle Konsequenzen aus einem Prinzip ziehen. Dein Vetter, da wir gerade von ihm reden, ist ein triviales Phänomen; er hat kein Innenleben. Und jetzt will ich dir ein Geständnis machen: ich friere wie ein Schneider.«

In Porto quartierte sich Camilo im Santa Catarina Viertel ein, in einem Haus, das von einer Dame geleitet wurde, die früh und spät in einen mit Posamentierarbeiten verzierten Morgenrock aus Wollmusseline gekleidet war. Über ihren Ohren hockten zwei eingerollte Zöpfchen, die wie die Nattern der Kleopatra über zwei verkümmerten Feigen aussahen. Sie trug Pantoffeln und ein Häubchen mit grünen Atlasbändern, unter dem sie einer entmachteten Gorgo ähnelte. Sie wanderte unermüdlich zwischen dem Patio und den Korridoren auf und ab und überwachte das Kommen und Gehen ihrer Gäste. Doch das Zimmer, das Camilo bewohnte, war geräumig und hatte furnierte Möbel, und an der Wand hingen zwei Stiche aus der romantischen Schule mit Unmengen von Rosen und kleinen Frauen, die vor Gesundheit sprühten, vielleicht auch vor Rosenschnupfen. Dort traf ihn José Augusto im Februar des Jahres 1850 an.

Er war sehr mager, aber von einer Eleganz, die nahezu anstößig war. Sein Cutaway konnte sehr wohl von Rights zugeschnitten sein, er war dunkelgrün mit vergoldeten Knöpfen. Nicht zufrieden damit, wie ein Dandy auszusehen, legte er geradezu ein Bekenntnis zum Dandytum ab, denn er sprach mit großen Gesten von Moden und Salons. Hinter Frivolität verbirgt sich oft tiefer Ernst. Während sich José Augusto in Ausführungen über Leinenhosen und wie Bettdecken gefütterte Westen erging und die Absicht äußerte, nach Lissabon zu reisen, um dort Bernardo de Lemos, den Hofschneider, zu konsultieren, beobachtete Camilo an ihm eine Art wetterwendischen Allmachtsgefühls, hinter dem man die Stürme in seinem Inneren ahnen konnte. Dieser Mensch hatte keine Seele, wenn Seele der Haushaltsplan des Gedächtnisses ist; aber er litt.

»Im Hause des Barons Corvo gibt es einen Ball. Willst du mit mir mitkommen? Ich stelle dir die drei schönsten Frauen von Porto vor.«

»Das heißt, eigentlich nur zwei, falls ich über deine Zählkünste recht im Bilde bin.«

»Also gut: zwei. Aber sie verdienen den Namen der drei Grazien wegen ihres Übermaßes an Schönheit.« Er wirkte verstört und griff mit der Hand an den Hals, um mit einem leichten Ruck das Seidentuch zu lockern. »Oder ist dir mit meiner Gesellschaft nicht gedient? Ich bin ein netter Mensch.«

»Es gibt nette Menschen, die uns Furcht einflößen. Aber ich gehe mit dir. Ein Ball ist niemals etwas Triviales.«

José Augusto ließ sich auf einen Stuhl fallen und schien plötzlich aus einer großen Verlegenheit befreit zu sein. Er lachte und unterhielt sich mit einer Lebhaftigkeit, als wäre er ein wenig angetrunken. Er war wieder der junge Mann der Parodien im Restaurant von Leça, bei denen sich die rivalisierenden Anhänger der Debedeille und der Belloni gegenüberstanden. Er war leicht errötet, und als er die auf den Teppich gefallenen Pantoffeln sah, spottete er darüber mit einer Unzahl von Späßen.

»Du lachst ja gar nicht?« wunderte er sich dann.

»Es macht mir Vergnügen, deine Ausdauer zu bewundern, wenn ich schon nicht deinen Stil bewundern kann. Aber sag mir eines... Hast du Maria wiedergesehen?«

»Ja, gewiß doch. In einer Loge des São João Theaters, als ›Norma‹ gegeben wurde. Sie war die ganze Zeit über damit beschäftigt, sich die Handschuhe auf- und zuzuknöpfen und, wie soll ich es dir sagen – ich habe sie gehaßt.«

»Du hast sie gehaßt?«

»Allerdings. Und es ist erstaunlich, wie das meinen Geist neu belebt hat. Hassen heißt bei der Intelligenz investieren, es ist ihre reinste Melodie.«

»Und sie?«

»Das weiß ich nicht. Je schöner sie mir erschien mit ihren Perlen und dem Blumenzweig, der ihr Gesicht streifte, desto stärker spürte ich den Triumph, daß ich mich nicht angezogen fühlte und sie nicht liebte. So bin ich nun mal. Mit etwas mehr afrikanischer Sonne würde ich einen recht ordentlichen heiligen Augustinus abgeben.«

»Niemals. Dein Herz ist traurig vor Langeweile; sie versagt dir die metaphysische Erfahrung – und die andere auch.«

»Wirklich?« José Augusto schaute ihn mit einer gewissen reizenden Unschuld an. Er war wirklich unwiderstehlich.

Wie viele Frauen waren bereit, um seinetwillen den Kopf zu verlieren, um eines Mannes willen, der die Liebe mißachtete und dennoch fähig war, zu lieben! Eben dies umgab ihn mit der düsteren Aura – zu wissen, daß er mit außerordentlicher Leidenschaft lieben konnte und gleichwohl ein Egoist des Leidens war, außerstande, sich dem Glück hinzugeben. War er ein Verrückter? Ein Kranker? Wie leicht konnte man sein Verhalten verleumden, sein ungewöhnliches, ungesundes, schwindelerregendes oder einfach nichtiges Leben! Die Sicherheit, mit Leichtigkeit Liebe zu finden, tötete in ihm die Liebe.

Camilo bewunderte ihn. In diesem Augenblick ist er der Herr meines Lebens, dachte er wie in einem Traum. Er kam sich lächerlich vor und sagte laut: »Porto besitzt das Monopol für Flöhe. Und für Maskenbälle. Ist besagter Ball ein Maskenball?«

Wenn er das Gefühl nicht mit der Kraft seiner eigenen Satire hätte austrocknen können, hätte ihn der Blitz zerschmettert. Jetzt drängte es ihn, Maria und Francisca Owen kennenzulernen.

Auf dem Ball des Barons Corvo gab sich die bemerkenswerteste elegante Gesellschaft der Stadt ein Stelldichein. Aber José Augustos Ankunft löste eine Sensation aus. Aus purer Laune trug er einen maurischen Mantel afrikanischer Herkunft, wie sie zur Regierungszeit Alphons' V. in Mode gewesen waren. Die Frauen kicherten hinter ihren Fächern und zogen Grimassen des Entsetzens. Sie waren hinreichend Provinzlerinnen, um ihre Überraschung nicht verbergen zu können, und allzu ungebildet, um seine Wirkung auf ihre Phantasie nicht zu empfinden. Sie fanden den Majoratsherrn von Santa Cruz am Douro anziehend, aber die anderen wirklichen Majoratsherren keineswegs unterlegen, die allesamt gut frisiert waren und in ihren mit erlesener Sorgfalt geschneiderten Fräcken eine mehr oder minder gute Figur machten.

Die Menge der Gäste war groß, und José Augusto entdeckte nicht sogleich Bekannte. In der Nähe des Buffets ertönte das schallende Gelächter Ricardo Brownes. Camilo wollte sich sogleich wieder davonmachen.
»Dieser Mensch schuldet mir ein Duell, und das ist nicht dasselbe, als wenn er mir eine Prise Schnupftabak schuldig wäre«, sagte er. Aber Negrão vertrat ihm den Weg samt zwei anderen Majoratsherren, allesamt vom Glanz des Saales geblendet; sie sahen so verwirrt und verblüfft um sich, wie es Menschen tun, die das Ausmaß der eigenen Begrenzung erkennen. Da gab es Brasilienheimkehrer und Barone in großer Anzahl, und Camilo versetzte beim Blick auf die Uhrketten, die sich über ihre gestickten Westen schlangen, mit lauter Stimme: »Ein mit Geld beladener Esel klettert, wohin er nur will. Das hat Diogo Bernardes gesagt.« Ein blonder junger Mann mit farblosen Augen trat auf José Augusto zu und begrüße Negrão einigermaßen kühl. Sie wickelten ein Fohlengeschäft miteinander ab, das ebenso dunkel war wie sein Name, bemerkte Camilo; denn Negrão stand in dem abträglichen Ruf, ab und zu ein Pferd zu verkaufen, das an Dämpfigkeit litt oder beim Anblick einer alten Frau mit Mantille scheute. Doch Negrão hatte unter Macdonells Befehl gedient und ihn durch das Tal von Sabroso begleitet, als wäre es das Tal Josafat; der schlechte Ruf konnte seiner adligen Abstammung keinen Abbruch tun, und Owen, dieser ausgestopfte Gockel, konnte das ebensowenig.
»Komm und sieh dir die drei schönsten Frauen dieses Saales an!« flüsterte José Augusto Camilo zu.
»Waren es nicht eben noch die schönsten von ganz Porto?«
»Porto ist hier zur Gänze vertreten. Komm und sieh selbst!«
Er zog ihn mit sich fort und bahnte sich einen Weg durch die Hindernisse etlicher Begrüßungen, bis sie zu einem Sofa gelangten, auf dem eine derartig mit Juwelen behangene Dame saß, daß Camilo murmelte: »Das ist ja eine Schimäre ... etwas mehr Klassisches wäre mir lieber.«
Sie trug Perlen auf ihrem violetten Samthäubchen und

ebensoviele Ringe wie Bänder und Federn am Kleid. Es war Dona Rita Owen, eine Brasilianerin, hübsch und lebhaft wie die Frauen, die Unglück nicht von bloßer Unannehmlichkeit unterscheiden können; auf Durchschnittsmenschen machte sie einen guten Eindruck, will heißen, jedermann hatte zumindest eine Stunde am Tag, an der er ihr gerecht werden konnte. Neben ihr standen ihre Töchter, Maria und Fanny. Beide waren hochgewachsen, aber Fanny war schlanker, ihre Hände kleiner, und sie neigte den Kopf auf eine Art, die sie zu einer elegischen Statue vorzubestimmen schien. Solche Gestalten stehen auf den Grabmälern ganz Europas von Genua bis Paris. Bescheidenheit ohne Schläue, Empfindsamkeit ohne ängstliche Scheu. Die Linien ihres Gesichtes hätte man für ungeformt halten können, wären sie nicht mit dem Meißel leidenschaftlicher Aufrichtigkeit gezogen worden. Diese Frau liebt jemanden, dachte Camilo bei sich. In ihrer Nähe spürte er, daß er zugleich mit seiner Redegewandtheit auch die Gleichgültigkeit des Herzens einbüßte. Im allgemeinen ließ er, wenn er neben einer Frau saß, sie mochte hübsch oder häßlich sein, ein derartiges Feuerwerk der Leidenschaft abbrennen, daß weder sie ihn verstand noch er besser verstand als sie. Doch jetzt geschah es ihm, daß er verstummte und fast eingeschüchtert war. Er bemerkte kaum, daß sie ein weißes Kleid mit kurzen Ärmeln trug; ihre Haut war zart, und der Puder schimmerte auf dem Flaum ihres Nackens. Maria war vielleicht hübscher, aber für das Unglück ungeeigneter, mithin weniger nobel. Camilo fand sich selber töricht, weil er litt, noch bevor er jene Frau durchschaut hatte. Während José Augusto mit Maria redete und auf das Gespräch von Dona Rita einging, bildete sich eine Art Pakt zwischen Camilo und Fanny heraus. Ihr entging kein einziges Wort des Majoratsherrn von Lodeiro. Doch sie lächelte so schlicht, als dächte sie an die harmloseste Angelegenheit von der Welt. Und dann stellte sie eine sonderbare Frage: »Was ist er für ein Mensch?« Sie erschrak nicht, als Camilo überstürzt antwortete: »Er ist ein Mann mit einem unheilvollen Temperament.«

»Unheilvoll weshalb?«
»Er hat keine Seele.«
»Was ist die Seele? Ein Schmetterling hat auch keine Seele und versteht doch wie niemand anders, an die Blumen zu rühren.«
»Lassen Sie ihn vorüberflattern! Jedes Wort, das er zu Ihnen sagen könnte, reißt ein Blatt aus Ihrer Blütenkrone. Jedes Lächeln, daß er Ihnen zukommen ließe, löscht eines der tausend Lichter aus, die Ihre Welt erhellen. Lassen Sie ihn vorüberflattern!«
Sie schaute ihn entsetzt an. Dann faßte sie sich und sagte mit einiger Ungeduld: »Ich glaubte, Sie wären sein Freund.«
»Freundschaft verbietet nicht die Undankbarkeit der Hellsichtigkeit. Vielleicht bin ich undankbar. Aber gemein bin ich nicht. Er hat einmal zu mir gesagt: ›Ich werde kein langes Leben haben ...‹ Wenn man als Fünfundzwanzigjähriger an den Tod denkt, ist das entweder dichterisch oder verbrecherisch.«
»Ist er Ihr Freund?«
»Er hat meine Schulden bezahlt und mich vor dem Tode gerettet. Das heißt nicht, daß er mein Freund ist. Wer weiß, was eine Seele ist, weiß, was ein Freund ist.«
»Die Seele ist kein Stuhl, den man einem Besucher anbietet. Die Seele ist ...«
»Ist ...?«
»... ein Laster. Die Seele ist ein Laster.«
»Was bitte?«
»Behandeln Sie mich nicht wie einen Dummkopf. Man kann unschuldig sein, ohne dumm zu sein.«
»Mein Gott!« versetzte er überrascht. »Ich kann an Ihrem Gesicht Neugier, Mitleid, gekränkte Eigenliebe, Furcht vor der eigenen Arglosigkeit oder den Willen zu einem männlichen Mut ablesen. Alles, was zu einer verhängnisvollen Liebe führt.«
Sie wurde so blaß, daß es ihrer Mutter auffiel. Man trank Schokolade aus Silberglanztassen, und die Paare hörten zu

tanzen auf. Die Diener verstreuten Borsalz auf dem Boden und wechselten die Kerzen in den Kandelabern aus. Der Edle von Ervedosa ging mit einer Frau im Odaliskenturban am Arm vorbei und winkte Camilo zu; er erwiderte den Gruß nicht. Sein Zwiegespräch mit Fanny, das so rasch verlaufen war und viele Jahre des Einverständnisses und der Annäherung übersprungen hatte, verblüffte ihn fast bis zur Begeisterung. Jetzt wußte er nichts mehr zu sagen. Er bemerkte, daß seine Hände zitterten, und wenn er sprach, kam ihm die eigene Stimme unbekannt vor. Fanny tanzte. Unter dem englischen Mieder war ihre hohe Taille etwas nachlässig geschnürt, als mißachte sie jede Verteidigung. Sie war hübsch. Ihre weit auseinanderstehenden Augen und die kindhaft gewölbte Stirn gaben ihr ein passives, rührendes Aussehen. Ihre Nase war kurz, die Nasenflügel schmal, der Mund klein. Er stellte sich vor, wie diese Finger José Augustos Schulter berührten; ihre Fingernägel mit den sehr weißen Halbmonden waren fleckig gestreift.
Der Baron Corvo unterbrach seine Betrachtungen.
»Wie gefällt Ihnen der Ball?« fragte er ihn und blickte aufmerksam und beglückt in die Runde.
»Der Ball ist großartig. Ich tanze allerdings nicht und mache mir auch nichts aus Musik. Ich bin zum Richter im bergigen Bouro geboren, ich gehöre nicht dieser Gesellschaft an, wo die Verdauung leicht vonstatten geht und der Geist geschliffen ist.«
»Geist haben Sie selbst, Camilo. Sie werden als unabhängiger Geist sterben, gezeichnet von Ihrem Genie und den Blattern, wie man hier sagt.«
»Und die edlen Barone jedesmal besingen, wenn man mich aufruft, über mein Jahrhundert auszusagen.«
Der Baron lachte etwas mühsam, er war offenbar nicht besonders überzeugt davon, daß ihn mit Camilo Sympathie verbinden könnte, einem Zeitungsschreiber, der dafür bezahlt wurde, daß er sein Talent bei den Streitigkeiten einsetzte, bei denen sich die reichen Herren nicht persönlich kompromit-

tieren mochten. Baron Bolhão bezahlte ihn für die öffentlichen Anklagen, mit denen er seine Feinde treffen wollte. Und verachtete ihn. In einem Lande, in welchem man, wie Camilo sagte, als Pflichtübung liebte und die Leute sich aus Notwendigkeit verabscheuten, betrachtete man seine feurige Verve als Mittel, die Säle zu erwärmen und die Menschenfeinde anzuspornen, die im allgemeinen bedeutende Männer mit Profil waren und das auch blieben, allen Spötteleien dieses kneifertragenden Lümmels zum Trotz. Wenn er nicht so faul gewesen wäre, hätte man etwas aus ihm machen können. Baron Corvo meinte, mit etwas mehr Effizienz hätte Camilo entweder einen Platz in den afrikanischen Garnisonen ergattern oder die erste Abschlußprüfung eines Universitätsstudiums schaffen können. Später dann – Gott befohlen.

Camilo sah José Augusto, ein Glas in der Hand, den Saal durchqueren und ging hinter ihm her. Er war in einen kleinen, mit blauer Seide bespannten Salon getreten und blieb einen Augenblick stehen, um sich ein Gemälde anzuschauen, das einen Schiffbruch darstellte. Camilo legte ihm die Hand auf den Arm, und José Augusto drehte sich um; er war betrunken.

»Hast du gesehen, wie sie geht, feierlich vor lauter Traurigkeit und Inspiriertheit?« Er lachte spöttisch auf, und Camilo trat ein wenig zurück.

»Wer?« fragte er. Er steckte sich eine Zigarre an und wartete auf die Antwort.

»Fanny. Du wirst sagen, ich hätte die Königswürde des Leidens beleidigt. Ich bin ein Königsmörder. Ein Gottesfeind. Ach! Wie heiß es hier ist! Ich möchte etwas frisches Wasser trinken. Ich würde es gern mit vollen Händen aus einem öffentlichen Brunnen schöpfen, kühles Wasser ... eiskaltes ...« Er wandte sich halb um und ging auf die Tür zu. Plötzlich drehte er sich erneut um und fragte: »Liebst du Fanny?«

»Ich? Sie ist eine Frau, zu der man am liebsten ›meine Schwester‹ sagen möchte.«

»Du liebst also Raquel?«
»War das die dritte der schönsten Frauen? Du hast sie mir nicht gezeigt, aber ich habe sie gesehen, in violettem Atlas, nicht wahr? Besteht eure Beziehung noch?«
»Nein, nein ... Damit bin ich fertig. Die femmes fatales bin ich leid und die Don Giovanni-Typen ebenfalls.«
Er rannte fast hinaus, und Camilo konnte sehen, daß er ins Vestibül stürmte. Man öffnete ihm in Windeseile die Tür zur Straße, sonst wäre er hineingerannt oder hätte den Windfang zersplittert. Auf dem Gehsteig führte er sich auch nicht zivilisierter auf; die beiden Galizier, die auf ihn zutraten und ihm ihre Sänfte anboten, wies er schroff ab und versetzte einem der kräftigen Kerle sogar einen Faustschlag.
»Rasch, ich möchte noch zum Abendessen in London sein«, schrie er. Er war erhitzt, trug weder Mantel noch Umhang, und weißer Schaum stand ihm in den Mundwinkeln. Camilo begleitete ihn nach Hause, in die Rua de Belmonte, wo für die Pferde ein gepflasterter Zugang in den Keller führte. Das Wohnzimmer befand sich im obersten Stockwerk. Sie stiegen hinauf. José Augusto öffnete weit die Fenster, und sie sahen die gelben Lichter, die sich im Wasser des Flusses spiegelten. Er wirkte jetzt ruhiger. Aber er zitterte immer noch.
»Trink einen Schluck Kaffee!« riet ihm Camilo. Er fühlte Mitleid, aber selbst das schien ihm mit einer fast heiteren Geringschätzung untermischt zu sein. Die Verachtung für diesen Mann gab ihm etwas wie Sicherheit. – Kann man das Wertschätzung nennen? Die Verachtung für das Opfer ... Nein ... ich irre mich. Dieser Mensch ist gestorben. Er steht hier wie eine Statue aus den Gärten; er kann keinen Schrecken einflößen und nichts empfinden. –
José Augusto sagte: »Der Fluß wirkt beruhigend auf mich. Ich glaube, ich könnte langsam ins Wasser hineinschreiten und die Umarmung des Wassers empfangen, die sein würde, als wäre jemand dankbar für mein Kommen. So hat der Fluß immer auf mich gewirkt. Er ist so glatt wie der Leib einer Frau.«

Er wandte sich wieder ins Zimmer, war plötzlich hellwach und lächelte sogar. »Gehen wir zurück zum Ball?« fragte er Camilo.

»Nein. Leg dich lieber zu Bett! Ich gehe auch nach Hause.«

José Augusto sah ihn argwöhnisch an. Er lief rasch hinab in sein Schlafzimmer, wo er das Hemd wechselte und sich das Gesicht wusch; er rief nach Camilo, noch immer erregt, doch schon ohne die tiefe Verzweiflung, die er zuvor gezeigt hatte. Sie kehrten auf den Ball zurück, aber die Familie Owen trafen sie dort nicht mehr an. Dies schien José Augusto nicht im mindesten zu enttäuschen, sondern eher zu seiner guten Laune beizutragen. Er pirschte sich an Raquel heran und verbrachte den Rest der Nacht damit, ihr heftig den Hof zu machen. Er war zu Schwärmerei, zu einem völlig unwiderstehlichen Überschwang imstande; auch wenn sicher war, daß er Raquel verlassen würde, ließ sie sich von ihm zurückerobern.

Raquel war mit einem Mann verheiratet, der fünfundzwanzig Jahre älter war als sie. Vierzehn ihrer Liebhaber waren bekannt, und doch liebten sie alle skeptischen Dichter Portos, ohne daß irgendein Sieg in der Gunst dieser Frau etwas anderes als eine Niederlage bedeutet hätte. Verstrickt in Eifersüchteleien und alle Irrungen der Rivalität gaben sie sie schließlich auf, ohne ihr jedoch gänzlich untreu zu werden. Mit José Augusto hatten sich die Dinge anders abgespielt; beide hatten sich niemals der Selbsttäuschung hingegeben, an die guten Absichten des Partners zu glauben. Ihre Beziehungen waren von erfreulicher Wirklichkeit, und das verhinderte, daß sie ins Kleinliche abglitten. Als Maria Owen zwei Jahre zuvor im Winter des Jahres 1849 an José Augusto geschrieben hatte, war ihm eine Geste von fast weiblicher Frivolität eingefallen; er hatte den Brief Raquel übergeben und erst dann zurückgenommen, als ihn Raquel selbst dazu genötigt hatte.

»Ich wäre niemals imstande, dich zu einem Briefwechsel mit

mir herauszufordern; solche Dinge zu schreiben müßte verboten sein«, sagte sie. Sie war ein hübsches Geschöpf und hatte die vollen Lippen und die blasse Haut der Kreolinnen. José Augusto war fasziniert von dem Renommee, ihr Liebhaber zu sein, aber in Wirklichkeit hatte er provozierende Zusammenkünfte immer vermieden. Er tat, als respektierte er sie, was Raquel für vernünftig hielt. Wenn man eine Frau nicht liebt, muß man ihr die Verwirrung der Gefühle ermöglichen, die nicht so entwürdigend wirkt wie eine einfache Zurückweisung. José Augusto las Byron, wie andere Leute die Bibel lesen. Er konnte seine Verse auswendig und kannte sich aus in seinen gestörten Beziehungen zu einer Gesellschaft, die vor allem von den Frauen repräsentiert wird. Er verkehrte bei Raquel, wie Byron bei Lady Caroline Lamb verkehrte. Lamb heißt Lamm, und Raquel heißt ebenfalls Lamm. Im Spiegel der Unterwerfung gibt es schwindelerregende Anziehungskräfte; nur strafte Raquel ihren Namen ebenso Lügen wie alles übrige. José Augustos Beziehungen zu ihr waren in dem Maße intim, wie er nicht durch die Schuld, ihr den Hof zu machen, gehemmt war; und deshalb schien er eher ihr Liebhaber zu sein als diejenigen, die verstohlen ihren Liebespflichten nachkamen, weil sie jemandem damit das Vergnügen stahlen – dem Ehemann oder jemand anderem.
Porto übte besondere Nachsicht gegen untreue Frauen, wenn sie intelligent genug waren, ihre Liebhaber nicht ihren gesellschaftlichen Verpflichtungen vorzuziehen. Man diskutierte nicht über die Geschmäcker, sofern keine Fehler damit begangen wurden. Und es war ein Fehler, sein Schicksal aufs Spiel zu setzen, wenn es nur darum ging, einen Mann zu lieben, etwas Kurzfristiges und nicht besonders Ausgefallenes. Im übrigen hatte die schöne Raquel nur eine Leidenschaft: ein solides Vermögen zusammenzubringen und die Einkünfte daraus zu verwalten. Die Art, wie sie mit ihren Pächtern diskutierte oder über eine Maurerarbeit abrechnete, ließ das unerschrockenste Herz erstarren. Allerdings wurden ihr überall die Dinge erleichtert, seien es Eintragungen in die

Grundbücher, Landkäufe oder zahllose andere Geschäfte. Die Vertreter der Stadtverwaltung und der Steuerbehörde, die Verwalter und Richter waren bereit, ihr zu helfen, weil es harmloser war, ihr Gunstbeweise mit Hilfe von Korruption zuzugestehen als Gefühle mit Folgen. Ihr Leben war so ausgefüllt mit all diesen finanziellen Kämpfen und mit Glücksspielen, daß ihr keine Zeit für die Liebe geblieben wäre, wenn diese für Raquel etwas anderes bedeutet hätte als ein Zubehör ihrer Toilette. Sie trug ihre Liebhaber passend zu ihren Kleidern, und Gott weiß, wie viele Kleider sie für Spazierfahrten und Besuche zu jeder Jahreszeit in Auftrag gab. Sie besaß keinerlei Macht über José Augusto, doch gerade deshalb war sie gefährlicher als gewisse Frauen, die Verwüstungen im Charakter der Männer anrichten; weil José Augusto sie nicht fürchtete, gestand er ihr Rechte zu, die ihr auch die kostbarsten Geheimnisse auslieferten. Daher kannte sie die sanften Herausforderungen Maria Owens, jene Briefe.

Im übrigen hörte Maria auf, sie zu schreiben, nachdem ihr Bruder ihr José Augusto zugeführt hatte, als böte er ihr ein reinrassiges Fohlen an. Ihre Liebe trug Züge von Dankbarkeit, von einem Fest in der schönen Wirklichkeit des Lebens, von dem sie sich alltägliche und gefahrlose Dinge erhoffte. Zwischen ihr und Fanny bestand ein grundlegender Unterschied. Maria paßte sich den Konventionen an, selbst wenn sie Romane erfand; Fanny war schlichtweg eine Liebende, und sie war etwas enttäuscht über die Abwesenheit ihres Vaters, der seit der frühesten Jugend seiner Kinder fern vom häuslichen Herd lebte. Zuerst wegen nicht allzu schwerwiegender Unvereinbarkeiten; später dann, weil die kleinen Mißgeschicke des Herzens leichte Tröstungen zuzulassen pflegen. Er kannte in Lissabon eine Engländerin, die gebildeter war, als nützlich sein konnte, um einen jungen Mann vom Heiraten zu überzeugen; ein reifer Mann jedoch interessiert sich immer für originelle Frauen und hält ihre Originalität für eine Wirkung seiner eigenen Reife. So entstand eine Bindung, aus der ein Sohn hervorging, der fast dasselbe Alter hatte wie

Hugh Owen. Dona Rita, an Gehorsam gewöhnt, faßte diesen Verrat nur als eine Form der Meinungsverschiedenheit auf. Sie nahm die Flucht ihres Gatten mit einiger Nachsicht hin und brach die Beziehungen zu ihm nicht völlig ab.

»Ein alter Ehemann wird zum Verwandten«, sagte sie. Sie behandelte Oberst Owen wie einen Onkel mit den Befugnissen eines Vormunds. Er behielt die Wohnung in Cedofeita bei und ließ sich nur selten in Vilar do Paraíso sehen, damit keine Mißverständnisse aufkämen, denn zuallererst war er ein Offizier, der seine Uniform schätzte, und in die Uniform bezog er die Schlachtfelder der Liebe ein.

Nach dem berühmten Geburtstagsball des Barons Corvo gab es keine weiteren Begegnungen mit den Owens. Die Damen kehrten auf das Gut Paraíso zurück, nachdem sie eine Nacht in einem Hotel in Porto verbracht hatten, und José Augusto brach mit Camilo nach Lissabon auf. Dort verlor sich der Majoratsherr von Lodeiro im goldenen Staub der Salons. Camilo kehrte nach Porto zurück, und alles verlief mit der üblichen wünschenswerten Eintönigkeit. Die Erinnerung an jene Nacht voller Gefühlsbewegungen war schon fast erloschen. Zurückgeblieben war nur ein leichtes Zögern, ob das, was damals vorgefallen war, als glaubwürdig betrachtet werden könnte. Das furchtsame Herz will keine Beweise für die Gefahren, auf die es verzichtet.

Eines Morgens in aller Frühe hörte Camilo seinen Namen rufen. Es war José Augusto zu Pferde, der in sein Zimmer einritt. Er schien überaus wohlgelaunt zu sein. Die Hauswirtin in ihrem wollenen Morgenrock lief herbei und protestierte gegen diese Tollheit.

»Kommen Sie getrost herein, Senhor! Vier Beine oder zwei – was macht das schon! Sie sind sich doch alle gleich, diese Majoratsherren!«

Das Haus roch nach frischem Kaffee. Es war sechs Uhr früh; und dieser letzte Sonntag im Mai führte sich glanzvoll ein und war erfüllt von den Geräuschen der Pilger, die zum »Senhor da Pedra« zogen, manche zu Fuß mit Proviant in roten Weidenkörben, andere auf großen, mit Schellen geschmückten Ochsenkarren. Camilo schlief noch, und der zerflossene Kerzentalg auf dem Leuchter bezeugte hinlänglich eine mit der Niederschrift des Feuilletons für den »Nacional« verbrachte Nacht. Auf einem großen Koffer aus gelbem Leder lagen in einem unordentlichen Haufen seine Kleider, und sie mußten wohl frischen Lavendelduft ausströmen, denn das Pferd hob sie mit dem Maul hoch.

»Wach auf!...« rief José Augusto. Er wedelte ihm mit der Reitgerte unter der Nase und setzte sich auf ein wackliges Kanapee, nachdem er den Rappen am Türgriff angebunden hatte. Camilo schlug die Augen auf.

»Aha, der Junker vom Douro-Ufer, der Skeptiker!«

»Ich bin kein Junker, ich bin ein Edelmann. Das macht einen feinen Unterschied. Ich stamme von den Herren aus Ponte da Barca ab, da hast du den Beweis.«

»Das fehlte gerade noch. Der andere ist wohl, daß du die Frauen als Schreckgespenster bezeichnest. Unser Fürst nennt die Hofdamen ebenfalls Schreckgespenster.«

»König Sebastian hatte noch schlimmere Namen für sie. Das hindert aber nicht, daß er den Beinamen ›der Ersehnte‹ verdient.«

»Bist du auch ein Ersehnter?«

»Ich bin ein José wie der Vater von Don Tenorio, ›ein wahrer Grandseigneur ohne einen Tropfen jüdischen oder maurischen Blutes in den Adern‹, Byron bestätigt es.«

»Byron war ein Witzbold. Er hätte Don Juans Vater Recaredo und nicht José nennen müssen. Aber wer hat hier die Fenster zugemacht?«

»Die Fenster stehen offen, es ist heller Tag.«

»Ich war gerade eingeschlafen.«

»Zum Schlafen ist es zu spät. Reiten wir aus! Reiten wir zum ›Senhor da Pedra‹! Das ist eine Wallfahrt mit vielen Leuten, Pferden und Blaskapellen. Ein Sevilla mit Beethoven aus dem Musikpavillon und den Wäscherinnen von Rechousa mit den bezaubernden Hinterteilen, die ihre Liebhaber mit Versen

bedienen. Wir zerbrechen das Geschirr der Marktfrauen und ärgern die Kuchenbäckerinnen mit den Kurbetten unserer Pferde. Kannst du dir ein Pferd besorgen?«
»Ich besorge mir eines so schnittig wie ein Schiffskiel, mit dem man einen Diamanten zerschneiden kann. Aber ich mag nicht.« Dennoch stand er auf, band das Pferd von der Tür ab und rief: »Estrúria, meinen Kaffee und die Kekse aus Valongo!«
Die vertrauliche Euphorie ihrer Begegnung wurde überdeckt von Scherzworten und Zitaten aus der Sittenchronik. Seit drei Monaten hatten sie sich nicht mehr gesehen und in köstlicher Gleichgültigkeit vor sich hingelebt, hatten sich mit Banalitäten begnügt als da sind fade Freunde und hohle Vergnügungen. Jetzt spürten sie von neuem das Schwindelhafte, Betrügerische dieser Ablenkungen von etwas Stärkerem, das ihre Gedanken quälte und ihre Nerven zermürbte. José Augusto war beleibt, und wenn er auch nicht übermäßig korpulent war, sah er doch mißgestaltet aus; mit seinen langen Armen und den gebeugten Schultern schien er älter zu sein als die dreiundzwanzig Jahre, die er in Wahrheit zählte. Er trug das Haar jetzt kürzer und hatte sich einen gewaltigen Tartarenschnurrbart wachsen lassen. An einem um den Hals geschlungenen schwarzen Band hing ihm eine Uhr von der Größe einer Goldmünze; und wenn er grübelte, steckte er in einer halb einstudierten Pose die linke Hand in die Öffnung seines grobwollenen Rockes.
Ohne Camilo anzublicken, sagte er: »Wir erschrecken das Vieh und reißen die Getränkestände um ...«
»Wir spießen die Brezeln und Kringel mit den Peitschen auf ...« Von der Tür aus rief er: »Estrúria, das heiße Wasser!«
»Wir bringen die Weiber zum Kreischen!«
»Ora pro nobis.«
»Wir jagen die Böller in die Luft!«
»Ora pro nobis.«
»Wenn ein trauriger Mensch lacht, so geschieht es, weil er

jemanden noch Traurigeres gefunden hat. Es gibt eine Art unreines Glück, das Leute wie mich überfällt«, sagte José Augusto, ohne die Stimme zu heben. Das versetzte sie plötzlich in die Stimmung zurück, in der sie gelebt hatten und an der sie fast erstickt waren. Er fügte hinzu: »Wenn man in dem Alter leidet, in dem man glücklich sein sollte, glaubt man nie wieder an das Glück, weder als Zufall noch als Belohnung. Unsere Qualen sind uns zu einer lieberen Gewohnheit geworden als irgendeine Entschädigung dafür.«

»Ich weiß, wie das ist«, versetzte Camilo. Er trocknete sich das Gesicht mit dem Handtuch ab und schien weit entfernt zu sein von den Worten, die er sprach. Zumindest wollte er sich nicht in irgendeine Seelengemeinschaft verstricken lassen.

»Man liebt den Schmerz für immer, wenn er uns an der Brust getragen hat und unsere Amme war.«

José Augusto stand auf; er war so erregt, daß sein Pferd in den Zügel biß und aufwieherte. Er gab ihm einen leichten Schlag auf den Rücken und sprach leise auf das Tier ein, dann wandte er sich wieder Camilo zu.

»Das Unglücklichsein ist eine Form des Verzichts und hat nichts mit dem Unheil zu tun«, sagte er. »Es ist die glutvollste aller Geliebten, und deshalb opfern wir ihm alles: Ehre, Freunde, selbst Gott.«

»Wir sind jetzt dreiundzwanzig. Wenn wir alt geworden sind, werden wir dann wissen, wovon die Jungen reden?« erwiderte Camilo, womit er das schwerfällige Zwiegespräch verspottete, das ihm unerträglich wurde. Er kannte die bedrükkende Neigung José Augustos zu mehr oder minder düsteren Gesprächen. Er verdiente den Namen »Prügelknabe«, unter dem er bei den Literaten des Cafés Guichard bekannt war. Camilo selbst nannte ihn ein paarmal »Hinterwäldler«, mit voller Billigung Manuel Negrãos, für den der Majoratsherr von Lodeiro ein völliges Rätsel darstellte. »Er hat hohe Schulden«, erklärte er. »Die Schulden bringen mehr Philosophen hervor als die Schule von Athen.« Camilo fand das vernünftig gedacht.

Diesen Maisonntag vergaßen sie nicht. Das Kirmesgelände war übervoll von Menschen, die Straßen verstopft von Kutschen, in denen dicht gedrängt die Bürgersleute saßen, die Kinder, mit Häubchen aus Monaco-Stroh, trugen kleine Netze zum Fischefangen in der Hand. Im Schatten der Sonnenzelte sahen sie Bäuerinnen aus Maia, die Brust mit Goldschmuck behangen und Federn auf den Hüten, die in der Haltung von Äbtissinnen zum Liebeshandel herausforderten, wobei sie auf dieser Kirchweih unter freiem Himmel beispielhafte Umsicht walten ließen. Die beiden Freunde hatten die tiefsinnigen Themen auf sich beruhen lassen und unterhielen sich ganz simpel und zwanglos über einfache, alltägliche Dinge. Eine dunkle, schlichte Freude ergriff von ihren Herzen Besitz und damit überkam sie eine fast übertriebene Inbrunst, die sie trieb, in die Kapelle zu treten und zu beten. Sie wären auch zum Tempel von Korinth emporgestiegen, wenn sie dort gewesen wären, und hätten diesem heidnischen Ort, dessen Kraft ihnen vertraut erschienen wäre, einen begeisterten Gedanken gewidmet – der Kraft, ihre Phantasien in die orthodoxe Form zu bringen. Über die Wege streifend, gerieten sie in die Gemarkung von Vilar do Paraíso, eine Örtlichkeit mit fruchtbaren Ebenen und Pinienwäldern, wo ein heruntergekommenes Herrenhaus mit einem Holzportal stand. Die Windstürme hatten die Fensterrahmen abgerissen. Neben diesem großen Haus, das wie eine Abtei aussah, aus der man die Mönche vertrieben hatte, lag die Kirche, kleiner als eine Erscheinungs-Kapelle. Ein Baum überschattete ihren Turm. Es war um die Stunde, in welcher der Sonntagsfrieden die Toten auf den Friedhöfen zu begrüßen scheint. Eine Stute mit ihrem Fohlen wälzte sich im Gras. José Augusto und Camilo spürten, daß ihre von der Maisonne gestärkte Energie nachließ; eine unerklärliche Melancholie bemächtigte sich ihrer.

»Ich würde gern an einem solchen Ort leben. Und das sein, was ich in meinem Dorf sein könnte, wenn ich nie aus ihm herausgekommen wäre. Hier hätte eine Frau noch den Wert, den ihr die erste Leidenschaft gibt.« Er richtete sich ein wenig im Sattel auf und deutete auf ein Haus mit grünen Fensterläden hinter einer niedrigen Mauer. Im Garten blühte ein Kamelienbaum; seine roten und weißen Blütenblätter riefen einen Eindruck fast schmerzhafter Unwirklichkeit hervor. »Die Frauen, die in diesem Hause leben, setzen sich gewiß oft unter diesen Baum.«

»Wer wohnt in diesem Haus?« erkundigte sich Camilo.

»Maria und Fanny«, erwiderte José Augusto zerstreut.

Camilo sagte: »Laß uns verschwinden! Das ist zuviel der Traurigkeit. Wir sind nahe daran, Frauen zu lieben, die wir nur einmal im Leben gesehen haben. Nie werde ich diesen Ort vergessen, diesen Tag und die Sehnsucht, die ich bei seinem Anblick verspüre. Gehen wir lieber gebratene Alsen essen und schauen wir uns nach zwei Gesprächspartnerinnen um!«

»Du hast recht.«

Sie gaben ihren Pferden die Sporen; Camilos Pferd war ein Schimmel, hatte ein Rückgrat wie eine Säge und kam nicht recht vom Fleck. Als sie an dem Garten vorbeiritten, blieb Camilo absichtlich ein wenig zurück; zuerst erblickte er Maria, mit einem Buch in der Hand, sicherlich waren es Gedichte, und dann trat Fanny aus dem Hause, in einem Musselinkleid und mit einem Strohhut, um den ein blaues Band geschlungen war. Sie begann die Blumen zu gießen; da sie sich dabei die Schuhe durchnäßte oder weil Sand hereinkam, zog sie zuerst den einen, dann den anderen aus, schüttelte sie aus und blickte über die Gartenmauer in die Ferne. Sie erkannte Camilo und erschrak heftig. Hinkend lief sie ins Haus zurück, einen Schuh noch in der Hand. Vielleicht hatte sie ihn nicht wiedererkannt, doch gewiß hatte sich zwischen beiden ein Fluidum ausgebreitet, das keine Leidenschaft war, wohl aber der Ruf danach. Als Camilo zu José Augusto aufschloß, sah er, daß dieser nichts bemerkt hatte. Sie tauschten nur wenige Worte, bis sie an den Strand gelangten. Dann überließen sie sich einer Heiterkeit, in der die schrille Stimme der Hysterie mitschwang.

Erst spät kehrten sie nach Porto zurück, und ganz allmählich fanden sie den Ton einer Vertraulichkeit ohne Exhibitionsgelüste und das gescheite Vergnügen an gesitteten Geständnissen wieder. José Augusto hustete; die Feuchtigkeit der Felder, aus denen eine unwirtliche Kühle aufstieg, setzte ihm zu.
»Welcher von beiden gibst du den Vorzug?« fragte José Augusto unerwartet.
»Sie sind beide nicht mein Fall.«
José Augusto schwieg einen Augenblick und erwiderte dann überlegt: »Und wenn wir uns verliebten?«
»Du und verliebt! Bist du nicht ein Skeptiker? Hast du nicht ein Herz wie die Truhe in meinem Zimmer, ledern und leer?«
»Du meinst, ich könnte keine Frau lieben?«
»Doch, doch. Aber nur mir Hilfe eines galvanischen Schocks. Hinterher würdest du tot umfallen. Ich sollte dir das nicht sagen. Aber manchmal spricht man grausame Dinge aus, um nicht weinen zu müssen. Schau, José Augusto: Es gibt Menschen, die nicht dazu geboren wurden, jemanden zu lieben.«
»Die Liebe zum Nächsten ist eine Bagatelle, die uns von schreckenerregenden Dingen ablenkt.« Da Camilo keinen Protest äußerte und ihn auch nicht unterbrach, fuhr er fort: »Die Leidenschaft ist eines dieser schreckenerregenden Dinge. Nicht die Leidenschaft um des Ruhmes oder um einer Frau willen. Sie ist vielleicht die Folge des Mangels an Ewigkeit. Es wurmt mich, daß ich kein Gott sein kann.«
»Vergessen wir das alles, José Augusto! Wir kehren nicht mehr nach Vilar do Paraíso zurück. Diese Mädchen sind zwei Snobs. Ihre Mutter ist eine eingebildete Person. Eingebildet bis in die Falten ihres Kleides und die Sohlen ihrer Schuhe. Ich wette, sie sind alle drei imstande, über das zu lachen, was uns weinen macht. Sie schließen sich ins Zimmer ein, essen Kroketten und lachen über alles.«
José Augusto lächelte und zeigte wieder gute Laune. In lebhaftem Trab ritten sie in Porto ein und nahmen so über-

schwenglich voneinander Abschied, als hätten sie sich eben erst kennengelernt. Sie vereinbarten, am nächsten Tag gemeinsam in jenem Gasthaus von Leça zu Mittag zu essen, das die Arena der beiden melomanen Parteien gebildet hatte, der Debedeille- und der Belloni-Partei.

Schon ein Stück entfernt, wandte sich Camilo im Sattel um und rief: »Hör mal!« José Augusto machte ihm ein Zeichen, das nach endgültigem Abschied aussah. »Die Freundschaft ist das einzige Gut, um das die Götter die Menschen beneiden.« Ihm war nicht klar, ob ihn der Freund verstanden hatte. Er ritt nach Hause, legte sich ins Bett und dachte über die Begebenheiten dieses Sonntags nach, über den Spazierritt mit José Augusto, seine Ausgelassenheit und seine Traurigkeit, über die Kapelle mit den tränenden Wachskerzen und das Haus in Paraíso mit dem blühenden Kamelienbaum. Und er dachte an Fanny. »Die jungen Burschen schließen sich einander in gemeinsamen Gefahren an; die reifen Männer sind einander aus Melancholie zugetan.« Das schrieb er nieder, und er entsann sich der Zeit der Guerrillakämpfe, in der er Manuel Negrão kennengelernt hatte, den Stolz der Majoratsherren vom Douro, der so tapfer war wie die Leute vom Corgo und phantasievoller als die Leute von der Tâmega. Streitlustige Majoratsherren, geschickt im Umgang mit der Büchse, in auffällige Farben gekleidet, in schottischen Westen oder in wollenen Ziegenfellen. Wie sehnsüchtig dachte er daran! Mit der Sehnsucht eines Dreiundzwanzigjährigen. Mit neunzehn war er ein Mann des allgemeinen Unglücks gewesen; jetzt mußte er Leiden standhalten, die die Ungleichheit der Menschen bewiesen.

Man munkelte das eine und redete das andere. Auf der Schneide solcher Widersprüche bewegt sich die Moral der menschlichen Gesellschaften. Man munkelte, Oberst Owen habe, als er Beresford nach Brasilien begleitete, dort auf Anraten des englischen Staatssekretariats für Auswärtige Angelegenheiten die reiche Witwe Dona Rita geheiratet. So hatte Owen in Portugal einen Grund für seinen Aufenthalt und seine familiäre Bindung, die ihn vor dem starken Verdacht bewahrte, Spion bei der Hofkamarilla zu sein. Jedenfalls war er ein recht sonderbarer Mann, seiner Familie wenig zugetan und nur an seinem Sohn als seinem politischen Erben interessiert. Vielleicht intrigierte er auch in dem Maße, in dem ein Militär das zu tun versteht, das heißt, indem er offen gerechte Beurteilung von Situationen verlangte, die er mit politischen Bewegungen verwechselte. Sicher ist, daß Hugh Owen zum Baronat bestimmt war; der Oberst seinerseits würde seine Tage sicherlich als Gentleman-Farmer auf irgendeinem Besitztum in Sussex beschließen.

Camilo sah sich plötzlich Schicksalswendungen und Leidenschaften ersinnen, die einzig um die Familie Owen kreisten. Entgegen der Vereinbarung erschien er nicht zu dem Beisammensein mit José Augusto und sandte ihm auch keine Botschaft. Statt dessen besuchte er Schwester Isabel Cândida im Ave-Maria-Kloster. Das war eine hochgewachsene, großzügige Dame, die ihm die kleine Bernardina erziehen sollte, eine Tochter, die er Patrícia Emília aus Vila Real zu verdanken hatte. Kleine Verleumdungen sind das Werk der unfruchtbaren Wünsche. Fest steht, daß die Nonne reich war, und dank dieser Gegebenheit setzte sie sich über alle übrigen hinweg, geistliche wie klösterliche, über kleinliche Rechtschaffenheit ebenso wie über die durch eine Entführung auf den Plan gerufene Moral. Sie pflegte eine gewisse Zeit auf den Gutshöfen zu verbringen, wo die Majoratsherren Hauskapellen und Bibliotheken unterhielten, weil sie Besuche von Gästen ihrer Art voraussahen. Daraus den Schluß abzuleiten, daß sie Camilos Geliebte war, wäre keine Kühnheit, sondern der verrückte Einfall eines Spähers. Camilo klopfte ans Portal, und es erschien die Schwester Pförtnerin mit ihrem Apfelbäckchengesicht, die ihn höflich wiedererkannte.

»Rufen Sie mir Schwester Isabel!« sagte er. Isabel Cândida Vaz Mourão war weder jung noch hübsch; sie hatte eine laute

Stimme und eine kluge Nase. Sie mußte die Bedürfnisse von Camilos kleinem Bastard aus eigener Tasche bestreiten; später verheiratete sie sie mit einem gutsituierten Mann ohne Geschichte, was als doppelte Empfehlung gelten konnte. Die Nonne erschien.

»Was gibt es, mein Freund?« Sie saß hoch aufgerichtet vor ihm und zog mit einer mechanischen Bewegung den großen Rosenkranz auf den Schoß, der von ihrem Gürtel bis zum Boden herunterhing.

»Nichts Besonderes... Ich wollte Sie nur bitten... Ich möchte, daß Sie die Kleine holen lassen, wenn mir etwas zustößt.«

»Was gibt es denn nun wieder? Ein Duell oder die Rache irgendeines Barons? Sie sind unverbesserlich, wirklich unverbesserlich.«

»Diesmal ist es etwas anderes...« Und plötzlich schien er die Erklärungen leid zu sein, die banale Verständigkeit und die aufgeklärte Korruption, mit denen die Herzenskonflikte geheilt wurden. Er stellte fest, daß sich die Illusionen seiner Eigenliebe in Nichts auflösten. »Ich fahre ins Minho und werde dort eine Zeitlang bleiben.«

»Was ist daran Besonderes? Das ist keine Himalajabesteigung. Wohin fahren Sie denn?«

»Zum Schloß von Palmeira«, erwiderte Camilo überstürzt. Er entsann sich des Edlen von Ervedosa, der ihm schon einige Male diesen Zufluchtsort angeboten hatte, an dem nur ein alter einarmiger Diener und zwei Wachleute lebten. Es war ein idyllischer Ort mit einem Aussichtsturm auf den Cávado, und die Familie Vilhena Coutinho benutzte den Ort als Sommerresidenz.

»Das kenne ich«, sagte Schwester Isabel. »Ich war ein paar Tage dort. Im Korridor allein kann man zwei Maultier-Stationen und drei Steinkreuze unterbringen.«

Camilo schätzte an dieser Frau, daß sie zwar die Vorurteile respektierte, aber doch Humor genug besaß, um sie zu bloßen Reminiszenzen zu entkräften. Sie unterhielten sich. Aus den

Küchen wehte der Duft von Zuckersirup, dort wurden Kirschen für das erste Eingemachte entkernt. Als Camilo das Kloster verließ, schien ihm, als wären seine Befürchtungen die Furcht schlecht bewältigter Marotten aus dem Blute seiner Familie, der Brocas aus Vila Real. Doch kaum war er zur Herberge Santa Catarina gelangt, bedrückten ihn neuerlich üble Vorahnungen, und er war niedergeschlagen und appetitlos. Er aß nicht zu Abend und schrieb einen so trübsinnigen Artikel, daß er lachen mußte, als er ihn überlas, und ausrief: »Ja, allerdings, ich bin ein Modegeck mit Bleistift. Modegekken mit Tinte sind nur die Leute, die sich eine eigene Kutsche halten können. Meine Artikel bringen mir nicht einmal so viel ein, daß ich einen Esel mieten könnte. Ich bin sentimentaler als ein Backfisch, es fehlt nicht viel, und ich beschließe den Artikel mit drei Ave-Maria ... Wie werde ich ihn unterzeichnen? Fouché oder ›der Mann aus Zaragoza‹? Mir gehen eben poetische Prinzipien ab.«
In diesem Augenblick erschien das Dienstmädchen, um das Tablett abzuräumen, und sah, daß das Abendessen unberührt war. Es war Gertrudes mit dem grauen Gesicht und dem rußigen Haar.
»Sie essen gar nicht? Das ist ja wohl des Deibels«, sagte sie.
»Damit setze ich meiner Dummheit die Krone auf.« Camilo schloß die Tür hinter dem Rücken der schönen Estrúria.
Als er sich in diesem Palast sah, der von einem Bühnenbild zu »Cosí fan tutte« inspiriert zu sein schien, überkam ihn eine so brennende Sehnsucht nach Porto, daß wenig fehlte, und er hätte sich auf den Weg gemacht und wäre dorthin zurückgekehrt. Er hatte seinen Neufundländer mitgebracht, ein schweigsames Tier mit lammfrommem Wohlverhalten, das dennoch imstande war, den beiden Labradors des Gutshofes Respekt einzuflößen. Sie waren angekettet und winselten vor wütender Entrüstung.
In einem Zimmer, das die Orangenbäume des Gartens verdunkelten, verfaßte er Sonette, die ihm dann langweilig vorkamen. Es war heiß; aus dem Laubwerk drang das Piepsen

durstiger Vögel, die plötzlich aufflogen, daß die sonnenversengten Blätter stoben. Nachts hatte Camilo Angst. Ihm war, als hörte er Schritte auf dem Dachboden des Hauses, wo es ein Versteck gab, einen erst kürzlich errichteten Anbau, zu dem die Streifzüge des Räubers Dachkletter-Zé Veranlassung gegeben hatten. Man stieg über eine mechanische Leiter hoch, die unter den Dachpfannen versteckt lag. Der Diener, der sie in Bewegung setzte, erklärte ihm, sie habe politisch Verfolgten gedient, und Dom Miguel, der Thronprätendent selber, sei auf ihr ins Versteck geklettert. Camilo glaubte ihm das. Seine Freundschaft mit den Edelleuten von Ervedosa datierte aus der Zeit, als sie ihn am Ladentisch von Schuhmachermeister Sohlen-Zé in Vila Real gesehen hatten, wie er im »Periódico dos Pobres«, der »Armenzeitung«, die Proklamationen von Padre Casimiro las. Das geschah im Winter des Jahres 1846; es schneite, und der Wind wirbelte über die Dächer, als wollte er ihnen das Rückgrat brechen. Was für eine ausgelassene Freudenzeit war das, die nicht einmal eine Trübung erfuhr, als er Patrícia Emília entführte und sieben Tage lang im Bezirksgefängnis von Porto eingesperrt wurde! Sieben Tage in angenehmer Gesellschaft, so mit dem General Caneta, der ihm im Spiel zehn Goldmünzen abgewann, die eigentlich für seine Immatrikulation an der juristischen Fakultät bestimmt waren. Er schnallte sich in der »erztörichten« Legion des Schotten Macdonell die Reitersporen an; aber er folgte ihm nicht in den Tod, wie er immer glauben machen wollte. Als er an seinem Dorf vorüberkam, erfaßte ihn tödliche Sehnsucht, und er desertierte in seine Heimat; er war eher für das Überdenken von Taten als zu ihrer Ausführung geschaffen. Manuel Negrão hingegen folgte dem General mit der pathetischen Treue seiner sechzehn Jahre. Er wäre auch irgendeinem anderen gefolgt; er befand sich in dem Alter, in dem man Ermelo für Troja und den Major Pacheco für Odysseus hält.
Wenn Negrão nicht gleichfalls eines trüben Nachmittags in Palmeira aufgetaucht wäre, wäre Camilo wohl auch aus dieser Schlacht gegen die Einsamkeit desertiert. Manuel Negrão

brachte einen Diener und eine Stute mit, die er in Ribeira-Lima abgeholt hatte und »Rabicha« nannte. Seine Lieblingsfohlen nannte er allesamt Rabicha, weil das der Name von Macdonells Pferd gewesen war. Camilo empfing ihn wie den heiligen Vater persönlich; fast hätte er ihm die Füße geküßt.
»Wie geht es dir? Wie geht es dir?«
»Ich bin so tierisch gesund wie immer.«
»Wenn du mir doch die Hälfte davon abgeben könntest!«
»Nicht soviel Medizin nehmen! Konservieren und reparieren!«
Er ließ seine Stute bewundern, die Kurbetten um den von Wasserlinsen übergrünten Brunnen vollführte. Die Fassade des Schlosses mit ihrer Säulenhalle paßte zu dem Pinienhain, der entlang der Eingangsallee angelegt war. »Hier endet also die Via Appia«, meinte Negrão mit einem nachdenklichen Blick. »Ich dachte, sie ende in Griechenland, aber sie endet hier.«
»Mensch, bleib, iß mit mir zu Abend! Du mußt mir alle Einzelheiten über Macdonells Tod erzählen.«
»Ich dränge mich nicht gern in den Vordergrund.«
Das war sein Refrain, und nur selten gab er seine Erinnerungen preis. Während er ein großes Glas Schnaps mit Zuckerwasser trank, hingen sie ihren Erinnerungen nach. Negrão wurde allmählich zum Archäologen und machte mit ansteckender Leidenschaft Ausgrabungen in den Städten. Er fand Camilo vernachlässigt und gab ihm nur geringe Chancen, im Club oder in einer Loge im Zweiten Rang des Theaters São João als eleganter Mann betrachtet zu werden.
»So schlimm ist es nun auch wieder nicht«, meinte Camilo. Er betrachtete sich mit prüfender Miene im venezianischen Spiegel des Salons. »Ich sehe zwar nicht gerade aus wie General Santiago, aber ich bin auch nicht so häßlich, wie man mir das immer nachsagt.« Langsam fügte er hinzu: »Ich habe nie begriffen, weshalb Macdonell ihn degradiert hat.«
»Er hatte sich über ihn geärgert, weiter nichts.«
»Nein. Er war zu gutgläubig. Die Gutgläubigkeit kompro-

mittiert die Parteien mehr als notwendig. Aber degradiert oder nicht, er wird doch immer der General Santiago bleiben.«

»Aber wozu, Mann?«

»Um von einer Frau geliebt zu werden, von einer der Frauen, die unvernünftig lieben ... Die aus Liebe sterben ...«

»Aus Liebe stirbt man nicht«, erwiderte Negrão sentenziös. »Man stirbt an der Cholera, am Ärger, am Stolz oder vor Hunger. Macdonell ist an Traurigkeit gestorben.«

»Gestorben ist er vor allem, weil er allzu viel Favaios-Wein getrunken hatte. Und an einem Degenstich des Sergeanten Carmona.«

»Nein. Alte Generäle sterben an Verachtung und an Traurigkeit, bei Sonnenuntergang. Manchmal von Kugeln durchsiebt und mit einem Bajonett in der Leber, aber in Wahrheit an Verachtung und geblendet von der schlaffen Traurigkeit des Schlachtfeldes mit seinen barfüßigen Toten und den Pferden, die inmitten der Toten weiden.«

»Nun gut«, entgegenete Camilo. »Ein ernsthafter Majoratsherr ist ärger als ein gebildeter Padre. Willst du lieber Schweinsrückenbraten oder Hähnchen mit Reis?«

Der General Santiago war für Camilo ein Held, mit dem er sich jedoch nicht so weit identifizierte, daß er aus ihm eine literarische Figur gemacht hätte. Dennoch besaß dieser tapfere, abenteuerlustige spanische Milchbart alle Voraussetzungen, einen Pakt mit dem Genie abzuschließen und an seinen Nachtruhen mitzuwirken. Er hatte die Anlagen (wie man zu jener Zeit sagte), die es ihm gestatteten, das Schicksal zu seinen Gunsten einzunehmen. Balzac hat in seiner Darstellung des Vautrin Zuneigung zu diesen Menschentypen bekundet, die für die Karikatur ungeeignet sind und denen nur die Glut des Ehrgeizes abgeht, um große Sieger werden zu können. Man darf annehmen, daß Camilo etwas ganz Ähnliches verspürte bei Männern, die mit ungewöhnlichen körperlichen Vorzügen ausgestattet sind und doch nicht zum Triumph gelangen, weil sie nicht das nötige intellektuelle Geschick mitbringen. Vielleicht war José Augusto für Camilo ein Rastignac mit einer Spur Rubempré, das heißt ein dynamischer Mann, den die Fehler seiner Mitmenschen zu Fall brachten. Sicher ist, daß Camilo sich eine jugendliche Bewunderung für General Santiago bewahrte, der als Preis für seine Fähigkeiten als Guerrillakämpfer und Salonlöwe die Liebe einer außerordentlichen Frau und Geliebten von Dom Miguel gewann. Sie heirateten und wurden glücklich. So endete auf moralisch gewinnende Weise, was zu Beginn eine recht vielversprechende Romanze gewesen war.

Manuel Negrão verbrachte zwei Tage in Palmeira, mit seinem Diener und dem milchsuppenfarbigen Fohlen, ähnlich demjenigen, das ihm im Wildpark von Ermelo das Leben gerettet hatte. Schwester Isabel tauchte überraschend auf, da sie der Abschied ihres Freundes beunruhigt hatte. Sie erfreute sich innerhalb ihres Ordens erheblicher Bewegungsfreiheit, was für ihre Reputation nicht eben günstig war.

Camilo sagte: »Das Geld ist so wundertätig in unserer Zeit, wie es der Stab Moses' zu besseren Zeiten gewesen ist.« Und er empfing sie mit ausnehmender Freundlichkeit. Es war ein wunderbares Erlebnis, die drei Partner anzuschauen, die das Gefühl verband, ohne daß die Zutat der Verderbtheit dieses Gefühl aufgestachelt und verwirrt hätte. Es waren Tage großen Friedens, in die weder die Leidenschaft noch ihre Gespenster hineinspielten. Die gute Isabel Cândida erteilte Anordnungen in der Küche und las mit lauter Stimme die Maximen des Ritters Oliveira vor. Ihre hagere Gestalt und ihre Senatorennase warfen eindrucksvolle Schatten auf den Gängen des Schlosses. Manuel Negrão küßte ihr die Hand, der Neufundländer folgte ihr mit unermüdlicher Ergebenheit. Wenn Schwester Isabel der Regel buchstabengetreu nachgekommen wäre, hätte sie nicht mehr als eine Nacht in einem fremden Hause verbringen dürfen. Sie blieb jedoch fünf Tage und reiste in einer Sänfte mit zwei Dienstmädchen, einer

Hühnerpastete und Bragaer Fleischpastetchen wieder ab. Camilo mußte ihr versprechen, ordentlich zu essen und die Augentropfen zu benutzen, die sie ihm mitgebracht hatte.
»Achten Sie auf sich und lassen Sie sich nicht von den Romanen beeinflussen!« ermahnte sie ihn.
»Die Romane machen mich weder ruhiger noch unruhiger als ich bin.« Gegen den Türflügel gelehnt, sah er sie auf der Allee unter den Pinien verschwinden. Negrão war ebenfalls schon abgereist. Eine unaussprechliche Schwermut überkam seine Seele; er verspürte tiefes Mißvergnügen, ein Verlangen zu weinen, etwas einer Vorahnung Ähnliches. Mit alledem hatten die Romane nichts zu schaffen.

Am ersten Abend nach seiner Rückkehr nach Porto ging Camilo ins Theater. Er war halb betrunken vor Hoffnung wie ein Junge, der die Schule schwänzt und sich als Abenteurer fühlt. Er sah eine schwarz gekleidete Dame in eine Loge treten; sie ließ den mit Hermelin umsäumten kleinen Umhang fallen und entblößte ihre nackten Schultern. Es war Raquel, und bei ihr war José Augusto. Sie flüsterten miteinander, es klang bald nach Beifall, bald nach Tadel; Camilo fühlte eine unerklärliche Genugtuung, aber er sprach seinen Freund nicht an.
Auch in der Folgezeit sah er ihn immer nur von weitem, und Raquel begleitete den Majoratsherrn von Lodeiro auf seinen Spazierritten. Sie zeigte sich angeregt und lebensfroh und galoppierte mit großer Eleganz. Ihr Schleier flog im Winde und ließ hinter ihr gleichsam eine Spur blauen Rauches zurück; sie lächelte vertrauensvoll, als wäre sie viel jünger und kostete die Freuden einer ersten Liebe aus. Einmal erblickte José Augusto den Freund und winkte ihm zu. Camilo stellte sich blind und erwiderte den Gruß nicht.
»Warum grüßt du ihn denn nicht?« fragte ihn Marcelino de Matos, ein Rechtsanwalt, der beiden nahestand.
»Ich gebe doch dem Stolz dieses Hinterwäldlers nicht noch

Nahrung. Denkst du, er liebt Raquel? Er liebt sie nur, wenn die anderen ihn darum beneiden. Wenn sie ihn fallen läßt, wird er sie immer noch lieben, solange es von ihr heißt: ›Welch schöne Frau!‹«

»So sind wir alle. Die Liebe ist nur eine Kristallisation unserer Begierde. Sie bedarf vieler Opfer, um Originalität zu erreichen. Der Prügelknabe ist launisch, aber nicht pervers. Mit dreiundzwanzig Jahren ist noch niemand der Marquis de Sade. Wach auf und denk daran! Ich finde, du schläfst im Schatten deiner Feuilletons allmählich ein.«

»Die Romane schaden allen möglichen Leuten, nur nicht den Autoren. Es gibt Leute, die im normalen Leben nicht den geeigneten Platz zu finden verstehen, und dann wollen sie ihn mit Gewalt erobern. Sie halten sich für Ausnahmepersönlichkeiten und klagen die Mitmenschen an, sie verstünden sie nicht. José Augusto ist einer von ihnen. Er glaubt, er sei Don Juan oder Hamlet. Seine Mutter ist gestorben, bevor er noch den Tod als Naturgesetz begriffen hatte; er hat ihn als unentschuldbare Kränkung betrachtet. Er ist ein leidenschaftlicher Romanleser. Er liest bis vier Uhr morgens, und das ist zu wenig für eine literarische Berufung und zuviel für einen Majoratsherrn.«

»Bist du neidisch auf ihn?« fragte Marcelino. Er hatte ein arrogantes, herausforderndes Benehmen an sich; bei Gericht war er schon recht bekannt und übernahm gern Fälle, bei denen Skandal und Esprit Hand in Hand gehen konnten.

»Ich beneide niemanden, der sich nicht klar entscheidet, weder im Bewußtsein noch in der Empfindung. Wenn er verständig erscheint, ist er närrisch; wenn alle Welt ihn für einen Melancholiker hält, ist er nur ein durchtriebener Halunke. Und selbst wenn er den reichen Mann mimt, lügt er mit dem einzigen Überschwang, den ich je an ihm wahrgenommen habe. Ich habe ihm schon geraten, eine reiche Erbin zu heiraten, die Gedichte schreibt und ihm ein Zigarrenkästchen schenkt, auf dem eine Psyche mit Schmetterlingsflügeln abgebildet ist.«

»Du moralisierst, das glaubst du Portugal schuldig zu sein, weil es mehr für den Handel als für die Phantasie übrig hat. In jedem Dichter, der der Regenerationsidee anhängt, steckt Eurico der Presbyter, der sich in die Akademie einschreibt und Öl verkauft.«

»Das stimmt«, sagte Camilo. »Wenn man zu den Auserlesenen gehören möchte, hat dieses Bemühen seinen Preis.«

»Du bezahlst die Tugend teuer, wenn du dich nicht auf sie verstehst. Der Himmel ist nicht für Spatzen geschaffen, auch wenn sie noch so hoch fliegen. Meiner Meinung nach bist du auf José Augusto neidisch. Ob er das verdient oder nicht, steht auf einem anderen Blatt.«

Sie trennten sich einigermaßen erbost, und Camilo blieb ein Stück weiter stehen, um seine Gedanken und seinen Kneifer zurechtzurücken. Er nahm sich wohl seine Beziehung zu José Augusto allzu sehr zu Herzen; im Grunde behandelte der doch ernste Dinge wie Belanglosigkeiten und hatte gar nicht die Macht, große Katastrophen in der Gesellschaft auszulösen. Ich bin dumm, daß ich mir Sorgen mache, dachte er; diese Eselei hat schon lange genug gedauert. Er fühlte sich bereits weniger bedrückt von den grausamen Vorstellungen, die ihn bedrängt hatten und fand, ein Beruf sei nur annehmbar, solange er uns nicht entstelle. Es war recht gut und schön, ein Feuilletonist zu sein, aber als Grundlage für seine Argumente konnte das nicht dienen. Folglich war es besser, sie in Carreiros oder in den Salons Cedofeita zu suchen.

Camilo rief sich eindringlich seine Zwiegespräche mit José Augusto ins Gedächtnis und die Zeit, in der dieser ihn in seinem Zimmer in der Rua da Fábrica do Tabaco besuchen kam, das mit Blumen vollgestopft war wie eine Gruft am Totensonntag. Camilo empfing ihn immer im Bette sitzend, mit übergeschlagenen Beinen wie ein Fakir, und von unten drang das geschäftige Treiben in der Redaktion des »Nacional« herauf; das Rassepferd des Barons Corvo trabte vorüber, schlug Funken aus dem Straßenpflaster, drehte zwei Runden auf der Praça Nova und führte seine Kurbetten auf der Promenade dos Congregados vor.

»Die großen Geheimnisse sind nicht romantisch. Romantisch ist nur, daß man sie nicht kennt«, hatte Camilo gesagt. Und José Augusto schaute ihn an mit diesem von tiefster Niedergeschlagenheit verdunkelten Blick oder versenkte sich in die Lektüre des ersten besten Buches, das er zu fassen bekam. Und als sie in Lodeiro durch die Weinberge gingen, schien er sich zu schämen, daß man sie Seite an Seite sehen könnte. Ohne sein Pferd ist dieser Mensch ein Nichts, dachte Camilo.

»Gehen wir einen anderen Weg! Ich mag es nicht, daß sie uns sehen«, hatte José Augusto gesagt, als sie an den Hütten der Tagelöhner vorüberkamen. Ein Teil der Helfer bei der Weinlese war noch geblieben; einer der jungen Männer spielte Tanzweisen auf der Mundharmonika und lächelte mit geschlossenen Augen, um sich besser an die Melodie zu erinnern. Die Weinlese ging zu Ende, ein Duft nach Weinsäure lagerte zwischen den alten Wänden. Er drang durch die Fußbodenritzen ein, und selbst die Kleidung roch nach diesem goldenen, wie Öl spiegelnden Wein. »Hier bin ich nicht am Platze, hier gehört der Verwalter her. Du wirst sehen: gleich betteln sie um Schnaps und Zigaretten.«

»Darum betteln sie. Wir wissen aber nicht, ob es wirklich das ist, was sie wollen. Das sind ihre Worte. Aber was bedeuten Worte? Sie sind eine Art Gesetz, doch im Grunde weiß man nicht, worauf dieses Gesetz angewendet wird.«

»Es sind Trunkenbolde, weiter nichts.«

»Von den sichtbaren Dingen darf man nicht sagen: ›Weiter nichts.‹«

Camilo bereute schon, daß er zugestimmt hatte, in die Provinz zu reisen, als José Augusto zu ihm gesagt hatte: »Ich brauche die Einsamkeit und dich. Und du hast es bitter nötig, daß ich dir helfe, dir ein anderes Herz zuzulegen.« Er hätte nicht nachgeben dürfen. Er verspürte Kälte, Flußkälte, die sich ihm um den Leib legte, als tauchte er in fließendes Wasser ein. Es war schon zu spät, die Verwandlungen der Seele zu verhindern, die die Herrschaft eines größeren Feindes kannte, als es der Tod war.

»Von heute an regiere ich dich.« Das waren José Augustos letzte Worte gewesen, als er das Zimmer in der Rua da Fábrica verließ. Wie schreibt man Romane? Zeitlebens hatte man ihm diese Frage immer wieder gestellt: oberflächlich und arglos, plump, zerstreut oder nur aus Konvention und Unwissenheit. Romane schreibt man mit immer neuen Portionen Verstellung, mit Tugenden, die stinken, weil sie aus der menschlichen Furcht herauseitern und keine Frucht des Mutes, der Liebe oder des Hasses sind. Was ist ein Laster? Ein Knarren der Türen der Phantasie, eine Eroberung, erlitten bis an die Grenze der Geschicklichkeit, als Mensch zu überleben. Und also log er, mit seinen edelsinnigen Heldinnen, mit seinen Vorarbeitern der Sünde, mit einer als Natur für die Verdauung und für die Liebe gezeichneten Windbeutelwelt. Die Entrüstung schafft die Feuilletons; aber was den Menschen ausmacht, sind seine Furcht und seine Revolte. Er war überzeugt, daß José Augusto eine reiche Frau heiraten sollte. Er besaß nicht die Voraussetzungen dafür, unabhängig zu sein, denn das, was er Unabhängigkeit nannte, kostete viel Geld. Er lebte von Appetit zu Appetit, Wünsche kannte er nicht; Appetit kann man befriedigen, wie man einen Wechsel einlöst; Wünsche kann man nicht tilgen. Er besaß eine Kutsche, und ihn lockte eine Kalesche; er kaufte sich einen Frack und fand einen Pelz unentbehrlich; er aß Steinbutt und verlangte Austern. Doch die Wünsche – wer kann sich für sie verbürgen, sie benennen, über sie Auskunft geben? Sie sind von der Furcht verheert, drücken sich durch tausend unangebrachte Talente aus, sind dazu bestimmt, die Seele eher zu lähmen als zu verderben. Was verdirbt, ist die Stillung des Appetits; einen Wunsch kann man niemals befriedigen, er bleibt eine Wunde in der Flanke, ein Fieber im Puls, ein Fleck auf der Lunge. Der Wunsch überzeugt zum Tode wie das sanfteste

Opium. José Augusto war kein Mann der Wünsche. Er mußte rasch eine Mitgift auftreiben und seine Hypotheken ablösen. Sonst würde seine Rolle als junger Mann mit Zukunft und extravaganter Majoratsherr zur bloßen Karikatur entarten und binnen kurzem in der guten Gesellschaft von Porto eine ganz und gar überholte Angelegenheit sein.

José Augusto hatte behauptet, daß er magere, brünette Frauen mochte. Er mochte sie, das ist die passive Art, sich auf den Gemeinplatz festzulegen. Einen Gemeinplatz besonderer Art, der in der Pariser Halbwelt stark verbreitet war, wo sich die jungen Leute aus Portugal, besser gesagt vom Douro, Erotik, Handschuhe und geistige Vorbilder holten.

An diesem heißen Morgen, an dem Camilo eine Legion Wanzen in ihre Verstecke in den Spalten seines Zimmers zurückschlüpfen sah, kleidete er sich mit besonderer Sorgfalt an und ging aus dem Haus, um José Augusto aufzusuchen. Das war ein so lebhafter Drang, daß es ihm gar nicht in den Sinn kam, ihn etwa absurd zu finden. Er setzte seinen besten Hut aus Biberhaar auf und ging aus. Er war gut gelaunt, das Leben erschien ihm nicht mehr so düster; er hatte Aussichten, für die Mitgliedschaft im Club vorgeschlagen zu werden, sobald er einen seriösen Roman veröffentlichen würde. Seriös hieß in diesem Falle: etwas Rüdes für Herren.

Als er am Portal des Hauses läutete, überkam ihn unvermittelt die Regung umzukehren, und er dachte, wenn ihm nicht gleich geöffnet werde, würde er fortgehen; tatsächlich wurde nicht sofort geöffnet, aber Camilo läutete noch einmal. Ein Mädchen erschien, das goldene Ohrringe mit Türkisen und ein Tuch à l'anglaise trug. Es war die Nichte des Besitzers, eine Näherin, die in der Provinz aufgewachsen war. Sie war blaß, und ihre Augen schimmerten durch einen Schleier hindurch schwarz und feucht, als ob sie geweint hätte. Sie verharrte einen Augenblick schweigend und sagte dann: »Senhor, José Augusto wohnt nicht mehr hier.«

»Ist er so plötzlich auf sein Gut abgereist?«
»Das kann ich nicht sagen. Ein Wagen hat seine Sachen abgeholt. Die Bücher, das Mobiliar und die Bilder. Er hat nicht einen Nagel zurückgelassen.«
Camilo zeigte sich wenig beeindruckt, ihn erfaßte eine Art boshafter Genugtuung. José Augusto war verschwunden; und es war, als hätten ihn während eines kleinen Spaziergangs auf der Mole die Wellen eingeschluckt – ein Unfall, bei dem keine Zeugen zugegen waren, kurzum, ohne andere Folgen als einen Trauerflor am Gehrock seines Bruders. Dazu Dona Josefas schwarze Handschuhe, Kränze aus Wachstuch und der Verwalter Marques mit dem Hut in der Hand, der Tonico bedrohte, weil der aus Spaß alles ringsumher mit Besen und Eimer segnete. Schließlich noch Judite mit der Miene einer gesteinigten Minerva, den Mund mit dem Taschentuch bedeckt, um ihre Zahnlücken zu verstecken. Wer liebte schon José Augusto? Die Hunde liefen davon, wenn sie ihn kommen sahen und er sein Pferd aufbäumen ließ; sie flüchteten verängstigt, ohne daß er sie angeschrien oder bedroht hätte. Sie winselten mit eingezogenen Schwänzen, wenn sie ihn nur vorübergehen sahen, obwohl er sie niemals schlug. Sie kratzten an den Türen und schienen zu leiden, wenn sie in einem Zimmer eingeschlossen waren, das nach José Augusto roch.
»Er wohnt also nicht mehr hier...«, sagte Camilo. Dem Mädchen war offenbar daran gelegen, ihm Auskunft zu geben. Ein paar blaßschnäblige Gassenjungen liefen herzu und lehnten sich an die Tür, um zuzuhören. Sie scheuchte sie mit der Schürze fort, wie man es bei den Schweinen im Koben macht.
»Weg mit euch!« rief sie. »Geht spielen!« Und zu Camilo gewendet sagte sie: »Ich glaube, Senhor Augusto hat ein Haus gemietet und ist zur Luftveränderung dort hingereist.«
»Wohin?«
»Das kann ich nicht sagen.«
»Vilar do Paraíso«, sagte Camilo kühl und derartig überzeugt, daß sie zustimmend nickte. Er machte kehrt und ließ

sie an der Tür stehen, von wo sie ihm mit geduldiger oder auch träger Miene nachschaute, vage angelockt von der Straße, ihren fliegenden Händlern, ihren Sänften und Chaisen und den Frauen, die Kakifrüchte und weiße Margeriten verkauften. Camilo wandte sich um, sah sie noch immer müßig auf der Schwelle stehen, ging so weit zurück, daß sie ihn hören konnte, und rief: »Hat er keine Nachricht für mich hinterlassen?«
»Nicht bei mir. Er hat gesagt, er würde mir ein Geschenk schicken.«
Von drinnen wurde nach ihr gerufen. Eine hohle Stimme fragte, wer da wäre.
»Ein Freund von Senhor José Augusto. Er will wissen, ob er eine Nachricht für ihn hinterlassen hat.«
»Keine Nachrichten, keine Grüße. Komm ins Haus, Augusta!«
»Sie heißen Augusta?« fragte Camilo zerstreut. Er bemerkte, wie füllig und wohlgerundet sie war, ganz verschieden von dem Frauentypus, dem José Augusto in den Salons des Marquis von Viana in Lissabon zu begegnen pflegte. »Die Frauen von Lissabon sind exzellent gebaut«, hielt Camilo ihm immer vor. Er spürte einen stechenden Schmerz, eine Verzweiflung, die ihm jedes kritische Gefühl für das Leben raubte. Alles blieb sich gleich: Sonne, Regen, der Tod oder das Budget. »Augusta! Daran werde ich denken ...«, sagte er. Sie lachte, weil sie ihn plötzlich bekanntes Terrain betreten sah, das Terrain ihrer kleinen Eitelkeit.
»Er war ein guter Gast, der Senhor José Augusto, aber er ließ uns keine Ruhe. Er ritt mit seinem Pferd in die Zimmer und gab ihm aus den japanischen Vasen zu trinken.«
»Komm ins Haus, Augusta!« rief die Stimme von drinnen. Sie schlug die Tür mit einem leichten Stoß der Schulter zu, wie es die Kinder im Übermut ihres Lebensgefühls tun.
Dieses Portal müßte frisch gemalt werden, dachte Camilo. Alle Einzelheiten des Hauses und der Örtlichkeit prägten sich ihm überdeutlich ein. Neben den Fenstern waren eiserne

Halterungen angebracht; dienten sie für Blumenvasen oder für Fackeln? Es war ein Wohnhaus aus dem 17. Jahrhundert mit einem Gesims aus behauenen Steinen und mit Bullaugen, die dem Innenhof Licht gaben. Er schlug die Richtung zum Passeio das Virtudes ein, stieg langsam die Straße bis zum Bezirksgefängnis hoch und ging dann aufs Geratewohl durch die engen Gassen, die ihn zur Porta dos Carros führten. Doch mit einem Mal überkam ihn unendlicher Ekel vor den Freunden, vor den Gesprächen über Bücher und den hitzigen Debatten im Café Guichard. Er kehrte um und ging über die hochgelegene Ebene der Torre da Marca, von wo aus man den Fluß sehen konnte: sein grüngraues Wasser, dessen Wellen sich schon in der Umarmung des offenen Meeres kräuselten. Er erblickte eine Amazone, das blonde Haar à la Duchesse de Fontanges aufgebunden, ein blaues Band unter dem Hut. Es war eine Engländerin; ihr Lächeln war melancholisch wie das einer Kranken. Sie ist älter als Fanny, dachte er. Wie war denn Fanny? Er konnte sich nicht an ihre Züge erinnern. Er entsann sich lediglich ihrer weit auseinanderstehenden Augen und ihrer Schläfenlocken von einem sehr hellen, sandfarbenen Braun. Doch ihm war bewußt, daß er sie nicht wiedererkennen würde, wenn er sie inmitten anderer Frauen anträfe, die ebenso jung waren wie sie. José Augusto hielt sich dort auf, besuchte die Owens und trank Tee im Garten, hatte sich zu Sitten bekehrt, die er früher verabscheut hatte. Sollte Camilo ihn darauf ansprechen, dann würde er fragen: »Möchtest du wieder so sein, wie du warst, bevor du sie kennenlerntest?«

Er brauchte eine freimütige Antwort, hernach wollte er nie wieder auf das Thema zu sprechen kommen. Vielleicht dachte er ja auch gar nicht mehr an all das. Doch zuvor noch eine andere Frage: »Was tust du, wenn sie dich bittet, sie zu heiraten? Wenn euer Lächeln einen Stich ins Giftige bekommt? Nur zu, gib Anwort! ...«

Er merkte plötzlich, daß er laut mit sich selber sprach und daß einige Passanten sich nach ihm umdrehten. Er wurde sich bewußt, daß er allein war; der Zipfel seiner zerknitterten Krawatte flatterte in der Brise und flog ihm ins Gesicht. Er vernahm fast hörbar José Augustos Antwort: »Du gehst gleich auf das Ende zu, wenn die Dinge noch ganz am Anfang sind ...«

Sie waren jedoch nicht am Anfang. In solchen Zeiten der Leidenschaft gibt es weder Anfang noch Ende. Er wußte, daß es nicht um Maria ging, so sehr ihre großen Vorzüge das nahelegten: ihr makelloser Körper mit einer Haut wie geronnenes Glas und einer leichten Blautönung; ihre lässige Sprache und die fiebrige Betonung, mit der sie einzelne Wörter hervorhob; und vor allem das etwas gewagte Lachen, das die Männer in aufreizende, süß erregende Gedanken verstrickte. Doch nicht Maria war es, die in ihnen etwas wie eine verblendete Illusion weckte. Es war Fanny, die einsamste der Frauen und eben deshalb die unwiderstehlichste. Sie konnte alles mit ihnen machen – sie in den Tod treiben war das Natürlichste, was sie bewirken konnte. Fanny! Sie besaß keine Phantasie und war auch nicht imstande, das Glück eines Mannes ins Ideale zu erheben. Sie existierte einfach, ohne irgendeine sichtbare oder unsichtbare Wirklichkeit; und eben deshalb war sie gefährlich. Fanny war es, die José Augusto schließlich entflammt hatte, ohne Kunstgriffe, jedoch mit einem Stil des falschen Scheins, mit unbewußter Heuchelei. Welch ein Geheimnis – diese Kühle, in der alles vorgetäuscht war: die erhabenen Bestrebungen, die edelsten, harmonischen Gefühle.

»Sie hat nicht genügend Verführungskraft für mich. Ich liebe sie nicht«, würde José Augusto sagen. Ein schwerwiegender Irrtum, sich für gleichgültig zu halten, wenn eine Frau ihn mit den unendlichen Herrlichkeiten des Begehrens gezeichnet hatte! Den Reinen würde sie bis in die Lethargie des Todes hinein verletzen. Dem Geisteshellen würde sie ein Gift ins Herz träufeln, das ihn leichtgläubiger machen würde als einen Narren. Die Männer waren unschuldig und sorglos, wenn sie die Schwäche einer Frau für den Beweis ihrer eigenen Überlegenheit nahmen. Wenn er Fanny in diesem Augenblick hätte sehen können, würde er sie nicht beachtet oder ihre Existenz geleugnet haben. »Meine Schwester, meine Gattin, meine Freundin, du bist unnötig; nimm die Natur des Windes, des Wassers an und kehre zurück in dein Reich, wo alles untrennbar und noch unerschaffen ist.«

»Ich liebe sie nicht«, sagte er. Sollte das die Maxime der magischen Künste sein?

Er traf eine rasche, abschließende Entscheidung: er würde Geistlicher werden. Er hatte sich in die Vorlesungen des bischöflichen Seminars eingeschrieben, war aber nicht dazu gekommen, sie regelmäßig zu besuchen; wegen häufigen Fehlens hatte er das Studienjahr verloren. Er litt unter plötzlichen schlimmen Zornesausbrüchen aus den nichtigsten Anlässen. Er wurde vor Gericht zitiert, weil er die Satire in den Zeitungen zu weit getrieben hatte, er mußte sich wegen der Kritiken verantworten, die die glücklichen Barone, seine Auftraggeber, aufs Korn nahmen. Er führte ein elendes Leben voller Reibereien und schmutzigen Intrigen und verspürte düstere Sehnsucht nach den nichtsnutzigsten Freunden. So bestieg er eines Tages eine Postkutsche und fuhr nach Braga, um General Caneta zu besuchen, den er fünf Jahre zuvor im Gefängnis kennengelernt hatte. Die fünf Jahre kamen ihm wie dreißig vor. Er traf ihn mit demselben tabakfarbenen Tuch unter seinem hohen Hut an, wie ihn die Kutscher und die Straßenräuber trugen. Sein geistlicher Rock war noch derselbe wie im Gefängnis, als er ihm die zehn Goldmünzen für die Immatrikulation in Coimbra abgeknöpft hatte.

»Ich bin am Ende, ich bin fix und fertig. Meine Eingeweide sind völlig durcheinander. Selbst das Spiel reizt mich nicht mehr.«

Der General weinte, wie damals, als er in Eisen lag und sich nicht den Emotionen des Kartenspiels überließ. Er war sehr abgemagert und dürrer denn je.

»Was machen Sie denn hier?« fragte er mit dem abwesenden idiotischen Lächeln, das ihm eigen war. Er erinnerte sich nicht mehr an Camilo.

»Ich wollte Ihnen die Münze zurückgeben, die Sie mir geliehen haben, nachdem Sie mich gerupft hatten, damals vor fünf Jahren.«

»Schon gut. Ich hatte sie schon abgeschrieben, aber desto besser.« Er seufzte.

»Ich hatte einmal viel Geld und den Kommandostab eines Generals. Aber seit ich einmal die Treppe hinuntergefallen bin, war ich nie mehr derselbe.«

Er hatte nach besten Kräften Verrat geübt an Dom Miguel, an der Junta, der Infanterie, der Kavallerie und den Lanzenreitern. Doch Camilo hatte ein weiches Herz und entsann sich der großmütigen Geste, mit der Caneta ihm in der Geberlaune des siegreichen Spielers zehn Taler geliehen hatte.

Camilo kehrte nach Porto zurück und begann ein Leben, das nichts mehr mit dem Tumult gemein hatte, in dem sein kaustischer, phantasievoller Witz geglänzt hatte. Er schien glücklich zu sein, auch die mystische Krise verlief ohne Zwischenfälle, er schrieb und führte sogar seine Polemiken über Vernunft und Glauben fort. José Augusto war aus der Stadt verschwunden; Camilo erfuhr, daß er ein Haus in Vilar do Paraíso erworben hatte, Nachbar der Owens war und Maria heiraten wollte. »Gute Nachrichten«, meinte er gleichmütig.

Er beantragte die Zulassung zum theologischen Examen. Das geschah im März 1852. Er war blutarm und klagte über Stiche in der Brust; der Arzt empfahl ihm eine Luftveränderung in Viana; er verbrachte dort aber nur wenige Tage, nicht einmal zwei Wochen. Urplötzlich gab er den Gedanken, sich zum Geistlichen weihen zu lassen, wieder auf; dennoch ließ er sich auch weiterhin von metaphysischen Themen inspirieren und ging gern in einer schwarzen Soutane umher.

Eines Nachmittags, als Maria Owen, vom Ausritt zurück, ihren Garten betreten wollte und den feinen Sand abschüttelte, der an ihrem Amazonenschleier haftete, stieß sie auf Camilo, der auf der breiten Kirchentreppe saß und ein Buch las. Sie erkannte ihn nicht sogleich. Er erhob sich, hielt den Zügel des Pferdes fest und begleitete sie bis zur Pforte.

»Welch glückliches Zusammentreffen! Wollen Sie nicht hereinkommen?«
»Morgen erscheine ich und begrüße Dona Maria Rita.«
»Morgen?«
»Ich wohne hier in der Nähe. Ich habe ein Haus gemietet und bin Ihr Nachbar.«
Sie lachte ihr sinnliches und ein wenig nervöses Lachen. Langsam schloß sie die Pforte. Camilo hörte ihre Lederstiefel auf der feuchten Gartenerde knirschen. Es war im Juni. Fanny war eben dabei, die Blumen zu gießen. Ihre Anwesenheit jagte ihm, ohne daß Stimme oder Bewegung ihren Standort verraten hätten, plötzliche Furcht ein, als könnte sie klar in seinem Herzen lesen und als wäre das völlig unnütz und ohne Bedeutung.

II

Das »Paradies«

An einem Sommersonntag schien die Promenade São Lázaro weniger besucht zu sein als gewöhnlich. Es war drei Uhr nachmittags, eine Stunde, zu der sonst eine Flut von Leuten herbeiströmte: modisch gekleidete Herren zu Pferde, junge Mädchen in bestickten Musselinkleidern, eine Vielzahl von Sänften und Chaisen und natürlich die Eselin des Landgerichtsrates Macedo, von weitem an der Weste ihres Herrn zu erkennen, die eine Hemdfalte durchschimmern ließ. Er war kein Modenarr – aber wer war das schon bei diesem Korso von Portuensern? Ricardo Browne weilte an unbekanntem Ort, vielleicht in Deauville, wo er mit seinem geistreichen Monokel die Sonnenschirmchen musterte, die Winterhalters Modelle beschützten. Ganze Familien saßen auf den Stühlen der Waisenanstalt. Der berühmte Mann, der aussah wie eine rote Rübe, von Camilo mit unermüdlichem Feuer verhöhnt, strahlte in unverschämtem Glanze. Zwei junge Leute begegneten sich; es waren Marcelino de Matos und Fernando Jácome.

»Es geht etwas Außergewöhnliches vor sich«, sagte Jácome. Er vernachlässigte sein Anwaltsbüro, um sich der Literatur zu widmen, die ihm übrigens diese Hingabe nicht dankte. »Schau dir nur alle diese sanften, schläfrigen Damen an! Nicht einmal ihre Nasenflügel beben, die sonst die heiligste Entrüstung verraten. Sie scheinen heute überhaupt nicht aufgebracht zu sein gegen die Leute, die sie sonst als Gecken und Faulpelze abtun.«

»Tatsächlich. Sie träumen wohl von der Heirat ihrer Töchter, ihrer Schwägerinnen und ihrer Dienstmädchen. Die Ehe ist ein ehrbarer, billiger Zeitvertreib, wie Camilo sagt.«

»Ach ja, Camilo!« rief Jácome aus und zog eine verschmitzte Grimasse. »Der fehlte hier noch. Er hat sich nirgendwo blikken lassen.«

»Da kommt José de Melo. Den werden wir fragen.«
José Correia de Melo lebte in der Ortschaft Sueima, wo er ein Gut besaß; er war mit Camilo und José Augusto befreundet. Er begleitete zwei Damen mit mimosenverzierten Hüten. Doch er ließ sich nicht auf genauere Auskünfte ein und wollte auch nicht stehenbleiben.
»Camilo hält sich in Vilar do Paraíso auf«, erklärte er widerwillig.
»Wie geht es ihm denn? Bekommt er keine Aufträge mehr?« bohrte Marcelino de Matos nach.
»Es geht ihm sehr gut, tut mir leid. Und was die Aufträge angeht, die bekommt er und führt sie gewissenhaft aus, aber mit dem Herrn Bischof hat er nichts mehr zu schaffen.«
Jácome und Marcelino wußten damit auch nicht viel mehr als zuvor, und das heißt: sie waren nun in der Lage, eine Intrige anzuzetteln, die dem Feuilletonisten mit Sicherheit nicht gefallen würde. Beide waren ziemlich schlecht auf ihn zu sprechen, denn Camilo stieß alle Welt vor den Kopf, wenn die Rücksichten der Freundschaft sich aus seinem Herzen verflüchtigten und der Überdruß an die Stelle des Witzes trat. Jácome vor allem hatte Anlaß zu ernster Klage; Camilo hatte sich nicht entblödet, ihn als mittelmäßiges Talent zu bezeichnen und seinen Mangel an Stil und Inspiration zu kritisieren. In seiner Enttäuschung wälzte Jácome Pläne, nach Brasilien zu gehen und dort eine literarische Zeitung zu gründen. »Dort braucht man eine glühende Einbildungskraft, die die Hitze des Klimas noch übertrifft«, sagte Camilo. »Er wird noch nicht einmal so viel verdienen, daß er sich einen alten Neger halten kann.« Jácome hörte von dieser Bosheit und verzieh sie ihm nicht.
»Seid ihr sehr befreundet?« fragte er Marcelino. Der überdachte sein Verhältnis zu dem Genie, zu dem Menschen und dem Keulenschwinger der Literatur, der so viele Leute in der Stadt, in Baltar und der Umgebung beleidigte. Camilo bemaß seine Bedeutung nach der Qualität seiner Gegner. »Der Mann ist zu bedauern, der mittelmäßige Feinde hat«, sagte er. Mar-

celino de Matos wollte nicht zu ihnen gehören; er wußte wohl, daß nichts einen Menschen lächerlicher macht als berechtigte Klagen. Sie müssen augenfällig werden, nicht zum Diskussionsgegenstand. In der Auseinandersetzung über legitime Gründe gibt es etwas, was ihre Echtheit zweifelhaft macht. Als Rechtsanwalt aus Berufung wußte Marcelino das sehr wohl; vielleicht konnte er diese Erkenntnis eines Tages bei der Verteidigung von Camilo und Ana Plácido verwerten. Er beschränkte sich also darauf zu erwidern: »Wir ähneln uns in manchen Punkten. Wir hatten beide die Blattern. Eng befreundet sind wir allerdings nicht. Er hat sich letzthin immer mit dem Majoratsherrn von Douro, mit José Augusto dem Prügelknaben, abgegeben.«
»Aha, mit dem Vetter von Negrão, diesem Miguelisten, der gesunden Menschenverstand besitzt und so taub ist wie eine Tür. Der Prügelknabe ist ein fabelhafter Liebhaber. Er stellt den Frauen nach bis zu dem Augenblick, in dem er sie erobert hat. Wenn sie dann wie Don Juans Julia sagen: ›Ich werde nie zulassen ...‹ und eben zum Zulassen bereit sind, macht sich der Majoratsherr aus dem Staube. Sein einziger Fehler ist dabei, daß er sich immer zu früh aus dem Staube macht.«
»Die Freuden des Stolzes stehen oft höher im Kurs als die Freuden der Liebe«, sagte Marcelino. Und er dachte daran, daß die Gesellschaftschronik ihre Lorbeeren nicht mit der reinen Wahrheit verdient. »Gehen wir! Das hier ist zum Heulen langweilig ... Camilo fehlt. Ich hatte schon Angst, er würde Priester werden. Dann hätte er seinen Charme eingebüßt. Jetzt fürchte ich, daß er Einsiedler wird – dann würden wir alle unsere Jugend einbüßen.«
Die Ulmen von São Lázaro warfen einen stickigen Schatten. Jácome, Marcelino und die übrigen Gefährten aus dem Zeitungswesen und der Politik wußten sehr wohl, daß sie Camilo begierig nachahmten: seine Aussprüche, sein Ausschlachten von Skandalen, ja selbst seinen Satzbau.
Vielleicht ließen sie gerade deshalb durchblicken, daß sie weder seine Anhänger noch seine Freunde waren. Ein gewis-

ses heroisches Trugbild trieb sie an, ebenso grausam wie unaufrichtig zu sein. Sie sprachen aufbauschend von Dingen, die sie für harmlos hielten, und das waren fast alle; doch gab es einen subtilen Bereich des Geistes, in den sie nicht einzudringen wagten. Dort lagen die alten Skelette der ersten Kämpfe, der ersten Erfahrungen – eine menschliche Gestalt, eine Stimme, die Freude ausdrückte oder Schrecken weckte, ein Eindruck von Wohlbefinden oder von Abscheu, der aus dem Faktor Leben aufstieg, abgehoben vom trägen Stoff, nicht unterschieden nach Geschlecht oder persönlicher Eigenart. Während sie analysierten, wahrnahmen, Gefühle durchlebten, Niederlagen erlitten, war die Welt ein Ort ohne sonderlichen Daseinsgrund oder große Bedeutung. Aber von diesem Kalkül der Leidenschaft, einer Wüste visionärer Möglichkeiten, die in einer unzerstörbaren physischen Stille lag, konnte man unmöglich reden. Und nun wußten sie, daß dieser junge Mann, von dem sie alle ein wenig abhängig waren, sei es, um ein Gedicht zu schreiben, sei es, um eine Geliebte zu wählen, auf jenen Mittelpunkt von Unwirklichkeit und schrecklicher Zerstörung zustrebte, wo die Zurückweisung der Liebe nicht mehr möglich war. Ja, die Liebe, so wie sie sie anerkannten, war nur die Nachahmung einer Vormundschaft, eines Anspruchs. Ihr Gesicht war unerträglich und unmenschlich. Es gab Völker, die kannten diesen plötzlichen Wahnsinnsausbruch, der einen Mann so lange aufrührte, bis er ihn in eine Art mit den Elementarkräften verschmolzener Energie verwandelt hatte. Solange er widerstand, litt er unerträglich, war völlig verblendet, und das Verbrechen wurde ihm eine solche Notwendigkeit, als könnte er darin eine Erklärung finden, wessen das menschliche Verlangen fähig war. Doch die sensiblen, sterblichen Menschen des europäischen Westens hatten sich solchen Erkenntnissen verschlossen. Vielleicht waren sie in der Schlinge stiller Entartungen, vervielfachter Haßgefühle, immer ausgeprägterer Verbrechen zugrundegerichtet worden; und dies, weil sie nicht der Vergötterung ihrer eigenen Lebenskraft widerstehen konnten, ihres Genies, das fähig war, die Welt dem Paradies ihres Ursprungs zu unterwerfen.

Nur wenige Leute hatten Camilo zu Gesicht bekommen, seit bekanntgeworden war, daß er an perniziöser Anämie litt und der Luftveränderung wegen die Stadt verlassen hatte. Doch diejenigen, die ihn gesehen hatten, sagten, er sei völlig verwandelt; andere brachten diese Verwandlung mit dem Februar-Ball in Verbindung, wo er sich wahrscheinlich verliebt hatte. In wen wohl? In die Tochter des Kaufmanns Plácido, den Camilo übrigens in die Liste der »ehrenwerten Herren von Porto« einschloß, die Aires de Gouveia beschimpft hatte? Wenn man den Chronisten Glauben schenkt, die mehr dem Kalender untertan sind, als daß sie der Logik vertrauten, traf der Schriftsteller Ana Plácida im Februar des Jahres 1850; sie heiratete im September des gleichen Jahres, und Camilo rächte sich an den »ehrenwerten Herren« im Januar 1851. Er dürfte also nicht besonders bedrückt gewesen sein wegen der Ehevereinbarungen, die auf dem Clubball abgesprochen worden waren, und Ana Plácida war keineswegs seine große Leidenschaft, die Frau, die so starken Eindruck auf ihn machte, daß er den Rest der Nacht damit verbrachte, den »Werther« zu lesen; und er las ihn nicht nur – er verstand ihn auch. Vielleicht war die weißgekleidete Frau, deren Haar scharlachrote Bänder schmückten, eine ganz andere. Vielleicht war sie wie Charlotte, trug ein weißes Kleid, teilte Brotscheiben unter ihre kleinen Geschwister aus und sagte dabei: »... der Autor ist mir der liebste, in dem ich meine Welt wiederfinde, bei dem es zugeht, wie um mich, und dessen Geschichte mir doch so interessant und herzlich wird, als mein eigen häuslich Leben, das freilich kein Paradies, aber doch im ganzen eine Quelle unsäglicher Glückseligkeit ist.«

Man kann sich Ana nicht als Leserin des »Landpredigers von Wakefield« vorstellen, »als sie jünger war« und mit dem häuslichen Leben so beschäftigt, daß ihr wenig Zeit blieb, ein Buch anzurühren. Fanny hingegen wohl; gewiß hatte sie sich als Fünfzehnjährige von den Mißgeschicken Miss Jennys rühren lassen, und gewiß hatte sie auch die verständige Unschuld der schönen Lotte. Sicherlich hatte Camilo den »Werther« schon früher gelesen und dann Fanny mit dem empfangenen Eindruck verbunden, mit dem Archetypus Charlotte, der klugen Jungfrau, deren Liebe ebenso keusch ist wie durch die zarte Pflicht, ihr eigenes Bild in den Mitmenschen zu lieben, in einem Schwebezustand gehalten. Er hatte sich völlig einer verhängnisvollen Hoffnung überlassen. Doch nein, verhängnisvolle Hoffnungen gibt es nicht; er ging auf die Auflösung seines eigenen Rätsels aus.

Als José Augusto wie jeden Tag die Owens besuchte, um Maria zu sehen, stieß er auf Camilo, der im Garten saß. Fanny hörte ihm aufmerksam zu; und die Spitze ihres schwarzen Stiefelchens zeichnete sorgfältig und sicher einen Fächer in den Sand. José Augusto zeigte sich nicht überrascht, doch nach zwei, drei Worten der Begrüßung fing er an, die Reitgerte fast spielerisch in die Blüten einer Kletterpflanze zu schnicken. Die rosafarbenen Ranken waren rasch zerfetzt, und Fanny sprang bestürzt auf.
»Schauen Sie nur, was Sie angerichtet haben!« rief sie aus. Ihr Mund bebte vor Schreck und Entrüstung.
Maria trat in einem grün und rosa gestreiften Gartenkleid aus dem Hause und rügte sie.
»Sei nicht so überempfindlich, Fanny! José Augusto hat nicht aufgepaßt...«
»Oder sollte deines Frühlings Dürre dir nicht mehr die Blumen zeigen?« zitierte Camilo ruhig. Es war ein Vers aus dem »Verlorenen Paradies«, und Fanny lächelte ein wenig nervös und wiederholte auf englisch: »My hasting days fly on with full career. But my late spring no bud or blossom shew'the!«
Dieses kleine poetische Einverständnis, das ihre Vertrautheit augenscheinlicher machte, als wenn sie komplizenhafte Blicke getauscht hätten, hatte zur Folge, daß sich José Augustos Stimmung mit einem Male aufheiterte. Er wich zurück,

wenn ihm das Gelände unsicher für seine Eitelkeit vorkam. Er interessierte sich für die Nachrichten aus Porto und seinen literarischen Gesprächszirkeln und nötigte Camilo, ihm ausgiebig zu berichten; dann nahm er ihn beim Arm und führte ihn über die Gartenwege, wo sie sich in eines der dürren, angestrengten Gespräche verstrickten, die vor allem eine Flucht aus schwierigen Situationen bedeuten. Maria rief nach ihm, er gab zerstreut Antwort. Und als sie später zurückkamen und alle zum Tee vereint waren, berührte sie anmutig seine Hand und betonte damit eine Zärtlichkeit, die sie zu zeigen gewohnt war. José Augusto wehrte sie ab, woraufhin Maria ihn überrascht anschaute. Ihre schönen Augen, die ein zarter blauer Schatten umrandete, füllten sich mit Tränen. Sie strich angelegentlich mit dem Fingernagel über die Streifen ihres Kleides, und Fanny fühlte Mitleid mit ihr.

»Spielen wir nun Krocket oder nicht?« fragte sie munter.

»Es ist zu heiß...« Ihre Mutter rief sie zur Vernunft und winkte sie zu sich heran. Dann band sie ihr die Spitzen des Fichus, die aufgegangen waren, wieder zu; sie behandelte sie wie ein Kind. Fanny war hochgewachsen und gut gebaut, und sie hatte sich einen gewissen Schwung bewahrt, mit dem sie vom Stuhl aufsprang und umherging, wie er Mädchen eigen ist, die sich den Salonmanieren noch nicht gebeugt haben. Camilo betrachtete sie mit einer Verzauberung, die der Verzweiflung ähnlich war. Es ist meine Pflicht, dieses Mädchen zu lieben, dachte er. Worüber beklage ich mich? Über die Sehnsucht, in der ich gelebt habe, bevor ich sie kennenlernte? Ja, nur darüber.

»Wo wohnst du hier?« José Augusto riß ihn aus seinen Gedanken. Er mußte sich am Gespräch beteiligen und sogar, als die Hitze nachließ, herumspazieren und seinen Platz neben Fanny und Dona Rita einnehmen, die unter demselben Sonnenschirm gingen, durch den das grüne Licht des Laubwerkes auf ihr Haar gefiltert wurde. Im Garten standen Bänke mit gefliesten Rückenlehnen, und sie setzten sich auf eine davon. Dona Rita sagte Verse auf, sie hatte eine helle Stimme, die bei langen Sätzen wie erstickt klang, was den Eindruck von starker Rührung hervorrief. Die gute Dame war jedoch einfach kurzatmig, und ihr ging rasch die Luft aus. Sie kannte große Teile aus »Childe Harold« auswendig, und manchmal wurde sie gebeten, sie vorzutragen. Ihr war immer besonders eine Strophe im Gedächtnis, die sie auch jetzt, die erhabene Redeweise nachahmend, rezitierte: »Ach, könntest du so bleiben, was du bist, nicht die Verheißung deines Frühlings Lügen strafen: könntest du doch den allzu schönen Formen ein liebendes und reines Herz bewahren ...« Sie wollte fortfahren, setzte auch zweimal an, brach aber ab, weil ihr das weitere entfallen war. Fanny war es, die sich an sie schmiegte und bescheiden, als entschuldigte sie sich, daß sie die Gedächtnislücke ihrer Mutter ausfüllte, mit anmutiger Zuversicht hinzufügte: »Irdisches Bild der Liebe, der ihrer Fittiche beraubten und einfältigen Liebe, jenseits von allem, was die Hoffnung sich ersinnen mag.«

José Augusto applaudierte. Sie errötete, ließ den Arm ihrer Mutter los, lief durch den Garten und tauchte ihr Gesicht in die Hecke der Vanillepflanzen; wer sie aus der Nähe gesehen hätte, würde bemerkt haben, daß sie zitterte.

Camilo hörte sich Dona Ritas Geschichten an, deren einziger Reiz in dem lag, was sich auf Fanny bezog. Sie sprach wenig von ihrem Mann, sondern erinnerte sich an die Tage der Belagerung von Porto, als man Wein der besten Jahrgänge zum Fleisch eines krepierten Pferdes trank. Ungegerbte Felle verkleideten die Fenster in Dona Ritas Haus und verbreiteten einen ekelerregenden Geruch. Sie und ihre Kinder flüchteten sich ins Gewächshaus, in dessen Eisenrahmen nicht eine einzige Fensterscheibe übriggeblieben war. Und dennoch amüsierte sich die Stadt, organisierte man Spielpartien und festliche Abendessen. Da Stickerinnen und Hutmacherinnen arbeitslos waren, hatte Dona Rita eine von ihnen zu sich genommen, ein Mädchen namens Rosária, das ihnen später Ärger verursachte, als sie mit einem Spion der Miguelisten anbändelte. Sie überraschten sie eines Nachts, als sie die Papiere des Obersten durchstöberte, Aufzeichnungen zu seinem Buch über die Belagerung von Porto, das er später veröffentlichte; doch darunter befanden sich auch Briefe der englischen Dame, der er einen Sohn gemacht hatte, und der Skandal erschütterte die Familie. Rosária wurde aus dem Hause gewiesen, doch zwischen den Ehegatten blieb der Zwist bestehen, und von dieser Zeit an datierte eine Trennung, die nur wegen der Stellung, die der Oberst im Generalstab Dom Pedros innehatte, nicht an die Öffentlichkeit drang. Er war ein Vertrauensmann von Beresford und Saldanha und genoß beträchtliches Ansehen. Saldanha verteidigte die Linien von Pasteleira; man sah die Frauen in schwarzen Umhängetüchern und den Korb mit dem Abendessen für ihre Ehemänner am Arm vorübergehen so ruhig, als wären sie, statt am Kriege teilzunehmen, mit Maurerarbeiten beschäftigt.

»Es gab kein Holz mehr, und so wurden die Bäume in den Gärten gefällt. Die schönsten Kamelienbäume wurden damals geopfert, so herrliche wie die wurden nie wieder angepflanzt«, erzählte Dona Rita. Einige ihrer Freundinnen wurden von verirrten Kugeln auf offener Straße getötet. Doch es gab kein großes Wehklagen unter der Bevölkerung; man lebte ganz alltäglich, den Umständen angepaßt weiter. Man liebte wie gewohnt, und immer gab es einen Verliebten, der zu einem dritten Stockwerk emporblickte und nach Art der Astronomen auf einen neuen Stern hoffte. Alle alten Frauen des Stadtviertels, die Katzen besaßen, belauerten ihn, weil sie fürchteten, er könnte ein Jäger dieses selbst auf bürgerlichen Tischen begehrten Leckerbissens sein.

Camilo hörte sich geduldig Dona Ritas Erzählung an, die, von ein paar Auslassungen privater Art abgesehen, eben diese war. Er fragte sich, wie wohl Fanny zu jener Zeit gewesen sein mochte. Sie war nicht mehr als sechs Jahre alt, aß Süßreis statt Brot wie die übrigen Kinder und sprach ihre Gebete zum Dröhnen der Batterien von Gaia, die sich in den Händen der Miguelisten befanden; ihnen antwortete die Kanone auf dem Platz vor der Kathedrale. Im Frühjahr war die Hafeneinfahrt

wieder frei zugänglich, und Lebensmittel kamen herein, die freilich so teuer waren, daß man manchmal, um sie kaufen zu können, Hypotheken aufnahm und Gold verpfändete. Dona Ritas Speisekammer war einigermaßen gefüllt, aber eher hätte sie das Geheimnis ihres Geldschranks preisgegeben als den Schlüssel zu diesem Raum. Sie erhielt regelmäßig Lebensmittel, die vermutlich aus den Reserven von Oberst Sorell, dem englischen Konsul in Porto, stammten. Im Hause kannte nur noch eine aus Brasilien mitgebrachte schwarze Dienerin dieses Geheimnis. Sie verehrte Dom Pedro, als wäre er ein Macumba-Priester. Fanny und ihre Geschwister mußten in einer gewissen Diät gehalten werden, damit sie nicht herumplapperten, welcher Überfluß in ihrem Hauswesen herrschte.
Fanny war dabei, die großen Teppiche von Kapuzinerkresse, die aus den Beeten herauswucherten, vom Gartenweg zu pflücken. Sie fürchtete, José Augusto könne sie zertreten und Maria die Blüten mit ihrem gerüschten Rocksaum abreißen. Maria kleidete sich in letzter Zeit sehr elegant und ging oft aus, um sich mit den Schneiderinnen zu beraten. Sie besaß eine Fülle von Negligés aus französischem Kattun, auch Spitzenhäubchen und Seidenschürzen. Sie schien einen Ehrenplatz im Petit Trianon einnehmen zu wollen: als Postkarten-Bäuerin. Camilo hatte keinen Beweis dafür, daß sie mit José Augusto verlobt war, und ihre Mutter beschränkte sich darauf, die beiden mit einem wohlwollenden, diskreten Blick zu begleiten. Ob sie sich wohl lieben? fragte er sich; dieser Mensch ist ein Mysterium. Er ist imstande, eine Ewigkeit von acht Tagen glücklich zu sein, und dann träumt er für sich allein weiter, ohne sich um die Frauen zu scheren, die ihm ihre Reputation opfern, und ohne der Moral auf die Hühneraugen zu treten. Sagen wir deshalb wie in den Fortsetzungsromanen: Was wird nun geschehen?

Camilo hatte ein Häuschen gemietet, das wenig mehr war als der Unterschlupf eines Fischers und in der Nähe von José

Augustos Haus lag. Es gab Stunden, in denen er überzeugt war, den Majoratsherrn vom Douro gut zu kennen, und in denen er mit verblüffender Treue sein Porträt entwerfen konnte. José Augusto war ein Mann von durchschnittlicher Intelligenz, der es nicht ertrug, im Schatten zu stehen. Er würde nicht zögern, eine Frau zu heiraten, die ihm Ruhm verschaffte, oder eine andere ins Verderben zu stürzen, um sich nicht der Rache der Gesellschaft, die da ist das Vergessen, auszusetzen. Porto erträgt den schwachen Verstand seiner Kinder, verzeiht jedoch nicht das treffsichere Urteil der Zugereisten. José Augusto war im Winter ein bekannter Mann geworden, hatte seine erloschenen Blicke durch die Salons wandern lassen und sich mit ausgesuchter Indolenz gelangweilt. Die Damen nahmen ihn gut auf; sie erkennen genau, welche Männer man fürchten muß und welche einfach nichts mißbrauchen – weder das Vertrauen noch das Schicksal, ja nicht einmal den eigenen Witz. José Augusto wußte, daß ihm das Genießen nicht versagt war. Doch gerade die Leichtigkeit machte ihm das Genießen schal. Er hatte Affären, die in eben dem Augenblick aufhörten, in dem sie zu Erfahrungen zu werden drohten und diese wiederum zur Notwendigkeit. Es hieß, er habe ein armes Mädchen verführt, das er für alle Launen des Geldes wie des Herzens erzog und dann der Gier derer vermachte, die ihn beneideten. Sie heiratete, gewiß einen jener kaltsinnigen, neurasthenischen Männer, die bei einem Schiffbruch in der Stunde der höchsten Gefahr geloben, ein Straßenmädchen zu retten und dieses Gelübde auch halten. Wie jener Mann, der das Gelübde ablegte, die erste beste zu ehelichen, die eine weiße Rose tragen würde, dieselbe Geschichte, nur ins Symbolische erhöht. Als José Augusto seine frühere Geliebte reich, geachtet und glücklich wiedersah, kehrte er zu ihr zurück, um sie wieder ins Unglück zu stürzen und erreichte das auch.

»Das Gespenst dieser Frau wird mich verfolgen ...«, sagte er zu Camilo.

Und der erwiderte: »Es gibt keine Gespenster. Dein Er-

schrecken finde ich edelmütig und bin mit dir zufrieden. Du mußt dich zerstreuen. Morgen gehe ich auf einen Ball, auf dem ich nicht fehlen darf, und du kommst mit.«
»Nein, nein. Ich habe sie getötet und sie mich. Wer gibt denn den Ball?«
Dies geschah in der Zeit seiner ersten Bekanntschaft mit José Augusto, und er konnte nicht sicher sein, ob er ihm wirklich die Wahrheit erzählte. Er fand ihn zu jung, um eine Vergangenheit zu haben, und allzu überzeugt, um zu lügen. Er weckte in ihm mit seinem ernsthaften Stutzertum und seinem Ruf als literarisches Talent eine heftige Abneigung. In Wahrheit war er doch nur ein eingebildeter Prahlhans, den man in Lissabon lächerlich gefunden hätte. In Porto hingegen war nur ein Mensch ohne Geld lächerlich, und er konnte getrost die Allüren erhabener Langeweile an den Tag legen, ohne daß es jemand bemerkt und darüber gelacht hätte. Er gehörte zu den sieben jungen Leuten der Gesellschaft, die man die Kolumbusse der reichen Frauen nannte, und ein Teil seines Erfolges rührte daher, daß er ein großes Pferd ritt. Vielleicht verdankte auch Alexander der Große seinen Erfolg dem Bucephalos; der Pferdemythos hat eine enorme Bedeutung in den Gemeinschaften, die sich noch nicht recht an den aufrechten Gang gewöhnt haben. Zu Fuß leben und zu Fuß gehen ist für die Menschen seit den frühesten Zeitaltern gleichbedeutend mit Verwundbarkeit.
Ergebnis: Camilo mochte José Augusto nicht. Er dachte sogar daran, sein Ansehen zu schädigen, indem er verbreitete, er sei zahlungsunfähig. Doch das tat er nicht. Warum wohl? José Augusto wurde ihm unentbehrlich. Eines Tages sollte Camilo sagen: »Was habe ich von diesem üppigen Schatz an Zuneigung gerettet? Deinen Namen, Freund ...« Und er fügte noch andere schmerzliche Verse hinzu, die man nicht lesen konnte, ohne daß einem das Herz einen Augenblick stillstand aus Furcht, mit dem Gefühl die Verzichtstimmung zu stören, die für das Gefühl notwendig ist. »Eine Allianz der Extreme«, nannte Camilo seine sonderbare Beziehung zu José Augusto.

Es gab einen gewissen Zeitabschnitt, eben den, in dem Camilo in Vilar do Paraíso lebte, den er auf die minutiöse Analyse des Charakters seines Freundes verwendete. Jeden Tag beobachtete und notierte er die Besonderheiten dieses jungen Mannes ohne Laster und ohne Tugenden. Er kam immer zu dem gleichen Ergebnis: Er fesselte nicht durch seine geistigen Gaben und war auch nicht sonderlich empfänglich für den Wert seiner Mitmenschen. Hinter seiner kühlen Wesensart verlangte er nach einer gewissen Fiebrigkeit in seiner Umgebung, die ihm wenn schon nicht Lebensfreude, so doch wenigstens Lebensneugier bewahren sollte. Man konnte bei seiner Veranlagung nicht mit einem beständigen Verhalten rechnen. Er machte Maria den Hof, aber er gönnte ihr keine der kleinen liebevollen Höflichkeiten, die denen einfallen, die innige Vertrautheit mit dem geliebten Wesen anstreben. Sie zog ihn auf die entlegensten Wege des Gartens und hoffte, daß José Augusto ihr ein stärkeres Gefühl gestehen und sie hingebungsvoll und freudig umarmen würde. Doch er wahrte ihr gegenüber eine beinahe beunruhigende Zurückhaltung, fast wie ein Ehebrecher, der nicht überrascht werden möchte; er wurde erst wieder herzlich und charmant, wenn sie in den Salon zurückkehrten und er dort die angeregten Gäste traf, unter die er sich sogleich mischte. Dona Rita empfing viele Leute; unter ihnen war auch José Correia de Melo und seine Familie, zu der einige kleine Mädchen unter fünfzehn Jahren gehörten. Sie trugen noch kurze Kleidchen, und wenn sie Fanny umringten, glich sie Werthers Charlotte aufs Haar. Nur war sie vielleicht nachdenklicher, und ihr schwaches Lächeln, das ihre Lippen nur streifte, erschien Camilo ihren Geheimnissen verwandt. Wenn er sich in sein armseliges Fischerhaus zurückgezogen hatte, setzte er sich an den Tisch und schrieb Verse. »Mädchen, Mädchen so sehr und jung, deine Geheimnisse, so du sie hast, errät nicht einmal die Kunst...« Doch er erriet sie wohl: Fanny liebte José Augusto.

Wer war dieser Mann? Eine billige Kerze, die mehr rußt, als

sie Helligkeit abgibt? Jemand, der imstande war, das Verbrechen mit dem Genuß zu beleben? Doch nein. Er war ein schlichter Provinzler, von morbider Lektüre verwirrt, den als Zwanzigjährigen eine allzu exaltierte Frau geliebt hatte. Solche neurotischen Leidenschaften sind für junge Männer von schüchterner Natur verhängnisvoll. Er hatte seine Mutter als Achtzehnjähriger verloren und war nicht darauf vorbereitet, eine glühende Geliebte in seinen Armen zu empfangen, die Liebesbeweise verlangte, Beweise, die nicht gewährt werden können, ohne daß das Herz frei genug und ganz alltäglich verfügbar ist. José Augusto hatte eben eine Trauerzeit hinter sich, die ihn für so handgreifliche und grobe Dinge wie eine fleischliche Leidenschaft unfähig machte. Er flüchtete sich in einen eisigen Stolz; man hielt ihn für gleichgültig, und er stand doch nur unter dem Eindruck seines Schmerzes. Wahr ist jedoch, daß José Augusto anfing, an seinen Impulsen zu zweifeln; die Illusionen, die ein Mann mit seinen Begierden in Einklang bringt, gerieten ihm derart durcheinander, daß er als Zyniker galt. Die hochgeistigen Bücher, die er in seiner aus dem 18. Jahrhundert stammenden Bibliothek zu Rate zog, ihm vermacht von einem aus dem Priesterstand ausgeschiedenen Onkel, halfen das ungeordnete Bild seines Geistes zu vollenden. Eine vorzeitige Aneignung von Bildung führt zur Ausdörrung der Gefühle. Was mit der Frische des Instinkts entdeckt werden muß, kann man nicht mit Hilfe des Vergnügens an der Kunst verstehen. José Augusto lernte bei Casanova Dinge, die völlig verschieden waren von dem, was er selber fühlte. Ein Libertin kann niemals ein Lehrmeister sein; er ist zu sehr seinen Erinnerungen, dieser Form unfruchtbarer Resignation verfallen, als daß er nicht allem einen Geschmack nach Rache und Verachtung beigeben müßte. Eben dies überträgt er auf den Leser – die bis zum Äußersten getriebene Gemeinheit, mit der er sich herumschlägt, die Anerkennung der eigenen Dekadenz. Was in Wirklichkeit ein machtvolles Verlangen war, das die diskreten Litaneien der Moral außer Kurs setzte und einen beharrlichen Lebenswillen mitteilte,

erlischt in der Traurigkeit der Impotenz und der von ihr vermittelten Demütigung. Ein junger Mann wie José Augusto, den der Tod seiner Mutter in gewisser Hinsicht aus der Liebe verbannt hatte, las Lovelace und meinte, er sehe in der Tat abstoßend aus; doch er verbreitete eine echte verführerische Kraft, denn die Verderblichkeit, die den Tod, die Grenze der Verderblicheit, einschloß, war ein von der Vorsehung verhängtes Ende. Mithin war, was die Vorsehung bestimmte, Fäulnis und Zerstörung, das Vollzugszeichen des Genusses und sein absolutes Merkmal.
Dieses Zeichen ahnte Camilo, und deshalb sprach er von einer »Allianz der Extreme«, wenn er sich auf das Freundschaftsband bezog, das zwischen ihm und José Augusto bestand.

Je vertrauter José Augusto im »Paradies« wurde, desto mehr begriff er, daß Marias Briefe von Fanny geschrieben worden waren. Sie schrieb nicht allein außerordentlich sicher, sie übertrug auch auf ihre Worte ein verzehrendes Feuer, nicht durch ihre etymologische Bedeutung, sondern durch ihre Auswahl und besondere Verbindung. Sie wirkte wie ein vollkommenes Spiel, klangvoll, verwegen und unversehrbar, diese Schreibweise, die von einem blinden Engel zu stammen schien, dessen Werte mit denjenigen der Menschen nichts zu schaffen hatten. Im übrigen hatte Fanny etwas Verdächtiges, Ausgefallenes an sich, das sich jedem Bezug auf die Wirklichkeit entzog. So weckte zum Beispiel ihre Schönheit kein Verlangen wie die Marias, sondern eher ein gewisses Erschrecken und Furcht vor dem Sonderrecht, das in dem Begriff der Schönheit selber beschlossen lag. José Augusto dachte manchmal, daß sie ihn als Frau gar nicht interessierte; und dennoch verspürte er eine überspitzte Eifersucht, wenn Camilo mit ihr sprach und allzu familiär mit ihr umging. Wenn er mit Maria im Salon allein blieb, dauerte es nicht lange, bis die Dürftigkeit ihrer Beziehungen offenbar wurde und sie sich hilflos in einer Leere ohne Hoffnung ausgesetzt

sahen. Dann riefen sie nach Fanny; obwohl die Notwendigkeit ihrer Anwesenheit nicht wahrer Zuneigung entsprach, entsprach sie doch einer derart starken Begierde nach ihrer Anwesenheit, daß es schwerwiegende Folgen gehabt hätte, wenn sie sich ihnen verweigert hätte.
»Wenn Sie nicht aus Ihrem Zimmer herauskommen, stelle ich meine Besuche ein«, sagte José Augusto eines Tages zu ihr. Und obwohl Maria eifersüchtig war, ließ sie doch dieses Komplizentum zu, ohne das sie keine körperliche Verbindung mit José Augusto erreichen konnte. Sie liebten sich schon mit großer Freiheit und einer gewissen Schamlosigkeit, die leicht an Verderbtheit und nichtige Exaltiertheit streifte. Fanny litt bei alledem. Ihre Reinheit, die nicht das Fehlen von Begierden, sondern ihre tiefe Verfügbarkeit bedeutete, lehnte sich gegen das Gekünstelte und Grobe in dieser Beziehung auf. Was war eine Schönheit wert, die mehr Unordnung als Übereinstimmung auslöste? Gibt es nicht Schmetterlinge, die ihre buntfarbigen Flügel fallen lassen, um ihre Verfolger zu erschrecken? Bei der Frau wirkt jene Kundgabe von Schönheit, die nicht in regelmäßigen Zügen oder prachtvollen Formen besteht, wie etwas Bedrohliches, das gleichzeitig in eine sonderbare Strenge hineinführt. Der Mann reagiert darauf mit plötzlicher Flucht, mit liederlichem Leben, mit übersteigertem Geschlechtstrieb – als geschworener Feind der tiefsten Wirklichkeiten. Denn in seinem allgemeinen Verhalten verstrickt sich der Mann ständig in die Abstraktion der wahrhaft dynamischen Dinge wie die Liebe oder die abgesonderte, wirkliche Gegenwart der Schönheit, deren gewaltige Schritte über den Tod hinausgehen. Abgesehen von einem kleinen Kompromiß mit Menschen unterhalb dieser wirklichen Situation will er gar keine Verbindung mit dem, was die großen Pläne des Lebens augenfällig darstellt: eine frontale Aufdekkung des Betrugs der Gefühle und Handlungen und vor allem die ungestüme Improvisation ihrer Gleichheit gegenüber dem Einzigen und Wahren.
Manchmal jedoch dringt eines dieser Wesen, die ein leuchten-

des Modell sind, in das Feld des Zerstörers ein und fordert ihn heraus. So geschah es bei Fanny und José Augusto; und nicht allein bei José Augusto, sondern bei all jenen, die den Fall miterlebten und sich bemühten, ihn in seinem arithmetischen Zustand zu erhalten, was ihnen unmöglich war, denn er vollzog sich wie ein der sogenannten Normalität völlig fremdes Spiel. Deshalb mußte die Begegnung mit Fanny für ihn gefährlich werden. In seiner letzten Lebenszeit, als Fanny bereits tot war, versuchte José Augusto, die Energie aufzufangen, die sie ihm durch die Art des Gebets, die das Tagebuch darstellt, zugeführt hatte. Er wußte, er konnte nicht leben, ohne diese Kommunikation mit ihr herzustellen, und kämpfte verzweifelt weitere zwei Monate lang. Deshalb ließ er eine Autopsie vornehmen und sie einbalsamieren, damit der Anschein des Lebens bewahrt bliebe. Er versuchte, seine mathematische Sprache auf das Bild eines ursprünglichen Körpers anzuwenden, so als könnte dieser ein Teilstück verfügbar halten, das einer ihm analogen Welle entstammte. Die Hartnäckigkeit, mit der José Augusto darauf bestand, Fanny einen »Engel« zu nennen, beweist, daß sie ihm Schrecken einflößte als ein Wesen, das an einem Kräftewirbel Anteil hatte, der mit nichts zu vergleichen war. An etwas, dem er sich entgegenstellte, dessen Anziehungskraft gleichsam blitzartig wirkte, unter dessen Verzauberung er litt, obwohl er gleich darauf in unerhörte Verzweiflung stürzte; denn er war an seine begrenzte, faßbare Welt gebunden, und von ihr abzulassen bedeutete für ihn, in eine unerträgliche Nachtwache einzutreten.

Camilos Anwesenheit im Hause Owen war nicht dazu angetan, zu José Augustos Gemütsruhe beizutragen. Er ließ zwei Tage verstreichen, dann besuchte er ihn in seinem kleinen, im Geschmack der Fischer grün angemalten Häuschen, in dessen Gemüsegarten die Rochen zum Trocknen hingen. Die Hausfrau, eine wohlgenährte Frau mit kräftigem Bartflaum, lebte im hinteren Teil; sie litt an Beschwerden, die der Salpeter des Meeres verursacht hatte; jedenfalls erklärte sie damit ihre geschwollenen Füße, die von weißlichen Schuppen bedeckt waren. José Augusto glaubte, es sei Lepra und wandte die Augen angeekelt ab.

»Wo zum Teufel bist du denn untergekrochen?« sagte er tadelnd zu Camilo. »Nicht einmal Bücher hast du dir mitgebracht... Das hier sieht aus wie die Zufluchtsstätte eines Verschwörers.«

»Weißt du noch, was ich gesagt habe, als ich von Coimbra wegging?«

»Ich weiß, ich war ja dabei. Du hast wörtlich gesagt: ›Ich verschwinde, weil hier die Menschen schlecht riechen.‹«

»Genau. Und jetzt meine ich, der satanische Gestank, den sie am Leibe haben, ruft mich wieder zu ihnen zurück.«

»Da kann man wieder einmal sehen, daß die Literatur dem Teufel mehr verdankt als den Heiligen. Wenn wir ihn von seiner guten Seite her anschauen, ist der Teufel ein großartiger Bursche«, sagte José Augusto mit einem schwächlichen Lachen. »Aber der Teufel existiert nicht.«

»Wenn er uns vormacht, er existiert nicht, dann ist er gerade dabei, etwas ganz Besonderes auszuhecken.«

José Augusto schwieg und musterte das Zimmer, das eine in die Wand eingelassene Schlafkoje hatte. Die Stühle waren aus echten Planken gezimmert, und es gab auch eine Hauskapelle und darin einen Christus mit großen, bluttriefenden Wunden. José Augusto hatte nicht genug Gemüt, um Armut von Mittelmäßigkeit unterscheiden zu können. Die Folklore war noch nicht erfunden, und dieses Häuschen mit seinen Halbtüren, die die Hunde hinderten, hereinzukommen, erschien ihm nur beleidigend und verdrießlich. Ein guter Teil seines Interesses für die Owens galt womöglich der Feinheit des englischen »homes«, dem Klassenehrgeiz, der darauf ausgeht, eine überlegenen Klasse nachzuahmen. Diese Engländerinnen, die immer ein bißchen über ihre kulturellen und sozialen Verhältnisse lebten, erschienen ihm alle für eine geräumigere

Form modelliert, die »nurse«, um in das Format einer »lady« zu passen, und diese den Dimensionen Ihrer Huldvollen Majestät nachgebildet. Auf nichts traf die Bezeichnung »small« zu, alles strebte »king size« an. Und dabei wie viele Irrtümer auf der Bahn zum Ideal des Imperiums! Wie viele Mausefallen unfeiner Eleganz und snobistischer Musik! Gleichwohl konnte José Augusto das nicht durchschauen. Er würde auch niemals den Unterschied zwischen Sensibilität und deren Vortäuschung begreifen können. Das eben richtete ihn zugrunde.

Nach diesem ersten Besuch José Augustos gab es zwischen ihm und Camilo keine weiteren Begegnungen unter vier Augen mehr. Sie sahen sich nur im Hause Dona Ritas, die beide gleich freundlich behandelte. Nie lud sie den einen zum Abendessen ein, ohne daß sie den anderen angelegentlich bat, doch ebenfalls zu kommen. Mit einer Verschmitztheit ohnegleichen wollte sie die Freundschaft der beiden Männer für Marias Heiratsvertrag bürgen lassen. Sie wußte, daß ihre Tochter, obwohl schön und verführerisch, zu oberflächlich war, um diesen jungen Mann an sich zu binden, der zwar nicht sonderlich intelligent war, aber verfeinert genug, um nur Dinge von Wert für sich auszuwählen. Ein charaktervoller Mensch mag die Bedeutungslosigkeit lieben; ein im Kult des Außerordentlichen aufgewachsener junger Mann fühlt sich bei allem betrogen, was nicht eine Legende zuläßt; gut oder schlecht, die Legende ist als Stimulans der Publikumsmeinung unentbehrlich.

Doch in einem Punkt irrte sich die gute Dame: die Beharrlichkeit eines Mannes, der Leidenschaften ausgesetzt ist und Gelegenheiten erhält, sie zu zeigen, führt endlich stets zu irgendeiner Art von Wahnwitz. Denn die Menschen finden sich nicht damit ab, durch sich selbst getäuscht zu werden; sie wollen, daß ihre Mitmenschen an dieser Täuschung mitwirken. Camilo bezeugte nicht nur kein Interesse an José Augustos Wahl, er schien sie im Gegenteil ein wenig lächerlich zu finden. Zuweilen lenkte er das Gespräch auf Themen, von denen er wußte, daß sich Maria bei ihnen unwissend oder hartherzig zeigen würde. Denn Camilo hatte begriffen, daß sie trotz ihrer schwindelerregenden Jugend zu brutaler Grausamkeit imstande war. Eines Abends, als in der Nachbarschaft ein Diebstahl vorgefallen war, sprach man von den schlimmen Zeiten der Belagerung von Porto und von der Welle von Kriminalität, die damals die Stadt verheert hatte. Ein Stückchen Kohle erzielte einen märchenhaften Preis, und das Mehl bewahrte man fast in Panzerschränken auf. Als die Nachricht aufkam, Bourmont würde ebenso wie andere französische Offiziere Dom Miguel Beistand leisten, brach eine Panik in der Stadt aus. Den englischen Familien wurde zu bleiben angeraten, denn von dieser Vortäuschung von Sicherheit hing die Kampfmoral der Festung ab. Sie forderten ein Gelände, auf dem sie zusammenrücken konnten, doch der Konsul wies dieses Ansinnen zurück. Dona Rita trieb ihr Vertrauen auf die Verteidigung der Stadt so weit, daß sie am Fenster eine portugiesische Fahne hissen ließ. Sie hatte im übrigen Freunde im Heer der Miguelisten, was dazu beitrug, daß sie keine sonderliche Begeisterung für den Triumph einer der Parteien an den Tag legte. Owen ließ die Fahne wieder einholen und ordnete an, daß die Wände mit heller Farbe gestrichen würden; normalerweise waren die Häuser der Engländer schwarz angestrichen, und das machte sie kenntlich, falls die Stadt von den Miguelisten geplündert werden sollte. Vor allem fürchtete man die Horden der Bauern, die dem Heer folgten und auf den großen Raubzug warteten. Das waren bettelarme Leute, die nur durch einen Angriff ihr Elend aufbessern konnten. Und selbst sie zeigten einigen Stolz trotz aller Energie, mit der sie nach fremden Besitztümern gierten; denn andere lebten von Almosen und stellten Wunden zur Schau, die sie dem Krieg zuschrieben und mit giftigen Kräutern schwärend hielten. Einer von ihnen überfiel das Haus der Owens und trug einen Stockfisch fort, der im Hof hing, rötlich gefärbt durch die Feuchtigkeit des Kohlenkellers, wo man ihn unter Ginsterhaufen versteckt hatte. Man verfolgte den Mann, doch er entkam und sprang über Mauern und Hühnerställe, ohne seinen Raub mitzunehmen. »Wenn ich damals schon groß gewesen wäre«, sagte Maria, »wäre ich ihm nachgerannt und hätte ihm mit dem Stockfisch so lange ins Gesicht geschlagen, bis der Fisch zerfetzt gewesen wäre.«

Solche Worte, von einem jungfräulichen Wesen ausgesprochen, das auf seinen gros grain-Pantoffeln herumwirbelte wie die Tänzerin auf einer Spieldose, flößten einem Schauder ein. Sie trug eine Haube à la Charlotte Corday mit rosa Bändern, und es war augenfällig, daß sie besondere Aufmerksamkeit auf ihr morgendlich lässiges Aussehen verwandte. Es war elf Uhr, und José Augusto holte sie zum üblichen Ausritt ab. Fanny errötete, und ihre Augen wandten sich von Camilo ab, der zu Maria sagte: »Aber warum? Warum nur?« Er verstand es, mit so einfachen Worten ungezügelte Reaktionen zu entfesseln; denn die Menschen können der Anspielung auf das Unlogische eines Fehlers nicht widerstehen. Maria wurde lebhaft und brachte erschreckende Dinge vor, weil sie sich rechtfertigen wollte. José Augusto schämte sich ihrer, nicht weil er eine gemeine Seele entdeckte, sondern weil sie innerhalb ihrer Grausamkeit nicht genug Stil besaß. Zwischen einem Fischweib, das die Steuerfahnder ausschimpft, und einer Bianca Capello, die aus dem Verbrechen einen Unfall macht, liegt ein Abgrund an Vorstellungsgabe. Es fiel Camilo leicht zu beweisen, daß Maria nicht sonderlich intelligent war, denn sie machte aus dem Elend eine Lokalnotiz, wo sie es hätte ernstnehmen müssen. Aus dem Blute ihrer Mutter stammte ihre Neigung zum Rousseauschen Wilden, der in sich selbst lebt, ohne daß sie jedoch in diesem Falle über ausreichende Hilfsmittel geboten hätte, um das Urteil der Mitmenschen und das Gebot des elementarsten sozialen Verhaltens zu befriedigen.

Tatsächlich zeigte sich José Augusto nach diesem Vorfall noch reservierter; zumindest in Camilos Gegenwart wagte er es nicht mehr, seiner Braut Schätzung oder gar Zuneigung zu

bekunden. Worüber Maria sich schon sehr bald zu grämen begann. Weit entfernt davon, sie zu ermuntern, ihre natürlichen Anlagen zu entwickeln, weckte er in ihr ein Mißtrauen, das sich allmählich in Bitterkeit verwandelte und auf ihr Benehmen innerhalb der Familie zurückwirkte. Sie war oft nervös und klagte über Schwindelanfälle; einmal wurde sie ohnmächtig, und das wiederholte sich, wenn sie längere Zeit zu Fuß ging. Da sie von Natur aus aktiv war, konnte sie nicht dazu gebracht werden, dem Rat des Arztes zu gehorchen, der ihr eine Luftveränderung verordnete und der Meinung war, der Daueraufenthalt in Meeresnähe schade ihr. Sie verließ Vilar do Paraíso für einige Zeit, zum Teil auch deshalb, weil sie darin eine Taktik sah, die ihrer Liebschaft nur günstig sein konnte, und fuhr nach Lissabon, wo sie sich auf den Abendgesellschaften der Marquis von Fronteira oder auf den Bällen des Lissaboner Clubs gut amüsierte. Oberst Owen und der junge Hugh legten Wert darauf, Maria in die Salons einzuführen, wo sie einen leidlichen Eindruck hinterließ. Die adligen Damen behandelten sie mit einer in ihrer Toleranz schmählichen Sympathie. Maria jedoch nahm das lediglich als Huldigung auf.
Sie blieb nicht lange in der Hauptstadt, aber als sie zurückkehrte, fand sie Veränderungen vor. Fanny schien ihr so ernst geworden zu sein, wie es nicht mehr zu einer allzu verwöhnten Kindheit passen wollte, deretwegen man etwa von Skrupeln geplagt sein könnte.
»Was hat Fanny nur?« fragte Maria, sie, die so wenig vom Seelenleben anderer Menschen abhängig war.
»Nun, was soll sie haben? Das ist nur übermäßige Empfindsamkeit. Sie weint ohne Grund und ärgert sich ohne Ursache. Aber so war sie ja immer. Entsinnst du dich nicht, wie sie sich in Tränen gebadet versteckte, wenn jemand eine Blume zertrat und auf den Beeten herumtrampelte?« Dona Rita biß mit den Zähnen einen Faden ab. »Sie kommt nach mir. Ich war immer leicht erregbar.«
»Das ist keine Erregbarkeit, Mama. Die Kleine ist kein Kind mehr. Fanny ist verliebt.«

»Camilo ist verliebt.«
»Betrachte das als einen Scherz!«
»Es ist ein Scherz und ein guter dazu. Deine Schwester ist ein Engel. Manchmal denke ich, daß sie die natürlichen Dinge dieser Welt nicht versteht. Aber sie versteht Camilo im Raume der Phantasie. Ich habe Verse gefunden, die von ihm stammen. Sie lagen in Fannys Brieftäschchen. Sie lauteten so, hör zu! ›Wozu diente dieses Weinen? Hört mich jemand, mir im Schmerz vereint? Wer hat Mitleid mit den stillen Tränen, über Blumen ausgeweint?‹«
»O weh, was für schlechte Verse!«
»Glück inspiriert nicht. Und Camilo ist glücklich.«
Nach diesem großartigen Geistesblitz begann Dona Rita zu glauben, es sei an der Zeit, ihre Töchter zu verheiraten. Sie war davon überzeugt, daß die Ehe die Frauen nicht hindert, Torheiten zu begehen, wohl aber verhindert, daß man die Torheiten der Frauen für abgeschmackt hält. Mit Mann und Kindern konnte Fanny in aller Ruhe weinen, und niemand würde sich darüber wundern. Was will sie bloß? dachte ihre Mutter und geriet gelegentlich in Verzweiflung über diese Wesensart, bei der die Unschuld selbst wie ein Stachel wirkte – sie wird viel leiden müssen. Doch die gleichen Worte hörte sie auch von anderen Müttern, die von der Blutarmut ihrer Töchter erzählten, ihrem exzentrischen Verhalten und den Intrigen, die sie spannen. Weinte sie nicht selbst in Augenblicken der Vorwarnung mehr als in Zeiten des Unglücks? Gelassenen Herzens ertrug sie den Verrat ihres Gatten, dann aber, bei einer Nichtigkeit, einer Erinnerung an die Zeit, als ihre Kinder noch klein waren, oder dem geduldigen Blick eines Hundes, weinte sie unversehens.
»Was hast du, Fanny?« fragte sie und pochte sacht an die Zimmertür ihrer Tochter. Die schwieg sich aus und tat, als wäre sie heiser, als hätte sie Zugluft abbekommen.
»Ich, Mama? Ich muß mich hinlegen ... ich war zu lange in der Sonne, ich habe Kopfschmerzen und komme nicht zum Abendessen hinunter.«

Frauen haben Zeiten, in denen sie sich der schlichten Faszination des Unrechts nicht entziehen können. Frauen lieben das Unrecht. Sie genießen es, sich gedemütigt zu fühlen, einen Bastard auf die Welt zu bringen, stets mit dem schlechteren Brocken abgespeist zu werden. Das Opfer bringt sie zur Reife, befähigt sie zu vorzeitiger Mutterschaft. Deshalb weinen sie bei menschlichen Beweisen von Liebe, Gerechtigkeit, Wahrheit. Wenn die Dinge gut laufen, zeigen sie sich skeptisch, wenn ein Mann sie begehrt, meinen sie, er wolle sie täuschen, wenn sie geschäftlich triumphieren, denken sie, daß sie bei ihrem Geliebten scheitern werden oder daß ihre Freunde berechnend sind oder daß die Familie sie nicht versteht. Sie sind für die zynischste Verzweiflung gezeichnet, weil sie auf Erfahrung und Vernunft verzichtet. Sie sind durch und durch Scharfsinn für den mit der Natur zu führenden Krieg: zwischen dem fruchtbaren Bauch und dem Schmerz und allem übrigen, was sie davon ablenkt. Sogar Dona Rita, ein Beispiel für eine Geisteswachheit, die auf beträchtlichen Einkünften und einer hinreichend großen Zahl von Juwelen beruht, war an einen Punkt ihres Lebens gelangt, an dem sie eine unerklärliche, gebieterische Notwendigkeit verspürte, unglücklich zu sein. Nie hatte sie mit besonderen Schwierigkeiten zu kämpfen gehabt, der Oberst hatte sie verlassen, ohne ihr einen allzu großen moralischen oder materiellen Schaden zuzufügen. Selbst Fanny spürte mehr als ihre Mutter die Kümmernisse des Ehepaars auf dem Gebiete des Gefühls, weil sie ihren Vater im zartesten Alter sehr geliebt hatte. Zum Teil war das, was Camilo ihre »zärtliche Sehnsucht« nannte, die Erinnerung an Oberst Owen, den schönen, klugen und immer durch gefährliche Unternehmungen fern von zu Hause gehaltenen Vater. Camilo sagte bisweilen in den unbesonnenen Zwiegesprächen mit José Augusto: »Sie hegt eine Liebe zu ihrer Kindheit, die ihr das schlimme Schicksal der leidenschaftlichen Seelen prophezeit.«

»Bring das in Verse. In Prosa klingt es unglaubwürdig.«

Und Camilo brachte es in Verse. Diese Zwiegespräche waren

selten, aber hinterher waren beide stets ein bißchen gekränkt und von bösen Regungen bewegt. Zwischen Dona Rita, die über symbolische Wehwehchen klagte, und Maria, die Eifersucht zu zeigen begann, beanspruchten die beiden Freunde Fanny als ästhetische Stütze für die Wahlverwandtschaft, die sie verband. Tatsächlich bestand eine Affinität zwischen Camilos hoher Intelligenz und José Augustos geistiger und moralischer Begrenztheit: beide waren unempfindlich für den Augenschein der Dinge und suchten das Wirkliche, das in ihnen steckte. Während José Augusto jedoch lediglich durch die Sinne aus seiner Unbeweglichkeit herausgerüttelt wurde, gab es für Camilo nur das Verfahren, seine Begriffe seinen Erfahrungen entsprechend zu ordnen. So blieb der Mittelmäßige immer unter der inneren Evidenz der Tatsachen, das Talent dagegen mußte sich zwangsläufig über die Wahrheit stellen. Fanny repräsentierte die Kunst des Seins. Für einen Menschen, der sich auf die Realität beschränkt, kann sie wenig bedeuten. Doch für einen anderen, dessen Herzensfreiheit, überlegener Wille und Abstraktionsfähigkeit bewirken, daß er darauf erpicht ist, den Inhalt des Scheins zu beherrschen, war Fanny unentbehrlich. Daher rührte der Konflikt. José Augusto, ein nicht zur Verwirklichung gelangter Mensch, jedoch gefordert, sein wahres Wesen zu entpuppen, erriet den falschen Schein der Dinge, und das hinderte ihn, auf der Ebene einer Illusion mehr oder minder aufrichtigen oder stumpfen geselligen Umgang zu pflegen. Camilo beherrschte das Terrain, auf dem sich das Unbewußte abzeichnet, und gerade deshalb war sein Einfluß auf die Mitmenschen verhängnisvoll. José Augusto war äußerst bedacht darauf, aus Fanny ein Symbol zu machen. Das heißt: die Verwirrung des Unbewußten durch die bewußte Funktion des Symbols zurückzuschieben. So wurde Fanny für ihn im gleichen Maße ein Weg zur Rettung, in dem Camilo auf sein Recht auf Wahrheit pochte und in den Bereich des Unbewußten eindrang, in dem José Augusto sich herumquälte.

In Marias Abwesenheit wurde José Augusto für die Verwandlung verfügbarer, die sich in ihm vom sensiblen Wesen zum Vernunftmenschen vollzog. Dies ging nicht ohne Kampf und Schrecken vonstatten. Er war in einer kleinlichen Denkart erzogen worden, die dem Individuum eine häßliche Rolle in der Natur zusprach. Die Begierde war etwas, was die Vorstellung von Adel und Schönheit erniedrigte. Sein sittliches Leben war armselig, weil er darin das körperliche Leben mit seinen Bedürfnissen von der Freiheit der mit der Harmonie der Neigungen gepaarten Vernunft trennte. Die Sittlichkeit entsprach dem Opfer der Schönheit oder einem ästhetischen Zustand, der sich nicht vom Verzicht auf den Genuß unterschied. Der Genuß jedoch, die unmittelbare Sinnesempfindung, war für ihn wichtig. Er brachte ihm eine Wiederbelebung der schöpferischen Kräfte, an denen seine Kindheit so überreich gewesen war. Der Genuß gewährte ihm Vertrauen auf die Sinne und machte ihn empfänglich für ein Temperament, das mit der Würde des Lebens zusammenwirkte. Auf der anderen Seite brachten Widerstehen und Selbstbeherrschung in seinem Geiste eine überraschende Wirkung von Selbständigkeit und intellektueller Vollkommenheit hervor, auch wenn seine Sensibilität dabei schrumpfte und verkümmerte. Dieser Konflikt zwischen Genuß und Sittlichkeit, zwischen Empfänglichkeit und Konzentration war der große Scheideweg der Zivilisation und würde es weiterhin bleiben.
José Augusto entschied sich für ein gleichzeitig körperliches und geistiges Schicksal: die widerstreitenden Naturen dieser beiden menschlichen Verhaltensweisen waren durch ein Symbol verbunden, und dieses Symbol hieß Fanny. Als Maria zurückkehrte, waren die Würfel schon gefallen, und sie konnte José Augusto nicht mehr zurückgewinnen.
Wenn man Camilo die Schuld an diesem Drama zuschrieb, war man von der Wahrheit nicht weit entfernt. Hätte er sich nicht so beharrlich neben José Augusto behauptet, der durch seine Wahl des ausgewogenen Zustandes unbeweglich und entschlußlos geworden war, wäre es niemals zu einer Kon-

frontation von körperlichem und sittlichem Leben gekommen. Und Fanny hätte auch nicht die Natur eines Symbols erlangt: eine äußerst aufregende psychologische Realität, die imstande war, die Ansprüche der körperlichen Wirklichkeit aufzuheben. Zwischen den beiden Männern mußte sich daher ein Kampf entspinnen, dessen Bedeutung in der Auswirkung der solcherart hergestellten Beziehungen lag. Fanny verband in wunderbarer Weise das Gegensatzpaar wirklich-unwirklich, innerhalb dessen das menschliche Leben verläuft. Jenseits ihrer biologischen Bedingtheit erhob sich die Frau zu einer Mission als Versöhnerin der Gegenpole, eben durch ihre eigene Symbolwerdung, eine wundervolle Selbstgestaltung, die nicht von den Fähigkeiten des Individuums abhängt, sondern einer ganz bestimmten Einmischung des gesellschaftlichen »Pathos« zu verdanken ist, insofern es sich auf die apokalyptische Befreiung des Unbewußten bezieht.

Da José Augusto über die geschwisterliche Vertraulichkeit zwischen Fanny und Camilo überrascht war, suchte er ihn abermals auf. Er fand ihn beim Schreiben und las über seine Schulter: »›Es gibt Geheimnisse unter den Lebenden, die die Schatten der Toten herbeirufen.‹ An wen schreibst du da?«
»An jemanden, dessen Sklave ich bin und der mir für diese Versklavung mit Tränen bezahlen muß.«
»Wer ist es?« Überstürzt fuhr er fort: »Ist es Fanny? Wenn jemand Fanny lieben sollte..., würde ich ihn umbringen...«
Camilo legte die Feder hin und drehte sich auf seinem Stuhl um. Vor dem staubverdunkelten Kruzifix brannte ein Lämpchen und knisterte leise, weil das Öl zur Neige ging. Die Hausbesitzerin, eine fromme Fischersfrau, hatte ihm zwar das Zimmer mit der blauen Schlafkoje abgetreten, aber keineswegs von ihrem ein wenig düsteren, mit den Tragödien des Meeres verbundenen Frömmigkeitszeremoniell abgelassen. Manchmal entsann sie sich früherer Schiffbrüche und richtete

eine Totenfeier aus, die die Ertrunkenen in Erinnerung rief, indem sie die entscheidenden Augenblicke der Begegnung mit den Toten auf dem Strand nachgestaltete. Ihre Schreie waren dann meilenweit zu hören, grandiose Schreie, Zeichen von großer Sühne und anklagender Kraft.

Camilo löschte das Licht, indem er den Docht zwischen den Fingern ausdrückte. Er versetzte bedächtig: »Na hör mal! Freundschaft ist im allgemeinen weniger blutrünstig ...«

»Du hast mich nicht verstanden. Ich wollte sagen, daß Fanny als Spielzeug eines gelangweilten Menschen nicht in Betracht kommt.«

»Das meine ich auch.«

»Sie lebt in jenem Haus zwischen Vulgarität und Mißachtung ... Wie Daphne, in einen Lorbeerbaum verwandelt, um vor Gott Apollo zu fliehen. Du liebst sie also nicht?«

»Nein«, sagte Camilo. »Aber ich weiß, was ich verschmähe. Du kannst es nicht wissen.«

José Augusto zuckte zusammen und begann, plötzlich vor Wut zitternd, im Zimmer auf und ab zu gehen, ohne auf die Möbel zu achten, gegen die er stieß. Leichter weißer Schaum bildete sich in seinen Mundwinkeln.

»Bin ich etwa ein Krüppel? Meinst du, ich könnte Fanny nicht lieben? Ganz gewiß werde ich in ihr eine unermeßliche Liebe wecken, eine von mir mißbilligte Liebe, durch meine eigene Strenge erregt. Versprechen, unterjochen, hoffen lassen ... Das Verlangen schüren, um die Folgen der unstillbaren Begierde zu erforschen. Mit einem Kuß ihre Stirn streifen und dann an ihr vorübergehen, ohne sie anzurühren, und sie mit einem durchdringenden, strengen Blick fixieren. Illusionen säen und Scham, Demütigung und Schuldgefühle ernten. Einen Engel in der Fülle seines Martyriums erzeugen.«

»Dazu wärest du fähig?« fragte Camilo erregt.

»Ist das nicht schöner als für Nachkommenschaft zu sorgen? Heißt das nicht wahrhaft fruchtbar und mit Gottes Werk in größerem Einverständnis leben?«

»Sprich mir hier nicht von Gott!«

»Warum nicht? Er gehört zu meinem Stammbaum.«

»Wart einmal, José Augusto... Wir haben uns geschworen, einander zu vertrauen...« Camilo fühlte sich in dieser unwirklichen, jedes Maß übersteigenden Situation gefangen. Dieser Mensch war verrückt, und ihn faszinierte der Weg, den sein Wahnsinn nehmen würde, zweifellos ein düsterer, aufregender Weg.

»Ich habe meine Ehre aufs Spiel gesetzt, als ich dir vertraute. Dich reizt die Tugend als Mittel zu einem leichten Triumph. Mir hat nur die Vollkommenheit etwas zu sagen. Vollkommenheit, wenn es sein muß, selbst im Laster, aber unabhängig von jeder Übereinkunft mit den Mitmenschen.«

»Hast du eine Seele, José Augusto? Ich frage dich, ob du eine Seele hast.«

»Die Seele! Wenn ich meine verachtete und belächelte Jugend beweinen könnte, dann hätte ich eine Seele. Meine Grausamkeit fesselt mich an das Leben. Ist das nicht auch eine Seele?«

»Du bist ein Kind, José Augusto, ein Kind, aus dem unseligerweise ein Mann geworden ist. Jetzt sehe ich ein, daß es keine oberflächlichen Menschen gibt. Ich habe über euch gelacht, mein Talent machte mich eurer faulen Dummheit zehnfach überlegen. Und auf einmal kommt so ein Majoratsherr und hat euch alle gerächt, weil ich durch ihn erfahre, daß die Phantasie auch des miesesten Bürgers keine Gesetze kennt! Du bist ein Wunder, aber wäre es nicht besser, man löschte dich aus, so wie ich es mit diesem Lämpchen getan habe?«

»Asche anstelle der Begierde. Bewußtsein anstelle von Leidenschaft. Ist das vielleicht eine Seele?«

Er öffnete die Tür und stürzte nach draußen. Es war windig, und seine Rockschöße flatterten hinter ihm her wie zwei beschnittene Flügel. Camilo ging ihm bis zum Weg nach, aber er sah ihn nicht mehr. Er war beeindruckt, aber er fühlte sich vage als Sieger; diese seltenen Zusammenstöße mit José Augusto hatten die Gabe, seine Gefühle, die er im allgemeinen als träge empfand, zu ungewöhnlicher Heftigkeit zu stacheln.

Im Ablauf der Tage, die keine besonderen Neuigkeiten brachten, hatte er schließlich seinen Aufenthalt im »Paradies« unvernünftig gefunden. Sein Genie verkam bei dieser liebegeschwängerten Banalität, den Unterhaltungen mit Fanny auf der Kirchentreppe und den Strandspaziergängen mit ihr, bei denen er das Seidenschirmchen hielt, damit sie sich die Schuhe ausziehen konnte. Es war nur lächerlich, dieses Getue um ein ständig bekümmertes, schläfriges Mädchen, das ihn im Grunde gar nicht fesselte. Doch nachdem er mit José Augusto ein paar Worte in besorgtem, fast überspanntem Ton gewechselt hatte, verwandelte sich alles. Er fand Fanny hinreißend und wollte sie mit dem allerstärksten Band an sich fesseln, und das war sicherlich nicht das Band des Liebhabers. Wie mußte er sie behandeln, um ihre Unterwerfung zu genießen? Vielleicht wie ein Bruder. Sie war aufs stärkste geprägt von der familiären Aura, vor allem, wenn sie von ihrer Kindheit sprach. Ein weiterer Bruder war ihr gestorben; sie redete ständig von ihm mit krankhafter Gefühlsaufwallung. Oft bezog sie sich auf José Augusto und nannte ihn »mein Bruder«, und dies auf eine fast flehende Art. Man hätte sie gern umarmt, so als ob das Weltende bevorstünde und die Geschichte der Welt mit dieser Umarmung ihren Abschluß fände.
Camilo fuhr sich mit den Fingern durchs Haar und ließ den Kopf hängen, verzweifelt über seine eigene Aufregung, die er nicht recht einzustufen wußte. Dieser Mann übte auf ihn einen verheerenden Einfluß aus; zudem war er derartig überspannt, daß er zu einer gewaltsamen Handlung imstande war... Er hatte ihn zwar niemals so in Wut gesehen, doch nichts garantierte dafür, daß er sich nicht plötzlich als der Wahnsinnige aufführen könnte, der er war.
Camilo ging an diesem Tage nicht mehr aus dem Hause und auch nicht ins »Paradies«, um die Damen zu besuchen. Fanny schickte ihm am späten Nachmittag eine kleine Botschaft, aber er hatte vorsorglich sagen lassen, er sei nicht zu Hause. Am nächsten Tage kam durch einen glücklichen Zufall Ma-

nuel Negrão auf der Reise nach Lissabon bei ihm vorbei. Er wollte seine Großmutter, die Gräfin Magé, besuchen und hatte vor, im Hause seiner Vettern in Pampulha abzusteigen. »Ich komme mit dir und bleibe in Coimbra«, sagte Camilo in einer jähen Eingebung. Er packte zweimal Wäsche zum Wechseln ein, sattelte sein Pferd, und beide ritten auf der Straße nach Lissabon davon, zunächst schweigend, doch je weiter sie sich entfernten, um so gelöster fühlten sie sich, eine ungezwungene Unterhaltung zu führen. Über José Augusto jedoch sprachen sie nicht. Negrão verlangte auch keine Erklärungen. Er drängte sich nicht gern in den Vordergrund, und es war seine Devise, sich nicht in die Probleme anderer Leute einzumischen.

Eines der besten Mittel, Camilos Interesse zu wecken, war es, das Gespräch auf die Geschichten vom Sieg der legitimen Thronanwärterin zu bringen. Im Monat Oktober des Jahres 1846 befand sich Negrão in Braga in Macdonells Generalstab und war etwas niedergeschlagen wegen der Dinge, die man sich in der Stadt über den General erzählte. Man hielt den alten Mann für unfähig und wenig geeignet für sein Kommando und überdies für einen Verräter. Er gab keine Befehle, die der Verteidigung genutzt hätten, und die Bevölkerung war in lustlose Trägheit verfallen. Die Munition war ausgegangen; die Stadt lag offen und ohne Schützengräben. Vielleicht war der General eher senil als bestochen, aber von diesem Ruf kam er nicht mehr los. Zu diesem Zeitpunkt erschien dort Don Santiago Mendonza, ein Galicier von gewinnendem Äußeren mit dem Gehaben eines kämpfenden Erzengels; er stellte sich als Carlisten-General vor und war so entschlossen, zu kommandieren und sein Leben in die Schanze zu schlagen, daß Macdonell eine Abneigung gegen ihn faßte. General Santiago war, wie sich zeigen sollte, kein Stratege, aber er war auch nicht geringzuschätzen. Macdonell befahl, ihn festzunehmen, aber der Spanier floh nach

Guimarães. Dort legte er die kriegerischen Tugenden ab und bewaffnete sich mit Eros' Köcher, der ihm nicht so viele Schwierigkeiten bereitete wie die Kämpfer der Liberalen in Braga. Er logierte im Hause der Viscondes da Azenha und verliebte sich in die Schwester des Hausherrn: eine glutvolle Frau, die ihn durch alle Wechselfälle einer oppositionellen Partei hindurch begleitete, deren Führung einer Geheimgesellschaft unterstand.

»Das ist die Sociedade de São Miguel de Ala«, sagte Camilo, während er sich vom Pferd gleiten ließ. Sie waren bei einer jener Tavernen angelangt, in denen man Zicklein mit getrocknetem Paprika und schneeweiße Weizenbrötchen essen konnte. Er trank ein Glas Schaumwein auf die Gesundheit des Generals Santiago. »Wo steckt er jetzt, Negrão?«

»Er wurde gefangengenommen und auf die Burg von Foz gebracht, das war dir wohl schon bekannt. Von dort ist er geflohen, als du dich in Lodeiro im Hause von José Augusto aufhieltest. Die Frau hat ihn immer begleitet.«

»Diese königlichen Konkubinen werden am Ende stets von Abenteurern zu Fall gebracht. Die Verschwörer faszinieren sie, weshalb weiß ich nicht.«

»Ist das ein Axiom?«

»Nein. Es ist eine historische Wahrheit. Denk nur an Leonor Teles und ähnliche Damen.«

Negrão ließ die Aufzählung dieser übrigen Damen auf sich beruhen, die ihm neue Horizonte in der Psychologie der Kompensationen erschlossen hätten, und warf Camilo einen herzlichen Blick zu. Er gehörte zu den seltenen Menschen, die Camilo ertragen konnten, ohne den starken Drang der Phantasie zu verspüren, ihn sich auf mehr oder minder metaphorische Weise vom Halse zu schaffen. Der Majoratsherr von Mosteirô war ein anständiger Mensch von selbstloser Wesensart und neigte dazu, die Künste zu bewundern. Es gab jedoch in ihm eine Dunkelzone; wenn es sich um Standesfragen handelte, zeigte er sich entschlossen und unverfroren. Er war durchaus imstande, einen Bauern beim Verkauf eines

Fohlens zu betrügen, aber er würde das niemals etwa bei den Viscondes da Azenha tun, auch wenn sie große Schufte gewesen wären und zu üblen Streichen geneigt. Die Leute von Azenha waren einfallsreich und überheblich. Ihre Frauen waren bissig und die Männer eitel und streitsüchtig, ehrenwerte Mängel, wenn man in Betracht zieht, daß sie davon nur Gebrauch machten, um sich selbst zu betrügen. Daß Negrão nicht über José Augusto redete, dessen Heirat mit einem halb ausländischen Mädchen, noch dazu einer Tochter des abscheulichen Obersten Owen, kurz bevorstand, paßte zu seiner unbedingten Zurückhaltung in Bezug auf die Familiensaga und ihre Weiterungen. Camilo mochte alle düsteren oder strahlenden Schicksalswendungen der Herren vom Tâmega-Ufer romanhaft verarbeiten, die Romane würden doch nur ein fast geistreiches Wohlwollen für ihre übergreifende Autorität zeigen. »Er kann über uns nichts wissen; er kann sich nur etwas ausdenken«, sagten sie. Zu wissen, daß er den Graben nicht überschreiten konnte, der von der wirklichen Wirklichkeit zu ihrer erzählerischen Verarbeitung führte, ärgerte Camilo und stachelte ihn auf, sein satirisches Verfahren zu verfeinern, das manchmal derart vulgär wurde, daß es seinen Ärger verriet. Und wenn nicht Ärger, dann zumindest eine Verwundung seiner schöpferischen Begeisterung.

Den abscheulichen Oberst Owen, so nannte Negrão Fannys Vater in der Abgeschiedenheit seines Herrenhauses in Mosteirô. Der Oberst hatte die Miguelisten als Vagabunden bezeichnet, und das schwarz auf weiß. Er hatte den Conde de Amarante als Fanatiker, halben Narren und ähnliches abgetan. Er hatte nicht einmal Dom Pedros Ansehen geschont, dessen Günstling und Berater er gewesen war; und er hatte ganz unnützerweise gesagt, alle schrieben ihm Leidenschaften zu, »die er entweder nicht kenne oder aber unterdrückt habe«. Abscheulicher Oberst Owen! Er verdiente ein paar ordentliche Stockhiebe, und irgend jemand würde sie ihm schon verpassen, sicherlich nicht die Lackaffen aus der

Hauptstadt, wohl aber ein breitschultriger Mann vom Lima-Ufer mit behaarten Fäusten, wie es General Santiago war. Hoffentlich hatte das eheliche Glück nicht seinen herrscherlichen Edelsinn gebrochen.
Gleichwohl ließ sich Manuel Negrão diese Voreingenommenheit gegen die Owens nicht anmerken. Er hatte auch persönliche Gründe für seine Abneigung – einer davon sicherlich das schlechte Fohlengeschäft, in das er sich mit dem Sohn des Obersten eingelassen hatte. Jetzt aber versetzte José Augustos hartnäckige Neigung seine Familie in heimliche Besorgnis. José Augustos Halbbruder Raymundo wechselte dieserhalb ein paar Briefe mit Negrão. Raymundo Borges de Medeiros war ein Sohn aus der ersten Ehe von José Augustos Mutter und besaß bescheidenere Glücksgüter. Raymundo war überzeugt, daß sein Bruder zum Junggesellen bestimmt war: seine aufeinanderfolgenden Fehlschläge bei Frauen, seine verunglückten Liebschaften, eine Braut, die ihn fast an den Stufen des Altars verlassen hatte, eine weitere Freundin, die unter ein wenig verdächtigen Umständen verstorben war, all das war ihm Beweis genug. Er fand seinen Bruder ebenso exzentrisch wie dessen Vater, der ein grüblerischer Mann mit Wahnvorstellungen und Perioden innerer Spannung gewesen war. Er war jung gestorben, und José Augusto bewahrte an ihn eine fast quälende Erinnerung. »Mit ihm ist meine Zukunft gestorben!...« schrieb José Augusto in sein Tagebuch.
Raymundo Medeiros und seine Frau Josefa vertrauten Negrão ihre Beunruhigung über die neue Liebe an, die bereits für niemanden mehr ein Geheimnis war. Maria Owen hielt man für durchaus fähig, einen halbgebildeten Provinzler zu fesseln, der sich im Kreis der englischen Kolonie geschmeichelt fühlte, wo er Tee trank und über Hunde und Blumen redete. Dieser oberflächliche, kultivierte Umgang, der Geständnisse mied, verschaffte ihm Geborgenheit, schläferte gewissermaßen sein Inneres ein. Vielleicht würde er sich zum Heiraten entschließen, und seine Kinder würden als Resultat der inter-

mittierenden Hypnose geboren werden, die gewisse fortdauernde Schwermutszustände begleitet. Die Majoratsherren von Lodeiro hätten dann eine gesicherte Nachkommenschaft, trotz eines Vaters, der ständig auf Reisen, und einer Mutter, die hager und reizbar sein würde.

Manuel Negrão verließ Camilo in Coimbra und setzte seinen Weg in die Hauptstadt fort. Wahrscheinlich konnte er sich die sonderbare Rolle nicht vorstellen, die der Schriftsteller in dem Drama spielte, das sich im »Paradies« anbahnte. Bevor sie sich trennten, beschenkte ihn Negrão mit einer Erinnerung an Macdonells Rückzug über die Höhen von Vila Pouca. Er gab nur selten seine Erfahrungen preis, doch dann tat er es auf eine cervantinische, nicht unedle Art und Weise. Camilo lauschte staunend seinem Bericht.

Er sah die Ankunft der Truppen in Vila Pouca unter feinem Schneefall vor sich. Sie hatten Hunger und trugen die weißen Schuhe, die sie dem Troß des Visconde Sá da Bandeira gestohlen hatten. Negrão war in ein Gasthaus getreten und erholte sich gerade am Kamin, in dem ein alter Korkeichenstamm brannte, und wartete auf ein Huhn und eine Schinkenwurst, die in einem eisernen Tiegel kochten, als ihn António Rangel, Macdonells Stellvertreter, von der Tür her anrief.

»Entweder du desertierst jetzt oder du kommst mit uns, im Gewaltmarsch. Nimm das Huhn mit, wenn du willst!«

Negrão nahm das Huhn; der Rückzug erwies sich als notwendig. Er aß es gemeinsam mit den Kameraden in den Schluchten des schneebedeckten Gebirges. Erst als sie nach Sabroso kamen, konnten sie eine längere Pause einlegen; der Generalstab zog sich in das Herrenhaus von Pensalves zurück, und Negrão fiel in der Wärme der Küche in einen bleiernen Schlaf. Eine Alte, die auf einem Schemel saß und spann, ließ die Leinenfasern auf seinen Kopf fallen. Der Wind schlug gegen die Fenster wie eine menschliche Hand. Gegen Morgen ließ der General sammeln.

»Den Rest kenne ich bereits«, sagte Camilo. »Leb wohl, Negrão! Nimm das Huhn, den Macdonell und was du sonst

noch magst mit und laß mich hier bleiben! Sag mir nur noch eines: Wo war der General?«
»Welcher General?«
»General Santiago.«
»Macdonell hatte ihn degradiert, und er hatte sich zu den Azenhas geflüchtet.«
»Der Teufel hole das Leben! Ich habe ihn beneidet; ich war einfach neidisch auf ihn. Wie er mit Frauen zu reden verstand! Welch ein Tonfall, welche Blicke, was für ein Schnurrbart! Neben ihm fühlte ich mich wie ein Kamel mit einem unförmigen Höcker und nicht wie Camilo mit dem genialen Talent.«
»Ist ja gut. Bitte erzähl das alles nicht weiter! Ich dränge mich nicht gern in den Vordergrund.«
Und er trabte eilig davon und gab »Rabicha«, seiner milchfarbenen Stute, die Zügel frei.

Camilo hielt sich nur kurze Zeit in Coimbra auf. Sie genügte ihm jedoch, um sich seine erste Begegnung mit José Augusto ins Gedächtnis zu rufen, als sie beide dort den Vorbereitungskurs für das Jura-Studium besuchten. Zu jener Zeit war José Augusto ganz anders als er später geworden war; er war ein junger Mann, gewöhnt an eine Einsamkeit ohne Härte, die nur durch die Vorrechte des einzigen Sohnes angedeutet wurde. Er lächelte selten, hatte jedoch ein heiteres und großzügiges Temperament. Der Kontakt mit den Kommilitonen, das Aggressive dieses Bades in der Männlichkeit, worin eine vage Sehnsucht nach der Kindheit und der ersten Sinnlichkeit im weit abgerückten Elternhaus mitschwang, verwirrte ihn. Er bewunderte die lärmenden, waghalsigen jungen Leute, und gleichzeitig fand er diese Explosion von Kameraderie ein bißchen unsauber. Wenn sie ihn zu Abendessen und Gelagen einluden, entzog er sich und gab vor, er hätte zu studieren und wäre müde. Tatsächlich setzte ihm eine ständige Müdigkeit zu. Er fühlte sich schlecht aufgehoben inmitten einer Gruppe, die lachte und lauthals diskutierte. Er begann, dieses Verhalten ordinär zu finden; er las viel, suchte sich weniger besuchte Gaststätten aus, und die Bordelle widerten ihn an. Er ging dazu über, einen etwas impertinenten Sinn für Moral an den Tag zu legen, auf seine Kleidung zu achten und allein zu gehen. Camilo war der einzige, den er nicht abwies und der ihm ein bißchen Vertrauen einflößte. Aber Freunde wurden sie nicht.

Er verlor José Augusto aus den Augen, als er von Coimbra fortging und sich auf das törichte, zweifelhafte Abenteuer des Miguelisten-Feldzugs einließ, der ihm mehr literarische als andere Lorbeeren verschaffte. Er traf ihn erneut im ausgehenden Sommer des Jahres 1849. Für Camilo war das ein Unglücksjahr, in welchem er an Anämie erkrankte, in dem alten Palais in der Rua da Fábrica, wo eine private Unterkunft für Majoratsherren aus der Provinz und emanzipierte junge Männer lag, die die Manieren eleganter Bohemiens am Leibe hatten. Im Januar jenes Jahres hatte sein Freund Jorge Artur Oliveira Pimentel Selbstmord begangen. Er hatte sich in einer kalten Nacht von der Hängebrücke in den Fluß gestürzt, und Camilo wohnte der Bergung seiner Leiche bei, ebenso wie jener Aires de Gouveia, mit dem er sich später auf eine sinnlose Polemik einließ. Die Leiche war an die Kaimauer angeschwemmt worden, und als die Schiffer sie hochholten, schienen sie einen weißen Fisch mit glitschiger Haut herauszuziehen.

Am 7. Juli, sechs Monate später, brach der Streit um die Sängerinnen aus, und José Augusto Pinto de Magalhães trat in den Salons von Porto bereits als Dandy, Courschneider und Verführer in Erscheinung. »Wir heuchelten sogar gegenseitige Abneigung«, sagte Camilo. Die Begegnung von Coimbra war ihnen noch in lebhafter Erinnerung, wegen zweier Musen des Gesanges konnten sie nicht zu Feinden werden. Camilo hielt sich an die Normen der Gesellschaft und hatte am 9. Januar 1849 in einer Chronik für das »Eco Popular« zum Fall des Abiturienten Jorge Artur Stellung bezogen, der aus Liebe Selbstmord begangen hatte, und war dabei ziemlich leichtfertig und grausam verfahren. Zwei Tage später, als Camilo die Leiche des Unglücklichen bereits zu Gesicht bekommen und mit Sicherheit mehr als Journalist denn als Freund am Kai gestanden hatte, schrieb er eine weitere Chronik, diesmal als aufgebrachter Moralwächter. »Vor der Vergangenheit zittern, vor der Zukunft bangen, dem Mißgeschick des Augenblicks unterliegen und der Vorsehung Gottes oder der Vorsehung der Menschen mißtrauen ist die Eigenart kleinlicher, schwacher Seelen, deren Festigkeit der Krebs des Skeptizismus zerfressen hat.« Und weiter: »... Der Phlegmatiker versteinert im Unheil, der erregbare Mensch grübelt, glüht auf, wütet und vernichtet sich selbst.« Offensichtlich war José Augusto damals schon in seinen Bekanntenkreis getreten, und als Camilo das Wort »Skeptizismus« unterstrich, dachte er vielleicht an ihn.

Trotz dieser zugespitzten Schmähschrift, mit der Camilo den armen Toten aus dem Douro prügelte, inszenierte er im August des Jahres 1849 seinen eigenen Selbstmord. Vermutlich hatte er gar nicht die Absicht gehabt, sich umzubringen, sondern wollte vielmehr die Aufmerksamkeit auf sich lenken: auf den armen, häßlichen Jungen, soeben von einer Geliebten befreit, die durch die Mutterschaft tugendhaft oder ganz einfach realistisch geworden war. José Augusto betrat das Zimmer, das wie ein Altar bei der Neun-Tage-Andacht mit Blumen überladen war, fand Camilo halb abgeschieden und versprach ihm, er werde sich um ihn kümmern, und das in Manuel Negrãos Gegenwart, der gerührt aussah, auch wenn er sich nicht gern in den Vordergrund drängte. José Augusto, ein sorgloser junger Mann, der Erfolge bei Frauen hatte und dem die Zeit in Coimbra vollständig entfallen war, als er bei einem Abendessen im Paço do Conde vor Verzweiflung krank wurde, weil er sich die elenden Witze der Erstsemester anhören mußte – etwas an ihm fügte Camilo eine Demütigung zu, die dem Zorn benachbart war. Waren es die Westen von Toilinetts und die Gehröcke von Flushing oder aus englischem Tuch? War es seine Miene oberflächlicher Kenner-

schaft auf dem Gebiet des lyrischen Gesanges, mit der er das Unmutsgetrampel an den Opernabenden dirigierte? Wahr ist, daß José Augusto Eindruck auf ihn machte. Er lachte Camilo mit feinem Gleichmut aus. Er hatte ihm Geld geliehen, das er nie zurückverlangte. Und der Gipfel war, daß er ihm seine Eroberungen nicht glaubte, schon gar nicht eine Liebschaft mit einer Dame der Gesellschaft. Er beließ ihm nur das Recht, zweimal wöchentlich ein Mädchen aus Candal zu besuchen, eine Näherin von Hosenträgern, deren Finger von Zwirnsfäden zerschnitten waren. Camilo entsann sich seines überredenden Schweigens, das ihm das Geständnis erleichterte.
»Ist sie hübsch?«
Weshalb spürte er da auf einmal den hemmungslosen Drang, ihre Schönheit abzuwerten und seine Liebe als etwas Unbedeutendes hinzustellen? Weshalb? Vielleicht hatte José Augusto einen Schatten in seine Frage gelegt, ein sehnsüchtiges Bedauern, so als ob die Frauen törichte und von seinem Territorium verschwundene Vögel wären. Als hätte Camilo ihm einfach von einem rosafarbenen Flamingo oder von den Pfauen der Juno erzählt.
»Hübsch, nein. Etwas dicklich, mit einer Haut, die aussieht wie ein Schleier auf Karminrot.«
Und plötzlich sagte José Augusto: »Aha, ich weiß schon: ein Nonnengesicht.« Und in seiner Feststellung lag eine so beißende Verachtung, daß sich Camilo auf einmal zurechtgestaucht fühlte, ein Lakai dieses Douro-Barons, der eine Krawatte à la Chateaubriand trug und von ebenso wetterwendischer und gleichzeitig hartnäckiger Wesensart war wie Chateaubriand. Zu jener Zeit war Camilo bei den abendlichen Geselligkeiten der Klöster und den heidnischen Zwiegesprächen mit den geistlichen Damen ein bekannter Mann. Unter ihnen war auch Schwester Isabel Cândida de Vaz Mourão aus dem Kloster São Bento da Ave-Maria, eine häßliche, rechtschaffene und nicht unbemittelte Dame; sie hatte sich bereiterklärt, seine Tochter zu erziehen, die 1848 geboren und mithin ein Jahr alt war. Der Äbtissin Dona Ana Delfina

d'Andrade aus dem gleichen Kloster, von dem Camilo die Schlüssel und etliche Geheimnisse besaß, widmete er bukolische Gedichte. Die Oberinnen von Santa Clara kannten ihn gleichfalls, freilich eher aus den Erzählungen ihrer Dienstmädchen, die Pasteten stahlen, um damit demokratische Dichter zu beschenken, auf dem dunklen Platz, auf dem der Mondschein die Gitter der Zellen beleuchtete. Camilo zog die frischen Mädchen aus der Küche mit Armen wie Brotlaibe den alten Aristokratinnen vor, die die Dichter so empfingen, wie man Ablaßbriefe empfängt – mehr aus Disziplin denn aus Überzeugung. Deshalb lachte José Augusto ihn aus. Er lachte auch darüber, daß Camilo ihn despotisch und unabänderlich einen Narren nannte. Aber um ihn zum Schweigen zu bringen, erfand er eine Leidenschaft für eine stolze, kranke Dame, die fünfzigjährige Dona Maria da Felicidade Browne; ihre beiden Söhne waren für das unverfälschte Leben auf dem Lande, seine Sitten und Gebräuche, seine Barone, seine einfältige Grobheit und naive Rechtschaffenheit unwiederbringlich verloren. Ricardo und Manuel Browne gehörten zu jenen stendhalschen Gestalten, die die Provinz hervorbringt, damit die Hauptstadt bereut, sie angelockt zu haben. Auf den Bällen benahmen sie sich ebenso unverschämt wie ausgelassen. Sie reisten höchst spektakulär als Pilger, mit mehr Dünkel als Gefühl; sie fuhren ins Heilige Land, was zu jener Zeit eher ein Ausflugsvergnügen für Skeptiker gewesen zu sein scheint, die dem christlichen Glauben irgendwie verschuldet waren und ihren Tantchen Reliquien mitbringen sollten. Ricardo Browne ließ sich zu einem Duell mit Camilo herab, falls nicht alles auf Gerüchten und Pantomime beruhte. Sicher ist freilich, daß Camilo zu diesen Gipfeln gediegener Eleganz mit Tilbury und Handschuhen aus schwedischem Leder keinen Zugang hatte. Er verblieb im Äbtissinnenmilieu, wo er wie die Dichter Lusos und Novais Vieira Fünfsilber schmiedete. Diese Zusammenkünfte von Nonnen und Kaufleuten, die stark durch die Nase schnauften, und Damen in fürchterlichen Mantillen und mit Scheitelfrisuren so platt wie gebratene

Leber, gaben ihm einen Begriff von seiner geringen Bedeutsamkeit, von seiner erbärmlichen Berühmtheit. Man braucht nur zu sehen, wie Camilo die portugiesische Sprache handhabte, um über seinen Willen zur Macht im Bilde zu sein, zur Eroberung der Aufmerksamkeit, des Ruhmes und der Seele der Öffentlichkeit. Das zeigt sich bei Geistern, die gierig sind, weil sie Talente im Übermaß besitzen. Das zeigt sich zum Beispiel bei Shakespeare. Die Art, wie er die Sätze anordnet, wie er die Wörter auswählt und hinstellt, hat viel von einer Kriegsstrategie an sich. Er benutzt das Alphabet wie Kugeln und die Verse wie Schützengräben. Julia spricht in einer Tonlage, die oberhalb ihrer weiblichen Statur liegt; Hamlet spricht für die Nachwelt und nicht für seinen kleinen intriganten Hofstaat. Wenn Camilo die Leidenschaften der Brocas, seiner Vorfahren, mobilisiert, weiß er, daß dies keinen Bezug zur Wirklichkeit hat; es ist nur eine Offensive gegen die Mittelmäßigkeit und die Zufriedenheit mit dem Durchschnittlichen. Als José Augusto bei ihm in Porto auftaucht, ist er verzweifelt und wütet gegen seine Armut und die Verbrechen ohne Bedeutung.

Dieser Majoratsherr, der harmlos gewesen wäre, hätte man ihn nur einen Logiker mit ererbten Risiken sein lassen, wurde unter seinen Händen zu einem über seine Möglichkeiten erhobenen Unglücksmenschen. Und zur Persönlichkeit.

Man kann nicht behaupten, daß es im Falle von Fanny Owen einen festen Plan gegeben hätte. Gleichwohl verhielt sich Camilo, als gehorchte er einem genauen Entwurf. Als er Coimbra verlassen hatte, kehrte er nicht nach Vilar do Paraíso zurück; er ritt nach Porto, und jedesmal, wenn José Augusto ihn aufsuchen wollte, traf er ihn nicht an, weder zu Hause noch an irgendeinem seiner Stammplätze, sei es im Café Guichard oder im »Goldenen Adler«. Bis er eines Tages – es war gegen acht Uhr abends – an seine Tür klopfte und ohne auf Antwort zu warten, zu Pferd in Camilos Zimmer sprengte, der eben einen seiner anklagenden Artikel schrieb und Sand zum Trocknen auf die Seite streute. Er war sehr verärgert, machte aber gute Miene und lud ihn ein, sich in den alten, grünen Armsessel zu setzen.

»Ich bin aus dem ›Paradies‹ vertrieben worden«, sagte José Augusto ohne weitere Vorreden.

»Und Eva ist dort geblieben?«

»Eva hat mich verabschiedet. Wir hatten eine ernsthafte Aussprache.«

»Erzähle! Für eine ernsthafte Aussprache habe ich zehn Minuten übrig. Dann werde ich eine Theaterchronik oder etwas Schlimmeres schreiben. Also los!«

José Augusto erzählte ihm von der ganzen unerträglichen Intrige, die sich im Hause Owen entwickelt hatte. Maria machte ihm Vorwürfe wegen seiner Kälte; der Oberst hatte aus Lissabon geschrieben und eine Erklärung verlangt; eine gespannte Atmosphäre des Mißtrauens war entstanden. Die sanfte harmonische Grazie dieser Häuslichkeit hatte einer Gereiztheit Platz gemacht, die durch die Verpflichtungen der Gastfreundschaft kaum verschleiert wurde.

»Hat man von Heirat gesprochen?« fragte Camilo.

»Nein, das würde ich auch nicht zulassen. Du weißt, wie ich sein kann, wenn man mir Bedingungen aufzwingen will. Nicht einmal Maria hat je über dieses Thema gesprochen.«

»Und Fanny?«

»Was soll mit Fanny sein?« fragte José Augusto lebhaft.

»Wie sieht sie die Dinge an? Was tut sie in dieser allgemeinen Verwirrung?«

»Fanny ist ein Engel.«

»Sicherlich. Aber liegt nicht in deiner ständigen Anwesenheit eine gewisse Verbindlichkeit?«

»Das glaube ich nicht. Im übrigen habe ich nie um Marias Hand angehalten. Wenn ich es getan hätte, würde ich mein Wort eingelöst haben, selbst wenn ich mir am Hochzeitstag eine Kugel in den Kopf hätte schießen müssen. Wenn das

Mißverständnis auftauchen sollte, ziehe ich mich auf anständige Weise zurück.«

»Das finde ich richtig.«

Camilo ließ José Augusto ziehen, mitsamt seinem sevillanischen Pferd und seiner lächerlichen Geschichte. Fanny schrieb regelmäßig an Camilo und machte ihm kleine Konfidenzen, die kein überspanntes Drama durchschimmern ließen. Sie beklagte sich, daß man sie nicht verstünde, und im übrigen ließ sie sich nur wenig über ihre Gefühle aus. Wenn Camilo nicht ein solcher Ehrgeizling gewesen wäre, hätte er den Geist, der diese Briefe diktierte, ausgiebiger betrachten können. Doch er brannte vor allem darauf, sich als Literat Geltung zu verschaffen; als er spürte, daß sich die Leidenschaft eines guten Teils seiner schöpferischen Kraft bemächtigte, hatte er sich mit einer fast erschreckenden Entschlossenheit auf die Arbeit geworfen. Es sollte keine Leerräume für die Liebe, ja nicht einmal für die Freundschaft geben; und seine Wünsche beschränkten sich auf ein immer lebhafteres Interesse an neuen Kenntnissen und einen Drang, dem zu entsprechen, was ihm die Eitelkeit zu sein einschärfte: ein Fürst ohne Nebenbuhler in seinem Umkreis, mit lauter mehr oder weniger überzeugten und mundtot gemachten Untertanen.

Dennoch war er nicht gleichgültig gegen die schöne Fanny, vor allem weil sie eine tiefe Verbindung zu jener geheimnisvollen Zone männlicher Rivalität darstellte, die so viel mit einer der Schicklichkeit unterworfenen Wildheit zu tun hat. Er wußte, daß man, um von Liebe zu reden, verliebt oder selbstzufrieden oder unglücklich sein muß. Das hatte er gelesen, als er sich in Lodeiro aufhielt und die Bibliothek des aus dem geistlichen Stand ausgetretenen Onkels von José Augusto durchstöberte. Es war ein kleiner Traktat über die Leidenschaften, und da stand in einer altersgrauen Tinte geschrieben ein Satz, der ihn beeindruckt hatte: »Das Gedächtnis ist die Quelle aller unserer Leidenschaften, vor allem aber der Liebe.« Der Anonymus, der dies im Jahre 1755 geschrieben hatte, war mit Sicherheit ein ungewöhnlicher Mensch gewesen. Auch 1755 war ein besonderes Datum. Mit den alten Mauern der Lissaboner Paläste aus dem 18. Jahrhundert war auch eine gewisse kraftvolle, scharfsinnige Kaste von Portugiesen dahingegangen, für die die Sensibilität der Steigbügel ihrer Unternehmungen war. Hernach hatte der Marquis Pombal dem Königreich sein eisernes bürgerliches Brandmal aufgedrückt. Die Sittlichkeit folgte auf die süße Unbeständigkeit der Seele, die der Begeisterung eines Volkes nützlich ist; der gesunde Menschenverstand trat an die Stelle des guten Geschmacks. Der geistige Frieden wurde durch die Befolgung peinlich genauer, strenger Lebensregeln gesichert. Die anständigen Leute, die Liebhaber des Mittelmaßes, gediehen üppiger und machten gute Geschäfte, und die Fadheit, die die Berechnung beschützt, ignorierte fortan den Ehrgeiz in seinem hohen Sinne. Camilo war an den nebelverhängten Nachmittagen durch die Weinberge gegangen, und José Augusto hatte ihm erzählt, welche erlesenen Qualitätstrauben verschwunden, ausgestorben waren. Und wie viele Menschentypen waren seit der Zeit um 1531 ausgestorben, als Rui Fernandes, Verwalter der Segeltuche und Tuche des Königs, sich an ihre Beschreibung machte! Camilo blickte mit ganz ordinärer Neugier auf diesen jungen Mann, der ihm von einer ernsthaften Aussprache berichtet hatte. Edelknabe, Spaßvogel, Milchgesicht, Bastard, Maurenblut ... zu welcher Traubensorte gehörte er? Ein Gefühl wilden Hochmuts spiegelte sich in diesem Blick, wenn er an Fannys Briefe dachte.

Am nächsten Tag kam José Augusto wieder. Gleichgültig gegen die Proteste der Vermieterin, die nicht müde wurde, ihn, völlig aus dem Häuschen vor Verzweiflung, vom Ende des Korridors her zu beschimpfen, brachte er sein Pferd mit ins Zimmer. Er pflegte zu sagen, der beste Weg, den gediegenen Bau eines Hauses zu prüfen, sei es, ein Pferd auf den Fußboden treten zu lassen.

»Pferde werden nervös auf einem Fußboden, der vibriert oder zu sehr knarrt«, versicherte er mehr als einmal. »Du kannst beruhigt schlafen, dein Fußboden ist sicher.«
Er klemmte den Zügel zwischen die theologischen Bücher, die in gedrängter Reihe auf dem Bücherbord standen, wo sie wie die Schildwachen aufrecht schliefen, und sagte: »Hör dir nun das tiefe, lang aufgesparte Geheimnis meines Lebens an: ich liebe Fanny.«
»Das erstaunt mich nicht. Deshalb wolltest du mich ja vor einem Jahr umbringen. Und liebt sie dich auch?«
»Notgedrungen. Niemand verliebt sich so ohne weiteres, ohne zu erkennen, daß er geliebt wird.«
»Nun hör aber auf! Ich kenne hundertzwanzig Fälle als Ausnahmen, wenn es darauf ankommt.«
»Aber wie soll ich wieder ins ›Paradies‹ hineinkommen?«
»Durch die Tür der Ehre, wenn du durch sie hinausgegangen bist.«
»Die Ehre des Herzens kann man nicht mit gemeinen Maßstäben messen. Betrachte doch die Situation: Maria fühlt sich verlassen; sie wird sich verraten fühlen.«
»Die Pläne, die aus der Leidenschaft erwachsen, erweitern den Kreis unserer Ideen. Ich erinnere mich, daß du mir das dort oben in Lodeiro vorgelesen hast. Überlege und entschließ dich. Ich kann dir keine Ratschläge geben.«
»Ich werde Fanny schreiben«, versetzte José Augusto.
Er schrieb und zeigte Camilo den Brief. Der las ihn mit Bedacht durch, und ihm fielen die Überlegungen La Bruyères ein, daß die Liebe, die sich gradweise einschleicht, mehr als Freundschaft denn als wahre Leidenschaft wirkt. Er bedachte nicht, wie sehr dieser einsame junge Mann, der seit frühester Jugend zu tiefen Gefühlsbindungen bestimmt war, die er weder zu erkunden noch zu überwinden wußte, jetzt unter der Wirkung eines Eindrucks handelte, der viele Erschütterungen seiner Vergangenheit zusammenfaßte. Zweifel und Befürchtungen zerstreuten sich nunmehr angesichts dieser Reinheit, die er mit der harmlosesten aller Gaben verschmel-

zen wollte: mit der Poesie selber. Für ihn war Fanny nicht eine Frau, deren Tugenden sich in dem Augenblick, in dem sie lieben würde, als gekünstelt erweisen würden. Sie war nur ein Bild, das imstande war, in seiner Phantasie alle nötigen Verwandlungen zu erzeugen, um in das verschanzte Lager der Leidenschaft zu gelangen. José Augusto war ein Mensch der Leidenschaft, Camilo ein Mensch der Sinneswahrnehmungen. Zwischen ihnen stand Fanny, die beiden diente – den unstillbaren Begierden und den Schwächen, die aus verratenen Sinnen entstehen. Camilo mußte der bekannten Regel seinen Tribut entrichten: wenn man die Sinnlichkeit beherrscht, erwacht für immer der Ehrgeiz mit seinem schändlichen, glanzvollen Gefolge von Eitelkeit, Eigenliebe, Neid, Haß und Rachegelüsten. Camilos Stil steckt ganz in dieser mühevollen Phase der Auslöschung der Sinne. So entstehen die großen Werke: aus einer schmutzigen Geburt zwischen Kot und Urin.
Fanny antwortete José Augusto, indem sie ihn wie einen Bruder behandelte und ihm verbot, ihr von Liebe zu reden. Er weinte und fiel in tiefe Verzweiflung. Camilo verließ Porto und verbrachte zwei Wochen in Viana do Castelo. Er war aufgewühlt, bewahrte jedoch eine Kaltblütigkeit, die er für einen Beweis seiner Unabhängigkeit hielt; er wußte nicht, daß auch sie eine Falle der Leidenschaft ist. José Augustos Obsession hatte sich auf ihn übertragen; sie rührte weniger von der Liebe als von dem in gewisser Hinsicht sublimen Ungenügen an seiner Existenz her.
Als Camilo zurückkehrte, bot sich ihm ein gänzlich verändertes Bild. José Augusto wurde wiedergeliebt, und Fanny gestand das offen ein in den Briefen, die sie ihm täglich schrieb. Der Ton war überspannt und nicht zu erschüttern; ein Mann, der die Seele der Frauen besser kannte, hätte in diesem Ton eine Prophezeiung erblickt, nämlich die Möglichkeit, jemandem übelgesonnen zu sein und darin die ganze Welt einzubeziehen. Camilo blieb ungerührt. Er fühlte sich von der Frau getäuscht und von seinem Freund gekränkt; doch Täuschung

und Kränkung waren so fein dosiert, daß man sie nicht einmal auf einer Goldwaage hätte abwiegen können. Er konnte nicht rufen: »Lieb sie nicht, du willst sie mir entreißen, als wäre sie ein Stück von meinem Herzen. In Wahrheit willst du einen Biß in mein Herz tun, du unheilvoller Mensch!« Er beschränkte sich darauf, ihn zu fragen: »Wirst du jetzt um ihre Hand anhalten?«

»Ich werde sie entführen.«

»Das gibt einen unnützen Skandal.«

»Unnütz oder nicht, ich werde es tun. Ich habe auf einem Boot zwei Kabinen möblieren lassen, mit einer Frisiertoilette und einem Vorhang aus Genueser Samt. Ich führe sie auf dem Fluß bis Lodeiro, und dann heiraten wir in meiner Kapelle.«

»Ich habe dir nichts weiter zu sagen.«

Diese Gleichgültigkeit peinigte José Augusto. Er, der seiner so sicher war, so sehr fähig, mit seinem Selbstvertrauen, mit seinem furchtlosen, eisigen Blick andere zu demütigen, war jetzt an die winzigste Wirkung gebunden, die er auf Camilo ausüben konnte. Doch ihn von seinem Vorhaben abzubringen war unmöglich.

Ein Augenblick kam, wo Camilo seine harte distanzierte Haltung aufgab und ihn bat, sich die Sache noch einmal zu überlegen. Er hatte eine befreundete Familie in Gaia besucht und dort José Augusto angetroffen. Es war zehn Uhr abends, und er war auf dem Wege zum »Paradies«.

»Heute passiert es«, sagte er. Er führte eine kleine Peitsche mit goldenem Griff bei sich und trug hohe Stiefel.

»Heute passiert was?«

»Die Entführung.«

Camilo sprang so hastig auf, daß der Hund zu bellen anfing und die Hausfrau ihren Nähkorb fallen ließ, mit allem, was darin war, Fingerhüte, Garnknäuel; Camilo umarmte José Augusto so angstvoll, daß dieser ihn fast zurückstieß. »Denk noch einmal darüber nach, wart ein paar Tage ...«

»Unmöglich.« Er schaute Camilo an, als wolle er den Sinn

seiner Aufregung herausfinden, die so sehr von seinem bisher gezeigten Phlegma abstach. »Sie wartet auf mich.«
»Ich werde ihr schreiben, sie wird es verstehen.« Und die Hausfrau fügte hinzu: »Sie wird es verstehen ...«
»Schreib nicht, es ist zu spät.« José Augusto schlug ihm auf die Schulter und lächelte aufgeregt.
»Dann geh! Deine Jugend ist damit zu Ende. In einer Stunde wirst du der unglücklichste aller Männer sein.« Vom Fenster aus, das er aufstieß, als wollte er derart seine Brust öffnen, rief er ihm noch nach: »Rette dich, noch ist es Zeit!«
José Augusto galoppierte davon und führte ein zweites Pferd am Zügel, das ein paarmal ausschlug und dann neben ihm herlief. Die Uhren in Porto schlugen in Abständen von Sekunden elf Uhr. Ihr feierliches Läuten oder helles Gebimmel versetzten die schweigende Nacht in friedliche Schwingungen. So hatte nun die Zeit der Freundschaft der beiden Männer ein Ende, die beide so stolz in ihren Tugenden und gleichzeitig in ihnen allen so fehlbar waren. Denn alles, was der Mensch von sich selbst voraussehen kann, ist, daß er irren und zur Beute seiner eigenen Täuschungen werden wird. Camilo täuschte sich, als er José Augusto für einen Durchschnittsmenschen hielt. Es ist zwar richtig, daß er sich unfähig fühlte, seine umfangreichen, aus der Leidenschaft geborenen Pläne zu erfüllen, und das ist eine Eigenheit mittelmäßiger Geister. Doch ebenso richtig ist, daß sich Camilo fähiger zeigte, der Einbildungskraft der Liebe zu entsprechen, und es gibt wenige Männer, die gegenüber dieser Überlegenheit bei einem anderen Manne gleichgültig bleiben. Das demütigt sie so sehr, daß sie den Gegenstand ihrer Leidenschaft außer acht lassen und nur an den besten Weg denken, wie sie ihren Rivalen vernichten können.
Camilo spürte, daß ihm das Königreich seiner Jugend, eben das sorglose, göttliche Band der Freundschaft, abhanden kam. Warum geschah das alles? Ohne Freundschaft lebt der Mensch in der Wüste der Vorstellung, die er sich von sich selber macht, und lobt zuweilen sein eigenes Herz, ohne doch

seine Existenz anzuerkennen. Seine Empfindsamkeit wird übertrieben, aber seine Möglichkeiten nicht begriffen. Mit einem Male drehte sich diese reine Freundschaft, die niemals fragwürdig geworden war, um ihre Achse, die so stabil und sicher zu sein schien. War es die Eigenliebe, die ihr die verzerrten Züge der Eifersucht gab? Der Glanz, der der Unbeständigkeit eigen ist? Die brutale Übersättigung?
Camilo konnte das Gespräch nicht mehr fortführen, und auch alle übrigen waren vom gleichen glühenden Gefühl durchdrungen und den Tränen nahe.
»Regen Sie sich nicht auf!« sagte die Dame des Hauses. »Männer werden niemals unglücklich.«
»Was ist ein Mann, mein Gott? Was ist ein Mann?«
Dieser Seufzer war so herzzerreißend, daß alle die Köpfe senkten und kein Wort mehr sagten. Camilo fürchtete, er könnte aufgefordert werden, seine Niedergeschlagenheit mit den nichtigen Mitteln der Logik näher zu erklären, und nahm Abschied. Mit einem Mal faßte er wieder Mut, wirkte neu belebt und fast zufrieden. Ein bißchen Gemeinheit kann vor dem Wahnsinn schützen.

In den fünfzehn Monaten, in denen Camilo José Augusto nur aus der Ferne sah, waren im »Paradies« verwirrende Dinge vorgefallen. Da José Augusto seine frühere Aufmerksamkeit für Maria nicht länger vortäuschen konnte, gab diese die Mäßigung auf, die einen ihrer Reize ausgemacht hatte, und zeigte die grausamere Seite ihres Wesens. Bekanntlich vernarbt der Stolz einer Frau, wenn er einmal verletzt worden ist, niemals. Die Erziehung, die Maria empfangen hatte, hatte in ihr den Glauben geweckt, daß die Schönheit der größte ihrer Vorzüge war, um in der Welt einen Platz außerhalb aller moralischen und materiellen Verantwortlichkeit einzunehmen. Ihre natürliche Lebhaftigkeit, die bei den kleinen Aufgaben des Müßiggangs keine Verwendung fand, machte sich nun Luft in dieser Angelegenheit ersten Ranges, der selbstverdienten Demütigung ihres Vertrauens. Sie erkannte rasch, daß Fanny die Ursache für José Augustos Entfremdung war. Diese gebildete Schwester, die ein Tagebuch führte und sich in ihrem Zimmer einschloß, hatte sie immer ein bißchen gereizt. Jetzt kam sie ihr hinterhältig vor und bereit, sie zu berauben, ihr zwar nicht gerade die Liebe eines Mannes, wohl aber die Vergnügungen, die sich ihr durch ihn eröffneten, zu stehlen. Da sie keine Möglichkeiten hatte, in der Gesellschaft aufzusteigen oder im Leben zu triumphieren, fand sie in dieser Käuflichkeit der Sinne einen zwanghaften Ersatz. Sie beklagte sich bei Dona Rita, die ihr recht gab. Auch sie war verärgert über José Augusto. Ein Mann, der eine Frau verrät, bevor er sie heiratet, handelt aus Ehrgeiz oder aus einem Übermaß an Phantasie. Einen Ehrgeizling erkennt man an diesem Fehlen eines konkreten Ziels, weshalb er ständig seine auf kleine Dinge beschränkten Bewegungen verändert. Im allgemeinen verabscheuen die Frauen diesen Männertypus, der sie immer in heikle Situationen bringt. José Augusto mochte ein solcher Ehrgeizling sein, und deshalb widmete er der Liebe nur eine begrenzte Anstrengung; er verwandte auf sie weder Klugheit noch Talent. In einem gewissen Augenblick jedoch bewirkte die Haltung der beiden Frauen, die in der Kurzlebigkeit einer Zuneigung, als deren Opfer sie sich sahen, solidarisch empfanden, daß José Augusto Vilar do Paraíso verließ.

Er begab sich an den Douro und verbrachte dort einen großen Teil des Jahres, mit seinen Büchern und mit der Verwaltung seiner Ländereien beschäftigt. Marques, der Verwalter, war von einer Terrasse gestürzt und einige Monate zur Bewegungslosigkeit verurteilt. Vicente kam zu Ostern nach Hause, und da sein Vater durch den Unfall zahm geworden war, blieb er länger und weigerte sich schließlich, ins Priesterseminar zurückzukehren. Seine Mutter weinte sehr, weil sie sich auf sein Priestertum versteift hatte, um ihrem Stolz zu genügen, aber Vicente war ihr Lieblingssohn, und daher fand sie immer einen Weg, ihm recht zu geben. Zu jener Zeit lebte in Lodeiro ein Mädchen namens Branca, das hübsch, unterwürfig und den Männern sehr gefällig war. Vicente unterhielt eine Liebesbeziehung mit ihr und schwängerte sie; sie ließ abtreiben, aber glücklos, denn sie starb dabei. José Augusto erfuhr von den näheren Umständen dieses Dramas nichts, ihm wurde gesagt, Branca sei an Typhus gestorben. José Augusto ließ das Haus von oben bis unten reinigen und die Matratzen verbrennen; das Mädchen wurde in der Kapelle aufgebahrt, und danach veranlaßte er, daß eine Autopsie vorgenommen wurde. Der Arzt verhehlte ihm das Vorgefallene nicht, und José Augusto ließ Vicente rufen. »Bist du an diesem Unglück schuld?«

Der junge Mann weinte, eher weil er sich gedemütigt sah als aus Reue. Sein reiches Lockenhaar krönte ihn wie ein Nimbus von rotem Gold.

»Sie wollte ja«, sagte er, ohne Kraft zu weiterer Verteidigung.

José Augusto betrachtete ihn mit Blicken, die mitleidig schienen.

»Hör gut zu, Junge! Du wirst ihr den Bauch zunähen und das Herz an den richtigen Platz legen. Alles ganz genau wie vorher.«

»Ich? Das kann ich nicht, das kann ich nicht!«

»Das Fleisch ist jetzt kalt. Als es noch warm war, hast du mehr Mut gezeigt. Los, tu, was ich dir sage!«

Er war nicht davon abzubringen; Vicente mußte der Schlußphase der Autopsie beiwohnen. Sie hatten einen Küchentisch herausgebracht, und auf ihm lag Brancas Leichnam, fahl und mit blauen Flecken auf dem Brustkorb. Der linde Frühlingswind blies ihr die kürzeren Haare über die Ohren. Plötzlich wandte José Augusto sich um und verschwand. Sie sahen ihn in raschem Trab fortreiten; er ritt zum Fluß hinunter.

Der Fluß war seine Zuflucht, sein murmelnder, sicherer Trost. Er kannte seine Geschichte mit den unglaublichsten Einzelheiten über seinen Verlauf, seine Fische, seine Pfeiler, Furten, Brücken, Boote und Übergänge. Schon oft hatte er die Reise von der Hafeneinfahrt bei Foz bis São João de

Pesqueira gemacht, fünfundzwanzig schiffbare Meilen. Im Mai fischte er Alsen in den Felsspalten, indem er, an ein Seil gebunden, im Fluß tauchte; das Sprudeln des eisigen Wassers gab ihm ein Gefühl von Stärke und triumphierender Begeisterung. Urbino begleitete ihn. Er war ein sehr magerer Junge mit sommersprossigen, muskulösen Armen; er verfügte über bemerkenswerte Kraft und Geschicklichkeit, womit er der Strömung standhielt und den Fisch ins Netz trieb. Dann trockneten sie sich ab und brieten den Rogen auf einem Feuer, das im hellen Sonnenlicht gar nicht zu brennen schien.

»Weißt du, wie breit der Fluß an der Fähre von Régua ist? Zweihundertunddreißig Ellen, gemessen am 28. Mai 1532.«

»Jetzt ist es hier, weiß Gott, breiter!«

»Die Flüsse wachsen nicht, höchstens himmelwärts, wie mein Vater sagte.«

Er streckte sich schweigend auf den Steinen aus und hörte den starken Atem des jungen Urbino, der die Angelschnur mit großen Schwüngen auswarf und einholte. Der Fluß war fischreich und vor Zeiten noch ergiebiger gewesen; er hatte große Aale, die die Bauern im Schilf fingen, wenn die Tiere im Oktober, von den Seeigeln gestochen, die aus dem Dickicht hervorschlüpften, aus dem stehenden Wasser herauskamen. Es gab da beachtliche Brocken mit einem Gewicht von vierzig Kilo, die man zwei Tage lebendig hielt, damit sie frisch auf den Tisch des Gutsbesitzers gelangten. Doch jetzt lag alles in schmutzigem Elend, und die Wasser bissen in den toten Schlamm. Sogar der Felsen von Touro bei Aregos brachte keine Beute mehr ein, wie es sie zu früheren Zeiten gegeben hatte, als der Douro schwindelerregend strömte und Kanäle voller Fische wie Vieh in seinen Stallungen besaß.

Zu Hause schlummerte er sehr einsam in seinem Herrenhaus, dessen Verfallszeichen niemandem mehr unbekannt waren. Der Ruf der Liberalen lag in der Luft, sie verlangten die Bewahrung der Tradition, um sich über sie hinwegzusetzen. Eine Klasse von Neureichen ging aus diesem anarchischen Impuls hervor, der alles ist, was Portugal an Dynamik der

Ideen anbieten kann. Es schien, als löste sich die Nation von vergangenen Irrtümern mit einem Aufschub der bürgerlichen und geistigen Bewegung, der nichts anderes war als die Furcht vor dem Elend. Die Regeneration wurde erklärt, die Romantik ging ihrem Ende zu. Nicht durch die Knappheit der Mittel und die Enge des Denkens geriet man in geistige Verfinsterung, sondern durch die Einmischung einer ganzen industriellen Gesellschaft und den unabweisbaren Nachdruck der wissenschaftlichen Entdeckungen. José Augusto hielt sich für einen Anhänger von Herculano, für ebenso exzentrisch wie dieser, antidemokratisch und dennoch sozialistisch durch natürliche wunschlose Glückseligkeit. Doch war er auch Skeptiker. Das ergab sich aus seiner aristokratischen Verachtung für die demagogischen Krisen, die er durchgemacht hatte, und aus seiner tiefen Abneigung gegen die Regeneration, das kurze Epos einer Aristokratie der Reichen, ohne Adel, ohne Sittlichkeit und vor allem ohne die Freude, die die Menschen eint und erlaubt, daß die gewohnten Beziehungen nicht zu gemeiner Protektionswirtschaft ausarten.

Das Land litt an den Folgen des Staatsbankrotts, und die Politik übte ihren Einfluß auf die kleinsten Bürger aus, weil alle sich gegenseitig in ihren Intrigen behinderten, da sie schon zwischen sich und ihren Regierungen keinen Abstand schaffen konnten. Man diskutierte mehr als man arbeitete. Das ist schlecht für den Glauben der Menschen, die zu Optimisten werden, weil sie sich davon befreit glauben, zu hassen, anzuklagen und zu erneuern. Man braucht Raum, um das aufzuwerten, was man verabscheut, und das, was man liebt. Ohne das bleibt alles Aufregung und Durcheinander.

Das Haus Lodeiro befand sich in einem bedenklichen Zustand, allenthalben taten sich Risse auf, und die Weinstöcke waren überaltert und wurden nicht durch neue ersetzt. José Augustos nächste Verwandte rieten ihm zu einer Vernunftheirat. Sie stellten ihm eine Witwe vor, Dona Maria Domingas, die Negrãos Hause nahestand und sehr hübsch war. José Augusto sah sie sich an, und sie mißfiel ihm nicht.

»Eine Witwe!« sagte er. »Das ist ein gleichschenkliges Dreieck, das nach einem der Winkel tendiert, der fast immer der erste Ehemann ist.«
»Laß nur, sie wird dich schon lieben! Sie muß die Begierden unerlaubt finden, folglich sind sie unwiderstehlich«, sagte ihr Bruder Reinaldo. José Augusto lächelte und lud eine Menge Leute zu einem Fest zu Ehren der Witwe ein. Sie erschien, und José Augusto war angenehm beeindruckt. Sie trug ein einfaches Kleid aus schwarzem Satin und darüber einen ebenfalls schwarzen Samtumhang mit Spitzen und Borten. Ihr Hut war aus weißem Satin. Sie verstand mit stoischer Anmut zu schweigen, was bei Frauen selten genug ist.
Reinaldo sagte zu ihm: »Du bist ein Barbar, wenn du ihr nicht zu Füßen fällst.«
»Reiche Frauen verrohen mich. Ich habe schon einmal eine sitzen lassen, weil sie mir ihre Einkünfte gestand, nachdem ich ihr meine Liebe gestanden hatte.«
»Das sind Geständnisse, die einander ergänzen. Aber das ist deine Sache. Sieh nur, wie gut sie gebaut ist!« Reinaldo zeigte auf die Witwe, die gerade war wie eine Spindel, mit hoher Taille und wunderbaren Proportionen. José Augusto setzte sich neben sie und sagte ihr ein paar improvisierte Freundlichkeiten, die den Vorzug hatten, eine besondere Aufmerksamkeit zu verraten. Maria Domingas dachte: Dieser Mann macht mir Angst. In ihr waren die Liebesdinge in ehrbare Vergessenheit geraten, der Mangel hatte sie unempfänglich gemacht für das Gefühl, das von der Praxis der Liebe unzertrennlich ist. Sie erkannte das und fand, daß ihr eine Wiederverheiratung nichts Neues bringen konnte, daß jedoch zu lieben ein edles Verlangen war und womöglich mit dem Bedürfnis nach Weisheit verbunden. »Ein Freund ist eine Hilfe gegen unsere Schwächen«, hatte Reinaldo zu ihr gesagt. Sie war geneigt, das zu glauben.
Doch am folgenden Tag erhielt José Augusto einen Brief von Fanny. Es war zum ersten Mal ein energischer, feuriger Brief. Das sanfte stille Mädchen zeigte sich darin herrisch, ohne

daran zu denken, daß sie seine Geringschätzung erregen und er ihr nicht gehorsam sein könnte. »Kommen Sie her, lassen Sie mich nicht mit diesen beiden Frauen allein, die mich hassen!« Er sah sich auf einmal von einem Geständnis zermalmt, das ihn nicht einmal freute. Er liebte Fanny. Er erinnerte sich an die sanften Abendgesellschaften im »Paradies«, wenn sie über dem Sofa lehnte, während ihr das helle Haar ins Gesicht fiel, erinnerte sich an ihre kleine Hand, die ihn vor langer Zeit auf einem Maskenball an der Schulter berührt hatte, während sie ein wenig abgehackt, als fehlte ihr der Atem, mit der Stimme eines mutwilligen Kindes sagte: »Nun, so traurig?« Er rief Clotilde.

»Sagen Sie Urbino, er soll die Pferde satteln. Vicente reitet mit mir nach Porto, er soll sich bereit machen.« Sie ging, und er rief ihr nach: »Ich nehme die andalusische Stute.«

»Sie hat ein Fohlen; sie ist aufsässig.«

»Beeilen Sie sich, machen Sie nur schnell!...«

Sie ritten gegen Abend los, José Augusto in einem spanischen Umhang starrte vor sich hin, einen Schimmer von Verzweiflung im Blick. Vicente stellte keine Fragen; er betete im tiefsten Pinienwald einige Ave-Marias und zog die Stute hinter sich her, die dann und wann zitternd aufwieherte. Sie trug einen Sattel mit feinen Metallbeschlägen, seine Silbernägel glänzten im Mondlicht, das wie Milch vom Himmel rann.

»Schauen Sie nur, Herr, die Seelchen aus dem Fegefeuer! Darf ich absteigen und für sie beten?« fragte Vicente, als sie an einem Wegkreuz vorbeikamen, das in einer Schlucht stand, düster wie ein Mensch ohne Stimme und Gebärden.

»Vorwärts, du Schlingel! ... Du bist ja wie der General Silveira, der einen Krieg führte, indem er ständig von seiner Eselin absprang, den Hut zog und an den Kreuzwegen betete. Du kannst in Porto beten, wenn du dorthin gelangen solltest.«

Mein Herz sagt mir, daß er verrückt ist, dachte Vicente. Das ist das Schicksal der Majoratsherren, der böse Blick fällt auf sie, und dann werden sie so. Arme Branca, mit ihren herausgequollenen Eingeweiden und Augen wie ein betrunkener Seeaal! Eines Tages würde jemand diesen Menschen umbringen, oder aber er selber schickte jemanden ins Jenseits. »Wenn ich es nur nicht bin«, sagte Vicente zu sich. Die Erde war feucht, es gab keinen Staub, die Welt schien gerade erst, in Wolken eingehüllt, geschaffen worden zu sein. Eine dieser Wolken überquerte den Weg, und José Augusto ritt mitten hindurch, wie ein seltsamer abgewrackter Mythos.

Fannys Leben war nicht beneidenswert. Oberst Owen, den man herbeigerufen hatte, um den Frieden im »Paradies« wiederherzustellen, verschob seine Reise nach Porto ständig. Dieses Porto, wo er ernsthaften Verdruß erlitten und nach der Konvention von Gramido eine Periode intensiven Hasses durchlebt hatte. Die Soldateska verprügelte brutal alle, die der Anhängerschaft an Cabral verdächtig waren, und beschimpfte die Engländer, die sie als falsche Beschützer betrachtete. Schon im Januar 1846 waren der Oberst und sein Sohn mißhandelt und verhaftet worden; eine Kavalleriepatrouille, die einige Gefangene bewachte, hatte den Diener des Obersten beschuldigt, die Flucht dieser Männer begünstigt zu haben. Ohne seinen Hausrock abzulegen, verlangte Owen sogleich eine Erklärung. Das Resultat, Schläge und Beleidigungen, führte zu Protesten der Behörden, aber eine vollständige Satisfaktion mit Bestrafung der Schuldigen wurde ihm nie gewährt. Porto war wie immer ein Fall für sich, und einen Fall kann man nicht regieren. Der englische Botschafter zog Marschall Saldanha in eine Ecke des Salons und sagte zu ihm: »Be cautious, be cautious!«; er war die genialen Abenteurer und die unvorsichtige Eitelkeit leid, mit der hier Politik improvisiert wurde. Der Oberst hatte Gründe im Übermaß, sein Haus in der Rua de Cedofeita verschlossen zu halten; aber endlich Ende September 1852 ließ er sich doch dort blicken, stets begleitet von Hugh Owen. Was er vorfand, war seine eigene Frau, die auf einem Kanapee saß, das noch mit einem Überzug aus weißer Serge bedeckt war. Die Vorhänge waren zugezogen, und Dona Ritas Brillanten funkelten im Halbdunkel. Hinter ihr stand Fanny, sehr blaß, ihre großen grünen Augen zeigten keinerlei Ausdruck. Der Kragen und die Manschetten aus Batist heiterten die Traurigkeit ihres Umhangs aus grauer Merinowolle ein wenig auf. Ihr Vater machte eine Gebärde, in der sich Rührung und Zweifel vermischten. Das war also die Angeklagte, seine süße Fanny! Er küßte sie auf beide Wangen und trat zwei Schritte zurück. Er war immer noch ein schöner Mann mit einer hohen Stirn, an die sich die vorzeitige Glatze anschloß; sein Schnurrbart war an den Mundwinkeln dunkelgelb gefärbt, sicherlich vom Tabakrauch.

»Wen soll ich zuerst anhören?« fragte er sachlich.

»Ich überlasse sie Ihnen. Sie soll reden.« Dona Rita erhob sich hastig, und ihr Gatte hielt sie nicht zurück. Er hatte sich nicht so sehr von ihr gelöst, daß ihn ihre Anwesenheit nicht in Verlegenheit gebracht hätte.

Als sie hinausgegangen war, wandte er sich an Fanny und fragte: »Also, was gibt es denn? Ich spüre es, dies ist der Anfang eines Unglücks.«

Es waren die gleichen Worte, die José Augusto zu ihr gesagt hatte, und Fanny ließ sich auf das Kanapee fallen und fing an zu weinen.

»Hast du denn kein Mitleid mit deiner Schwester?« fragte der Oberst.

»Doch, das habe ich. Aber mit mir hat niemand Mitleid.«

»Du scheinst mir weder unschuldig noch schuldig zu sein. Weshalb sollten wir mit dir Mitleid haben?«

»Ich liebe ihn, aber wie einen Bruder. Aber die beiden sind boshaft und wollen nicht begreifen. Ich bin ihm ausgewichen, habe ihn schlecht aufgenommen, ihn gebeten, er soll Maria mitnehmen und nicht wiederkommen.«

»Und du, meine Tochter?« Die Stimme des Obersten klang belegt, aber sein Gesicht blieb ungerührt.

»Ich wollte fort aus jenem Haus, aber sie haben mich nicht gelassen. Sie brauchen mich dort.«

»Sie brauchen dich?«

»Auf dem Umweg über mich kommen auch sie zur Liebe. Hör nur die ganze Wahrheit, Vater: Es gibt Arme und Reiche auf der Welt. Nicht an Geld und nicht an Namen. Arme der Liebe, kurzlebige. Sie brauchen die, die lieben können. Sie gehen wie Vampire mit der Liebe ihrer Mitmenschen um. Sie trinken sie aus meinem Herzen, selbst wenn sie es Stück für Stück zerreißen müßten.«

»Was für ein Unsinn, Fanny...« Ihr Vater verspürte einen schwachen Widerwillen. Dieses allzu tiefgehende Geständnis rührte an unbegreifliche Saiten seines Wesens, die er sich nicht eingestehen wollte. Unerwartet verbündete er sich mit Dona Rita und Maria; und es war, als wäre Fanny ein unnützes Beutestück geworden an der Schwelle zu einer anderen Welt, die zu erforschen ihm nicht zustand.

»Sei doch vernünftig! Der gesunde Menschenverstand kann viel Ärger vermeiden helfen. Fast alles bei einer Frau ist Schwäche, sogar die Tugend. Was du empfindest, ist keine Liebe. Es ist die Freundschaft, die aus der Gewohnheit erwächst. Es gibt vorübergehende Leidenschaften, die eher der Gewohnheit als wahrer Anziehungskraft zu verdanken sind. Du wirst diesen jungen Mann vergessen, wenn du aufhörst, ihn zu sehen. Maira liebt ihn auch nicht. Was bei ihr vorherrscht, sind konventionelle Gefühle. Du sollst sehen: in ein paar Tagen sieht sich alles ganz anders an. Jetzt werde ich euch beide nach Vilar bringen und hoffe, daß alles wieder ins Gleis kommt.«

Er aß mit der Familie zu Abend, und bei dem Gespräch mit Dona Rita, in dem er ihr Anweisungen gab, die sie beruhigen sollten, verlief die Begegnung ohne Zwischenfall. Fanny zog sich früh auf ihr Zimmer zurück und bewies in allen Dingen Respekt und versöhnliche Haltung. Nur bemerkte man an ihr eine übertriebene Zärtlichkeit für den Kater, der im Hause lebte, Lord Nelson hieß und am liebsten neben dem Feuer schlief, bis er sich das Fell versengte und angebrannt roch. Deshalb war er rostbraun, obwohl sein Fell von Natur aus hellgelb war. Nelson machte sich jedoch in der letzten Zeit immer davon, wenn Fanny ihn streicheln wollte. Sein Miauen klang rauh, als wäre er verletzt; er stellte den Schwanz in die Höhe und verharrte lange regungslos, als hielte ihn eine geheimnisvolle Kraft fest.

Das war nicht das einzige auffällige Phänomen, das im »Paradies« zu beobachten war. Luísa, ein Dienstmädchen von auswärts, ein reichlich beschränktes Geschöpf mit einem Haardutt, den sie aufrollte wie ein Wagenrad, zeigte neuerdings ein seltsames Verhalten. Heimlich trank sie alle Reste an schottischem Schnaps, die sie auftreiben konnte, und beklagte sich, daß nachts jemand käme und an ihren Fenstern kratzte. Die Owens schenkten ihr keinen Glauben, doch die Nachbarn warnten sie, ein gewisser José Tomé, mit dem Spitznamen Terrote, steige über die Gartenmauer und verschwinde zwischen den Zweigen der Pflaumenbäume. Der Fall schien unglaublich, um so mehr als Terrote verheiratet war, als musterhafter Vater galt und mit untadeligem Leumund im öffentlichen Dienst stand. Dona Rita ließ ihn rufen und bat ihn um eine Erklärung. Terrote war ein großer Kerl mit schwarzem Kneifer, der sich nicht zu bewegen wußte, ohne über seine riesigen Füße zu stolpern. Er sah aus wie ein Leichenbitter, einen gewissen einfältigen Zynismus inbegriffen, der auf das Konto seiner beruflichen Selbstgefälligkeit ging.

»Ich kann diese Tatsachen weder leugnen noch zugeben«, erwiderte er mit seiner monotonen, salbungsvollen Stimme. »Senhora Luísa zieht mich an, und ich kann nicht widerstehen. Ich habe schon Kampfer eingenommen und Senfpflaster aufgelegt. Es hilft nichts.«

»Wissen Sie, was Sie da sagen?« Dona Rita war betroffen. Ihr hoheitsvolles Wesen verflüchtigte sich angesichts dieser Spielart Mensch, die man weder als Lüstling ansprechen noch für wahnsinnig halten konnte. »Sehen Sie denn nicht, daß Sie zum Unglück eines Menschen beitragen?«

»Zweier Menschen, gnädige Frau. Aber es geht gar nicht um die Moral, das habe ich mir schon selbst gesagt. Es handelt sich auch nicht um Perversität.«
»Worum handelt es sich denn dann?«
»Hier ist ein Verbrechen nicht auszuschließen, da von Frivolität in diesem Falle keine Rede sein kann.«
Luísa wurde entlassen, und es sah so aus, als wäre alles zur Normalität zurückgekehrt. Doch Terrote verließ ebenfalls seine Familie, und wenn er auch nicht dem Mädchen folgte, so muß doch gesagt werden, daß sein Leben fortan eine ungewöhnliche Wendung nahm. Er gab seine Anstellung auf, warf sich auf Wuchergeschäfte und wurde binnen kurzem reich. Nie wieder interessierte er sich für seine Kinder oder seine Frau; er schien sie völlig vergessen zu haben.
Dies war jedoch noch nicht geschehen, als der Oberst zum Abendessen ins »Paradies« kam. Er wollte nicht in der Stadt gesehen werden und wünschte auch nicht, daß die Zeitungen die Nachricht von seiner Ankunft verbreiteten; deshalb schlief er nicht in der Rua da Cedofeita und brach am späten Nachmittag auf. Er übernachtete in Leça in einem Landhaus seiner Freunde und fuhr am folgenden Tag mit dem Schiff weiter nach Lissabon.
Hugh Owen, der mit seinen Schwestern nur wenige Worte gewechselt hatte, fragte ihn, ob denn nun alles geklärt sei. Der Oberst schnippte die Asche seiner Zigarre ins Wasser und sagte: »Fanny hat die Grenzen überschritten, die die Natur den Gefühlen gezogen hat. Deshalb verdient sie nicht, glücklich zu sein.«
Es war, als beförderte er zugleich mit der Zigarrenasche Fannys Leichnam ins Meer und versenkte ihn dort.

Einige Monate vergingen, dann fing Dona Rita einen Brief Fannys an José Augusto ab. Anfangs schwieg sie darüber, aber schließlich bat sie José Correia de Melo zu sich, ihren Nachbarn vom Gutshof Sueima, und gestand ihm ihre Befürchtungen. Er versprach ihr, mit José Augusto zu reden und ihn von dem entschiedenen Verbot des Obersten zu verständigen. Aber in einem Anfall von krankhafter Neugier, die all jene heimsucht, die mit einer Liebe in Berührung kommen, deren Mitwirkende sie nicht sind und der sie daher nur feindselig gegenüberstehen können, wollte Correia de Melo Fanny sehen. Sie erschien im Salon, und ohne es zu wollen, taxierte er ihren feingliedrigen Leib, den Hals, an dem eine Ader pochte, und das vor feierlicher, nahezu diabolischer Verführungskraft schimmernde Kindergesicht. Er reichte ihr die Hand. Die ihrige fühlte sich eisig an, und er bereute im voraus alles, was er zu ihr sagen würde.

»Fanny ... Sehen Sie denn nicht die Aufregung, die hier im Hause herrscht? Das Leid, das Sie Maria zufügen?«

»Ach, Maria! Ich beneide sie. Wissen Sie weshalb? Sie spürt nur die Wirkung der Galanterie, ich dagegen die Wirkung der Liebe. Dabei hatte ich geglaubt, meine einfache Natur würde mich vor ihren Fallstricken bewahren. Sie war mir nur wie ein Vergnügen erschienen, das leicht zu beherrschen ist; aber dieses leichtsinnige Urteil hat es verschuldet, daß sie mich rasch besiegt hat. Nun erkenne ich, wie verheerend die Wirkungen einer Gleichgültigkeit sind, die nichts anderes war als die gläubigste Hoffnung.«

Dona Rita, tief erschrocken, sagte mit verschleierter Stimme: »Wie das Menschenkind spricht!« Und José de Melo fühlte sich eingeschüchtert.

»Das ist eine Trübung Ihrer Phantasie, Fanny. Und ich muß wohl einsehen, daß José Augusto ein Libertin ist.«

»Leidenschaft und Libertinage ähneln sich bisweilen, sind aber nicht dasselbe. Wir lieben uns.« Sie deutete eine Verbeugung an und ging, da niemand sie zurückhielt, aus dem Zimmer.

Ein verlegenes Schweigen trat ein, dann sagte Dona Rita: »Das sind die Mädchen, die Glasperlenherzen auf Stramin sticken! O ja, Senhor Camilo hatte recht.«

»Inwiefern?«

»Er hat mir einmal gesagt, von der Tugendhaftigkeit müsse man alles erwarten, selbst das Triviale, nämlich daß sie sich in einen Fehler verwandelt.«

In diesem Augenblick brachte das Mädchen den Tee, und sie begannen sich mit überquellender Oberflächlichkeit zu unterhalten, verteilten Kekse an die Hunde und lobten den Geschmack der bitteren Orangenmarmelade. In diesem Hause war sogar das Leiden archiviert und völlig in seine eigene Zeit eingeschlossen. Dona Rita schrieb noch am selben Abend an den Obersten: »Mein Freund, Fanny wird uns alle zugrunde richten. Mir persönlich kann niemand die fünfzig Jahre eines vagen Glücks wegnehmen, dessen Sklavin ich gewesen bin, so wie Sie sein Komplize waren. Doch meine armen Töchter sind zu jung, ihre Würde zu verlieren, noch ehe sie überhaupt in der Lage sind, ein Recht auf eine Reputation zu haben. Denn mit zwanzig Jahren hinterläßt man weder eine Spur noch eine Erinnerung, man kann einen jungen Menschen nicht vom anderen unterscheiden.«

Der Oberst erhielt diesen Brief und dachte, daß Dona Rita übertrieb. Er wollte nicht zugeben, daß ihre Befürchtungen berechtigt waren; er hatte mit neuen Problemen fertigzuwerden und konnte gut und gern auf die alten verzichten. Er bat Hugh, nach Mutter und Schwestern zu sehen; aber Hugh Owen gehörte zu den friedlichen Ehrgeizlingen, die zwar dem Unglück standhalten, bloße Widrigkeiten jedoch nicht ertragen können. Er entschuldigte sich mit Verpflichtungen bei Hofe, und sein Vater kam schließlich nicht mehr auf das Thema zurück.

Maria sah man zu jener Zeit viel zu Pferde; sie ritt an den Strand, wo sie verweilte und zuließ, daß die jungen Fischer oder Sommerfrischler sie mit unverhohlenem Appetit betrachteten. Ihr Amazonenkostüm aus grünem Tuch machte sie kenntlich, sobald sie am Ende des Pinienwaldes auftauchte. Manchmal brachten sie ihr einen Handschuh zurück, den sie verloren hatte, und das Hausmädchen geriet in Verlegenheit, weil die jungen Männer nicht fortgehen woll-

ten. Sie stellten sogar mit boshaftem Grinsen den Fuß in die Tür.
»Was wollen Sie?« Luísa stieß sie mit dem Türflügel hinaus, ohne sie selbst zu berühren.
»Nichts, Täubchen, gar nichts ...«
Sie schlugen eine grobe Lache an, bereit, sich gegenseitig zu verprügeln. Und sie strichen an der Mauer entlang und rempelten einander an mit unterdrückter Heftigkeit, die sie recht wohl als unvernünftig erkannten. Sie bildeten die neue Generation, die nicht mehr an die Kraft der sektiererischen Gesellschaft eines progressiven Feudalismus glaubte, eine Generation mithin, die sich in allen Epochen der Enttäuschung wiederholt, in denen die Inspiration ein Problem für alle und für niemanden eine Verpflichtung ist. Im Feuer der platten Raffgier, die in so starkem Gegensatz zum groß angelegten Ehrgeiz steht, begann der Mythos der Geschwindigkeit, des Genußlebens und des Gewinns golden zu strahlen.
Dona Rita ließ die Fenster früh schließen und die Tür nach Sonnenuntergang nicht mehr öffnen.

So kam der Sommer des Jahres 1853 heran, und die Dinge schienen sich im Hause Owen nicht weiter verschlimmert zu haben. Doch eines Tages verstrickten sich die beiden Schwestern unversehens wegen einer Kleinigkeit in einen hitzigen Streit. Maria wollte ausgehen, sie hatte bereits den Fuß auf die Treppenstufe vor der Haustür gesetzt, wobei sie ihre durchbrochenen Strümpfe sehen ließ, und spannte eben ihren bunten Sonnenschirm auf, als der Kater Nelson, verfolgt von einem jungen Hund, sie ansprang, daß sie der Länge nach hinschlug. Das wäre weiter nicht ernstzunehmen gewesen, wenn Fanny nicht darüber gelacht hätte. Sie stand am Fenster ihres Zimmers mit ihrer englischen Frisur und im leicht dekolletierten Kleid, dessen weite Ärmel auf der Brüstung lagen wie die Henkel eines Wasserkrugs. Maria ging zurück ins Haus, um ihr Kleid zu richten, erblickte im Vorübergehen ein

aufgeschlagenes Buch auf Fannys Bett und trat angriffslustig ins Zimmer.
»Sei so gut und lach mich nicht aus, du Närrin!« Sie nahm das Buch und wollte es aus dem Fenster werfen, doch als sie das Erschrecken in Fannys Augen sah, hielt sie inne. »Was ist los?« fragte sie. Sie warf einen Blick auf die Seiten, erkannte die Handschrift ihrer Schwester und dachte, dies müsse ihr Tagebuch sein mit all seinen Enthüllungen.
»Rühr das nicht an!« rief Fanny. »Sonst bringe ich mich auf der Stelle um.«
Dann folgte eine furchtbare und zum Überfluß wenig fesselnde Szene. Zum Schluß weinten beide Schwestern, einander in den Armen liegend, ohne daß diese Versöhnung ihre Herzen aufgeheitert hätte. Sie waren mehr erschöpft als von Einsicht bezwungen. Um diese Zeit schrieb Fanny an José Augusto und bat ihn, sie abzuholen. Was Fannys geradlinige Natur in eine übersteigerte Entrüstung trieb, war folgendes: Sie bemerkte das Verschwinden etlicher intimer Kleidungsstücke und drängte Luísa, danach zu suchen. Luísa fürchtete, sie könne des Diebstahls bezichtigt werden, und gab Dona Ritas Machenschaften preis: diese hatte sich einfallen lassen, Hexen und Propheten zu Rate zu ziehen. Davon wimmelte es in einer Epoche, in der sich der Pessimismus der Armen der Phantasie von Scharlatanen zuwandte und der Pessimismus der Reichen einem Bundesstaat der Vaterländer. In Portugal waren bereits die Macht der Finanzen und die Macht der Geheimgesellschaften wirksam, und diese bildeten sich vor allem aus dem Anreiz einer in den menschlichen Gesellschaften wahrzunehmenden Illusion, die sich von den tiefen Wurzeln der, wenn auch durch die Vernunft verfeinerten, Barbarei nährt. Die einfachen Leute lieben das Geheimnis; es tröstet sie über alles hinweg, was sie weder durch Schulbildung noch durch Wagemut erreichen können.

Dona Maria Rita da Rocha Pinto war die Tochter eines Portweinhändlers, und ihr Bruder João da Rocha Pinto war Kammerherr bei Dom Pedro, dem brasilianischen Kaiser, gewesen. Sie war am Hofe von Königin Carlota Joaquina aufgewachsen, was keine Garantie für gute Sitten darstellte. Man braucht nur an das Zeugnis der Botschafter zu denken, die im Palast von Queluz von der Königin empfangen wurden: sie saß dort auf dem Boden inmitten ihrer Ajas, lauter Negerinnen, die durch ein Leben als Damen mit besonderen Talenten sehr zivilisiert geworden waren. Dona Maria Rita war reich, und ihr Bruder besaß ebenfalls ein großes Vermögen. Er erschöpfte seine Mittel, um seinen Posten als Kammerherr der Kaiserin und ihrer Tochter, der späteren Dona Maria II., versehen zu können. Vermutlich enttäuscht über die Undankbarkeit derer, die das ihm gewährte Vertrauen für ausreichende Bezahlung hielten, beging João da Rocha Pinto Selbstmord. Dona Maria Rita, Witwe von Velho da Silva, dem Besitzer eines großen Landguts bei Rio de Janeiro, lernte Oberst Owen kennen, als dieser General Beresford nach Brasilien begleitete. Nach Portugal zurückgekehrt, als Beresford seinen Abschied genommen hatte und die Revolution von 1820 ausgebrochen war, erblickte Owen in der Heirat eine Form der Disziplin, innerhalb deren Berechnung und Vergnügen in gleicher Weise Platz finden. Er heiratete Dona Maria Rita am 20. Dezember 1820 und zog sich ins Privatleben zurück: mit seiner Vergangenheit und zehn Schlachten, zwei Familienwappen, der Komturei von Aviz, dem Orden von Turm und Schwert, der Goldmedaille für die Kampagnen auf der Iberischen Halbinsel und der Silbermedaille der englischen Regierung, die an Talavera, Abuera, Vitória und die Pyrenäenkämpfe erinnerte. Für einen solchen Krieger erscheint die Eheschließung mit Dona Rita als mittelmäßiger Rückzug; sie war streitsüchtig, abergläubisch und verschwenderisch, alles Laster der portugiesischen Frau, die man in der Jugend entzückend oder zumindest kapriziös nennen kann. Die Spur des Obersten und Dona Ritas zog sich über ein Gut am Douro nach Porto, nach Torrinha, in die Rua da Sovela und später nach Vilar do Paraíso, wo Owen sein Buch über die Belagerung von Porto schrieb. Das Haus in der Rua da Cedofeita gehört schon in die getrübtere Phase der ehelichen Harmonie. Raul Brandão, der noch durch lebende Zeugen von beiden Kenntnis hatte, vermutet Unverträglichkeit zwischen den kleinlichen Phantasien einer Bürgersfrau und der naiven Strenge des walisischen Adligen. Er führte als Wappen einen silbernen Hahn und die Devise »Alert and Loyal«. Damit man einer solchen Devise gerecht werden kann, sind Opfer unvermeidlich; eines davon war sicherlich die Trennung von Frau und Kindern.

Dona Maria Rita sah zwei Mädchen im undankbaren Alter ihrer Obhut anvertraut und sich selbst auf ein halb ländliches Leben eingeschränkt und auf die Besuche des Pfarrers, der Freimaurer war und Dom Miguel hochleben ließ. Sie selbst war gewiß stets Carlota Joaquina und ihrer impulsiven, männlichen Wesensart treugeblieben, die stets ihrem Sohn zugetan war, der mehr ihrer eigenen Wesensart entsprach als ihre Tochter. Dona Rita setzte sich auf den Teppich wie früher im Gemach der Königin, die sich mit dem Fächer Luft zufächelte und Hühnerbouillon trank, und zählte die Juwelen auf, um die sie alle Frauen bei Hofe beneidet hatten: Diademe und breite Spangen, die man dazu benutzte, die Linie des Dekolletees zwischen den Brüsten zu markieren. Es waren riesige Schmetterlinge aus Brillanten und anderen Edelsteinen. Sie besaß auch Ohrgehänge so lang wie Weintrauben und große Ringe mit Smaragden aus Ceylon. José Augusto, der diese Reichtümer gesehen hatte, schätzte sie auf 200 000 Réis, niedrig gegriffen.

Wir nehmen nicht an, daß José Augusto berechnend war. Camilo hatte zu ihm gesagt: »Wer ein Rassepferd hat, möchte auch gern einen Tilbury haben.« Sicherlich. Ein Vermögen, das nicht mit den tausend Überraschungen der Arbeit gewonnen wird, die den schmutzigen Ehrgeiz verhüllen, scheint ein boshaftes Schicksal in sich zu bergen: nach neuen Erfahrungen zu streben, die es zum Anrecht erheben. José Augusto war weder der diskrete Luxus des Hauses Owen gleichgültig noch die unleugbare Tatsache, daß beide Mädchen eine große Mitgift besaßen. Allerdings mußte die Erhebung des jungen Hugh zum Baron diesen Reichtum schmälern. Viele Jahre später wurden die Juwelen in London geschätzt, doch ist es möglich, daß sie schon nicht mehr zum Vermögen der Familie Owen gehörten. Wir wollen nicht behaupten, daß José Augusto von Vergils »auri sacra fames« angekränkelt war, wohl aber, daß er seine Symptome kannte.

Jedenfalls war Dona Maria Rita schwerreich und weit davon entfernt, Untermieter in ihr Haus aufnehmen zu müssen, wie dies Aquilino Ribeiro unterstellt. Gewiß besaß sie eine Leichtigkeit des Umgangs, wie er den Brasilianerinnen eigen ist, der zudringlichen Personen den Zugang ermöglichte und die Neugier der Emporkömmlinge weckte. »Nichts ist geschmackvoller, nichts heiterer und schöner als die Belohnung der Liebe, der Lohn für Mühsale und Wohltaten, der uns zuteil wird.« Leider war der »Traktat über die Freundschaft« nicht in der Zeitschrift »Porto e Carta« publiziert worden und Cicero nicht so bekannt wie der Politiker José dos Passos.

Fannys Leidenschaft, die Dona Maria Rita als unglückseligen Eigensinn abtat, gab ihr den Gedanken ein, man könne sie vielleicht durch Gebete und Rauchopfer austreiben. Fanny mußte feststellen, daß ihr Zimmer nach Rosmarin roch, und sie fand ein paar trockene Blättchen auf ihrem Kopfkissen. Danach schmeckte ihr der Tee nach Raute, und sie fing heimliche Blicke des Einverständnisses zwischen Maria und ihrer Mutter auf. Damit hatte sie jenen Grad von Verachtung erreicht, der mit dem Entschluß zusammenfällt, sich ins Verderben zu stürzen. José Augusto schickte ihr durch Boten einen nur ihr auszuhändigenden Brief und bereitete alles für die Entführung vor. Er mietete ein Boot für Fahrten auf dem Douro, einen Zweimaster mit Rahsegel, der eine geräumige Kabine für Passagiere hatte. Er ließ darin zwei Schlafkabinen herrichten, die mit einem gewissen Prunk ausgestattet waren, eingeschlossen eine kleine Frisiertoilette mit Parfümflaschen und drei Promenadekleider, eines aus schottischer Barèges-Wolle, ein weiteres aus Popeline und eines aus Nanking-Tuch. Alle drei mit dazu passenden Hüten und Handschuhen. Das Schiff sollte an einem Ankerplatz bei Oliveira do Douro warten und mit ihm zwei Männer, die es steuern sollten. Am Rand des ersten Pinienwaldes in Paraíso sollte Vicente auf seinem kleinen Pferdchen warten. An alles war gedacht, obwohl alles in Eile geplant worden war. Seit José Augusto nach Porto gekommen war, nachdem er Fannys Brief erhalten hatte, waren fünf Tage vergangen. Um elf Uhr in der Nacht des 17. Juli des Jahres 1853 lehnte er an der Gartenmauer des »Paradieses« und spürte seine in den Handschuhen eisigen Hände.

Sie erschien pünktlich. Sie erstieg die Mauer mit Hilfe einer Gartenleiter; der Taftrock mit seiner breiten Borte war ihr hinderlich, und sie raffte den Rocksaum mit der Hand, die gleichzeitig ein Brieftäschchen festhielt. Es waren José Augustos Briefe. Er fing sie in den Armen auf, setzte sie auf den Damensattel und gab ihr die Zügel, die sie nicht zu fassen bekam. Die Stute erschrak über die raschelnde Seide, bäumte sich auf und ging durch. Fanny fiel ohne einen Laut vornüber; der Schatten des Pinienwaldes machte ihre am Boden liegende Gestalt unsichtbar, und José Augusto konnte sie nicht sogleich entdecken. Als er sie sah, war Fanny schon wieder auf den Beinen und wartete unerschrocken in ihrem etwas zerknitterten Kleid; ihr Schultertuch aus schwarzen Spitzen hob ihre Büste hervor, als hätte der Mond darauf die Silhouetten der Büsche gezeichnet. »Hast du dir wehgetan?« fragte er sehr laut, ohne darauf zu achten, daß die stille Sommerluft seine Stimme weithin trug. Sie erwiderte nur: »Nein ... Nein ... Es geht mir gut.«

Die Stute war geflüchtet, ringsumher war alles dunkel, und Sand und kristallene Steine schimmerten schwach zwischen den schwarzen, trockenen Nadeln. Sie begannen ihren

Marsch, er zu Fuß, Fanny auf José Augustos Pferd, das schnaubte, wenn die jungen Äste ihm den Weg versperrten. Sie hatten sich verirrt, doch sie blieben nicht stehen; eine Stunde lang drangen sie tiefer in den Pinienwald ein und versuchten sich zu orientieren. Aber da gab es weder Geräusche noch Licht noch Wind. Und auch das Meer war nicht zu hören.

»Wo sind wir?« fragte sie.

»Ich weiß es nicht, ich weiß es nicht ...«

Fanny ließ sich aus dem Sattel gleiten. Ihr Haar hatte sich aufgelöst; er dachte daran, es glattzustreichen, doch er rührte sie nicht an. »Laß mich hier ausruhen!« bat sie.

José Augusto breitete eine Decke auf dem Boden aus, aber sie lehnte sich nur kerzengerade an einen Baum und blieb so, ohne zu atmen, das Briefbündel fest mit der Hand umklammernd, ohne Traurigkeit und ohne Ungeduld, aber auch ohne rechte Freude an ihrem Abenteuer. »Wir gehen besser weiter«, sagte sie nach einer Weile.

»Weitergehen! Ich kann mich nicht orientieren, ich weiß nicht, auf welcher Seite der Fluß liegt oder die Straße oder sonst etwas.«

Und da sie schwieg, fragte er: »Bereust du es schon, Fanny?«

»Nein, durchaus nicht. Wenn es hell wird, gehen wir weiter. Der Morgen kommt ja bald.«

Sie hörten eine Glocke zwei Uhr schlagen, und der Klang kam nicht von weit her. Es war eine der vielen Kirchen, die in der Runde verstreut lagen; wenn José Augusto diese Orte gut gekannt hätte, würde er gewußt haben, welche Glockentürme eine Uhr hatten. Es waren nur wenige, und einige waren von Kugeln durchlöchert und zeigten Brandspuren und trugen einen Bart aus Rauch im weißen Kalk. Die flachen Felder ließen keine Unebenheiten erkennen, die einen Ort bezeichnen konnten. Sie warteten, und die Stunden vergingen langsam, dann gingen sie ein Stück weiter über die nach jungen Pinien duftenden Pfade. Stechpalmen zerrissen Fannys Kleid; ihre Schuhe mit den Pergamentsohlen waren zerfetzt. Sie sagte kein Wort; sie war von einer Hartnäckigkeit besessen, an der die Liebe gar nicht beteiligt zu sein schien, sie war fast wie eine Fremde für den jungen Mann, der neben ihr wanderte und die niedrigen Zweige mit einer gewissen Wildheit abbrach. Plötzlich fühlte sie Mitleid mit ihm und hielt das Pferd an. »Wart einmal, José Augusto!«

Er verstand sie nicht sogleich, und sie ritt weiter, ohne ihre Worte zu wiederholen. Schließlich ließen sich beide von der Müdigkeit überwältigen und auf den Boden fallen, der mit noch grünen, harzverklebten Nadeln übersät war. Fanny dachte daran, daß zu dieser Jahreszeit der Prozessionsspinner von den Pinien fällt, in Pollen eingehüllt wie eine kleine giftige Flocke. Sie glaubte seine gewundenen Bewegungen in ihrem Haar zu spüren und schüttelte ihr Schultertuch und ihr Kleid aus, das wie Blätter raschelte.

»Mal sehen, ob dieses Pferd auch erschrickt!« sagte José Augusto. Sie glaubte aus diesen Worten einen Tadel herauszuhören, und aus dem, was er da sagte, in der verzweifelten Lage, in der er sich befand, erriet sie plötzlich die Schwäche dieses Mannes, seinen trotz aller Kämpfe mit der Welt vorhandenen Kleinmut. Sie dachte, nun sei es wohl zu spät, um eine so eindringliche Wirklichkeit zu entdecken; und die ungereimte Hartnäckigkeit, mit der sich die Frauen für Dinge verpflichten, die die Aufrichtigkeit ihrer Wahl betreffen, sei es in der Liebe, im Glauben oder in der Politik, äußerte sich bei ihr als moralische Gleichgültigkeit. Sie gab keine Antwort. In der Morgenkälte zitterte sie; sie klapperte mit den Zähnen und merkte, daß sie weinte. Über den Feldern wurde ein Nebeltuch sichtbar. Sie standen am Rande des Pinienwaldes, und man erriet das Eisengerüst der Schöpfbrunnen mitten in diesem großen See aus weißer Asche. Da hörten sie die Stimmen der Fischfrauen, die auf dem Weg von Ovar daherkamen.

»Das sind die Fischfrauen aus Ovar«, sagte José Augusto. »Ich will sie fragen, wo wir uns befinden.« Er trat auf sie zu, und Fanny sah, daß er ihnen betont ungezwungen und fast

scherzhaft Zeichen machte. Er hat Angst, sie könnten bemerken, daß er in Schwierigkeiten steckt, dachte sie. Als er zurückkam, rief er munter: »Dies ist Vilar do Andorinho. Hier in der Nähe liegt das Gut Sueima, das José Correia gehört. Dort werde ich um Hilfe bitten.«
»Laß mich hier nicht allein!«
»Ich laß dich doch nicht allein! Aber du kannst nicht mehr lange weiter.«
»Laß mich nicht allein!« wiederholte Fanny. Jetzt konnte er ihr blasses, erschöpftes Gesicht und ihre merkwürdigen, wie bei den Rehen weit auseinanderstehenden Augen erkennen. José Augusto küßte ihre eisigen Hände, die an den Handflächen ein wenig klebrig waren. Vielleicht hatte sie etwas Fieber.
José Correia de Melo trat in den Patio seines Hauses, eine Kattunjacke über den Schultern, und stammelte verlegene Begrüßungsworte. Er sah Fanny nur aus der Entfernung; sie lehnte an einem steineren Brunnen und trug das Täschchen mit den Briefen in den Händen; ihr meergrünes Kleid war zerrissen, und die Borte schleifte elend am Boden. Er ließ ein Pferd holen, und ein Knecht sollte sie bis zum Anlegeplatz begleiten. Er umarmte José Augusto kräftig. Der wollte das Pferd nicht annehmen; er hoffte, in der Nähe Vicente zu treffen, wie er erschrocken und an sein Pferdchen geklammert zu allen seinen Heiligen betete, die recht zahlreich waren, darunter auch die Makkabäerbrüder, für die er eine besondere Verehrung hegte. Judite verbürgte sich dafür, daß sie Christen waren, und hatte sie auf die Liste der von ihr speziell verehrten Heiligen gesetzt.

Die schreckhafte Stute erschien am Morgen am Tor des »Paradieses« und scharrte mit dem Huf auf dem Boden. Das hatte etwas von einem Wunder an sich, weil sie an das Haus nicht gewöhnt war und auch nicht die Wege kannte, die dorthin führten. Dona Maria Rita sah darin ein Zeichen für die Kräfte

des Chaos, die sich gegen sie verschworen hatten, Einflüsse mißgünstiger boshafter Geister. Sie fand Fannys Zimmer leer und stürzte so wie sie war in den Garten, in ihrer Haube mit den aufgewickelten Bändern und die Pantoffeln vertauscht an den Füßen. Ihre Tochter war nicht da. Sie betrat das Gewächshaus, und die wogende Steinraute stach ihr wie ein grünes, feuchtes Licht in die Augen. Die Nelken blühten, auf jedem Stengel prangte eine große gelbe Blüte mit einem helleren Herzen. »Fanny!« rief sie. Der Gärtner hörte sie und blickte auf, wagte aber nicht näherzutreten. Am Tor standen Leute. Man hörte den Hufschlag des Pferdes, das sich in langsamem Trab entfernte. Es wurde nach Sueima gebracht, und José de Melo kam, um mit Dona Maria Rita zu sprechen. Sie empfing ihn gefaßt und dunkel gekleidet im kleinen Salon, wo das Porträt des Obersten in Husarenuniform hing, die Kordel des pelzgefütterten Umhangs über der Brust verschnürt. Sein Mund glich dem Fannys, er war schön geschwungen und ein wenig kindlich. Dona Rita verbarg ihr Gesicht im Taschentuch. »Weinen Sie nicht«, sagte José de Melo zu ihr mit verschleierter, aber sicherer Stimme.
»Was soll ich tun? Was soll ich nur tun?«
»Schreiben Sie dem Obersten! In kritischen Augenblicken ist ein Ehemann unentbehrlich.«
»Was heißt hier: in kritischen Augenblicken?« Dona Maria Rita war untröstlich, aber diese Wore hatten für sie einen unguten Beigeschmack.
»Nichts, das soll gar nichts heißen. In kritischen Augenblikken soll gar nichts heißen ... Aber weinen Sie doch nicht! ...« Er sah Maria mit eiligen Schritten durch den Garten gehen und rief sie an: »Maria, kommen Sie her! Leisten Sie Ihrer Mutter Gesellschaft!«
Maria trat ein, ungestüm, hübsch, »taubenhaft«, wie José de Melo das nannte, ganz in Rosa mit einem Musselinhalstuch, auf das die Blüten des Granatapfelbaums gefallen waren, an den sie sich angelehnt hatte. José de Melo bewunderte sie mit dem abschätzenden Spürsinn, den die Männer den Frauen

gegenüber an den Tag legen, die ihnen durch ein Mißgeschick näherrücken.
»Am meisten ärgert mich das Lächerliche dieser Situation«, erklärte Maria. »Sie hat sich davongestohlen wie eine Nonne aus dem Kloster. Und dann haben sie sich in einem Pinienwald verirrt, der keine zwei Ellen breit ist. Deswegen wird man ein Leben lang mit den Fingern auf uns zeigen!«
»In ein paar Tagen wird sich niemand mehr daran erinnern. Fanny wird heiraten, und alles gerät in Vergessenheit.«
»Hier kommt sie nicht mehr ins Haus, so lange ich hier lebe.«
»Ich wußte nicht, daß Sie so rachsüchtig sind.«
»Das ist keine Rache, das ist eine Bestrafung. Die Strafe wird ihre Kräfte stärken. Allzu viel Nachsicht weckt das traurige wilde Tier, das sie im Herzen trägt.«
José de Melo dachte bei sich: Es ist wirklich außerordentlich, das alles kümmert mich ebenso wenig oder ebenso viel wie die Nilquelle. Dona Maria Rita versetzte bedächtig: »Was du da sagst, klingt ernst, Maria. Aber ich glaube, alte Leute vertragen keine so ernsten Dinge.« Und als ihre Tochter mit hoheitsvoller, mißvergnügter Miene das Zimmer verließ, fügte sie hinzu: »Wir werden unser Haus für einige Zeit schließen müssen ... Wir werden niemanden empfangen können ...«
»All dies mag Ihre kleinen Vergnügungen beeinträchtigen, aber dem guten Geschmack kann es nichts anhaben. Sie werden immer Freunde um sich haben, Dona Maria Rita. Glauben Sie mir!«
»Ich glaube Ihnen.« Sie legte die Hände auf die Knie und schaute sie mit grüblerischer Aufmerksamkeit an. Sie sagte immer, die Hände verrieten das genaue Alter der Menschen. »Jedenfalls werde ich dieses Haus ausräuchern lassen. Seit längerer Zeit schon spüre ich hier irgend etwas Besonderes. ... Türen fallen ins Schloß, ohne daß jemand sie berührt. ... Und nachts hört man, wie in den Schubläden gewühlt und mit Papieren geraschelt wird. Glauben Sie mir!« Und dann setzte sie hinzu: »Wenn unsere Kinder wüßten, wie sehr wir von

den Nichtigkeiten abhängen, von denen sie enttäuscht sind!«
Sie dachte an ihre Bälle, ihre Juwelen, ihre schmeichlerischen Freunde, die sie hatte an sich fesseln wollen, weil sie glaubte, sie könne eine Rolle in ihrem Leben spielen! Geltungsbedürfnis war ihr Laster, und selbst die kleinen Demütigungen, die sich in der Gesellschaft wie Schulstrafen ausnehmen, trugen nicht zu ihrer Besserung bei. Selbst ihre Empfindsamkeit war eine zum Zwecke der Überredung gebrauchte List, die den Wunsch nach Erwiderung einflößen sollte. Ihr seichter Charakter verhinderte, daß sie wahrhaft litt und ihr Herz für Fanny Partei ergriff; sie war aufgebracht über eine Haltung, die über die Leidenschaft hinausging, denn durch sie wurde ihr die Leere ihres gegenwärtigen Lebens und die Ohnmacht ihrer Zukunftspläne erst recht bewußt. Denn ganz gewiß verstricken sich die jungen Leute um so mehr in verzweifelte Unternehmungen, je mehr sie an der normalen Entfaltung ihrer wahren Werte gehindert werden.
Sie ging hinaus, um José de Melo das Geleit zu geben. Es war heiß, aber als plötzlich das Tor mit schweigender Langsamkeit aufging, wurde ihm kalt, und er blickte sich um. »Ich weiß gar nicht, was das zu bedeuten hat ... bei all dieser Sonne ...«
»Es ist der Schatten des Kastanienbaums. Der Schatten des Kastanienbaums ist der kälteste aller Schatten«, sagte Dona Maria Rita.
Er stand auf der Straße, ein Reitknecht wartete in einiger Entfernung mit seinem Pferd. Stallgeruch durchzog die salzige Luft; die Weinspaliere begannen sich schon zu färben. Er spürte, daß das Paradies für immer seine Pforten schloß, und wenn ihn das auch nicht sonderlich bekümmerte, so war es doch ein Stück von seinem Herzen, was dort dahinstarb.

Als Fanny und José Augusto endlich am Boot angekommen waren, konnten sie die Reise flußaufwärts fortsetzen. Der

Bootsführer hatte sich nicht verspätet, den ganzen Morgen über war es neblig gewesen. José Augusto gab den Männern zweihundert Réis und überließ Fanny der Obhut Judites, die herbeigekommen war, um sie zu bedienen. Da stand sie, hochgewachsen und mit einem spöttischen Gesichtsausdruck, den sie nie ganz unterdrücken konnte. Gleichwohl begrüßte sie schmeichlerisch das Paar und warf einen durchdringenden Blick auf Fanny. Wenn sie entjungfert worden wäre, hätte Judite es bemerkt; die Konturen des Halses verloren bei den Frauen, die nicht mehr Jungfrauen waren, ihre Geschmeidigkeit. Sie schloß daraus, daß sie noch ein Mädchen war, und verspürte eine Anwandlung von mutloser Traurigkeit, die von weither das Los aller Frauen umfaßte. Sie tat, als bemerkte sie Fannys zerrissenes Kleid und ihren desolaten Zustand nicht. Tonico, der ebenfalls mitgekommen war, war weniger diskret. Er sah die zerfetzten Schuhe, die auf die Planken des Vorderdecks gefallen waren, als Vicente dort das Gepäck absetzte, und wollte sie aufheben, um sie sich näher anzuschauen. José Augusto schleuderte sie mit einer kreisförmigen Bewegung ins Wasser, als wollte er Meeräschen aufs Korn nehmen. Die jungen Burschen lachten mit jener rauhen Freude an phantasievollen Einfällen, die keinerlei Nachdenken voraussetzt. Und auf einmal lachte auch José Augusto und hatte Fanny, sein Abenteuer und die wenig rühmlichen Zwischenfälle, die er gerade hinter sich gebracht hatte, ganz vergessen. Das Boot segelte bereits auf dem Rücken der Strömung vor dem Flußarm von Campanhã.
Fanny schlummerte in den Kissen. Judite hatte ihr die bei José de Melo geliehenen Sergestiefelchen ausgezogen und kämmte ihr das Haar nach Warschauerinnen Art, das war alles, was sie konnte. Sie blieb sitzen und blickte zuweilen durch den Spalt zwischen den Vorhängen hinüber zum Ufer, an dem sich Mühlen drehten. Man hörte die Stimme des Steuermanns, die einstweilen noch ruhig klang, denn der Fluß hatte hier weder Strudel noch Wasserfälle. Aufrecht am Ruder stehend und schwarzen Tabak schnupfend, erteilte er kurze Befehle.

Fanny regte sich und fragte: »Was sind denn die anständigen Leute?« Sie schlug die Augen auf und fragte weiter: »Habe ich geschlafen?«
»Nur ein bißchen.«
Sie dachte an Camilo, der sie einmal besucht hatte, als seine Beziehungen zu José Augusto schon getrübt waren. Fanny hatte aufgehört, ihm zu schreiben, und eines Nachmittags tauchte er auf, sehr verstört. Über seinem pockennarbigen, gelblichen Gesicht lag ein teigiger Schimmer von Schweiß. Sie wußte nicht, wie er sie im Gewächshaus gefunden hatte, inmitten der grünen Helligkeit, die die Scheiben reflektierten. In einem kleinen Bassin schwammen zwei Goldfische. Camilo blieb an der Tür stehen. Der Platz reichte nur für Fanny in ihrem Morgenrock aus weitfallendem Tarlatan, in dem sich die Aspidistra verfing. Camilo sagte ohne Umschweife: »Er wird Sie umbringen, Fanny. Eure Liebe ist gemacht aus Dingen, die euch nicht gehören. Sie ist gemacht aus meinem Verlangen, meiner Freude und meinem Leiden. Ich habe euch eine Seele gegeben und mit ihr alles, wozu eine Seele fähig ist. Ich kann diese Seele in meinen Schatten einrollen und mit mir fortnehmen. Und was macht ihr dann?«
»Halten Sie sich für den lieben Gott?« fragte Fanny frostig. Sie band sich langsam den Gürtel zu und klopfte mit seinen Quasten ein wenig Erde ab, die an ihrem Rock klebte.
»Nein, ich bin kein Gott. Ich bin häßlich, schmächtig und augenkrank, und dennoch brauche ich nichts von euch. Ich existiere selbständig. Das Leben bringt mich nicht aus der Fassung; es täuscht mich nicht, und es erschreckt mich auch nicht. Und José Augusto? José Augusto ist nichts weiter als ein schäbiger Dienstbote.«
Sie spürte wilde Eifersucht anstelle der Entrüstung. Sie schickte sich an zu gehen.
»Nein ... Nein ... Bleiben Sie ... Er ist ein Diener und weiter nichts. Ein Diener, der vor allem, was angesehen ist, den Rücken beugt. Er ist ein Diener der schönen Worte, der schönen Haltungen und der schönen Dummheiten. Eure

Liebe ist eine schöne Dummheit; sie existiert nur, so lange ich bei euch bin. Hinterher ist sie nur noch einfach eine Dummheit.«

»Gehen Sie mir aus den Augen, Sie neidischer, böser Mensch! Jetzt weiß ich auch, weshalb die anständigen Leute Sie verabscheuen.«

»Was sind denn die anständigen Leute? Eine Folgerung. Also dann: Leben Sie wohl, meine Folgerung, reizende Frau aus dem Paradies.«

Er ging raschen Schrittes davon, und Fanny verspürte keine Befriedigung dabei. Die Welle wilder Eifersucht verließ sie nicht und überlagerte sogar die schwärende Liebe, in der sie lebte. Kältester Undank, aus dieser Eifersucht geboren, bewirkte, daß sie mit einer der Liederlichkeit ähnelnden Freiheit handelte. Als sie das Gelächter der jungen Burschen und José Augustos nahezu zärtliche Stimme hörte, stürzte sie aus der Kabine und sah ihn mit einem Blick an, aus dem der Rausch der Macht sprach. Judite beeilte sich, ihr einen weißen Kaschmirschal um die Schultern zu legen.

III

Lodeiro

Durch einen Brief voll vieldeutiger Wendungen von seiner Frau herbeigerufen, erschien Oberst Owen umgehend im »Paradies«. Er kannte Dona Maria Ritas Art, ein Unglück zu umschreiben. Diesmal blieb das Incognito nicht gewahrt, und die Zeitungen von Porto meldeten die Ankunft des Obersten, der Familienangelegenheiten zu klären habe. Er beschränkte sich darauf, zwei Tage mit den Verwandten seiner Frau in Klausur zu gehen und sich für eine Heirat zu entscheiden. Seine kleine gepflegte Hand strich ständig glättend über den weißen Haarschopf. Der Krieg hinterläßt keine Schwielen, es sei denn im Herzen. Er redete noch weniger als sonst. Er ließ sich weder in der englischen Faktorei sehen, noch empfing er Freunde oder Nachbarn. Er verbrachte den Abend vor dem kalten Kamin, die Fenster zur Gartenseite hin geöffnet, und dachte vielleicht an jene Owens aus Wales und jene Margaret Evan Jones, die ihn mit der ängstlichen Liebe der Mütter von Einzelkindern großgezogen hatte. Unter den Vorfahren der Owens gab es den Chef über fünfzehn Sippen in Nordwales mit einem Familienwappen, das drei verschlungene silberne Schlangen auf rotem Felde zeigte. Er hatte dieses fürstliche Zeichen nie besonders geschätzt; er zog ihm den blauen Hirsch und besagten silbernen Hahn mit der Devise »alert and loyal« vor. Wenn er zuweilen im brennend heißen Sommer am Douro mit seinem breitkrempigen Hut durch seine Weinberge in Ermida schritt, erblickte er auf den hohen Mauern zwei kämpfende Schlangen. Dies erschreckte ihn, ihn, den neunzehnjährigen Anführer von Freiwilligen in Thropshire, den fünfundzwanzigjährigen Dragonerfähnrich, den Brigadekommandeur bei der berühmten Kavallerieattacke in der Schlacht von Vitória, in Abwesenheit des Generals. Damals war er neunundzwanzig Jahre alt, und Herzog Wellington persönlich hatte ihn auf dem Schlachtfeld befördert. Und als er bereits aus dem aktiven Dienst ausgeschieden war, betrat er abends das Arbeitszimmer von Dom Pedro, gab Ratschläge, schmiedete Pläne und hielt inne, wenn der Kaiser von einem Anfall seines trockenen Hustens geschüttelt wurde, der Blutspuren in seinem Taschentuch zurückließ. Die Ehre, was war das? Der mutige Einsatz, um ein Recht zu erhalten und weder das Land noch die Menschen zu verraten, eine kühle Leidenschaft, allem Plebejischen zu widerstehen. Nicht daß er mit einer Geliebten zu Bett ging, hatte Fanny fürs Leben gezeichnet. Er hatte Königin Carlota Joaquina gut gekannt, sie war fast nymphoman, hatte ewig feuchte Mundwinkel und einen verschlagenen Gesichtsausdruck, der bisweilen Ekel erregte, vor allem ihm, Owen, der wohl unmoralische, nicht aber verdorbene Ladys liebte. Doch sie hatte Rasse. Fanny hatte sich des Betruges schuldig gemacht, sie hatte Marias Vertrauen getäuscht, und das so, als hätte sie ihr das Botanikalbum weggenommen oder ihre Puppe geköpft, als sie noch Kinder waren. Sie hatte sich eine müßige Freiheit herausgenommen, von einer Begehrlichkeit verführt, die ihr die Gelegenheit eingegeben hatte. Es war ein Mißbrauch, nicht ein Akt der Emanzipation; sie widersetzte sich nicht, sie befreite sich von der Legende des Familiennamens, von der Phantasie, die das Herz ihr zuschrieb und ohne die sogar die elterliche Liebe ein grober Schutz war, etwas Ratloses, Bedingungsloses, Gesetzloses. Der Oberst war verbittert. Er bedachte nicht, daß eine gewisse Schamlosigkeit der Kinder an den Zwist der Geschlechter gebunden ist. Er hatte immer mit einer Gleichgültigkeit, die zu seiner Würde paßte, jene halb fanatischen, halb unheilvollen, mit der Sanftheit intrigierender Nonnen ausgestatteten Frauen verabscheut, die aus ihren Küchenrezepten ein Geheimnis machten. Sogar die Verse, die sie schrieben oder die ihnen von dichtenden, frisierten und abgezehrten Jüngelchen gewidmet wurden, ärgerten ihn. Wie jener Dichterling, der zu Fannys Geburtstag die Verse aufgesagt hatte: »Unsres Fräuleins Wiegenfest/ begeht die Welt mit Feierklängen,/ wie sie's auch geschehen läßt,/ daß sich Freier um sie drängen.« Der Oberst saß damals an dem gleichen Platz, an dem er auch jetzt saß, und auf jener Abendgesellschaft verarmte seine Seele. Um die Seele nicht verarmen zu lassen, war er von zu Hause fortgegangen; auch um nicht die Menschen zu vergessen, die er achtete, »brave and gallant«. Arme Fanny! Das Schlimmste bei alledem war, daß sie keinerlei Bedeutung hatte; wenn sie das entdeckte, würde es vielleicht schon zu spät sein; in ein Schicksal hineingeworfen, das eine Kombination von Magie, Geschicklichkeit und Mut von ihr verlangte, würde sie nie mehr zu ihrer bescheidenen Daseinsform zurückkehren können. Sie würde sein wie der Granatapfelbaum – sie verdiente weder die Dornen noch die strahlende Blüte, weil sie keine Substanz hatte. Der Oberst war, wie man sieht, mit dem Kult des Kriegers großgeworden, der den Kult der Frau, wie man weiß, ausschließt.

Hugh Owen war es, der sich um Fannys Heirat kümmerte, doch eine Begegnung mit José Augusto lehnte er ab. Er war ein junger Mann, der die hellblauen Augen seines Vaters geerbt hatte, nicht jedoch dessen militärischen Stolz. Er liebte Pferde über alles und beabsichtigte, ein Gestüt aufzubauen, wo er die phrygische Rasse der Ribatejaner Stuten veredeln wollte. Wenn er von Kreuzungen mit den Zuchthengsten der Hunter-Rasse sprach, geriet er derartig in Hitze, daß die Damen sich zurückziehen mußten. In Portugal war er ein Vorläufer, denn erst Napoleon Bonaparte war auf die Idee gekommen, die Pferdezucht zu fördern. In England gab es schon seit dem ausgehenden 17. Jahrhundert die Zucht von Vollblütern, die durch die Kreuzung mit den schnellen Arabern erreicht wurde; sie waren für die Rennen bestimmt, die zur nationalen Eigenart und einem leidenschaftlich geliebten Spiel wurden. Doch erst zwanzig Jahre, nachdem Hugh Owen ein großes Gestüt zur Veredelung von Pferderassen ins Auge gefaßt und beschlossen hatte, die Regierung um eine entsprechende Konzession zu ersuchen, kam in Frankreich ein Dekret mit der gleichen Zielsetzung heraus. Der junge Owen gehörte folglich zu jenen Engländern, die ein kolonisatorisches Bewußtsein entwickelten und unternehmerisches Genie aufboten, um die Verdienste eines Vaterlandes zu pflegen, aus dem sie sich ausgeschlossen sahen. Diese Abtrennung von ihren Wurzeln hatte Einfluß auf ihre Kunst, eine unglaubliche Aktivität in dem fremden Land zu entwickeln, und bei Hugh Owen selbst erhielt sie sogar den Charakter einer eindeutigen Ersatzleistung in seiner Versessenheit auf Zuchttiere, die imstande sein sollten, neue und wenn möglich, staunenerregende Exemplare hervorzubringen.

Es ist anzunehmen, daß Fannys Flucht nicht die gleiche Wirkung auf ihn hatte wie auf den Obersten. Er war schon einer gewinnbringenden Industriewelt zugewandt, mit ihren festen Regeln, denen bloße romantische Zwischenfälle nichts anhaben konnten. Er beschränkte sich darauf zu sagen: »Der Douro ist eine gebirgige Gegend. Wenn die Biester nicht so schlecht röchen, würde ich Fanny ein gutes Maultier aus dem Poitou empfehlen. Ein Hackney tut es allerdings auch.«

Dona Maria Rita schaute ihn sprachlos an. Sie begann sich gerade von dem Schicksalsschlag zu erholen, aber auf dieses sorglose Phlegma ihres Sohnes war sie nicht vorbereitet.

»Ist das alles, was du dazu zu sagen hast?« fragte sie.

»Es ist alles, was ich dazu sagen kann, Mutter. Und ich bin auch nicht damit einverstanden, daß man das Militär ausschickt, um diesen Herrn festzunehmen. Einen Adligen fängt man nicht ein, man lädt ihn vor.«

Sie kam zu dem Schluß, daß sie ihren Hugh überhaupt nicht kannte. Sie hegte einen gründlichen Widerwillen gegen all diese Vorfahren, die im Herald Office in London registriert waren, die Owens von Mrionet und von Denbrigh, halbwilde Hirten, die Keltisch sprachen. Und in Fannys Blick, der von der Unschuld der Narrheit erfüllt zu sein schien, schimmerte etwas von dieser nonnenhaften Vergangenheit der waldbehausten Jungfrauen und ihrer grausamen Charakterfestigkeit. Dona Maria Rita begriff diese Kinder nicht. Nur Maria kam ihr normal vor mit ihrer verrückten Vorliebe für Schmuck und Putz und ihrem unsinnigen Luxus einer Opernprinzessin, der sich mit der banalsten praktischen Veranlagung verband. Sie war ein Mädchen, das sich trotz seiner ungestümen Wesensart anzupassen wußte; wie sie selbst, die am Hofe in einer hektischen, abenteuerlichen Atmosphäre gelebt hatte und sich jetzt in der engen Provinz nicht unglücklich fühlte, in der die Frauen noch die Mode aus der Zeit der Herzogin Abrantes trugen. Sie hatte jene Zeit voller Angst durchgemacht, in der der Fall der Stadt Porto unmittelbar bevorzustehen schien und selbst der Herzog Palmela in London wie ein Verräter empfangen wurde. Die englischen Schiffe lagen auf dem Douro vor Anker; sie hatte sie auf ihren heimlichen Fahrten nach Lordelo erblickt, mit denen sie die Warnungen des Obersten in den Wind schlug, nur um sich vorstellen zu können, sie ginge mit ihren Kindern an Bord, erlöst von dieser elenden Belagerung, über die alle klagten, heraus aus dieser Stadt, wo man alle Augenblicke Verwünschungen zu hören bekam, sei es des feindseligen Schicksals, sei es sogar der Engländer. Heraus aus diesem Krieg der Vagabunden und Schiffer, in dem die Pferde mit Matratzenstroh gefüttert, eine Kompagnie von Postillionen im Alter von zwölf bis fünfzehn Jahren aufgestellt und alles genutzt wurde, was nur irgend zu gebrauchen war, Schaufel, Ruder, Bajonett, Holzbohlen und Meißel; dieser gemeinen, verzweifelten Belagerung, deren Größe in der dringenden Notwendigkeit bestand, nicht so sehr den Kampf zu bestehen als vielmehr Furcht, Hunger und Tod! Im Januar des Jahres 1833 bemannten des Nachts einige Männer ohne Sicherheit oder Schutz ein paar Boote und holten unter dem Feuer des Gegners und bei hohem Wellengang die Lebensmittel in die Stadt, die hundert ausländische Schiffe nicht an Land zu bringen vermochten! Jedes Gerücht verbreitete Entsetzen oder Hoffnung, jede Nachricht enthielt eine Drohung, wie jene, die den Ausbruch der Cholera bekanntgab und der verschiedenen anderen Krankheiten, die durch Feuchtigkeit, Schmutz und Wassergräben voll toter

Tiere verursacht wurden. Die Glocken läuteten nicht, um keine Panik auszulösen. Aber jeder wußte von mindestens einem solchen Krankheitsfall, und wurde plötzlich jemand in der Messe von heftigem Kälteschauer und Übelkeit befallen, dann öffnete sich rings um ihn eine Lichtung, und die Frauen führten essiggetränkte Taschentücher an den Mund. Man verwünschte den General Solignac, der mit den belgischen Soldaten aus Ostende die Pest eingeschleppt hatte. Manch einer starb ganz plötzlich wie durch einen Kollaps; andere überdauerten mit weißer Diarrhoe und gestautem Blut, das auch Aderlässe nicht zum Fließen brachten. Dona Maria Rita verbrannte aromatische Kräuter, sie hielt die Kleidung übers Feuer, bevor sie sie ihren Kindern anzog, und nähte ihnen kleine Säckchen aus dem geweihten Habit eines als wundertätig geltenden Mönches, die sie ihnen um den Hals hängte. Sie besaß eine Anzahl von Reliquien, Splitter von Knochen und vom Kreuze Christi, ein Fragment von einem Zahn, der der Märtyrerin Leocadia von Toledo gehört hatte, und zahllose Formeln, um die Luft und die Ausdünstungen eines vorbeilaufenden verseuchten Tieres, auch Sprachbehinderung bei Kindern, Epilepsie und schmerzhafte Menstruationen zu beschwören. Sie hatte von den Gesellschafterinnen der Königin Carlota Joaquina das Lied der heiligen Eulalia gelernt ebenso wie die Geheimnisse von Tränklein und Flüssigkeiten, die man in einer Orange oder in einem Handschuh verabreicht. Der Oberst wußte nichts von diesen Künsten, und falls er etwas wußte, stellte er sich doch unwissend. Vielleicht empfand er eine melancholische Achtung vor diesen Hilfsmitteln des Schreckens und dachte, die Epidemie, die Kugeln, die Trauer und der Hunger rechtfertigten außerordentliche Maßnahmen, nachdem die anderen erschöpft waren. Dona Maria Rita gehörte zu jenen Frauen, die im Kriege eine im hautnahen Erleben der Gefahr erprobte Stärke besitzen und im Frieden nicht mehr sind als schlichte Gevatterinnen und sich einem Leben anpassen, das allem Ungewöhnlichen feindlich gegenübersteht.

Natürlich hatte Dona Maria Rita den Ehrgeiz gehabt, am Hofe der jungen Königin einen hervorstechenden Platz einzunehmen. Ihr Bruder João hatte die Kaiserin Dona Amélia Augusta und die Prinzessinnen ständig in Paris begleitet; er hatte den gescheiterten Heiratskontrakt Dona Marias mit dem Herzog von Nemours aus der Nähe miterlebt und das kleine Gefolge dieses verarmten und durcheinandergewirbelten Hofes auf Schloß Windsor begleitet, auch zum Bankett in St. George's Hall. Deshalb wunderte es ihn nicht, daß Dona Maria Rita mit großem Aufwand ein blauweißes Kleid anfertigen ließ, um die Königin am 22. September 1833 am Ribeira-Kai zu begrüßen; sie war sogar in Gesellschaft der Großen des Königreichs und der Offiziere des englischen Geschwaders an Bord der »Soho« gegangen, und falls nicht sie selber, dann zumindest der Oberst mit seinem Sohn, den er der Sache der konstitutionellen Monarchie zur Verfügung gestellt hatte. Doch der Oberst hatte ihre ehrgeizigen Vorhaben durchkreuzt. Er fand sich bescheiden drei Tage später in der Menge der ausländischen Offiziere im Thronsaal ein, und die Deputation der heroischen Stadt Porto erkannte ihn mit freundschaftlichen Verbeugungen wieder. Andererseits war Dona Maria Rita nach wie vor Königin Carlota Joaquina treu ergeben. Deshalb hatte sie auch gesagt, sie selber hätte gleich im Winter des Jahres 1833 die Brillanten der Königin aufbewahrt, die dazu bestimmt waren, ein Geschwader auszurüsten, was sich jedoch niemals beweisen ließ, ebensowenig wie der geheimnisvolle Engländer bekannt wurde, dem man den Schatz anvertraut hatte. Schließlich war es die allgemeine Ansicht in der Faktorei, daß der Oberst ein weitaus interessanteres Buch geschrieben haben könnte, wenn er anstelle seiner eigenen die Erinnerungen seiner Frau verwendet hätte. Das stimmte freilich nicht, eines ausgenommen: Dona Maria Rita war eine ewig Unzufriedene, und die Unzufriedenen haben immer mehr zu sagen als die anderen oder doch mit mehr Worten. Ein großer Teil der Literatur aus den toten Zeiten der Politik besteht aus den Worten der Unzufriedenen.

Fannys Einzug in Lodeiro geschah so unauffällig, wie vorauszusehen war. Außer Clotilde, die sie in dem auf den Patio führenden Empfangssalon erwartete, sah niemand ihrer Ankunft zu. Sie zog sich sogleich in das Zimmer von José Augustos Mutter zurück, und nur Judite, die vor der Sänfte angekommen war, mit der Fanny abgeholt wurde, konnte sie beschreiben. Was sie nur in Andeutungen tat, weil sie außerstande war, für irgend etwas Sympathie zu empfinden, was José Augusto gehörte. Da der Verwalter Marques ein Mann seines Vertrauens war, verabscheute Judite auch den Arbeitgeber und dessen ganze Sippschaft. Sie lachte hämisch über die Kusinen, Tanten und sonstigen Leute, die bei den Festen auftauchten, die einst im Hause Lodeiro sehr besucht gewesen waren und deren Wiederholung José Augusto manchmal versprach. Damals hängte man Myrtengirlanden auf und zündete alle Kerzen in den Leuchtern an. Man buk Mandel- und Zitronatkekse und reichte Erfrischungen mit Veilchen und Bergamotten. Man servierte Truthahn auf Kardinalsart, gefärbt mit zerstampften Krabbenschalen und am Spieß gebraten, ein Rezept, das nur noch in den Küchen von Mesão Frio verwendet wurde, wo auch die Hasenrückenpastete und die Wildschweinferkel in pikanter Sauce noch im Schwange waren. Eben deshalb sagte man, die Weinbauern am Douro stürben durch den Mund, wie die Fische.
Doch am Abend nach Fannys Ankunft gab es nur eine leichte Mahlzeit, von der sie kaum etwas anrührte, weil sie sich in den Nebelschwaden des Flusses einen Katarrh zugezogen hatte. Clotilde brachte ihr einen Rübensud mit Zucker ans Bett, und das besserte ihren Zustand. Sie sah José Augusto erst am nächsten Tag um elf Uhr morgens, als er einem tüchtigen Stück gekochten Schinken und einem dunklen Wein zusprach. Er erhob sich vom Tisch und entschuldigte sich, weil er gedacht hatte, sie würde noch länger im Bett bleiben.
»Geh nicht aus dem Haus«, sagte er. »Ruh dich aus und gib deine Anordnungen. Das Haus gehört dir.« Sie dankte ihm mit einem verwirrten Lächeln. Zum ersten Mal war sie mit

einem Mann allein in einem Haus, ohne die Nähe ihrer Mutter und ohne die Unterstützung der vertrauten Gegenstände, ihrer Möbel, der Porträts, und ohne den Blick auf den Garten des »Paradieses« und die beiden riesigen Kamelienbäume mit ihren weißgestreiften Blättern. Der Salon war rechteckig und dunkel und hatte eine gewölbte, ockerfarben bemalte Decke. Ein Geschirrschrank mit Glastüren stand darin, und wenn jemand mit schweren Schritten durch den Raum ging, schaukelten die Tassen an ihren Haken. José Augusto wollte sie bedienen, sie nahm jedoch nur ein wenig von der Süßspeise mit Orangenblüten an, die sie selbstvergessen und gleichzeitig außerordentlich glücklich vom Löffel tropfen ließ.
José Augusto sagte: »Ich reite jetzt aus und komme heute abend wieder. Ich werde nicht zuviel mit dir zusammensein, alles muß korrekt vor sich gehen. Wir heiraten bald.«
Sie errötete und senkte ein wenig den Kopf. Ihr fiel seine fast frivole Keckheit auf, als redete er mit einer seiner Kusinen, die als Kind durchs Haus lief, Weißbrotscheiben mit Quittenmarmelade aß und deren Rock aus Merinowolle über und über mit Katzenhaaren bedeckt war.
»Ich muß meiner Mutter schreiben«, sagte Fanny. Und fügte leise hinzu: »Und auch meinem Vater.«
»Ergib dich der Liebe und tu, was du willst«, erwiderte er und lachte mit einer Spur von genießerischem Spott, denn er nahm nicht an, daß sie in den Schriften des heiligen Augustinus oder überhaupt in irgend etwas bewandert war. Er küßte ihr die Hand, die so klein war, als wäre sie ihrem hochgewachsenen, schlanken Leib aufgepfropft und gehörte eigentlich jemandem von kleinerem Wuchs. Fanny bemerkte seine Weste aus seidener Serge und seine helle Leinenhose: sicherlich wollte er jemandem einen Besuch abstatten.
»Kommst du spät heim?« Abermals überfiel sie eine Welle böser, hitziger Eifersucht. Und mit einem Male hatte sie Angst vor diesem überstürzten Abenteuer, das von aufregenderen Rätseln gekennzeichnet war als die eigentlichen Unterhaltungen, in denen sie sich gegenseitig das Glück verspra-

chen. Sie waren so still wie in der Pause nach einer erschöpfenden Szene, wie Romeo und Julia, die außerhalb des Grabes Mohnsaft trinken. Er stand auf, rückte den Stuhl langsam zurecht, schob ihn unter den Tisch und streifte einen Brosamen von der Brust.

»Was hast du eben gesagt, Fanny?« In seiner Zerstreutheit sah er so unschuldig aus, daß sie ihm sogleich verzieh. Fanny stellte fest, daß er ein schöner Mann war und traurige Augen und eine wie schmollend vorgeschobene, grausame Unterlippe hatte. Doch schien er bester Laune zu sein. Sie hörte ihn im Patio lachen, als Marques die Steigbügelriemen festzurrte und das Zaumzeug ein letztes Mal überprüfte. Sie trat in den dunklen Winkel der offenstehenden Tür, und José Augusto machte ihr ein Zeichen, sie möchte sich zurückziehen. Also war sie eine Gefangene in dieser Höhle Lodeiro, die ihr als ein trauriger, verdächtiger Ort vorkam. Sie wandte sich um und begann das Haus zu durchwandern, ein kleines Herrenhaus mit einem einzigen Stockwerk, drei dunklen aneinanderstoßenden Schlafzimmern und Salons ohne jeden Luxus, ein Cembalo aus kostbarem Holz ausgenommen, das wie Palisander aussah. Sie legte sich hin und schlief zwei Stunden. Dann kam Clotilde und servierte ihr einen schwarzen Tee, der nach Seife schmeckte; sicherlich hatte sie die Teekanne gewissenhaft ausgewaschen, und dadurch hatte sich das Aroma verflüchtigt. Sie trank zwei Schlucke und ließ den Rest stehen. Vom niedrigen Fenster aus sah sie die Laubengänge mit ihrer Last der noch grünen Weintrauben; große Kürbisse hingen von den steinernen Stützpfeilern, und auf der Erde wuchsen junge Kürbisse, die wie die Rücken kleiner, schlafender Wildschweine aussahen. Sie erblickte Judite, die eben mit ihren wenigen gelblichen Zähnen auf einer Brotkruste herumkaute, auf ihrem Gesicht lag ein Ausdruck von außerordentlicher Verachtung. Obwohl sie sehr fromm war, trug sie immer diese tadelnde Miene zur Schau, in die sich Spott mischte, Fanny hatte ein wenig Angst vor ihr. »Es gibt Leute, die uns, wenn sie nicht so arm wären,

von der Wiege bis zum Grabe herausfordern würden«, sagte Dona Maria Rita.
Fanny sehnte sich nach zu Hause, nach dem Kater Nelson mit dem vom Herdfeuer versengten Schnurrbart, nach dem Garten, in dem der Granatapfelbaum blühte, und nach der vom Pinienwald gefilterten Meeresluft. Maria kam von ihrem Ausritt heim und schüttelte den Sand vom Rocksaum und ließ ihn wie feinen Regen auf den Teppich rieseln. Wie hübsch sie war, so übermütig mit ihrer Seidenmütze und dem gerafften Rock aus feinem Tuch! Fanny bekam nasse Augen und setzte sich, plötzlich erschöpft von dem eigenen Überschwang. Was hatte sie nur getan? Wer war dieser Mann überhaupt? Von ihren Geständnissen, der ungestümen Begeisterung in ihren Briefen, ihrer aufrichtigen Schamlosigkeit war nur eine oberflächliche Verlegenheit übrig geblieben, wenn sie einander zu Gesichte bekamen und unter vier Augen allein blieben. Dann schienen sie andere Menschen zu sein: er, der ihr geschrieben hatte, verrückt, unglücklich, nach unverhofftem Trost verlangend, der mit Hilfe des Himmels kommen sollte; und der andere, fast beunruhigend, fast verlogen, wenn er nur triviale Themen anschnitt und manchmal eine Verstörtheit und ein Erschrecken erkennen ließ, die nichts in den üblichen Gesprächen von Verliebten zu suchen hatten. Fanny spürte, wie ihr eine Kältewelle über den Nacken kroch. Sie öffnete die Schränke, überprüfte die Schubladen, in denen seidene Spitzenhäubchen und alte Bänder lagen. Den Rest des Tages verbrachte sie damit, an Dona Maria Rita zu schreiben. Sie teilte ihr die nahe bevorstehende Heirat mit und bat sie um Verzeihung. Clotilde erschien und berichtete ihr, daß José Augusto Botschaft geschickt habe, er werde zum Abendessen nicht nach Hause kommen.
»Was soll ich auftragen? Ich habe Aale in grauer Sauce anzubieten, aber das werden Euer Gnaden nicht mögen.«
Sie sagte »nicht mögen«, als hätte sie bereits ihren Typ, ihre Gewohnheiten und ihre Lebensbedingungen durchschaut. Fanny mochte das tatsächlich nicht. Sie hätte selbst ihre Lek-

kerbissen nicht gemocht: Hühnerbraten oder Mandelmilch. Es herrschte eine klebrige Hitze; sie hörte das Wasser aus der Quelle rieseln und von oben in den Wassertank fallen. Fanny setzte sich zu Tisch, außerstande, das Kleid aus französischem Musselin anzuziehen, das sie zu Ehren von José Augusto hatte tragen wollen. Sie blieb so, wie sie sich von der Siesta erhoben hatte, im grauen Morgenrock aus bestickter Seide; doch die Nacht war so heiß, daß sie den Batistkragen öffnete und die Brust entblößte. Ein Schwarm heller Schmetterlinge stürzte sich auf die Lampe. Der Tisch war mit Sorgfalt, aber keineswegs kostbar gedeckt. Das Silber war beschlagen, und die Servietten hatten Stockflecken. Sie lehnte den Kopf zurück und lächelte unschuldig und gerührt. Dies war nun ihr Haus und ihr Heim. Eines Tages würde sie Söhne und Töchter haben, sie würden um diesen Tisch herum sitzen, und sie würde ihnen das Fleisch auf dem Teller zurechtschneiden, ihnen Manieren und Gebete beibringen.

José Augusto trat etwas ungestüm ins Haus, seine Stimme erfüllte den Salon wie ein Donnerhall, und er beugte sich zu ihr herab, um sie mit einer plötzlichen Aufwallung von Zärtlichkeit zu küssen, mit einer Dankbarkeit, die sie zuweilen auch in seinen Augen sah. Weshalb diese Dankbarkeit, verpackt in Fröhlichkeit und Galanterie? Manuel Negrão pflegte zu sagen: »Die Majoratsherren vom Ufer der Tâmega entgehen dem Wahnsinn nur mit Hilfe des Unglücks.« Vielleicht war das bei allen Männern so. Ihr eigener Vater, der Oberst, hatte sich vor seinen inneren Katastrophen durch seinen ständigen Einsatz im Kriege in Sicherheit gebracht; und er hatte seine grausame, todbringende Laufbahn beendet, als er zum verständigen Ratgeber vorgeschlagen wurde. Es lag nicht viel Logik in den menschlichen Angelegenheiten, außer man war Mutter und zog seine Kinder mit unerschütterlicher Bereitschaft groß.

Gleich am anderen Morgen brachte ihr Clotilde ein Briefchen von José Augusto ins Zimmer, worin er ihr seine Abreise nach Porto mitteilte. Eine Hitzewelle überlief sie, sie sprang aus dem Bett, und wenn sie sich nicht an der Eisenstange des Kopfendes festgehalten hätte, wäre sie bewußtlos hingeschlagen. Doch Clotilde war damit beschäftigt, die Fenster zu öffnen und bemerkte nichts.

»Ist er schon fort?« fragte Fanny.

»Der Herr José Augusto? Er ist vor einer Stunde fortgeritten.«

»Und wer ist bei ihm?«

»Der Marques, wer sonst? Das ist ein Kaplan ohne Bischofsmütze und ein Reitknecht ohne Pflichten.« Sie nahm einen Tropfen Wasser aus dem kleinen Weihwasserbecken, das am Fußende des Bettes hing, und bekreuzigte sich. »Die einen haben Glück, die anderen haben Geduld«, sagte sie. Fanny hörte ihr gar nicht zu. Sie war mit ihren Gedanken bei José Augusto, der ihr Instruktionen hinterlassen hatte, wie sie sich auf Lodeiro verhalten sollte. Es waren Befehle, gemildert nur durch Versicherungen leidenschaftlicher Liebe, die sie kaum verstand und die mit seiner fast gewöhnlichen Alltagssprache nichts zu tun hatten. Er kündigte ihr den Besuch Dona Josefas, seiner Schwägerin, an, die in der Tat bald darauf auf einem grauen Maultier geritten kam und in ihrem Maria-Stuart-Korsett naßgeschwitzt war. Sehr erhitzt trat sie ein und bat um eisgekühlte Milch mit Zitrone. Da es das nicht gab, begnügte sie sich mit ein wenig Wasser und Portwein, dem traditionellen Erfrischungsgetränk der gutsituierten Häuser. Sie behandelte Fanny sehr freundlich und war so mitteilsam, wie es Provinzlerinnen und Diebinnen laut Camilo an sich haben, die einen, weil sie vertrauensselig sind, die anderen, weil sie Vertrauen einflößen möchten. Über die Heirat sprachen sie nicht. Aber Dona Josefa gab ihr endlos Ratschläge für die Aussteuer und die Bedürfnisse des Hauses, soweit es die Tischtücher betraf.

»Ich habe ihm zwei geliehen und sie nie wieder zu Gesichte bekommen. Es ist eben ein Männerhaushalt. Sie waren aus Damastleinen; es täte mir leid, wenn sie verlorengegangen sein sollten...« Sie zupfte an ihren fingerlosen Handschuhen

mit den Bändchen und ließ die Augen durch den Salon schweifen. Sie war eine kräftige Dame, deren Zähne vom Putzen mit Kampfer-Schlämmkreide matt schimmerten. Sie flocht die Fransen ihres glanzseidenen Schals ineinander, und es war offenkundig, daß Fannys Schweigen sie zusehends einschüchterte. »Wann kommt José Augusto zurück?« erkundigte sie sich.
»In fünf bis sechs Tagen«, log Fanny. Doch dann verbesserte sie sich: »Ich weiß es nicht. Er hat es mir nicht gesagt.« Ihr Drang, sich an die Wahrheit zu halten, brachte sie manchmal dazu, Einzelheiten mitzuteilen, die niemand wissen wollte.
Dona Josefa seufzte. »Wenn es die Männer und ihre Eigenheiten nicht gäbe, liefe alles viel besser.«
Plötzlich glaubte Fanny, sie wäre dazu imstande, sich mit ihr anzufreunden; sie lachte sanft und interessierte sich für diese ein wenig korpulente und sentimentale Frau. Sie wurden Freundinnen, nachdem einmal das Hindernis der eigenen Sorgen und inneren Kümmernisse überwunden war. Sie reichte ihr die Hand und erzählte ihr ein bißchen von ihrem Leben im »Paradies«, von ihren Blumen und den Spazierritten, wenn der Abend herankam. Dann setzte sie sich auf die Kirchentreppe und skizzierte die Felder mit ihrem von Weinranken überzogenen Schöpfbrunnen und einer daneben weidenden Stute mit ihrem Fohlen. Manchmal kamen die Kinder des Ortes heran, spähten nach der Zeichnung und lachten, als ob da ein wenig Zauberei im Spiele wäre. Und der Meereswind trug die Papiere fort; sie liefen ihnen nach, holten sie zurück und stritten sich um das Vergnügen, ihr die Skizzen zu überreichen.
»Die hiesigen Kinder sind schlecht erzogen und können nur betteln«, sagte Dona Josefa. »Es ist eine ganz verwünschte Rasselbande.«
»Weshalb? Weshalb?« Fanny sah ganz bestürzt aus, ihre Augen weiteten sich traurig überrascht.
»Nun ja, die Eltern sind Trunkenbolde und gehen nicht in die Kirche. Was lernen sie schon außer fluchen und Kaninchen

aus den Kaninchenställen stehlen? Sie wachsen auf wie die Wilden, und eines Tages bringen sie einen Padre oder einen Freund oder die Mutter ihrer Kinder um.«

»Sie bringen jemanden um?«

»Was denken Sie wohl, Fanny? Dies hier ist nicht das Paradies, und auch nicht ein Glashaus mit Tuberosen-Begonien. Wir sind auf dem Lande mit seinen groben, neidischen und elenden Leuten. Sie arbeiten, weil sie müssen, klagen über alles und werfen ihr Essen auf den Boden, wenn es ihnen nicht paßt. Ich weiß nicht, ob sie leiden. Sie sterben wie Tiere in einem Pferch, auf einem Bündel Stroh. Die alten Frauen betteln um Almosen, bis sie hundert Jahre sind. Ich habe eine gekannt, die von Marco jeden Freitag zu Fuß hierherkam und von ihrer Mädchenzeit erzählte. Wissen Sie, wovon sie redete, diese Alte? Von ihrer ersten Unpäßlichkeit, die sie als Zwölfjährige gehabt hatte. Das war das Schönste, was ihr zugestoßen war; so schien es zumindest, wenn man sie reden hörte.«

»Die Ärmste«, erwiderte Fanny voller Mitgefühl. Vielleicht hatte Dona Josefa sie ängstigen wollen, sie aber empfand eine überwältigende Zärtlichkeit für alles, was sie kennenlernte und entdeckte: Schmerz, Unwissenheit, alltägliche und hoffnungslose Dinge. José Augusto war ihr Freund, der für sie bestimmte Gatte. Eine Träne rollte auf ihr Kleid und hinterließ dort einen kleinen Fleck. Dona Josefa dachte bei sich: Dieses Kind weiß nichts vom Leben. Das ist eine schlechte Heirat. Was man spät erlernt, bringt keine Erfahrung mehr, es bringt nur Enttäuschung. »Möchten Sie hier essen?« fragte Fanny. Aber sie merkte gleich, daß sie eine Unschicklichkeit begangen hatte; sie war gar nicht befugt, Einladungen auszusprechen, also konnte auch niemand sie annehmen.

»Nein. Ich muß gehen. Ein andermal . . .«

Plötzlich sah sich Fanny auf ihre wahre Lage als eine durch ein müßiges, unkluges Abenteuer in ihrem Ruf geschädigte Frau zurückgeworfen. Sie nahm eine förmliche Haltung an und begleitete Dona Josefa nicht bis zum Empfangssalon. »Leb wohl, meine Tochter«, sagte diese mit einer fast unverschämt anmutenden Einfachheit. »Wenn es die Männer und ihre Eigenheiten nicht gäbe, wäre die Welt nicht so, wie sie ist.«

Sie seufzte entmutigt bei der Aussicht, einen staubigen, glutheißen Weg vor sich zu haben. Als sie auf ihrem grauen Maultier davonritt, pflückte sie sich noch ein paar Trauben, die von den Weinlauben auf sie herabhingen.

José Augustos verfrühte Abreise war der Nachricht zuzuschreiben, die er bekommen hatte. Die Stute war nicht in das Gehege von Sueima gebracht, sondern von den Leuten zurückgehalten und dem Gemeindevorsteher übergeben worden. Vicente hatte sich verspätet, als er José Augusto auf der Straße gefolgt war, und wollte nun das Tier mit Hilfe eines Freundes abholen. Sie wurden jedoch übel empfangen und bezogen von einem Trupp Polizisten und etlichen starken Männern aus Vilar Prügel. Dann wurden sie verhaftet. Camilo befand sich im Hause Rasa, an einem strategischen Punkt, wo er die Gemüter beruhigen konnte. Während er für Vicente Bürgschaft leistete, als José de Melo schon auf dem Wege war, sagte er im Vertrauen aus, José Augusto habe Fanny gezwungen, ihm zu folgen. José de Melo konnte ihm nicht widersprechen; er hatte Fanny in zerrissener Kleidung gesehen, und José Augusto hatte verhindert, daß er zu ihr gehen und sie begrüßen konnte. Er war empört und etwas enttäuscht.

»Ich hätte ihn nicht für so unklug gehalten«, sagte er ratlos.

»Er ist ein Unglücksmensch, und er ist verloren. Er wird seine Strafe finden, nachdem er viel gelitten hat. Ein Leid, das er selber erfinden und das nur mit seinem Leben zu Ende gehen wird.« Camilo preßte die Hände zusammen, daß die Fingergelenke knackten. Sein Kneifer zerbrach, als er sich aus dem Erkerfenster beugte, um die Bewegung auf der Straße zu verfolgen. Man sprach davon, José Augusto solle von bewaffneten Soldaten in Lodeiro verhaftet werden. Camilo riet, sie sollten sehr umsichtig vorgehen; Lodeiro lag in einer Senke, die gegen Überfälle abgesichert war – ein häßlicher, versteckter Ort. »Sie sollen ja genügend Pulver mitnehmen!« rief er. »Er hat Männer seines Vertrauens bei sich, ein Haufen Pöbel, der zwei Rebhühner mit einem einzigen Schuß trifft. Das habe ich selbst gesehen. Er läßt seine Leute auf die Berghöhen steigen, und von dort aus können sie bis Amarante und noch weiter sehen.«

»Na hör mal, Camilo, die Guerrilla gibt es nicht mehr. Dies ist schließlich eine Familienangelegenheit«, sagte José de Melo ein wenig angewidert. »Hat dein Blut vielleicht das Pseudonym Fouché aufgesaugt?«

Die Art, wie er »dein Blut« sagte, war das Zeichen, auf das hin sich Camilo beruhigte. Er zeigte sich nun versöhnlicher, ja sogar gleichmütig. Er fuhr nach Porto und besuchte dort im Kloster Schwester Isabel Mourão, wie immer, wenn er gedemütigt worden war und eines mütterlichen Schoßes bedurfte. Er nahm ihr das Versprechen ab, daß sie die Tochter von Patrícia Emília erziehen würde, die sich in Vila Real befand.

»Sie ist drei Jahre alt und redet wie ein Ochsentreiber. Geben Sie ihr Unterricht und verschaffen Sie ihr eine reiche Heirat, das heißt: geben Sie ihr Freiheit und das angemessene Vokabular. Verheiraten Sie sie mit einem von der Natur zwiegespaltenen Baron, der Handel und Kultur gleichermaßen zugetan ist.«

Schwester Isabel lachte sehr, zog sich aber bald zurück, weil sie schon wußte, daß Camilos gequälter Humor im umgekehrten Verhältnis zu seiner Wohlgelauntheit stand. Er suchte sie in den schmerzlichsten Augenblicken seines Lebens auf und legte dabei stets jene bösartige Ironie an den Tag – ein Ventil für die Widrigkeiten, die er nicht bewältigen konnte. Er war kein Mensch, der dem Schicksal in den Rachen greift, aber er hielt auch nicht still; unbewußt und verborgen steckte in ihm die Vorstellung: die Blasphemie verhindert, daß sich üble Lagen wiederholen. Vielleicht sind alle Leute ein bißchen so.

Tatsächlich hatte José Augusto Fanny glauben machen wollen, alles laufe aufs beste und ihre Flucht habe keinen Skandal ausgelöst. Vicente langte mit den Pferden an und sah aus, wie sich Judite ausdrückte, »als ob er aus einem Krieg zurückgekommen wäre«. Er blieb dem Hause fern, und José Augusto benutze ihn als Späher, um durch die Dörfer zu reiten, Neuigkeiten einzuholen und Botschaften zu den Majoratsherren an der Tâmega zu bringen. Die waren bereit, ihren Einfluß spielen zu lassen und ihren Verwandten in Schutz zu nehmen. Sicher ist, daß die Wachtposten weder die Staubwolke heranrückender Soldaten noch den Schimmer von Bajonetten sahen.

Als José Augusto nach Porto kam, fand er dort die Gemüter breits beruhigt; er zeigte sich nicht viel, nur Raquel erfuhr von seiner Ankunft. Er fand sie zum Ausgehen angezogen, es war neun Uhr abends. Ihren schwarzen Zopf hatte sie im Nacken mit einer feinen Silberkette zusammengefaßt; sie schlug ihm mit dem Elfenbeinfächer auf die Schulter.

»Weißt du eigentlich, José Augusto, wie schlimm es ist, ein doppelter Schuft zu sein?« fragte sie. Sie befreite ihren Hals von dem Umhang aus Marderfell. »Ich kenne ein paar Anekdoten über diese Frau, als sie noch eine Jungfrau war. Wenn sie erst verheiratet ist, hoffe ich, daß du mir welche erzählen wirst. Hoffentlich lachst du drüber und liebst sie doch. Ernst in der Liebe ist ein großes Unglück. Das hat dein Freund Camilo gesagt, ein Krämer der Literatur, den wir beide verachten.«

»Du bist ein großes Kind, Raquel. Und ich liebe dich. Du bist die einzige Frau, nach der ich immer Sehnsucht verspüre. Und Sehnsucht ist Liebe.«

»Du lächelst töricht, und du liebst mich. Du hast einen Schnurrbart wie ein Gärtner, und du liebst mich. Ich glaubte, du hättest nur drei Leidenschaften: Byron lesen, reich heiraten und im Lissaboner Regierungsviertel leben.«

»Ich und Minister? Extravagant mag ich ja sein, aber nicht altmodisch.«

»Hier erzählt man sich, du wärst ruiniert und würdest eine reiche Witwe heiraten, selbst wenn sie als Mitgift ihre Köchin, ihren alten Hund und die Porträts ihres ersten Ehemanns in die Ehe einbrächte. Und jetzt entführst du eine Engländerin, die Verse schreibt und halbwegs bemittelt ist, die schlimmste Situation für eine Frau von Geist.«

»Warum?«

»Nun, warum wohl? Das Mittelmaß ist die Religion der Juristen und ihrer Frauen. Schon Balzac hat gesagt: ›Sie hatte Geist, obwohl sie die Frau eines Juristen war.‹«

»Du bist mit mir im Kriegszustand, Raquel. Und Balzac hat nicht ›Jurist‹ gesagt. Er sagte ›Notar‹. Noch genauer: ›Sie war ihm treu, obwohl sie die Frau eines Notars war.‹«

Sie lachte hellauf und küßte ihn auf beide Wangen.

»Was hast du nur für ein Gedächtnis, José Augusto. Die Romantiker sind doch nur noch eine vom Bewußtsein abgelegte Erinnerung. Ich gehe jetzt zu den Brownes, die sind originell, aber untypisch. Du bist von nun an ein typischer Mann. Du kannst dich nur retten, wenn du verrückt wirst; dann wirst du wieder in den Salons empfangen, und die Leute bewundern dich.«

Er kehrte ein wenig abgekämpft nach Lodeiro zurück, im Innersten unzufrieden mit seinem Heldenstück. Eine Frau wie Fanny paßte zu keiner mondänen kleinen Betrügerei. Die Phantasie ist unfruchtbar für Liebende. Sie konnte in diesem Abenteuer nichts anderes vermuten als Aufrichtigkeit ohne jede Schwäche. Die Empfindsamkeit, die einem verfeinerten Herzen eigen ist, belebte alle ihre Entschlüsse und teilte ihren Mitmenschen den Wunsch mit, ihre Tugenden zu vermehren. Doch José Augusto dachte vor allem an Mittel und Wege, die Macht zu sichern, die ihm die Eitelkeit verhieß. Seine Gefühlsregungen waren zu einem großen Teil nur scheinbar; er wollte die Achtung genießen, die edlen Seelen zuteil wird, und deshalb wagte er es, mit oberflächlichen Leidenschaften eine Gesellschaft zu fesseln, die bereit war, sie für tiefe Leidenschaften zu halten.

Lodeiro heißt Anpflanzung von Atlasbeerbäumen. Der Atlasbeerbaum charakterisiert die Landschaft zwischen Douro und Minho; wie die Birke hat er die Eigenheit, rätselhaft zu wirken, ohne hochmütig zu sein. Mit seiner fleckigen Rinde, seiner mäßigen Größe und einem Wipfel, der die Nebel aufsaugt, ohne die Sonne am Durchscheinen zu hindern, lebt der Atlasbeerbaum in so enger Gemeinschaft mit dem Weinstock, der ihn umschlingt, daß man ihn sich unabhängig von ihm gar nicht vorstellen kann. Der Weinstock ist für den Atlasbeerbaum, was die Mistel für die hohe Eiche der Druiden ist. Im Oktober hängen die Winzerkörbe an den Atlasbeerbäumen wie Storchennester. Und die mit feinem Staub und dem Gewebe der roten Spinne bedeckte Traube des blauen Portugiesers scheint aus dem Ast des Atlasbeerbaums herauszuwachsen, der sie über der normalen Höhe eines Weinstocks hält.
Fanny fand in Lodeiro eine Atmosphäre vor, die ihr, nachdem sie ein Weilchen dort gewohnt hatte, angenehm war. Sie mochte diese Majoratsherrenhöhle mit den niedrigen Weinlaubengängen, in denen man herumspazieren konnte, immer auf die Gefahr hin, mit den Haaren in den Ranken der Weinstöcke hängenzubleiben. Es gab da eine enge Allee, die von einer dichten Buchsbaumhecke gesäumt wurde, in der ganze Schneckenvölker herumkrochen. Das Haus lag versteckt, als wäre es eher für Liebende geschaffen als für Ehefrauen. Es verhielt sich zu einem Herrensitz, wie sich ein Herrensitz zu einer Burg verhält. Drinnen herrschte eine etwas heimtückische Stille wie im Hause eines Rektors, der seine Nichte großzieht. Die alten Bücher zerfielen im Bücherschrank in schlaffer Ohnmacht mit abgenagten Rücken. Es war eine kleine teils mystische und teils weltliche Bibliothek von enzyklopädischem Zuschnitt, wie sie in dem Jahrhundert, in dem sie angelegt wurde, üblich gewesen war. Die Gedichtbände hatte allesamt José Augusto ausgewählt. Ein Band mit der »Nachahmung Christi« stand auf dem Cembalo, dessen Silberklang häufig zu hören gewesen war, als José Augustos

Mutter noch lebte. Fanny spürte den Unterschied zwischen dem englischen »home« mit seinen zum Garten hin offenen Türen und dem mit einem kupfernen Ofenschirm geschmückten Kamin und diesem düsteren Hause mit den gräßlichen Bildern von toten Brassen und violetten Feigen an den Wänden des Eßzimmers. Irgendwann nehme ich sie ab, dachte sie. Doch dann überkam sie eine feine Verzichtstimmung – wie ein Schlag, der ihr die Haut aufritzte, ohne tief einzudringen.

Unter dem Dienstpersonal hatte sich erregte Neugier verbreitet. Alle wollten sie sehen und sie sprechen hören. Judite sagte mit verständiger und von jeder Lobhudelei freier Miene: »Sie ist der Jaspis des Schnees. So schön wie eine Madonna.« Das brachte José Augusto zum Lachen, und er sagte zu Negrão, er werde die Madonna heiraten.

»Vorsicht, Vetter, mit solchen Scherzen!« entgegnete Negrão, der nichts von einem Humoristen an sich hatte und am Scherz nur das Groteske bemerkte. Trotz seiner Jugendstreiche, seiner Liebeleien und ihren Reliquien ließ er nur die praktische, um Nachkommenschaft besorgte Liebe gelten, und die Weiblichkeit blieb für ihn vor allem verbunden mit der matriarchalischen, uranfänglichen Göttin, einer durch das Patriarchat entthronten Göttin, die durch die heilige Jungfrau ersetzt worden war: das unberührbare Bild der alten, absoluten Mutter. Er billigte José Augustos Heldentat nicht und empfand keinerlei Sympathie für Fanny. Dennoch war er der erste, der bereit war, alle Schritte zu unternehmen, damit die Heirat vollzogen werden konnte. Er gehörte zu den gutgläubigen Menschen, die niemals zulassen, daß ihre Ehe fade wird, weil ihnen immer die Freude an der Freundschaft verbleibt, auch wenn die Überraschung der Liebe schon erloschen ist. Niemals würde er die verworrene Geschichte von Fanny und José Augusto völlig begreifen. Aller Tumult des Gefühls erschien Negrão eher unschicklich als ehrenhaft. Seine Schlichtheit verhinderte, daß er die Leidenschaften unter die Tugenden rechnete.

Während sich der Oberst in Vilar befand, hoffte José Augusto mit ihm sprechen zu können. Doch Owen wollte ihn nicht empfangen; in dieser Ablehnung zeigte sich die ganze Familie einig, und die Fensterläden des Hauses blieben zum Zeichen der Trauer geschlossen. Als man José Augusto das wissen ließ, überkam ihn eine gewisse Melancholie, die wichtige Entscheidungen stets begleitet. Nie wieder würde er zu seinem sorglosen Junggesellenleben zurückkehren, nie wieder sich an jener Mauer eine Kamelie pflücken und ins Knopfloch stecken. Auch die schönen Schwestern mit ihren Strohhüten würde er nie wieder im Garten des »Paradieses« erblicken, wo sie liebevoll die Kletterpflanzen richteten. Wie sehr hatte er die zarte Harmonie von alldem geliebt! Die jungen Damen, beide, nicht eine allein, unwiderstehlich, denn sie waren wie die schlanken Zypressen zu Seiten einer Allee, phantastische, unzertrennliche Schildwachen! Und jetzt war dieses sublime Einverständnis mit der Ordnung der Dinge dahin, alles war leer – Ort und Zeit und die hinreißende Aura dessen, was die Seele der Dinge war. Er hatte es nicht eilig, nach Lodeiro zurückzukehren. Er schrieb Fanny einen Brief, worin er sie als »mein« Engel anredete. »Dir, du Engel vom Himmel, errichte ich ein mit Tränen versiegeltes Denkmal in meinem Herzen.« Als ihm der Diener die Wäsche zum Ausgehen nicht zurechtgelegt hatte, beschimpfte er ihn und beklagte sich bei der Hoteldirektion. Spät in der Nacht, als er zurückkehrte, traf er ihn auf dem Korridor und gab ihm ein großzügiges Trinkgeld. Er war ein bißchen betrunken und riß sich die Knöpfe von der Weste, weil er sie nicht rasch genug aufbekam.

José Augusto betrieb in Porto die Vorbereitungen zu einer Heirat per Vollmacht. Er traf sich mit José de Melo und bat ihn, ihn zu vertreten und ihm den Willen von Oberst Owen zu übermitteln. »Er gibt dir seine Tochter, aber ohne jede Mitgift. Dona Maria Rita schenkt Fanny ein paar Diamanten als Erinnerungsstücke.« »Erinnerungen woran? Höchstens doch an den brasilianischen Hof. Was denken sich diese Leute eigentlich? Daß ich ihre Tochter ihres Wappens oder ihres Geldes halber heiraten will? Ich sollte irgend etwas von diesen Verschwörern wollen?« rief José Augusto in höchster Erregung.

»Was für Verschwörer? Du bist wohl verrückt geworden.«

»Ich habe diesen Owen immer nur nüchtern erlebt. Immer aß er Diät mit gekochtem Fisch. Immer lebte er getrennt von seiner Frau. Wer nicht trinkt, nicht ißt und nicht liebt, was soll der anderes tun als Verschwörungen anzetteln?«

»Das war Dantons Verteidigung, ein Argument angesichts der Guillotine. Dein Fall ist das nicht.«

»Das ist mein Fall, du hast ja keine Ahnung«, versetzte José Augusto düster. Er rauchte seine Zigarre mit unendlichem Überdruß und biß nervös darauf herum. Sie befanden sich im Hause Sueima, und die mit blauen Blüten leuchtenden Hortensien bildeten eine Hecke auf dem hinteren Patio. José Augusto fuhr fort: »Was ist übrigens aus Camilo geworden?«

»Er ist hier in der Nähe; er schreibt viel. Er macht Nonnen den Hof, und das mit wunderbarer Überzeugungskraft. Er ist ein Luther ohne Doktrin. Heute kommt er hierher zum Abendessen.«

»Heute kommt er zum Abendessen?« fragte José Augusto. Er ließ sich Zeit, und als Camilo eintraf, waren sie immer noch im Gespräch, aber er verabschiedete sich bald. Eine kurze Verlegenheit kennzeichnete die erste Minute dieser Begegnung; dann siegte José Augustos glückliche Mittelmäßigkeit über das Ressentiment, das ihre Freundschaft ohne Grund und ohne Geist vergiftet hatte. Er umarmte Camilo fest, in seinen Augen standen Tränen.

»Ich habe viel von dir reden hören«, sagte er.

»Gutes oder Schlechtes?«

»Wenn man von uns reden hört, ist es immer etwas Schlechtes. Nun ja, man spricht halt leise und zwischen den Zähnen.«

»Und was sagt man von mir in Porto?«
»Dasselbe, was man von Sokrates in Athen gesagt hat. Du seist eitel und häßlich. Übrigens: Willst du morgen mit mir zu Mittag essen?«
»Ich muß einen Artikel schreiben.«
»Bezahlt dir der Artikel das Mittagessen?«
»Mit Rebhühnern und Austern sicherlich nicht.« Und da José Augusto diese Antwort als Zustimmung auffaßte, fügte Camilo hinzu: »So ist die Tugend beschaffen: rasch nachgeben, um rasch Bußübungen machen zu können.«
Draußen stand ein zweirädriger Spazierwagen, ähnlich denen, die man in Italien »calessini da giardino per ragazzi« nannte. José Augusto betrachtete die Seitenwände, die mit ländlichen Szenen bemalt waren; auf dem Kissen sah man ein junges Mädchen in einem Wald, mit trauriger Miene und zerwühltem Haar. So stellte er sich Fanny vor, und so zeichnete er sie in seinem Tagebuch. »Du warst der Engel, um den ich Gott zu meiner Rettung bat.« Er hatte die Worte »zu meiner Rettung« durchgestrichen, und jetzt mochte er sich nicht einmal mehr an sie erinnern. Doch von diesen in den Gutshöfen beliebten Spazierwägelchen wollte er Fanny eines schenken. Er würde José de Melo bitten, einen Tischler die Maße von Achse zu Achse und von der Höhe des Wagenkastens nehmen zu lassen. Vielleicht konnte er auch einen gleichartigen auf den Gütern von Alhandra auftreiben, deren Besitzer sie verlassen hatten, um dem Hof nach Brasilien zu folgen.
Gut gelaunt ritt er von Sueima zurück nach Porto zu dem Hotel, wo er jetzt auf Dauer ein Zimmer gemietet hatte. Dort empfing er Camilo am nächsten Tag. Dieser sah sich im Gesellschaftssaal um, der voller Menschen war, vor allem Brasilienheimkehrer mit ihren Frauen, die mit goldenen Broschen besteckt waren und blaurote Atlaskleider und weiße Handschuhe trugen.
»Für einen Einzelgänger ist das ein wenig empfehlenswerter Platz«, sagte Camilo. Er setzte sich und zog die Döschen mit

Pillen aus der Tasche, die er wie eine Abteilung Bleisoldaten neben seinem Gedeck aufstellte.

»Gewöhnlich ist ein Einzelgänger ein Mensch, der gern allein ist, auch wenn er viele Leute um sich herum hat.«

»Gewöhnlich ist das die Einsamkeit nach der Art von Porto. Ach, lieber José Augusto, laß uns über heitere Dinge reden! Ich bin die ernsten Dinge leid. Gestern noch habe ich einer Dame zuhören müsen, die mir aus einem Buch über die Reisernte zitiert hat.«

»Über solche Dinge pflegst du dich doch zu amüsieren.«

»Damit ist es vorbei. Das Gift des Erfolges hat meinen Geist aufgeweicht. Ich habe den Status des anonymen Genies eingebüßt. Es gibt bereits Leute, die sagen von meinen Artikeln: ›Dieser schäbige Schuft schreibt nicht schlecht.‹« Eine Pause trat ein, dann fuhr er fort« »Und du?«

»Ich heirate.«

Camilo murmelte, ohne die Augen vom Teller zu heben: »Noch ist Zeit, José Augusto. Heirate nicht!«

»Ich liebe sie; sie ist verliebt in mich; die Gesellschaft verlangt Genugtuung von mir.«

»Die Gesellschaft verlangt, daß du dich in den Fluß stürzt, daß du Galle trinkst, sie verlangt eine betrügerische Liebe und noch dazu, daß du der Held eines mittelmäßigen Romans wirst. Willst du das unbedingt?«

»Was ich fühle, ist die vollkommene Liebe, Camilo.«

»Jenseits der Vollkommenheit haust der Überdruß! Oder: wenn die Liebe Vollkommenheit erreicht hat, hört sie mit einem Male auf. Heirate nicht! Du wirst sie umbringen.«

»Sie umbringen? Aber ich liebe sie doch!«

»Du liebst aus Stolz. Du liebst den Luxus, zu lieben, weiter nichts. Fannys Liebe und die Freundschaft eines Literaten wie mich. Weiter kann der Ehrgeiz eines fünfundzwanzigjährigen reichen Mannes nicht gehen.«

»Weiter kannst du deine Perfidie nicht treiben. Sie geht weit über den Ruf hinaus, den du ohnehin schon hast.«

»Du irrst dich, ich kann sie durchaus noch weiter treiben.«

»Weißt du, wer ich bin, Camilo? Ich bin fähig, auf der Stelle mit der Peitsche auf dich loszugehen.«
»Ich weiß, wer du bist. Du bist ... ein Unglücksmensch.«
Er sprang wütend auf. José Augusto ließ sich nicht aus der Ruhe bringen, er blieb sitzen und füllte betont umständlich seinen Teller. Camilo suchte nach seinen Handschuhen und fand sie nicht; sein Kneifer baumelte ihm an einem Band höchst lächerlich vor der Brust.
José Augusto sagte: »Du verstehst alles in wenigen Worten auszudrücken. Zum Glück, denn wenn ich etwas nicht ertragen kann, sind es deine moralisierenden Feuilletons. Heute abend muß ich Raquel ins Theater begleiten. Wenn du mich um acht Uhr im ›Guichard‹ erwarten willst, setzen wir unser Gespräch dort fort.«
Um acht Uhr überbrachte Marcelino de Matos José Augusto ein kleines versiegeltes Päckchen. Er überreichte es ihm mit einer kurzen Verbeugung und zog sich eilig zurück. José Augusto sah eine Visitenkarte, sie stammte von Camilo. Er las: »Du findest hier keine Eisenbahnaktien, denn die gibt es nicht im Katalog der Utopien. Du findest lediglich ein literarisches Machwerk, mit dem du deine Flitterwochen anregend gestalten kannst.« José Augusto erbrach das Siegel; es waren Fannys Briefe an Camilo. Er trank seinen Cognac aus und begab sich ins Theater, ließ sich aber nicht außerhalb des kleinen Vestibüls der Loge blicken. Raquel, sehr schlicht gekleidet, weil die elegante Saison noch nicht begonnen hatte, streckte ihm in einer Geste vertrauter Begrüßung den Arm entgegen. Sie trug zwei Rosen aus Alexandria in ihrem schwarzen Haar, und plötzlich reizte es José Augusto, sie ihr in maßlosem, rohem Zorn abzureißen. Weißer Schaum trat ihm in die Mundwinkel, seine Hände hingen regungslos herab, und ihm entglitt das Opernglas, das in der Stille des Saales krachend zu Boden fiel. Raquel rührte sich nicht. In der Pause blickte sie sich um. José Augusto war nicht mehr da.
Er war auf dem Wege nach Lodeiro; an seinem dunklen Rock fehlten ein paar Knöpfe, weil er ihn so ungestüm angezogen

hatte, überstürzt, gewaltsam, vor Wut schluchzend. Seine Wut richtete sich nicht gegen Camilo, ihn ließ er ganz heraus aus seiner ungeheuren Qual. Er klagte Fanny an, in einer mit Lust vermischten Erregung. Ihre Demut reizte ihn; jetzt, wo er einen Beweis ihrer oberflächlichen Seele in Händen hielt, nahm dieser für ihn das Ausmaß eines Verbrechens an. Es waren recht bescheidene Briefe, sowohl dem Stil als auch dem Gehalt nach. Sie beklagte sich darin, sie fände niemanden, der sie verstünde; und darin lag eine sanfte Melancholie, die vor allem die Erinnerung darstellt, in der alle Leidenschaften gären. José Augusto verstand das. Es gibt fast belanglose Worte, etwas zu sagen, die in nahezu unwahrnehmbaren Abstufungen zur tiefsten Sinnlichkeit überleiten. Sie liebte Camilo nicht, aber sie brachte ihm jenes Feingefühl entgegen, das Frauen in die geistigen Dinge legen, in der Absicht, die körperlichen zu vervollkommnen.

José Augusto war gekränkt und blutete aus allen Poren seines Stolzes, seiner Gedanken und seiner Leidenschaft. Bis dahin waren die Fortschritte in dieser Liebesbeziehung, die sich an einer müßigen Unruhe des Charakters und an dem geistigen Leben selbst entzündet hatte, das sie Camilo verdankte, nicht sonderlich bedeutsam gewesen. Er hatte Fanny entführt, um den Verpflichtungen des Romans gerecht zu werden, den er selber erfunden hatte und dessen Unsicherheiten sein Tagebuch widerspiegelte. Jetzt jedoch ergriff etwas Brutales von ihm Besitz, das aus einem fremden Bezirk stammte und sich durch den einwirkenden Liebesehrgeiz, den unversöhnlichsten von allen, auf ihn übertrug. Seine Seele geriet in einen nicht zu stoppenden Prozeß, mit schwindelerregender Geschwindigkeit durchlief sie die einzelnen Phasen einer maßlosen, tödlichen Leidenschaft, die imstande war, alle Normen der guten Erziehung und alle von der Natur gesetzten Schranken außer Kraft zu setzen. Seine Begierden, erregt durch die sogenannte sexuelle Erziehung des Mannes, dieses Gemischs von offiziellem Erzeuger und Ausübendem von Gruppenerotik, mußten ihn im gleichen Augenblick verraten, in dem sie durch ein Objekt seiner Zuneigung aufgestachelt wurden. Das Laster, das ihm als Vorbeugungsmittel gegen die Leidenschaft angeboten worden war, schwächte nur seine Einbildungskraft. Außerstande, sich mit der Wirklichkeit zufriedenzugeben, weil ihr Bild durch einen aufwiegelnden Kult des Genusses so sehr verfälscht worden war, verblieb ihm nur ein Trugbild der Liebe.

Dreißig Jahre später sprach Camilo im Hinblick auf Fannys und José Augustos Tagebücher vom »Elend der Romantik«. Doch dank der Enge des moralischen Spielraums, den die Natur dem Genie läßt, vergaß er, was er selbst in einem Artikel vom 30. Mai 1854 im »Portuense« geschrieben hatte, als er auf die Ereignisse beim Ball des Barons Corvo zu sprechen kam: »... dort war es, ... wo ich den Skeptiker, meinen Freund und Beinahe-Herrn meiner Seele, wo ich den Mann erblickte, der mich für seinen Verstand fürchten und erschrocken vor seinem Herzen zurückweichen ließ.« Im Mai 1854 lag Fanny bereits krank in Lodeiro, und José Augusto vermied es, auf Camilos Briefe zu antworten. Am 4. April jedoch hatte er ihm noch vom Bom Jesus do Monte oberhalb von Braga geschrieben und ihn elegant und sorglos eingeladen. Welch ein Unterschied zwischen diesem Brief und dem leidvollen und schuldbeladenen Ton, der das Tagebuch kennzeichnet! Von José Augusto ist uns nur das häßliche, erbärmliche Bild geblieben, das Camilos Verachtung und der Leichtsinn, der die Skandale nährt, von ihm gezeichnet haben. Aber es gibt keinen Zweifel, daß von diesem Mann, wie aus dem Artikel im »Portuense« zu ersehen ist, eine Faszination ausgegangen sein muß, stark genug, um Camilo an eine der verhängnisvollen Freundschaften zu binden, die eine Eigenheit der auf den eigenen Fortschritt versessenen Seelen sind. Und dieser Fortschritt geht nicht ohne die Leidenschaften vonstatten, obwohl diese der Erweiterung der seelischen Herrschaftsbereiche nicht standhalten. »Es schien mir, als hätte ich einen Freund, einen vertrauten Freund, einen Freund, wie es nur wenige gibt, der eine Anomalie unter den

Dichtern darstellt. Ich hielt ihn für seelisch alt und stolz auf seinen Unglauben. Nun scheint mir, daß seine immer kühle, immer abgestorbene Brust nichts weiter war als der Aufbewahrungsort einer Leier mit sehnsüchtigen Melodien, mit zerrissenen und auf immer verstummten Saiten.« Lange Zeit später schreibt Camilo in einer Bleistiftnotiz auf die erste Seite von José Augustos Tagebuch: »Diese Dokumente beweisen, daß das Elend der Romantik vor dreißig Jahren zwei Unglückliche dahinraffen konnte, deren Hirn leer war und deren Herz voller Dummheiten steckte.« Undank, dein Name heißt gesunder Menschenverstand. »Es schien mir, als hätte ich einen Freund...« Der Mai des Jahres 1854 markiert mithin das Datum, zu dem diese stürmischen Beziehungen erkalteten.

José Augustos Aussprache mit Fanny verlief für ihn selber enttäuschend. Dieser Frau gegenüber, die schwach war, aber entschlossen, seinem Zorn zu widerstehen, fühlte er sich in gewisser Weise entwaffnet. Er war bereit, Fanny zu heiraten, aber er würde sie niemals seine Gattin nennen, er würde von Lodeiro fortgehen und ihr das Haus überlassen und Einkünfte in ausreichender Höhe, damit sie leben konnte, wie es sich gehörte. Sie akzeptierte diesen Vorschlag gefaßt und fand kein Wort zu ihrer Verteidigung. Sie schien seit langem auf ein Martyrium zu warten, mit dem sie das Glück verdienen könnte, José Augusto zu lieben. Denn ihre Liebe war offenbar ehrlich und von jener Art, die auf Erwiderung verzichtete. Er stand in dem düsteren Speisesaal und umfaßte mit den Händen den Stuhlrücken, als wäre er der Zeugenstand eines Gerichts.

Fanny fragte mit gelassener Stimme, die er für schüchtern hielt: »Du kannst mir also nicht verzeihen?«

»Das kann ich. Was ich nicht kann, ist dich lieben. Ich hätte dich sehr lieben können, aber ich liebe dich nicht.«

»Die Liebe ist der zweite Schöpfer. Du hast mich nie geliebt...«

»Du hast nicht genug Verführungskraft für mich, und ich bin nicht heuchlerisch genug für dich. Aber du wirst mich vergessen ...«

»Wenn es jemanden geben sollte, der mich dazu bringt, dich zu vergessen, werde ich diesen Menschen hassen.« Sie fiel auf die Knie und schluchzte, den Kopf auf das Stuhlpolster gelegt, und das Strohgeflecht drückte sich auf ihrem Gesicht ab.

»So schlimm waren also diese Briefe?«

»Ich weiß es nicht. Ich weiß nur, daß auch die Gefühlsfähigkeit sich erschöpft, wie ein Rohstoff. Ich biete dir den Namen eines Bruders an, Fanny.«

»Deine Schwester, deine Tochter, deine Freundin, deine Gattin, deine Sklavin, wenn du es willst. Ich schwöre, du liebst mich, und die Welt ist ein Paradies, die Menschen sind gut, Gott ist barmherzig, und ich bin deinesgleichen, Seele von deiner Seele, Blut von deinem Blute. Nein ... Ich bedeute dir nichts.«

»Deine Briefe! Deine Briefe sind durch die Hände meiner Freunde gegangen. Sie mögen schon kopiert worden sein und Wort für Wort als ordinäre Feuilletons in den Zeitungen abgedruckt werden. Und mehr sind sie auch nicht wert.«

»Ich liebe dich, José Augusto. Ich liebe dich so, wie Gott die Sünder liebt. Du hast es dringend nötig, so geliebt zu werden.«

Er verließ den Salon, fand aber keine Ruhe. Mit schneidender Stimme rief er nach Vicente, das ganze Haus hallte von seinen Rufen wider; er ritt aus, kehrte um fünf Uhr heim, aß zu Abend und bat Fanny, nicht bei Tisch zu erscheinen. In Clotildes Augen stand ungläubiger Schrecken, und er entband sie vom Servieren. »Von heute an«, sagte er zu Vicente, der in seinem Reitanzug regungslos auf dem dunklen Korridor stand, »von heute an möchte ich, daß du mir Mittag- und Abendessen aufträgst. Die Frauen sind mir lästig.«

»Der Unglücksmensch!« sagte Judite, als der Sohn es ihr ausrichtete. »Ich habe das alles vorausgesehen.«

Sie fühlte sich mit Fanny verbunden und versuchte, ihr die

einsamen Tage zu beleben, indem sie ihr kleine Geschenke in Gestalt von frischen Meerbrassen und Goldbrassen schickte, die sie aus den Brutkästen des Flusses holte. Doch Vicente wagte fast nie, sie ihr zu überbringen, weil er Angst vor José Augusto hatte. Der sann darüber nach, wie er Camilo verletzen könnte, und das verschaffte Fanny Ruhe. Sie betete, rührte ihr Essen kaum an und ging nicht aus ihrem Zimmer.

Eines Tages rief José Augusto sie, um ihr mitzuteilen, daß er nach Porto zurückkehre. »Ich will meine Freunde befragen und hören, ob sie nach dieser Geschichte mit den Briefen noch immer meine Heirat billigen.«

Damit ritt er wie gehetzt davon. Das war die Strategie, die er ausgebrütet hatte, um Camilo zu zwingen, seine Schurkerei öffentlich abzustreiten. Er hatte an José de Melo geschrieben, er solle einige der engsten Freunde zusammenrufen, um über diese Ehrensache zu verhandeln. Raymundo erfuhr davon und war sprachlos.

»Mein Bruder hat den Verstand verloren«, sagte er. »Wer ist denn hier Richter außer dem eigenen Gewissen?« Und er schickte Dona Josefa, Fanny zu trösten. Sie flößte ihm unendliches Mitleid ein, doch er wollte sich nicht allzu sehr einmischen. Diese Entführung war ein Fehler gewesen, und die Heirat würde diesen Fehler nur wiederholen.

»Seien Sie unbesorgt«, sagte Fanny. »Mein Herz weiß, daß wir niemals Fremde sein werden.«

Sie beugte sich über ihre Stickerei, und ihre Tränen benetzten die bunten Blumen. Sie hielt sich nicht eigentlich für unglücklich, sondern einer Prüfung unterworfen, die sie erregte. Sie hatte ein wenig Fieber. Dona Josefa bemerkte das und sagte zu ihrem Mann, Fanny wäre besser im Hause ihrer Mutter aufgehoben und erklärte sich bereit, sich um die Übersiedlung zu kümmern.

Unterdessen war Camilo in seiner neuen Behausung auf dem Gut Pinheiro erkrankt, und sein Zustand schien ernst zu sein. Er schluckte unaufhörlich Medikamente, und Manuel Negrão, der ihn besuchte, fand, daß er schlecht aussah, und wollte einen Arzt rufen. Camilo jedoch widersetzte sich mit Entschiedenheit. Er redete von José Augusto mit großem Mitgefühl und ließ durchblicken, daß sie ihre Beziehungen abgebrochen hätten.

»Hast du ›Manon Lescaut‹ gelesen? Weißt du, wer Tilberge war? Genauso war dieser Mann…, den ich verloren habe…« Und er fügte lebhaft hinzu: »Ich bin undankbar gegen ihn gewesen…, aber ohne Niedertracht…«

»Gewiß, gewiß… Aber du kannst dich nicht auf den Füßen halten…«

»Laß mich… Er macht sich gar nichts aus ihr, es war nur ein Irrtum.«

»José Augusto? Was ist denn kein Irrtum? Binnen neun Monaten kommt, ebenfalls durch einen Irrtum, ein Kindchen auf die Welt, das die Reihe der Irrtümer fortsetzt und so weiter bis ins Unendliche.«

»Binnen neun Monaten wird der Tod Hebamme bei dem spielen, was wir im Herzen empfangen haben. Das sage ich dir.« Er saß mit untergeschlagenen Beinen im Bett wie ein Kalif, wie es seine Gewohnheit war, und auf dem Boden stand ein offenes zinnernes Tintenfaß, und ein paar vollgekritzelte Blätter lagen herum. »Was weißt du schon, was das heißt, sich aus Liebe Opfer auszudenken. Sich Tag für Tag aus Liebe ein demütiges Heldentum zurechtzulegen. Ich gäbe mein ganzes Talent dem erstbesten Armen, der zu mir käme und zu mir sagte: ›Sie liebt dich.‹ Der Luxus der Liebe ist die Traurigkeit. Aber man fängt immer damit an, sie Hoffnung zu nennen.«

»Du hast Fanny geliebt? Welche große Neuigkeit! Tröste dich mit der Archäologie der Liebe! Besitzt du eine Haarlocke von ihr? Ein Band von ihrem Gürtel? Einen schilfgrünen Handschuh?«

»›Nur wenig versteht von Traurigkeit, wer dem Traurigen sagt, er solle sich freuen.‹ Tiefe Schmerzen wachsen bei Trostworten. Und ihre Erleichterung wirkt wie ein Schimpf.«

»Wie dich die Leidenschaft gepackt hat! Es ist mir nie aufgefallen, daß du von Fanny gefesselt gewesen wärst oder daß sie dich besonders beachtet hätte.«
In diesem Augenblick erschien es Camilo ratsam zu schweigen. Durch die Stadt lief das Gerücht, Fanny Owen habe kompromittierende Briefe an einen geheimnisvollen Spanier geschrieben, den niemand mit Namen nennen konnte. Es war eine Hilfsfigur, die sich Camilo ausgedacht hatte, um den Verdacht von sich abzulenken. Mit dem unfehlbaren Spürsinn für die Wahrheit, der immer trifft, auch wenn er sie durch das demütigende Joch des Gemeinplatzes treibt, schrieben die Leute Camilo die Rolle des Mephisto zu. Sie gingen sogar so weit, ihn als Anstifter der Entführung anzuklagen. Zwischen Verteidigung und Ernüchterung hin und her gerissen, hatte Camilo diesen Spanier auftauchen lassen, eine Frucht der Phantasie, die seinerzeit jener blutjunge General beim Aufstand der Patuleia aufgestachelt hatte. Kurz gesagt, General Santiago, das Urbild eines Eroberers, der unwiderstehliche Gatte der edlen Dame von Azenha, dessen Persönlichkeit und Galanterie er gern gegen das gesamte Genie aller seiner Vorfahren, der Brocas von Vila Real, eingetauscht hätte. Dieser Mann, nach dem sich die jungen Frauen umdrehten, während die alten ihren Tee verschütteten, wie Camilo sagte, hatte ihn derartig beeindruckt, daß er ihn der Gesellschaft, die ihn verfolgte, entgegenstellte wie eine Halluzination, die ihn schützen und reinwaschen könnte. Der Schmerz ist fruchtbar an Elend, und meistens verwandelt sich dieses Elend in Wahrheit.
»Ich kenne dich«, sagte Negrão. »Die Satire wird sich über die Tragödie aufschwingen, und du kannst dich retten.«
»Ich kann mich wohl retten, aber auf den Wegen der Hölle, die an und für sich gar nicht so schlecht sind, immer vorausgesetzt, daß sie gepflastert sind mit der Torheit, dem Verrat, dem Skandal und der Niedertracht. Für dich sind sie schlecht, lieber Negrão, der du dich nicht gern in den Vordergrund drängst. Ich aber liebe Aufsehen, ich fahre gern in der Equi-

page oder im Triumphwagen. Verschwinde jetzt, ich muß einen Artikel schreiben.«
»Ich sehe schon, du bist geheilt.«
»Ich bin gestorben, aber was macht das schon für einen Unterschied?« Und er ging daran, »in den Feuilletons«, wie er sich ausdrückte, »den Prachtkerl herauszukehren«.

Die Versammlung fand auf Gut Sueima statt; anwesend waren Marcelino de Matos, Negrão und Camilo selbst. Dieser legte großen Ernst an den Tag, von José Augusto belauert, der die geringsten Regungen seines Gesichtes zu entschlüsseln versuchte. Er sah jedoch nur edle Aufrichtigkeit und ließ sich von ihr täuschen. Von diesem Augenblick an arbeitete Camilo an einer hartnäckigen, grausamen Rache. Zuweilen hatte er seinen Freund sagen hören: »Menschen aus unedlem Stoff kennen keine Rache.« Jetzt ging es um ein tödliches Duell, und keiner von ihnen konnte sich erklären, wie sie unter protokollarischen Umständen zu solchem Höchstmaß der Verblendung gelangt waren.
»Meine Herren«, begann José Augusto und stützte den Zeigefinger seiner rechten Hand auf die Tischplatte im Besuchssalon. Das Mobiliar war schwarz, mit parischem Marmor verkleidet, und machte den Eindruck einer Grabkammer, vor allem die vier gleichen Spiegel-Anrichten, die an den Wänden standen. »Sie kennen alle die Tatsachen, die mir eine traurige Berühmtheit verschafft haben. Ich habe Fanny Owen aus ihrem Hause geholt und ihr mein Haus gegeben. Jetzt sind die Briefe in meine Hand gelangt, die dieses Mädchen an einen Mann geschrieben hat, als es zwischen uns bereits eine klare Abmachung gab. Muß ich mein Wort halten und heiraten?«
Ein leichter Schauder durchlief sie. Der Ruf, der diesem Manne vorausging, närrisch, exzentrisch und zu absurden Entschlüssen fähig zu sein, lastete für Augenblicke im Saal, den der Geruch verbrannten Zuckers durchzog, weil man eben im Hause Johannisbeeren einkochte. Marcelino de Ma-

tos ergriff mit der Lebhaftigkeit des erfahrenen Strafverteidigers als erster das Wort. »Die Logik verlangt, daß du in diesem Falle ohne irgendwelche Logik heiratest.«
»Ich habe Fanny geliebt, und ich liebe sie nicht mehr.« José Augusto blickte ostentativ zu Camilo hinüber, und dieser hielt dem Blick stand, während er sagte:
»Eine Heirat aus Mitleid mag dich heute wie ein neues Gefühl verlocken, morgen schon wird sie dich verdrießen. Du überprüfst Fannys Vergangenheit, um deine Verantwortung in einer Sache abzuschütteln, die das Verdienst der Neuheit eingebüßt hat. Ich finde das alles unvernünftig. Wenn du nicht heiratest, begegnet Fanny vielleicht einer anderen Liebe, die ihr die Schmach der ersten verklärt. Ich beklage nur, daß bedingt durch unsere männliche Mentalität unsere Bindungen überstark werden und daß man sein Herz nicht so rasch zurückziehen kann wie die Hand, die man einem Freunde hingestreckt hatte.«
Er beherrschte die Kunst, das letzte Wort zu behalten, und José Augusto bewunderte ihn dafür. Keiner der Anwesenden war sich sicher, ob Camilo nun zur Heirat ermutigt oder im Gegenteil ihre Unmöglichkeit bewiesen hatte. Alles mündete in Wohlgefallen, bei dem die unaufschiebbaren Gründe für dieses Treffen völlig in den Hintergrund traten. Und als Camilo José Augusto bis Valongo begleitete, hörte er ihn ein Abschiedswort sagen, das eine ganze Phase in der Geschichte der beiden Männer einschloß, »hundert Jahre hinter den geistigen Verbesserungen zurück«, unmodern und ohne die Hilfsmittel des Genies, sich über das Geheimnis des Menschen hinwegsetzen zu können: »Ich werde Fanny heiraten, und ich liebe sie doch nicht. Mein Gewissen erhellt sich, aber es richtet mich zugrunde.« »Ein Aristokrat erhellt am besten, wenn er an einer Laterne hängt. Lies Byron, Gesang XI, Strophe XXVII im ›Don Juan‹.«
Sie lachten. Das war immer die beste Art, sich von den eigenen Schwächen auszunehmen, die soviel Mut von ihnen verlangten.

José Augusto erschien der Weg zum Verzweifeln lang. Am 5. September wurde in Porto in der Kirche Santo Ildefonso die Heirat per Vollmacht vollzogen. Als José Augusto die Nachricht bekam, war es neun Uhr am 7. September. Er ging in Fannys Zimmer, sie lag noch im Bett, und in ihrem rosa Morgenrock sah sie aus wie ein Kind in der Wiege. Er umarmte sie, und mit einem Mal wich der geistige Aufruhr, in dem er sich befand, dem Geschmack der Rechtschaffenheit, den diese Frau ihm eingab. Und er fand eine wilde Freude darin, von den Hindernissen unterjocht zu werden, die er selber seiner Liebe in den Weg gelegt hatte.

Es gab ein hochzeitliches Abendessen, und Fanny zeigte sich in einem seidenen, mit Stickerei und Spitzen verzierten Kleid, in dem sie wunderschön aussah. Mit der Rosengirlande schien sie wie eine der Wirklichkeit entrückte Figur, eine Santa Rita de Cassia in einer Glasvitrine. Dieses Reizmittel, das in der Geschichte der menschlichen Beziehungen durch das Symbol gefestigt wird, war es, was tatsächlich das Leben dieser drei Menschen in seinem Verlauf beeinflußte. Alle die Irrtümer, geheimnisvollen Verträge, zerstörerischen Phantasien, egoistischen Wutausbrüche, die Camilos Beziehung zu José Augusto geprägt hatten, bezeichneten den hitzigen Kampf, den das Symbol im Menschen bestimmt. Die Wiener Schule hat einige Klarheit in die Bewegung der Leidenschaften gebracht; doch danach wurde es notwendig, das Verhalten der Menschen als Faktor der Gewalttätigkeit zu betrachten, der die sexuelle Bedingtheit und ihre Probleme bei weitem übersteigt. Seit der Mensch aufgehört hat, um die Aneignung der unmittelbaren Lebensgüter zu kämpfen, um die Jagdbeute, die ein anderer erlegt hatte, oder um die Frau, wenn diese im eigenen Stamm rar geworden waren, ist er dazu übergegangen, um das Symbol dieser Dinge Krieg zu führen. Der fundamentale Instinkt, Bedürfnisse zu befriedigen, wurde durch den Ansporn abstrakterer Gründe ersetzt. Die Gewalt ist eine

Mythologie des Übermäßigen. Wenn etwas das Übermaß symbolisiert – und Fanny war ein Ganzes von engelhafter Beschaffenheit –, so kann dies zu einem Kriegsgrund werden, in den alle Seelenkräfte, alle geistigen Fähigkeiten, Treulosigkeit, Verrat, der moralische Kleinkrieg und letztlich der Tod mit eingehen. Wir schenken nicht leichtgläubig der Erzählung Vertrauen, die uns Camilo nach vollendeter Tragödie geliefert hat. Zu dem Zeitpunkt wollte er vor allem einen Teil der Verleumdungen entkräften, die er auf sich gezogen hatte. Seine Wut auf José Augusto war noch so groß – Fanny hatte ihn endlich mit sich ziehen können, indem sie das Symbol durch ihren eigenen Tod bestätigte –, daß er nicht zögerte, den Verdacht seiner Impotenz oder gar Unempfänglichkeit für Frauen offenzulassen. Die Wahrheit ist jedoch, daß die niederschmetternde Wirkung, die Fannys Briefe auf José Augusto hatten, nicht zu erklären wäre, wenn zwischen ihnen nicht eine intimere Bindung bestanden hätte. José Augusto hatte in Vilar do Paraíso ein luxuriös ausgestattetes Häuschen gemietet, mit anderen Worten eine Garçonniere. Zwar ist nicht recht glaubhaft, daß Fanny sie besucht haben sollte, wohl aber tat es Maria. Was José Augusto als »seinen Roman« bezeichnete, war seine Liebschaft mit Maria, eine Liebschaft, die von der erregenden Kraft des Symbols lebte, das von Fanny verkörpert wurde. Eine grausame Situation, die ihr nicht erspart blieb. Nicht so sehr eine körperliche Intimität existierte zwischen Fanny und José Augusto, als vielmehr eine starke Faszination, ein Hingerissensein, das seine Wurzeln in den tiefsten Bezirken der menschlichen Dynamik sucht, in der Begeisterung, die den Überlebensinstinkt bei weitem übertrifft. Der erste Teil von José Augustos Tagebuch ist offenkundig (falls es sich nicht um jemanden handelt, der unbedingtes Schweigen gebietet) Maria gewidmet, die er B. nennt. »Eines Abends, B., saßen wir auf dem Sofa, wir waren noch nicht, was wir heute sind – wir waren jedoch schon freundschaftlich verbunden! ... du ließest zu, daß die Locken deines schwarzen Haares mein Gesicht berührten!« Am

20. Mai 1852 vermerkte José Augusto: »Heute habe ich das Häuschen verlassen, in dem ich so oft dein Bildnis mit meinen Tränen getränkt habe!... So lange ich lebe, werde ich mich an die Zeit erinnern, die ich darin verbrachte...« Am 28. September des gleichen Jahres beklagt sich Fanny, daß ihre Schwester sie bitte, ihnen Gesellschaft zu leisten. Und unterdessen leidet Maria, wenn sie Fanny neben José Augusto erblickt. »Ich spüre dieses Gefühl in der Brust, das die Frau bei uns auslöst, die uns haßt, die eine Rivalin in uns erblickt.« Camilo meint, am 24. September sei der Bruch mit dem Paradiese erfolgt, doch geschah dies erst später. Die arme Fanny, Opfer ihrer libido-symbolischen Belastung, sah sich wie ein Spielzeug mit Beschlag belegt in jenem Haus, das ihr unerträglich wurde. »Wenn Sie nicht aus Ihrem Zimmer herauskommen, stelle ich meine Besuche ein«, hatte José Augusto zu ihr gesagt. Und bei allen Verdachtsmomenten, Anklagen und der närrischen Hartnäckigkeit, mit der man sie festhalten wollte, war sie zwiefach gefesselt – durch ihre Liebe und durch die gierige, unheilvolle Taktik jener beiden Frauen. Denn Dona Maria Rita war nicht unschuldig an diesem Schlangenknäuel, der so schwer zu lösen war. Man kann annehmen, daß Fanny mit José Augusto floh, um sich aus der schrecklichen Bedrückung zu befreien, die ihre ganze Familie in die Neurasthenie getrieben hatte. Und José Augusto entschloß sich, sie zu entführen, als er spürte, daß ihre Unterwerfung unter die entfesselten Stürme der häuslichen Leidenschaften, die sie mit mehr Scham als Furcht erfüllten, nicht mehr lange anhalten würde.

Als José Augusto sie zu seiner Gattin machte, spürte er, daß er einen Irrtum begangen hatte. Wie es Hölderlins »Hyperion« ergeht, hatten die erregenden Flammen der Liebe seine Seele übermäßig gereift, und die Fülle seines Herzens brachte ihn in Widerstreit mit dem sterblichen Leben. José Augusto war kein gewöhnlicher Mensch mehr, obwohl sich Camilo alle Mühe gibt, sein Andenken mit allerart abschätzigen Andeutungen zu beschmutzen. Er war eben ein hölderlinscher Typus Mensch, für den ein Glück ohne Leiden nur tierhaften Schlaf bedeutet.

Nach jenem Feuilleton, worin er an den Ball beim Baron Corvo erinnerte, schrieb ihm José Augusto. Und auf diesen Brief antwortete Camilo mit einem weiteren Feuilleton. Zunächst gibt er den Brief wieder, der auf die Frau des Balles anspielt: »Über mich selbst erhoben durch den magischen Glanz von Beatrizes Vollkommenheit, würde ich, das darfst du annehmen, mein lieber Camilo, ein göttlich inspirierter Dichter werden.« Beatriz war jene B. aus den Anfängen von José Augustos Tagebuch. War es Maria oder Fanny? Vielleicht beide oder eine ganz andere? Diotima oder Alabanda? Hölderlin schreibt: »Um Diotimas willen würd ich dich betrügen und am Ende mich und Diotima morden, weil wir doch nicht Eines wären.«

Was Camilo in jenem Feuilleton am 31. Mai 1854 ausspricht – José Augusto befindet sich in Lodeiro und kommt zu diesem Zeitpunkt in Fannys Begleitung nach Porto, sie ist bereits nicht mehr wiederzuerkennen und »riecht nach Leiche«, wie sich Manuel Negrão ausdrückt – ist sehr aufschlußreich: »Ich wußte wohl, daß ich in meiner Verehrung nicht allein war, weil ich es nicht sein konnte. Von diesem Flämmchen, das in ihren Augen schimmerte, mußten viele Seelen fasziniert werden und in Wettstreit um das Martyrium des Feuers treten. Wie viele waren es wohl? Niemand weiß es ... nur du, Freund, demütig durch die Liebe, deinen Stolz zügelnd, offenherzig wie die Leidenschaft, bist du zu einer erkalteten Gesellschaft gekommen und hast uns dein Herz geöffnet, die heiligste Seite deines inneren Evangeliums aufgeblättert und mit selbstbewußter Hoheit gestanden, daß niemand auf dem Altar der Beatriz das Priesteramt der leidenschaftlichen Gefühle mit größerer Hingabe ausüben wird als der, deren deine Seele fähig ist. Ja, zu diesen Schwächen gehört ein überwältigender Mut!« Und er schließt mit den Worten: »Ich habe dich nicht beneidet, denn neben Beatriz stand ein Engel, der eines Tages vielleicht den gleichen Stern bewohnen wird mit der

einzigen Frau auf dieser Welt, die ihm seinen Zauber streitig machen kann. Es ist Hemma.«
Eine offenkundig verschlüsselte Sprache, in der die Frauen des Balles eine untergeordnete Rolle spielen. Aus alledem geht klar hervor, daß José Augusto ein Ausnahmemensch war. Wer war Hemma, dieser Engel, der zu ihm sagte: »Unser Glück war in der Welt unmöglich und nur in den Träumen begreiflich?« Die Romantik war ein Surrealismus mit weniger Laboratorium. »Was wäre diese Welt, wenn sie nicht ein Konzert freier Wesen wäre?« singt Hölderlin, und alle Geheimnisse der Menschen, der Schlüssel für ungeheuerliche Worte und die sieben Siegel der Offenbarung sind in diesen Versen enthalten.

Fannys Familie wohnte der Heirat nicht bei, doch der Oberst und sein Sohn hielten sich auf ihrem Gut Paraíso auf und wurden von José de Melo auf dem laufenden gehalten. Marias Lage war ein schwer zu behebendes Ärgernis. Ihre Beziehungen zu José Augusto waren bekannt, und der Oberst sah sich dem Tadel der Stadt ausgesetzt, genauer gesagt seiner Freunde, bei denen er einen Namen zu verteidigen hatte. Es ging jetzt darum, einen Ehemann für Maria zu finden. Ihre Mitgift wurde kräftig erhöht, aber es war unmöglich, auf jemand Bemerkenswertes auf der Liste der guten Partien zu hoffen. Sie befand sich jetzt auf dem Niveau jener zweitklassigen Heldinnen Balzacs, »jeune fille avec petite tache«, die über ein beträchtliches Vermögen verfügten, um einen kleinen Staatsbeamten dazu zu überreden, mit ihr die Ehe einzugehen und vielleicht sogar ein uneheliches Kind anzuerkennen. Maria heiratete einen Krankenhausangestellten und führte ein mittelmäßiges Leben, das gewiß die Verbitterung einschloß, die Erinnerungen hinterlassen, in denen Tränen und Wünsche versiegt sind. Auf die schöne Maria, der die Brillanten ihrer Mutter so gut zu Gesichte gestanden hätten, würdig des Hofes der Königin Carlota Joaquina, die eine

ungekämmte Hexe, aber eine prächtige Königin war, auf die schöne Maria wartete nur die Vergessenheit.
Der Oberst ging in der kühlen Stunde eines Septemberabends im Garten spazieren, und sein Sohn begleitete ihn.
»Niemals scheint mir das Vaterland so verraten zu sein wie dann, wenn wir glücklich sind, ohne ihm die Schuld daran geben zu können«, sagte er.
»Ärger in der Familie schwächt uns. Ärger im Beruf rüttelt uns auf. Das steht fest.«
Mit einem Lächeln ernster Dankbarkeit fuhr der Oberst fort: »Wenn ich eines Tages spurlos verschwinde, denk an mich, ich lebe dann zurückgezogen in Cheltenham, und ich lebe dort ruhig.« Und er setzte hinzu: »Ach diese Frauen! Im Kriege sind sie die besten Männer und im Frieden die schlimmsten Feinde.«
»Glaubst du, daß die Männer um ihretwillen kämpfen?« fragte Hugh mit der vertrauensvollen Neugier eines jungen Mannes.
»Nein. Ich glaube, sie ziehen in den Krieg, um der Liebe zu entgehen.«
Doch der Tenor ihres Gesprächs machte beide verlegen, und sie traten ins Haus, um ein wenig Portwein zu trinken und eine Satinkrawatte zum Abendessen anzulegen.
In Lodeiro hatten sich die Dinge verschlimmert. José Augusto empfing zahlreiche Leute, gab widersprüchliche Anordnungen, ritt mittags aus und kehrte um drei Uhr mit seinem Reitknecht Vicente zurück. Er beorderte Tonico zu Fannys Dienst, und dieser begleitete sie zu Dona Josefa Clementina, wo sie bis fünf Uhr blieb. Sie kam nach Lodeiro gerade rechtzeitig zurück, um das grüne Amazonenkostüm abzulegen und ein Kleid aus indischer Seide mit goldenen Aufschlägen oder aus algerischer Seide mit Borten anzuziehen. Sie aßen, einander gegenübersitzend, die nahrhaften Gerichte, die ihnen Clotilde zubereitete, und sprachen nur wenig. Besucher, die kamen, um Kaffee bei ihnen zu trinken, zogen sich um zehn Uhr zurück. Dann waren sie wieder allein, und José

Augusto las bis tief in die Nacht; ein andermal las Fanny ihm vor. Sie schliefen auf englische Art in getrennten Schlafzimmern. Dafür hatte Fanny gesorgt. Morgens ging er zu ihr, wenn er wußte, daß sie aufgewacht war, und sie tranken Tee in dem kleinen, an den Alkoven angrenzenden Zimmerchen. Es war ein stilles Leben ohne Überraschungen, aber auch ohne Reibereien und ohne Beunruhigung. Es glich dem so vieler Majoratsherren, die zwischen einem Steinbutt auf Kohlenglut und einem Fehltritt mit einer Dienstmagd die Ernte der Ehe mahlten, ohne große Schrecknisse, die in der Erinnerung hätten haften können. Nur entwickelte José Augusto allmählich eine maßlose Übellaunigkeit, die aus dem unheilbaren Fall ein gemeinsames Unglück machte.

Ende November, als sich in Lodeiro die Kälte mit großer Strenge bemerkbar machte, bat ein sehr niedergeschlagener José Augusto Camilo, für ihn ein Haus in Foz zu mieten. »Eines der komfortabelsten Häuser auf dem Passeio Alegre.« Er stellte auch weiterhin Ansprüche, die mit Sicherheit sein Vermögen strapazierten; doch für einen Kranken, bei dem eine Besserung seiner fortschreitenden geistigen Störung wenig wahrscheinlich war, konnte der Ruin ohnehin nichts mehr bedeuten, und eine gewisse Aufwertung seiner narzißhaften Selbstbezogenheit war geboten. Sein depressiver Zustand verstärkte sich, wofür mit Sicherheit die Heirat verantwortlich war und ihre enttäuschenden negativen Gegebenheiten. Es ist gut möglich, daß er nun mit Fanny kein gemeinsames Leben mehr führte. Seine Bewußtseinsstörungen erfolgten unmerklich, vielleicht weil seine Bildung und sein Vokabular ihm erlaubten, weiterhin als Exzentriker aufzutreten, obwohl er seinen Erbanlagen nach ein Melancholiker war. Fanny hielt sich für verschmäht und litt darunter. Camilo läßt uns die Quellen ahnen, aus denen er die intime Geschichte der beiden Unglücklichen geschöpft hat. Ja, er geht noch weiter: Er läßt sich anstecken von der Morbidität dieses klinischen und als solchem belanglosen Falles, der jedoch gleichzeitig ein Moment hoher Erwartungen in der

Alchimie der Beziehungen ist, die aufeinanderprallen und nach Ersatz für Ängste und nach Lebensfristen suchen, die dem Stigma der Unpersönlichkeit entgehen könnten.
Camilo befragte nicht nur gemeinsame Freunde, denen sich Fanny womöglich anvertraut hatte, er forschte sogar bei José Augustos Dienerschaft nach. Vicente lieferte ihm ein Verzeichnis aller seiner Schritte, und er schloß daraus, was er zu schließen vermochte, und das war wenig. Er sah nur das Augenscheinliche; und darauf verzichtet der Mensch, wenn er nach der eigenen Unmöglichkeit trachtet.

In jenem Hause am Passeio Alegre, wo ihr das Meer fast an die Fensterscheiben schlug, unterhielt sich Fanny oft mit einer Verwandten ihrer Mutter aus der Familie Rocha Pinto. Und eines Tages, als José Augusto sie schroff angefahren hatte – denn er war zuzeiten reizbar und ließ sich sogar dazu hinreißen, sie zu schlagen –, sagte Fanny zu ihr: »Die Tiere sind glücklicher dran, ihr Instinkt belügt sie nie. Wenn uns der Instinkt einander näherbringt, dann kommen die Pflichten zum Vorschein und die Konventionen und noch schlimmere Dinge.«
»Ihr werdet schon noch glücklich werden. Das ist nur eine schlechte Phase. Alle Ehen verlaufen so.«
»Schon möglich, aber wie sollte das für mich ein Trost sein? Ich will keinen Trost. Ich will sterben, und ich werde sterben. Ich habe ein Schicksal zu erfüllen, und ich werde mich diesem Schicksal stellen.«
»Man kann nicht nur für das Gefühl leben, Fanny.«
»Nein, das kann man nicht. Das, was man Poesie nennt, ist eine Narrheit. Wirklich sind nur Energie, Materie, Blut und Körperlichkeit. Nichts spricht von mir zu ihm, wenn er mich nicht fühlen kann. Ich wollte ihn besiegen, ihn an mich fesseln, ihn allem entreißen, sogar sich selber. Ihn den Gefühlen entreißen, die ihm gehören. Der Begierde, die sein Herz nach allem verspürt, was sein ist. Zum Tausch hätte ich ihm eine

glühende, unendliche Liebe gegeben.« Sie schrie auf: »Wenn ich ihn heute nicht sehe, sterbe ich!«

Senhora Rocha Pinto – ihren Vornamen kenne ich nicht – erschrak zutiefst. Sie umarmte Fanny, als wolle sie sie beschützen, und begann untröstlich zu weinen. Die ganze Situation griff ihr so inständig ans Herz, daß sie nie wieder dieselbe wurde. Und ein paarmal sagte sie: »Fanny, Fanny, das Unglück ist eine seltene Gabe!« Fanny fuhr fort: »Warten Sie... ich höre seine Stimme, und doch empfinde ich keine Freude. Wie töricht ist doch mein Herz! Wenn ich mich weniger getrennt von ihm glaube, weiß ich meine Liebe schon weniger zu schätzen. Es kommt mir sogar so vor, als müßte die Gewißheit, geliebt zu werden, meine Liebe töten...«

In diesem Augenblick erschien José Augusto in Camilos Begleitung, und sie warf ihnen einen furchtbaren Blick zu.

Die starrsinnige Haltung von Oberst Owen, der jede Korrespondenz mit Fanny verbot, trug noch zu ihrem Verfall bei. Ihre Briefe wurden ungeöffnet zurückgeschickt, und Maria schrieb die Adresse. Eines Tages erblickte sie einen dieser Briefe in José Augustos Händen, und er weigerte sich, ihn ihr zu übergeben. Fanny glaubte, ihr Mann unterhalte immer noch Beziehungen zu Maria, und das konnte man in der Tat aus dieser ausdrücklichen Weigerung schließen. Eifersucht vergiftete fortan alle Augenblicke ihres Lebens, verzehrende Eifersucht mit ihrem Gefolge an Halluzinationen, Bildern, Klängen, so realistischen Vorstellungen, daß man sie mit Tatsachen einfach nicht widerlegen konnte. Sie sah José Augusto auf dem Gutshof mit einer Frau spazierengehen. Es war Maria. Sie konnte ihre Kleidung bis in die kleinsten Einzelheiten beschreiben. In Wahrheit befand sich José Augusto in Marco, oder er unterhielt sich gerade mit einem befreundeten Geistlichen; außer sich, mit verzerrtem Gesicht verlangte sie von ihm eine Erklärung, eine blaue Ader pochte an ihrem Halse.

»Wer war das?« schrie sie. Er schloß die Türen, versuchte sie

zu beruhigen. Ein andermal schlug er sie, bedeckte sie mit Küssen und bat sie um Verzeihung.
»Meine Fanny! Mein Engel! Wo ich mich aufhalte, hinterlasse ich ein Verbrechen. Verflucht will ich sein!«
Sie blickte ihn starr an und wurde schneeweiß. Sie magerte ab, die Knochen ihres Gesichtes traten hervor wie auf einer Totenmaske. Sie weinte, ohne einen Muskel zu verziehen; und ihre reichlichen Tränen schienen aus einer steinernen Quelle zu rinnen, die man in ein menschliches Modell eingemeißelt hatte. »Wir sind nicht unglücklich, nicht wahr? Wir leben nur unser Glück auf gewaltsame Weise aus, das ist es!«
So standen die Dinge, und Camilo hatte keinen Zugang zu der Hölle, in die sich das Haus Lodeiro verwandelt hatte. Alle wurden davon angesteckt und reagierten in unterschiedlicher Weise. Clotilde warf eines Tages die Schürze zu Boden und erklärte, sie gehe fort. Ein Mädchen namens Franzina ersetzte sie, das nicht einmal ein Ei zu kochen verstand und sich alsbald in José Augusto verliebte. Sie schaute ihn schmachtend an und blieb neben dem Tisch stehen, um ihren Gesprächen zu lauschen, wenn sie beim Essen waren. Aber wie sonderbar – Fanny bemerkte nicht einmal diese Anzeichen einer wahren Faszination.
Dona Josefa warnte sie: »Es ist besser, wenn Sie Franzina fortschicken.«
»Na aber, weshalb denn?«
»Sie hat ein ganz und gar unschickliches Benehmen. Sehen Sie nicht, wie sie José Augusto anschaut?«
»Was ist denn dabei?«
»Sagen Sie nicht, daß ich Sie nicht gewarnt hätte.« Sie fand ihre Schwägerin närrisch und liederlich. Franzina trieb die Kühnheit so weit, daß sie in José Augustos Zimmer verweilte, wenn sie ihm morgens das heiße Wasser brachte und José Augusto mit ihr verständnisvolle Blicke tauschte. Doch Fanny blieb gleichgültig. Franzina heulte; sie fühlte sich wie ein wildes Tier, ohne Format, ohne Seele und ohne Anziehungskraft. Als José Augusto eines Tages in Fannys Gegen-

wart zu ihr sagte: »Komm mir nicht zu nahe, du riechst schlecht«, bekam sie einen Nervenanfall, man mußte sie forttragen. Sie hätte sich umgebracht, wenn man nicht das Bitterkleesalz, das zum Wäschebleichen im Hause war, vor ihr versteckt hätte. Fanny empfand Mitleid mit ihr und besuchte sie in ihrer Kammer, die ihr Licht durch eine hohe Luke empfing, zu der sich ein Weinstock hinaufgerankt hatte.

»Geht es dir besser, Franzina?«

Sie verbarg die Hände unter der Decke. Ihr Gesicht war geschwollen und der Mund zerbissen. Fanny fühlte große Liebe zu ihr, sie strich ihr das Haar an den Schläfen glatt.

»Gott steh dir bei, mein Kind! Du bist so sehr jung. Denk an nichts mit unzufriedenem, verschlossenem Herzen! Ach, du Liebe, Liebe du!«

Sie weinten beide, eine Katze kam aufs Bett gesprungen und wollte gestreichelt sein, und sie mußten lachen. So endete Franzinas Drama.

Was Judite anbelangt, so war sie derart verschreckt, daß sie sich zu einer Versöhnung mit ihrem Mann bereitfand. Sie aßen zusammen vom selben Teller und teilten sogar das Bett mit weniger Streitereien. So verwandelte und teilte die Liebe und gönnte niemandem einen Waffenstillstand. Verleumdung und Wahrheit kamen gemeinsam mit einer Schar von weißen Schmetterlingen, die das Licht umkreisten. Sie erschienen sogar noch bei Wintersanfang. Sie bebten wie Aschenflocken, und José Augusto verspürte einen schwachen Trost in ihrer vorübergehenden Anwesenheit, die sich alle Tage wiederholte.

Fanny war es, die den Einfall hatte, sie sollten nach Braga zum Bom Jesus do Monte fahren und dort eine Weile bleiben. Anders als Camilo es andeutet, war sie es, die in diesem Hause Wünsche äußerte und dafür sorgte, daß sie ihr erfüllt wurden. Er beeilte sich, ihr den Willen zu tun, und so reisten sie, nachdem sie zwei Monate in Foz zugebracht hatten, Anfang

April nach Braga und hielten sich dort zwei Wochen auf. Camilo besuchte sie in dem Hotel neben dem Heiligtum. Er fand Fanny lesend auf einer Treppenstufe sitzen, und sie deutete auf José Augusto, der abgemessenen Schrittes von oben herunterkam. Sie schien sich erholt zu haben, und ihre grünen Augen leuchteten im Schatten des Strohhuts.

»Was für eine Überraschung! Sie sehen viel besser aus.«

»Ach nein! In Herzensdingen gibt es keine Heilung. Es gibt nur Phasen desselben Übels.«

»Was lesen Sie da, Fanny?«

»Byron, José Augustos Lieblingslektüre. Hören Sie nur: ›Wenn man niemals ein Liebespaar gewesen ist und auch nie eines sein will, bietet die Erde durchaus keine Freundschaft, die man mit der der Frau vergleichen könnte.‹«

»Byron ist das Evangelium der Egoisten.«

»›Sie liebte ihren Gatten, oder sie glaubte doch zumindest, ihn zu lieben; doch diese Liebe kostete sie Anstrengung; es war eine mühselige Verpflichtung! ... Sie hatte keinen Grund zur Klage oder zur Rüge, es gab keinen häuslichen Streit, keinen Unfrieden. Diese Verbindung war ein wahres Musterbild, heiter und edel ... aber kalt.‹«

»Don Juan und die keusche Adelina.«

»›... diese Freundschaft, die der Mann für den Mann empfindet, sie war dazu imstande, wie es keine Frau jemals gewesen ist!‹«

»Fanny! Es ist schrecklich, was mit Ihnen geschieht!« sagte Camilo. Er schaute zu José Augusto hinauf, der eben die hohe Treppe so langsam herunterstieg, daß er im Raum zu schweben schien.

Fanny fuhr in der Lektüre fort: »›Niemand bezweifelt, daß dabei, wie es bei den Gesetzen des Blutes geschieht, der geheime Einfluß des Geschlechts seine unschuldige Macht ausübt.‹«

»Hat er Sie von dieser Ungeheuerlichkeit überzeugt?«

»Keineswegs. Eine Frau ist zu allem imstande, wenn ihr ein Fuß das Herz abdrückt. Das haben Sie selbst zu mir gesagt.«

»Fanny, Sie sind verloren.«
»Ich kenne jetzt einen Dämon, der heißt Hartnäckigkeit. Das Gähnen ist mir zur echtesten Gefühlsäußerung geworden. Ich habe gelernt, daß man mehr Lebhaftigkeit in die Zuneigung legen kann, wenn man sich von den Leidenschaften fernhält. Das müßten alle Leute erfahren. Man müßte es in den Schulen lehren.«
José Augusto hatte den Fuß jener wundervollen Treppe erreicht und trat zu ihnen. In der Hand trug er das Notizbuch, in das er seine Gedanken schrieb und auf dessen Einband das Wort »Remember!« stand, gewiß ein Geschenk Fannys aus den ersten Zeiten ihres Idylls. Camilo erbte später dieses Heft und verfaßte nach ihm eine Grabinschrift ohne Geschmack und ohne Edelmut. Vielleicht hatte diese verheerende Feuertaufe in der Jugend alle Frische seines Herzens in ihm verbrannt; es blieb nur die Satire übrig als letzter Vorhang, der vor die Leidenschaften mit ihrem schalen Geschmack gezogen wurde, schal, weil sie alle Ingredienzen der Erde enthielten.
Dabei beginnt doch José Augustos Tagebuch mit rührenden Worten: »Niemand kann mich meiner Gefühle halber anklagen!« Dennoch handelte er in Angst vor dieser Anklage, als wäre die Seele des Menschen nicht ein Spiegel des Kosmos und nicht der geordneten Bewegung der Energie unterworfen, die ihn lenkt. »Wie oft setzte ich mich, spät in verschwiegener Nacht, dort ans Ufer des Baches, und wie oft vereinten sich meine Tränen mit der Strömung, die zu meinen Füßen vorbeizog.« Der Bach war der Ovil, der durch das weite Tal unterhalb der Ortschaft Baião fließt und in den Douro mündet, ein tiefer Bach, der das Marão-Gebirge von der Aboboreira scheidet. Prädestinierte Orte, beladen mit historischen Erinnerungen, mit Kriegern und Einsiedlern! Der Wappenschild der Edlen von Baião, der Vorfahren von Egas Moniz, zeigte zwei Schlangen, die gewiß ihre Klugheit und List symbolisierten und die sich auch auf dem Wappenschild der Owens befanden. Doch die Schlange, Weisheit ohne Maß,

Scharfsinn ohne Rede, glitt in den Worten vorüber, mit denen das Unbewußte ihre uralte Hinterlist aufzeichnete: »O mein Engel, hast du dir schon einmal die Unschuld vor Augen geführt, mit der Dante seine Beatrice liebte? Ich habe mehr Gefühl, mehr Liebe und mehr Unschuld als selbst Dante. Meine B. lebt in der Welt, und ich weine, weil ich nicht sagen kann: Ich liebe dich.«

»Ich liebe ihn nicht auf die gleiche Weise«, schreibt Fanny in ihrem Tagebuch. »Ich wollte in ihm einen Bruder finden.« Sie hegte nicht die gleichen Hoffnungen wie ihre Schwester Maria, die in ihm nur den Mann ihres Bettes, den Vater ihrer Nachkommenschaft sehen wollte. »Er soll niemand andern kennen außer mir.« Sie war von dem Wunsch besessen, José Augusto von jeder Berührung mit der Außenwelt fernzuhalten, ihn gegen Einflüsse und Interessen abzuschirmen, die auf sein Herz einwirken könnten. Vor allem war sie fest entschlossen, ihn zu isolieren, aber sie liebte ihn nicht. »Ich habe dir von meiner Estrela gesprochen, aber wen erblickst du in diesem Stern?« schreibt Fanny. »Ich habe dich nicht beneidet, denn neben Beatrice stand ein Engel, der eines Tages vielleicht den gleichen Stern bewohnen wird...«, sagte Camilo. Schlangen, die sich umschlingen und einander bekämpfen, ohne doch ihre erdrückenden Knoten lösen zu können.

Zwei Monate hindurch schrieb Camilo an José Augusto, aber er erhielt keine Antwort. Endlich bekam er von ihm eine rückerinnernde Antwort, wie es zu seinem Memoirenstil paßte. »Heute vor einem Jahr, was habe ich da erlebt!... Heute ist Fannys Geburtstag. Ich war so glücklich, ich war es! Aber vor einem Jahr war ich fern von der einzigen Frau, die ich liebte, ich weiß und fühle, daß ich nur im Himmel wieder so lieben werde!« Camilo ist überrascht von dem in diesen Worten liegenden Widerspruch, oder er will nichts von ihnen wissen, weil schon neun Jahre vergangen sind. Jener Winter 1854 in Foz muß für Fannys und José Augustos Leben entscheidend gewesen sein. Sie ging manchmal aus dem Haus, eingehüllt in einen Umhang aus weicher grüner Wolle mit Pelzbesatz, und der Wind ließ die Bänder ihres Hutes hinter ihr herflattern. Sie wirkte ein wenig geistesabwesend und von jedem Gefühl abgewandt. Die Brandung sprühte ihr ins Gesicht, daß es aussah, als wäre es mit salzigen Tränen benetzt. Camilo erblickte sie und trat auf sie zu; sein Neufundländer erkannte sie und warf sich ihr vor Freude jaulend zu Füßen.

»Es ist nicht gut für Sie, bei solchem Wetter auszugehen«, sagte er eines Tages.

»Jetzt kann mir nichts mehr etwas anhaben. Ich gehöre schon zu den dreihundert Seelen, die Sie in Porto kennen, die für den Roman, für die Tragödie, ja selbst für eine burleske Komödie unergiebig sind.«

Sie sprach gereizt, und in ihren Worten lag etwas wie moralischer Wandalismus. Am 12. Januar fand Camilo das Paar vor dem Abendessen besonders erregt. Fanny zog sich zurück, als sie ihn erblickte, und José Augusto blieb lange Zeit stumm, ohne seine Verärgerung zu verbergen.

»Wenn ich dich störe, komme ich ein andermal wieder«, sagte Camilo.

»Nein, bleib nur!« Aber dann war er doch einverstanden, daß Camilo ging. Er schien sich äußerst belästigt zu fühlen und trommelte mit den Fingern gegen die Fensterscheiben, auf die der Regen niederging. Schließlich suchte er Fanny auf. Sie saß still in dem großen Zimmer im ersten Stock und polierte sich die Nägel mit Sämischleder.

»Um einen schönen Gefallen hast du mich da gebeten! Das ist ein großes Opfer, glaub mir! Der Schritt, zu dem du mich zwingen willst, hat viel größere Tragweite, als du dir vorstellen kannst. Aber ich glaube nicht an Vorahnungen. Wenn du es willst, soll geschehen, was du willst.« Und da ihm ihr Schweigen nicht feindselig, sondern eher freundlich erschien, fuhr José Augusto fort: »Es ist unsinnig, Fanny! Er hat mir niemals Veranlassung gegeben, ihm meine Wertschätzung zu entziehen. Du glaubst, Camilo sei das Bindeglied zwischen mir und dieser Person, die in einem Sumpf steckt und die ich verachte. Doch du bist jetzt in diesen Sumpf hineingeraten, weil dein Vertrauen zu mir zerbrochen ist. Ach, Fanny, die Entfernung hat uns keinen Nutzen gebracht! Ich begreife jetzt Dinge, die ich früher nicht verstanden habe. Ich mache mir keine Illusionen mehr über dich, obwohl sich meine Gefühle nicht verändert haben. Ich weiß nicht, Fanny, ob ich dich noch lieben kann, nachdem du auf ein solches Niveau hinabgestiegen bist.«

Er litt sehr, und große rote Flecken zogen sich von seinem Hals bis zu den Schläfen. Es gab immer jemanden, dem Fanny José Augusto entreißen wollte, und bei diesem Aufenthalt in Foz entfesselte sich der Sturm, der endgültig die Taue zur Vergangenheit kappen und gleichzeitig das ganze Gebäude dieser Ehe erschüttern sollte, die auf einer Art von erotischem Neid, nicht auf fruchtbarer Liebe aufgebaut war.

Fanny gab ihm zur Antwort: »Ich kann nur auf das Niveau des Erdgeschosses hinabsteigen, mein Freund. Wenn ich mich von diesen Wänden eingeschlossen sehe, werde ich wütend. Wenn ich doch ausgehen könnte wie du und laufen, bis ich erschöpft wäre und tot umfiele! Dann würdest du des Nachts auf deinem Pferd durch die Berge davonreiten, du wärest frei mit deinem Schmerz, und das heißt glücklich sein. Und ich? Ich bin darauf beschränkt, die Zeit damit zu betrügen, daß ich mich gewöhnlich verhalte, um meine Würde nicht einzubüßen. Und dabei habe ich doch meinen eigenen Wert!«

Eine erstaunliche Erklärung, die Camilo schon früher mit einer Mischung aus Bewunderung und Furcht angehört hatte! Raquel, José Augustos positive Liebe, hatte einmal vorausgesagt, daß dieses »gebildete Mädchen« ihn zugrunde richten würde. »Ich hoffe, der Zauber dieser heiligen Liebschaft mit einer literarisch versierten Dame wird einmal zerbrechen«, sagte sie. Die beiden Frauen kannten einander kaum, aber zwischen ihnen war ein Krieg erklärt, der wohl auf fernen Planeten oder in den schwindelerregenden Zonen des Nicht-Stofflichen ausgetragen werden mußte.

»Ich bin nicht im Niveau gesunken«, erklärte Fanny, »ich bin dort, wo du mich gefunden hast. Wenn ich in deinen Augen gesunken bin, so habe ich keine Schuld daran. Du hättest mich nicht so hoch erheben sollen. Mir fehlt die Einweihung in die Laster des Herzens, und wenn du findest, daß ich gewöhnlich geworden bin, so liegt das daran, daß ich schon vorher gewöhnlich war. Wir gehen dem Ende unseres Zusammenlebens entgegen. Früher wollte ich sterben, weil ich dich liebte, jetzt werde ich sterben, weil es zum Gebot wird, dich zu verlassen.«

»Dramatisiere nicht so, Fanny! Wähle das Datum unserer Trennung, und wir trennen uns.«

»Gut denn. Du hast schon kühl die Unannehmlichkeiten des intimen Beisammenseins abgewogen, du hast schon die Notwendigkeit der Zurückhaltung geschaffen. Ich liebte dich, ohne darüber nachzudenken, wie du als Liebhaber sein würdest. Ich habe kein Diplom für einen erträglichen Ehemann von dir verlangt. Es sind Dinge, wie ich sie dir jetzt sage, die zerstören, was du ›die heilige Lyrik des Herzens‹ nennst. Wir haben einen erbärmlichen Roman erfunden, weil sich die Aufrichtigkeit nicht mit der Muße verträgt. Du hast kein Mitleid mit gefühlvollen Frauen. Weißt du, was die Frau deines Bruders zu mir gesagt hat? Sie sagte zu mir in Lodeiro, als ich eben angekommen war und von Scham, Leidenschaft und Verzauberung ganz erfüllt: ›In der Liebe zählen die Männer nicht.‹ Wie konnte sie das wissen? Sie ist keine Literatin, ihr Kopf dient ihr zu kaum mehr, als sich Marabufedern ins Haar zu stecken. Wie konnte sie das wissen?«

»Bist du endlich fertig, Fanny? Du glaubst, Camilo wäre ein Glied in der Kette, die mich an jene Frau bindet. Es ist abscheulich, daß du denkst, ich könnte ihn nicht entbehren, weil er mich ihr näher bringt und die Vergangenheit mit ihr lebendig hält. Ich verachte diese Frau.«

»Du verachtest sie? Du suchst ein Heilmittel für dein inneres Mißvergnügen an der öffentlichen Schmach, aber die verachtest du nicht, und weil du dich selbst verfälscht hast, hast du

deine Persönlichkeit eingebüßt und kannst nicht mehr zwischen Gut und Böse unterscheiden.«
Dieses Gespräch, das mit untadeliger Würde geführt wurde, überzeugte sie beide nicht davon, daß sie die Wahrheit sagten. Die Wahrheit existiert unabhängig von der Tonlage, in der sie der Welt mitgeteilt werden kann.
José Augusto erzählte Camilo Teile von dieser Aussprache, unterschlug aber die Bitte, die Fanny geäußert hatte: den Umgang mit ihm zu beenden. Sehr bald gaben sie zu, daß Fanny weit davon entfernt war, in die Chöre der geschlechtslosen Pappmaché-Engel aufgenommen werden zu können, die die Sprache der Weltflüchtigen aus dem Café Guichard bevölkerten – sie war vielmehr eine furchteinflößende Frau. José Augusto wehrte sich dagegen, sie zu lieben, und bot dazu Kräfte auf, die er in diesem geheimen Einverständnis von Männern zu finden glaubte, einer Mischung von Vorsichtsmaßnahme und Angst vor dem weiblichen Geheimnis.
»Du fragst mich, ob ich sie liebe«, sagte José Augusto. »Es gibt keine Frau, die nicht von Fanny ausgestochen würde, und doch liebe ich sie nicht. Keine, die einen Vergleich aushielte mit dieser Gewissenhaftigkeit, die ihre Wurzeln im Himmel hat, und doch liebe ich sie nicht. Ich stelle mir das seltenste Glück im intimen Zusammenleben mit Fanny vor, und doch liebe ich sie nicht. Was ist das für ein Widerspruch, der mich verbrennt und mich umbringt? Der Arzt hat mir gesagt, nur ich könne sie retten, und ich habe ihm geantwortet: ›Ich kann Fanny nicht lieben, ich werde sie nicht retten können. Jedem das Seine, Doktor. Ihnen steht die Ehre eines Wunders zu.‹«
In den Beziehungen zwischen den Menschen gibt es merkwürdige Formen der Schmeichelei. José Augusto fürchtete, sich vor Camilo herabzuwürdigen, wenn er ihm sein Herz öffnete, das schon so sehr vor Sehnsucht nach Fanny schmerzte, die – das wußte er wohl – eine Liebende war, er jedoch war nur ein Vorwand für ihre Liebesfülle.
Von nun an litten sie, ohne daß ihr Leiden sie miteinander

verbunden hätte. Sie stritten sich, eingeschlossen in das Dunkel, das ihnen ebenso lieb war wie der hohe Gipfel, zu dem sie aufstrebten. Als Frau von Adel war Fanny ein tätiges und damit reicheres Leben unbekannt. Und José Augusto standen nicht die Hilfsmittel einer klugen Zivilisation zur Verfügung, die ihm einen umfassenden Kreis von Freundschaften erlaubt hätten, in denen Verderbtheit nicht gebilligt wurde. Immer stärker waren sie von einem Ziel beherrscht, das den Blick auf vergangenes Glück verbot; es erschien ihnen, verglichen mit ihren gegenwärtigen Schmerzen, von unerträglicher Plattheit.

Wie oft ließ er Fanny in ihrem Zimmer zurück, wo sich Judite und Franzina weinend ablösten und in der Schürzentasche einen Rosenkranz trugen, dessen Perlen leise aneinanderstießen, ritt aus und verlor sich in den Ausläufern des Marão-Gebirges. Die kleinen Eichengehölze ritzten ihm die Haut auf, und die hohen Stechginsterbüsche der Abobreira-Berge waren wie ein Strom aus Binsen, wie ein grüner Nil, in den sein Pferd bis zu den Flanken eintauchte. Auf der Höhe des Gebirges stieg er ab und kletterte zu Fuß noch höher. An klaren Tagen sah man von dort aus bis zum Meer. Und dort oben blieb er; der Schweiß vereiste ihm auf der Stirn im Hauch der Brise, die Tränen erstarrten in seinen Augen zu Glas, ohne daß er etwas anderes fühlen konnte als eine verschwommene Dankbarkeit, weil er da war und weil der Tod ihm wie Dasein erschien. Es ist die Glorie der Menschen, gemeinsam und ohne Ungleichheit zu leben: als Liebende der göttlichen Welt. Seine Liebe war ein irrender Gesang, in dem die Freude nicht durch ein Ziel vertreten war. Deshalb sagte er: »Ich liebe Fanny nicht.« Aber Fanny war das, was ihn mit dem Leben, mit dem Geist und mit der Jugend verband. Sie erotisierte ihre Ähnlichkeit mit allen Wesen, insbesondere mit denjenigen, die ihm am nächsten gestanden hatten, wie seinerzeit Maria und immer noch Camilo.

Dort auf jenen Höhen, wo der ehrwürdige Schatten der ersten Lusitanier nachlebte, wo sie unter den Grabsteinen schliefen, wo sie am Altar der Dolmen gebetet hatten, die nun den Hirten Schutz boten, dort begriff er, daß ein liebender Gott in ihm wohnte. Er trennt die liebsten Freunde, weil er über die Unantastbarkeit der Seele wacht; denn die Substanz des Menschen kann seinen Gefühlsneigungen, so groß sie sein mögen, nicht widerstehen. Und diese Substanz ist die Freiheit, die nie unterjocht wird durch das, was unser nach Genüssen, nach Frieden und nach dem süßesten und fruchtbarsten Glück begieriges Herz bedrückt. Er begriff, weshalb er undankbar gegen Fannys Liebe war und weshalb er, obwohl ihn Camilo mit dem brillanten Kampf verlockte, in dem er die anderen Menschen bezwang, seiner Zerrissenheit ungeachtet seinen Appellen nicht nachgeben konnte. Er gehörte hierher, in diese Einsamkeit, in der die Toten weiterlebten, die sich in Heidekraut und Ginster verwandelt hatten. Zu diesen waldähnlichen, dichten, vom Wind gebeugten Ginsterbüschen. Was war das für ein Wind, wenn nicht die Grenze des Windes? Er glich keinem anderen, dieser Hauch, in dem eine Stimme schwang, die sich über die Hänge des Marão-Gebirges hin ausbreitete, diesem mystischen Gebirge, durch das die Wölfe in schweigendem Trott zogen, daß der Hase auf der Lichtung reglos erstarrte und das Murmeln der unterirdischen Quelle hörbar wurde. Die gewaltigen Felsen der Abobreira erhoben sich wie Kathedralen aus Dolomit mit dem feierlichen Gewicht, worin das Geheimnis des Spitzbogens still ausschwingt. Er war anders, er selbst hatte oftmals von sich gesagt: »Mein Menschentum ist unvollkommen.« Das hatte er zu Camilo gesagt, einem Mann von allgemeinem Charakter, der bereit war, sich mit der Welt zu überwerfen, und ebenso bereit, sich rasch wieder mit ihr zu versöhnen. Er jedoch lebte seit seiner Kinderzeit nur in einer unachtsamen Gelassenheit, die seine Mutter manchmal als Egoismus bezeichnet hatte. Die Unschuld, sein Stützpunkt im Leben, war mit ihm im Einklang, gewährte ihm aber nichts. Fanny konnte wie er selber mit nichts anderem geteilt werden, nicht einmal mit der Liebe. Es war im Allertiefsten ein Leben in sich selbst. Und seit sie sich begegnet waren, seit der eine vom anderen Atem und Willen empfangen hatte, waren sie dahingesiecht. Denn die Liebe ist Knechtschaft, und beide waren allzu nobel, um sich unterzuordnen. »Schau, Fanny, unsere Seelen sind privilegiert!« hatte er im gleichen Augenblick zu ihr gesagt, in welchem er niederschrieb: »Ich kann dich nicht lieben.« Sie mußten sterben, weil sie nicht eine einzige Person sein konnten.

Alles würde mit jener dichten, tänzerischen Luft vermischt bleiben, die das hohe Heidekraut zu Boden drückte. Es waren nicht einmal Geheimnisse. Es war etwas in Gedanken unmöglich zu Erzeugendes, wenn man so will, etwas Göttliches. Einige Male traf er die kleinen Hirten mit ihren von Visionen geblendeten Augen, die behaupteten, sie würden von einer schönen, weiß gekleideten Dame besucht. Die Nachricht lief durch die Dörfer; das Volk unternahm eine Wallfahrt, gierig vor Hoffnung, doch bezwungen von der Neugier, die ihr Gegenteil ist. Sie kehrten enttäuscht zurück, und der Geistliche predigte mit Strenge gegen diese Leichtgläubigkeit. Doch José Augusto folgte den Kindern mit den Augen; sie stießen kurze Pfiffe aus, um ihre Schafe herbeizurufen. Er wußte, sie sahen wirklich eine Frau mit heiterem Antlitz und rosigem Mund. Dieser Rosenmund, der wie mit Rosen gefärbte Milch aussah, war das Ungewöhnlichste an ihr. Es war ein Opfer, sie nicht anzuschauen; es war ein Opfer, sie nicht wahrzunehmen. Sie allein vermied das Verderben, das der nachdenkliche Mensch aus allen Belehrungen zieht.

Wir sagten, José Augusto unternahm ein wenig aufs Geratewohl Ausflüge in die Ortschaften des Gebirges wie Boscras und Servins. Und wenn er über die Hochebene von Aboboreira ritt, kam er auch nach Travanca do Monte, wo die Wiege des Dichters Pascoaes steht. Es ist ein von der übrigen Welt abgesonderter Ort, wo der Stein zu Wind wird und der Wind die Mondfrau, die Witwe des Windes, in schwarze Schleier hüllt. Die Wildnisse des Douro-Ufers bringen hochbegabte Träumer hervor, wie gewiß auch jenes Geschlecht aus dem zehnten Jahrhundert, das Portugal in den Kämpfen der Feudalherren Gestalt gab, diesen Kämpfen, die mehr bedeuteten als nur den Wunsch, Menschen und Ländereien zu zerstückeln. »O ein Gott ist der Mensch, wenn er träumt, ein Bettler, wenn er nachdenkt...« Hölderlin versteht dieser dunklen Glut Stimme zu geben, die nicht einmal Ruhm anstrebt und der Anhauch eines Traumes ist, als käme er vom Hauch des Königs, also seinem Innersten. Dort liegen die Herren vom Ufer der Tâmega ohne ein Zeichen, das sie der Geschichte kenntlich machen könnte, stolze Tote, deren Schultern nicht von der Weisheit gebeugt sind. Sie empfingen keinen Lohn von der Nachwelt, und sie gaben ihr Geheimnis nicht weiter. Und dennoch hatten sie ihre Geheimnisse wie alle Menschen.

Auch wenn José Augusto Camilo nicht Fannys Bitte ausgerichtet hatte, er möge auf weiteren Umgang mit ihnen verzichten, konnte er diesen Wunsch doch dem Schweigen entnehmen, mit dem seine Briefe bedacht wurden. Also unterließ er es nach und nach, ihnen zu schreiben, und widmete sich mehr und mehr seiner Laufbahn. Er gab jetzt Proben eines Talents, das sich zwischen dem von Unsterblichkeitsdrang beflügelten Gefühl und plumpem Davorzurückweichen aufteilte. Die Satire war seine Scham über die inständige Bitte, die er an den heiligsten Bezirk seines Talents richtete: eine Spur von seinem Erdenwallen hinterlassen zu können.

Eines Tages suchte er Manuel Negrão auf dem Gut Mosteirô auf. Er traf ihn, einen breitkrempigen Hut auf dem Kopf, wie er seine Weinstöcke entlaubte, damit die Sonne die Trauben reifen konnte. Sie sprachen von Fanny.

»Fanny ist tot«, sagte Negrão. »Ich habe sie vor kurzem gesehen. Es geht ein widriger Leichengeruch von ihr aus, und die Augen, die du einmal kanntest, sind jetzt wie Eulenaugen, durchsichtig; sie brennen in einem kalten Licht.«

»So schlimm wird es wohl nicht sein.«

»Doch. Das alles hat mir leid getan. Niemand dort hat noch alle seine Sinne beieinander. Alle weinen und leben in tiefer Niedergeschlagenheit. Leute, die seit vielen Jahren verfeindet waren, umarmen und versöhnen sich. Ich weiß nicht, ist das Güte oder ist es Notwendigkeit. All das ist sehr schwer zu begreifen. Wer unterscheidet die Lebenden und trennt sie von den Toten? Ich beschneide meine Weinstöcke, wie ich früher meinen Feinden die Gurgel durchgeschnitten habe: um nicht vor Traurigkeit zu vereisen und nicht zu erröten, weil mir die Blumen und Früchte, die rings um mich her blühen und reifen, keine Freude machen. Unter dem lügnerischen Licht des Mondes sehen wir nicht, daß Liebe und Haß miteinander einen umfassenden, beständigen Pakt einhalten. Respektieren wir diesen Pakt und alle, die ihm treu bleiben.«

»Gequältes Leben bietet eine Entschädigung: es endet mit einem Lächeln.«

Und Camilo begriff, daß in diesen Worten sein Abschied von José Augusto enthalten war. Dennoch sollte er eine maßlose Verbitterung bewahren, weil er ein kleiner Platon gewesen war, geopfert der Nachlässigkeit eines Schülers, der ihn in gewisser Hinsicht übertraf: in den Dingen des Gefühls. Nun war die Angst seine Herrin. Sein ganzes Leben lang sollte Camilo diese Freundschaft mit einem schmutzigen Mantel zudecken, obwohl er sie einst für fähig gehalten hatte, die Götter selbst von ihrem Olymp zu stürzen. Als José Augusto mit Fanny nach Porto kam und im Hotel Barthès abstieg, besuchte er beide nur noch mit einem gewissen Widerstreben. War das noch der junge Mann mit einer Pose, die launische Verachtung vortäuschte? Ihr Unglück isolierte sie von ihren Mitmenschen und gab ihnen eine Stärke, an der jeder Trost abprallte.

Fanny war nicht aus ihrem Zimmer heruntergekommen, und José Augusto erklärte: »Sie ist sehr schwach. Wir werden nach Madeira reisen und dort eine Zeitlang leben. Willst du nicht mitkommen?«

Doch mit ihrem früheren Einfallsreichtum, aus dem heraus

sie oft die gleichen Schritte unternahmen, war es nun vorbei. Ihr verdüsterter Geist fand auch in dem Freiraum einer Reise keine Freude mehr. Die Auseinandersetzungen und Übereinstimmungen, in denen so viele Pläne mitgeschwungen hatten, durchzogen eine gefühllose Zone ihres Herzens, die Mißklang und Leere heißt. Fanny betrat den Salon, und Camilo erkannte sie kaum wieder. Mit einer gewissen Katastropheneuphorie erblickte er ihre farblosen Wangen und ihre Hände, ihre hübschen Hände, die zu kleinen knochigen Krallen eingeschrumpft waren. Er weinte, jedoch ohne Bitternis; er weinte um alles, was sie auf dem Grunde ihrer grünen Augen bewahrte: die Tage im »Paradies«, die Kirchentreppe, auf der sie schweigend saß und nachfühlte, wie unsicher das Leben war in dem Glück, das Maria und José Augusto umgab, beide so schön und zur welken Vollkommenheit einer Heirat bestimmt.

»Wenn Sie so weinen müssen«, sagte Fanny, »wäre es besser gewesen, Sie hätten mich nicht wiedergesehen.«

»Was fehlt Ihnen nur, Fanny? Woran leiden Sie? Niemand hat mir gesagt...«

»Es ist nicht weiter schlimm«, erwiderte sie kurz. »Ich spüre hier einen Schmerz unterhalb der linken Niere. Und die Brust ist angegriffen. Schon als Kind war ich brustkrank und hustete viel. Abends bekam ich Mohnsirup, der beruhigte mich.«

Sie redeten nur wenig mehr. Sie wartete auf ihre Mutter, denn die Stunde der Wiederversöhnung hatte geschlagen, und Camilo ging. Er war bedrückt, doch es liegt etwas Magisches im Leiden derer, die uns mit ihrem Herzen unterjocht haben, so daß uns ihr Schicksal zu neuen Erfahrungen hinreißt. So entsteht die Legende von den Freigeistern, die fast immer Menschen mit schlechtem Gedächtnis für die großen Vertrauensbrüche sind.

Die Reise auf die Insel kam nicht zustande. José Augusto besaß in Vilar do Paraíso noch immer das mit schwarz bemalten Lehnstühlen möblierte Haus. Der Garten lag auf gleicher

Höhe wie das Zimmer, in dem sie schlummerte und seufzte, er blühte noch, und an dem Orangenbaum hingen Orangen; auf dem Judasbaum jedoch sangen keine Vögel mehr. José Augusto schrieb häufig in sein Tagebuch und entfernte sich nicht vom Haus. Maria ließ sich dort nie blicken, und Fanny bat auch nicht um ein Wiedersehen. Als ihr Dona Maria Rita eines Tages mitteilte, daß ihre Schwester heiraten würde, erkundigte sich Fanny, wie denn das Brautkleid aussehen sollte.

»Das meine wird aus weißem Satin sein. Ich möchte, daß meine Nacht so sehr glänzt, daß sie das Dunkel aufhebt.«

Ihre Mutter begann zu weinen, und Fanny sagte: »Weine doch nicht! Ach, hör mir gar nicht zu und weine nicht! Der Geist eines kranken Menschen ist anmaßend.« Sie richtete sich ein wenig auf und fügte lächelnd hinzu: »Gibt es denn hier keinen Mann, der mich lieben könnte?«

»Er liebt dich doch, Fanny! Er liebt dich sehr. Aber ihr seid eben keine gewöhnlichen Menschen.«

»Das Feuer brennt in der tiefsten Tiefe der gewöhnlichen Dinge.« Und als José Augusto, aus dem Garten kommend, ins Zimmer trat, rief sie ihn zu sich und sagte: »Ich habe schlecht angefangen, aber es macht nichts. Ich werde wiederkommen.« Er sank über ihren Knien zusammen und war so gebrochen, daß Dona Maria Rita erschrak. »José Augusto, mein Sohn!«

»Was ist ein gewöhnlicher Mensch, José Augusto, sag mir das bitte! Einmal ging ich durch eine Straße, durch eine der Straßen, die niemand vor jungen Mädchen in den Mund nimmt. Ich ging irrtümlich da durch oder weil ich den Weg abkürzen wollte oder weil mich etwas dort hinzog. Und vor den Türen der Häuschen, die wie Taubenschläge aussahen, sah ich gewöhnliche Frauen sitzen. Sie trugen Frisierumhänge aus leichter Seide um die nackten Schultern, mit Stiefmütterchen und so vielen Bändern, Schleifen, Fransen und Federn verziert, daß sie wie große Wiegen aussahen, geeignet, ein Kind, ein Fürstenkind aufzunehmen. Sie waren gewöhnlich.

Sie lehrten die Begierde, diese plebejische Verwandte der Ewigkeit.«
»O Fanny, ich möchte sterben, bevor das Geheimnis unserer Liebe zur banalen Sünde wird.«
Und sie erwiderte mit grausamer Festigkeit: »Sag Camilo, es täte mir leid, daß ich ihn nicht lieben kann. Wenn ich mit dir glücklich sein könnte, würde ich immer eine schwarze Wolke in diesem Glück sehen. Das wäre seine Traurigkeit.«
Das verwirrte José Augusto; er lief davon und schloß sich in seinem Zimmer ein. Doch ein schrecklicher Trost hinderte ihn, die Gedanken, die er Fanny widmete, bis zum Ende zu durchleiden. Sie würde sterben, und so würde die höllische Kette, an der sie sich quälten, endlich gesprengt. Er ertappte sich dabei, wie er in kalter Verzweiflung sagte: »Ich will noch leben«, als müßte er sich gegen Fannys Arm wehren, der ihn mitreißen wollte.
Als ihr Tod näherrückte, wurde sie in ihrer Sprache freier; eine fast rohe Schamlosigkeit enthüllte sich in ihrem für gewöhnlich so liebenswert arglosen Gesicht. Eines Tages sagte sie brutal: »Ich glaube, die Glut meiner Leidenschaft würde dich über alle Grenzen des Genusses hinausführen. Ich will dich besiegen, José Augusto. Dich besitzen, dich allen wegnehmen, auch dir selber. Deinem Genius... deinem Genius...« Damit fiel sie in eine lange Ohnmacht.
Sie litt starke Schmerzen, und sie gaben ihr Opium, um sie zu beruhigen und den Husten zu dämpfen, der sie nicht verließ. Und in diesen Stunden der Schläfrigkeit, in denen ihr Atem leicht ging, küßte er ihr die Hände mit zerstreutem Mitgefühl und träumte davon, sie zu überleben und zu Hoffnungen, Gewohnheiten, selbst Illusionen zurückzukehren. Blitzartig fuhr ihm der Name jener Verwandten, der jungen Witwe, durch den Sinn, der er beinahe den Hof gemacht hätte. Sie war reich und gesund, sie konnte ihm Kinder schenken und ihm helfen, seine Hypotheken abzuzahlen. Was konnte man mehr von einer Frau verlangen? Die Erinnerung an Lodeiro, an jene Zeiten, als er die Nachbarn empfing und Myrten auf den Weg

streuen ließ, kam ihm in den Sinn wie ein Spiel aus seiner Kindheit. Der letzte große Empfang hatte beim »Gevatternfest« stattgefunden, und Camilo war dabei gewesen. Die Mädchen hatten Holzpuppen angekleidet, mit denen sie ihre Liebhaber prügelten. Eine davon war noch in Lodeiro vorhanden, sie trug das Kostüm von Mussets »Fantasio«, zu dem Camilo geraten hatte, denn nur er kannte die Figur. »Fantasio«, der den Narren spielte, wie er selbst, sein Camilo. Er würde ihn nicht wiedersehen. Bei diesem Gedanken wurde sein Blick streng, und mit diesem Blick ging er zu Fanny.

Sie konnte nur sagen: »Der Abschied wird mir leichtfallen, weißt du das, José Augusto? Ich leide schon nicht mehr wie die Leidenden. Dein Unglück bewegt mich nicht mehr. Ich habe nur Sehnsucht nach meinem Herzen, das ich verloren habe.« Und etwas später sagte sie: »Die Erinnerung ist mit meiner Seele dahingegangen.«

Die Nacht zum 3. August verbrachte sie ruhig. Sie hatte eine Wunde auf dem Rücken, die durch den Alkohol, mit dem die Baumwolle des Heilmittels getränkt wurde, geschwärzt und verätzt war. Sie stöhnte und bat, sie sollten doch den »Sand« fortschaffen, der das Bett fülle. Sie nahm eine Dosis Opium und beruhigte sich. Der Tod trat rasch ein, kaum daß sie erwachte. Um elf Uhr morgens stieg ihr eine leichte Röte ins Gesicht, sie schlug die Augen auf und starrte auf einen Punkt, der vielleicht das Licht des Fensters war, wo sie so oft die Blüten der Kletterpflanzen liebkost hatte. Mit kaum verständlicher, aber klingender Stimme sagte sie: »Mir scheint, daß es etwas gibt!«

Dona Maria Rita küßte sie. Sie spürte, daß der Geist Abschied nahm und hielt ohne Tränen eine Zeitlang Fannys Kopf an ihrer Brust. Danach bettete sie sie behutsam zurück und richtete sich auf, wie von einer Last befreit. José Augusto kniete neben dem Bett und verharrte so. Der Geistliche, der gekommen war, um Fanny mit den Sterbesakramenten zu versehen, zog ihn aus dem Zimmer. Er kehrte zurück, als Fanny noch nicht ins Totenhemd gehüllt worden war, erblickte ihre nackten Füße und brach in Tränen aus. Er zog ihr selber die Strümpfe und die Schuhe aus Saffianleder an. Er wollte sich daran erinnern, was für Schuhe es gewesen waren, die sie in der Entführungsnacht durchgelaufen hatte, und vermochte es doch nicht. Das wurde ihm zur Besessenheit. Er fragte Dona Maria Rita: »Was waren das für Schuhe, die sie trug, als sie mit mir flüchtete?«

Die gute Dame glaubte, er wäre nicht ganz bei Sinnen und gab ihm keine Antwort. José Augusto grübelte weiter darüber. Wie waren sie beschaffen gewesen? Waren sie aus Zwillich oder aus dunkler Seide? Er konnte sich nicht erinnern. Das quälte ihn. Der Arzt Ferreira faßte ihn beim Arm und führte ihn in den kleinen Salon, wo sie Kaffee tranken.

»Ich hatte viel Schuld an alledem«, sagte José Augusto. Sein verständiges Wesen war jetzt eine Maskerade, eine Mystifikation.

Joaquim Ferreira fiel ihm ins Wort: »Nein, so darfst du nicht denken. Sie hatte eine Veranlagung dazu, seit ihrer Kindheit war sie anämisch. Im Alter von zwölf Jahren wurde sie ziemlich krank, ich nehme an, seither war eine ihrer Lungen angegriffen.«

»Wenn ich nur die Gewißheit hätte! Dann würde mich diese Last, diese Gewissensqual, dieses Dunkel nicht so niederdrücken. Aber du kannst mir diese Gewißheit nicht verschaffen.«

»Nur durch eine Autopsie.« Er bereute seine Worte, als er José Augustos Blick sah, einen harten, wilden Blick, der die letzte Zuckung einer Liebe aufdecken wollte, in der sie mehr Geheimnisse als Gefühle geteilt hatten. Joaquim Ferreira fügte hinzu: »Auf jeden Fall bekommst du einen medizinischen Bericht. Ich möchte dich lieber traurig als ungeduldig sehen. Es scheint da eine Kränkung zu geben, die dir das Herz verbrennt.«

Dieser Joaquim Ferreira, den sie in Porto den Modedoktor nannten, war weder besonders sachkundig noch gewissenhaft, noch ehrlich. Wenn Camilo ihn in einem seiner Bücher beschreibt, schimpft er ihn einen Ignoranten. Dennoch schenkt er ihm Vertrauen bei dem berühmten Zeugnis über Fannys Jungfräulichkeit, die er, Camilo selbst, ihn zu überprüfen bittet. Wahnwitzige Eifersucht muß ihn beseelt haben, daß er noch neun Jahre später diese schaudererregende Neugier bekennt. Neun Jahre später war der Modedoktor tot. Niemand konnte also die vertrauliche Mitteilung bestätigen, die von Camilos Zeugnis als Biograph seines Freundes José Augusto abhing. »Ich war undankbar ... aber ohne Niedertracht.« Der ganze Bericht »No Bom Jesus do Monte« ist eine Niedertracht, niederträchtig sind auch die Romane »As memórias de Guilherme do Amaral« und »Um homem de bríos«. Gefühle, die zu Rachegelüsten werden, sind nur durch die Leiden würdig, die sich hinter ihnen verbergen.
Drei Tage vor Fannys Tod bat José Augusto sie, das Tagebuch lesen zu dürfen, an dem sie schrieb. Er fand die Seiten zerrissen. Er sagte dazu: »Ich sehe wohl, dein Geheimnis ist hier nicht mehr zu finden ... und so kann ich denn nicht einmal vermuten, was dich so sehr leiden gemacht hat?! Fanny, wenn es dir möglich ist, verbirg dieses Geheimnis nicht vor mir! Bei den Tränen, die ich eben geweint habe, bitte ich dich, mein Engel!«
Es gibt da einen Punkt, der für immer im dunkeln geblieben ist. Er setzt hinzu: »Heute ist es zwei Jahre her, daß du dich von mir gewandt hast.« Da er das am 31. Juli 1854 schrieb, müssen wir also auf den 31. Juli 1852 zurückgehen. Dieses Datum fällt mit der Trennung zusammen, die sich durch die im Hause »Paradies« entfesselte Krise aufdrängte, als Fanny sagte: »Heute habe ich dir geschrieben. Ich habe dir von meinem Stern erzählt. Aber wen siehst du in diesem Stern?«
Fannys Krankheit, eine typische »verkappte« Tuberkulose, ist das Symptom einer tiefsitzenden Verdrängungshaltung, die ihr vielleicht selbst nicht bewußt geworden war. Sie liebte

jemanden, der nicht José Augusto war, und als sie ihre Liebe auf José Augusto übertrug, ergriff sie so ausschließlich von ihm Besitz, daß er keine Möglichkeit hatte, davonzukommen. In seinem Unbewußten ahnte er, daß er betrogen wurde, und kämpfte darum, sich einer Leidenschaft aufzudrängen, die ihn in Wirklichkeit immer ausschloß. Im Verlauf dieses überspannten, zusammenhanglosen Dialogs gab es Augenblicke der Erfüllung, auf die gewiß eine Periode des Schuldgefühls und der Kälte folgte, wie es für diesen Zustand tiefer Neurasthenie eigentümlich ist, ohne Mittel zur Heilung, ohne Zuflucht zu Linderungsmitteln...

Die Episode der Autopsie legt die Vermutung nahe, daß José Augusto, zurückgewiesen, machtlos, durch psychische Gewalt in seinem Selbstgefühl verletzt, feststellen lassen wollte, ob Fanny eine »Vergangenheit« hatte; das hätte ihre abweisende Haltung erklärt und die ganze Summe moralischer Aggressionen, die mit der reinsten Selbstlosigkeit abwechselten. »Am gleichen Tage hast du dich von mir abgewandt! Zwei lange Jahre! Das eine brachte Entsagung und Leid, was mag dir das andere gebracht haben?« José Augusto wußte nicht, was diese Frau ihm erspart hatte; er wußte nur, was sie für ihn bereithielt, und das war der Tod.

Man darf auch annehmen, daß die Autopsie in einem Augenblick der Auflehnung dazu bestimmt war, Fannys Leichnam vor der Verwesung zu bewahren. Zuweilen besuchte José Augusto sie in ihrem Sarg mit dem gläsernen Deckel, in den er sie hatte einschließen lassen und der in der kleinen Kirche von Vilar stand. Das Herz brachte er in die Kapelle von Lodeiro, und dort verblieb es in einem mit Spiritus gefüllten Glasbehälter. Alles etwas verworrene Maßnahmen, die den ernsten Zustand dieses erblich belasteten Melancholikers verraten. Jedenfalls hatte die schöne, rätselhafte Fanny nur noch dazu beitragen können, seinen Zustand zu verschlimmern.

Als Camilo im Café Guichard von José Augustos moralischer Verstörtheit erfuhr, sagte er: »Der wirksamste Trost

bei einem großen Leid ist der, daß es den Verdacht auf ein größeres zerstreut, das uns bedrohte.«
Und er bestellte sich einen Milchkaffee. Er legte den Ellbogen auf die Tischplatte aus rotem Marmor und zeichnete langsam mit dem Spazierstock Linien in den groben Sand, der den Boden bedeckte.
Marcelino de Matos fragte: »Schreibst du jetzt deine Feuilletons in den Sand?«
»Eher Prophezeiungen wie ein müder Rabbi. Bestell doch mal ein Bier bei diesem Kellner. Gehn wir danach zu Reimão und essen gebratene Seezungen?«
Die gebratenen Seezungen bei Reimão entsprachen dem, was zu einer späteren Zeit die Seezungen bei Garrafão in Leça waren, damals, als dieses Restaurant einem kleinen Aquarium ohne Wasser ähnelte und man sich dort mit Krabbenbrotsuppe und frischen Langusten vollstopfen konnte. Camilo betrachtete die bedruckte Tapete an den Wänden des Cafés Guichard, auf der sich furchtbare Schlachten abspielten, und sagte: »Weißt du was? Keine Frau, die Sinn für das Schöne und den Drang nach Höherem hat, wird einen Mann lieben, den die anderen auslachen.«
»Was dir so alles einfällt.«
»Ich wasche mich nur von einem Verbrechen rein. Und befreie dich von meinen Diensten.«
»Mögest du morgen und allezeit dasselbe sagen können!«
»Was ich brauche, ist eine Leidenschaft für eine geistig hochstehende Frau. Und das, bevor der Winter kommt. Liebe und Galoschen passen nicht zusammen. Und José Augusto?« fragte er.
»Er ist in Lodeiro und total verrückt. In Porto werden zur Zeit alle möglichen schlimmen Vermutungen über ihn und über dich angestellt.«
»Das sind mündliche Feuilletons, die ich schon kenne. Auch du hast dein ›O Remorso‹ geschrieben, und ich habe nichts damit zu schaffen. Du wahrscheinlich ebensowenig. Das Herdenvieh von Porto besitzt eine Tugend: Niemand kann es

verstehen, wenn es laut spricht, und wenn es murmelt, dann schon gar nicht.«

»Am Ende wirst du alleinbleiben, Camilo.«

»Die Freundschaft unserer Mitmenschen ist ein Luxus, der uns teuer zu stehen kommt. Ich bin kein guter Kerl, ganz sicher nicht. Schreib du nur deine Verse, ich habe die meinigen schon geschrieben. Jetzt gibt's bloß noch rüde Prosa. Die Sprache der Engel verstehe ich einzig und allein mit dem Rest meines Herzens, der von Bildung unbeleckt geblieben ist. Ich möchte nicht bösartig erscheinen, denn das wäre pervers. Ich bin bösartig.«

»Sag das ja nicht öfter, sonst wirst du noch heiliggesprochen.«

Es war ein Augusttag, und man trank viel Capilésaft. Die Dominosteine schurrten über die Tischplatten.

José Augusto trug schwarze Trauerkleidung und war so bleich, daß Judite sagte: »Das sind die Gewissensbisse...« und ihm behende und voll hinterhältiger Häme aus dem Weg ging. Sie intrigierte, um Vicente aus dem Gutshaus loszueisen, und entwickelte dabei bemerkenswerte Geschicklichkeit. Der junge Mann schwankte zwischen dem Mitleid mit seinem Herrn und den Ratschlägen seiner Mutter, die ihn, wenn sie schon nicht seiner Priesterweihe beiwohnen konnte, wenigstens als Pedell an einer Schule und Gehilfen des Rektors sehen wollte. Diese Freude hatte sie jedoch nicht. Vicente entschloß sich plötzlich, eine Hauslehrerin auf Negrãos Gut zu heiraten, eine Dame von sechsunddreißig Jahren, die ein goldenes Pincenez trug und der zwei Zähne fehlten. José Augusto zeigte nicht einmal Neugier.

»Da tust du recht«, sagte er nur. Der junge Mann bürstete ihm gerade seine Reithose aus Elenleder aus und erwiderte, die Braut besitze Hab und Gut und ziemlich viel Gold.

»Da tust du recht«, wiederholte José Augusto. Er hatte die offene Hand auf das Tagebuch gelegt, in das er gerade schrieb, und wartete darauf, daß Vicente sich zurückzog, damit er weiterschreiben konnte. Er bezeigte keinen übermäßigen Schmerz in seinem Tagebuch, wohl aber eine Beunruhigung, die ihn völlig in Anspruch nahm. Eines Tages betrat er die Kapelle, als würde er von einer äußeren Gewalt getrieben, und stand dort und betrachtete Fannys Herz, eine rosarote Masse in ihrem Gefäß auf dem Altar. Er betete nicht, ja er war nicht einmal sonderlich bewegt. Er schien vielmehr von dem vagen Gefühl heimgesucht, daß ihm eine Gefahr drohte. Bei einem plötzlichen Geräusch fuhr er herum. Es war Franzina, die kam, um die Kapelle auszufegen, sie trug Eimer und Besen in der Hand. Sie blieb stehen und wußte nicht recht, ob sie wieder hinausgehen oder mit der Arbeit beginnen sollte. Der schwarz gekleidete Mann, der Gegenstand so sonderbarer Anklagen war, verursachte ihr ein unerträgliches Unbehagen.

»Mache ich dir Angst, Kind?« fragte José Augusto.

»Nein, Senhor, es ist nur ... wenn man hier reinkommt ...«

»Dies ist ein Herz, ein Muskel, der stehengeblieben ist, wie eine stehengebliebene Uhr. Es würde dir nichts ausmachen, wenn du es in ihrer Brust, in ihrem Puls schlagen fühltest. Und doch war es gerade dann zum Erschrecken. Erstaunliche Dinge sind aus ihm hervorgegangen: das Schicksal eines Mannes, und sogar mehr als das. Die absolute, rächende Wahrheit wurde ebenfalls darin fabriziert. Selbst Gott auf seinem Thron wurde darin konstruiert, wie ein Ingenieurswerk, eine Brücke oder eine Chaussee. Jetzt sieh es dir an: es ist sauber und harmlos, es riecht nicht, es ist kalt, und es kann keinerlei Unordnung in der Welt verursachen.«

»Lassen Sie mich gehen, Senhor José Augusto!«

»Hast du deine Herrin liebgehabt?«

»Sie war eine gute Frau.«

»Aber du hast sie nicht geliebt. Sie war ein Engel, und du hast sie nicht geliebt. Sie besaß Tugenden, Talente und wunderbare Schönheit. Doch alles war für dich zu nichts nütze. Nein, nicht so eilig, warte ... Was macht denn, daß wir jemanden lieben? Wir leben zerstückelt auf der Suche nach unseren Körpern, die über die ganze Erde verstreut sind. Der Bauch schreit, daß er sich mit den Armen verbinden möchte, die Leber stöhnt, daß sie sich an die rechten Rippen anschließen will. Und das Herz tritt in tausend Stücken in die elendesten Gassen und fragt, wo das Blut ist, das ihm Form geben soll.«

»Lassen Sie mich gehen, Senhor José Augusto!« Sie war verstört, und ihr Mund zitterte. Sie ließ den Eimer mit Getöse fallen und rannte nach draußen, und José Augusto kehrte zum Altar zurück. Mit einem leichten Schlag stieß er den Glasbehälter um, daß er zu Boden fiel, der Spiritus lief aus zugleich mit einer schleimigen, blassen Flüssigkeit.

»Es tut gut zu wissen, daß ich dich nicht leiden mache. Das ist die Freiheit.« Er setzte sich auf die niedrige Altarstufe und beobachtete einen schwarzen Schmetterling, der um das von der Decke herabhängende Lämpchen kreiste. Am Abend schrieb er dann: »Ein schwarzer Schmetterling hat mich sehr beeindruckt, der den ganzen Abend um mich herumgeflattert ist! ... Was hat das zu bedeuten? An den Tagen großer Traurigkeit, an jenen Tagen, an denen ich dein Fehlen spürte, war dieses Haus voller weißer Schmetterlinge ... diese Erscheinung war meinem Herzen teuer! ...« Das war am 13. August, die Hunde lagen von der Hitze hingestreckt und standen nur auf, um sich einen kühleren Ruheplatz zu suchen. Am 18. schrieb José Augusto: »Es ist wie verhext. Sind meine Gebete denn nichts wert? Ständig versucht mich ein böser Geist!« ... Und einige Zeilen weiter: »Bitte Gott, daß er mir Kraft schenkt, den schrecklichen Kampf zu bestehen, in den ich mich verstrickt sehe!« Er hatte Lodeiro verlassen und war für ein paar Tage nach Vilar geritten. Er hielt sich nirgendwo lange auf, ertrug kein Gespräch, er verspürte brennenden Durst, und die Verwirrung seiner Gefühle steigerte sich, je mehr er seine Liebe zu Fanny und seine Sehnsucht nach ihr beschrieb. Wahnhafte Schwermut überkam ihn, ein grausames Gefühl der Unwürdigkeit verfolgte ihn.

Er ging und betrachtete Fanny, die in der Kirche in Vilar jetzt in einem Nebenraum der Sakristei lag. Er gestattete nicht, daß man sie beerdigte; er glaubte, wenn er diese Maßnahme zuließe, müßte er sie der Liste seiner Verfehlungen hinzufügen. Er versuchte, Mitleid in sich zu wecken, aber Fannys Bild, wie sie so schön in ihrem Glassarg lag, brachte ihm nicht die erhofften Gefühle. Er log im Tagebuch, gleichsam zerrieben von seiner Gleichgültigkeit. Er ging die bedeutsamsten Daten seines Lebens mit Fanny durch und versuchte ihnen einen Sinn zu geben, den sie gar nicht hatten. »Der 12. Juli! ... Nie wieder werde ich fühlen, was ich damals fühlte ... Nie wieder! Sechs Monate danach war ich noch glücklich!« Sechs Monate danach, im Januar, lebten sie noch in Lodeiro in der düsteren Eintönigkeit, die Camilo zu erforschen versucht hat und deren Schilderung womöglich doch nicht der vollen Wahrheit entspricht; es gab sicherlich eine Zeit seines Zusammenseins mit Fanny, in der seine Lebenskraft noch Widerstand leistete, dem schrecklichen Zustand der Ungewißheit weniger stark unterworfen war. »Ich erinnere mich, ein solches Glück empfunden zu haben, daß selbst du dich davon überzeugen ließest ...« Doch die Schlaflosigkeitskrisen häuften sich. Schon damals ging José Augusto, nachdem die Besucher fort waren und Fanny sich zurückgezogen hatte, zurück in den Salon, und niemand konnte die Stunde bezeugen, in der er sich schlafen legte, sicherlich eine späte Stunde, wenn es im Hause totenstill geworden war.
Als er ein weiteres Mal nach Lodeiro zurückkehrte, kam er auf den Einfall, allabendlich gegen Mitternacht auszureiten, womit er Judite ängstigte, die sich in ihrem Bett bekreuzigte. Wie in La Fontaines Fabel machte die Furcht sie gefügig für die ehelichen Freuden, und Marques profitierte von dem nächtlichen Schrecken mit solchem Entzücken, daß er sogar José Augustos exzentrische Einfälle verteidigte.
»Na und? Wenn es ihm Spaß macht, warum soll er nicht frische Luft schnappen? Wer kann bei der Hitze schon am Tage aus dem Haus!« sagte er. José Augusto aber zog sich den

Ruf eines finsteren Werwolfs zu, mit Augen wie Kohlenglut, die, wie man raunte, im Dunkeln leuchteten.

Seine Auseinandersetzung mit Fanny, als sie verlangt hatte, er solle Camilo aus dem Wege gehen oder die Beziehungen zu ihm abbrechen, datierte vom Ende Januar. »Das ist ein großes Opfer ... wirklich, glaub mir! Ich sehe in diesem ›Schritt‹ weit mehr, als du dir vorstellen kannst! ... Aber ich verlasse mich nicht gern auf Vorahnungen!« Sicher ist, daß sich von da an die Beziehungen der beiden verschlechterten und kein Einverständnis mehr möglich war. Fanny wurde von wütender Eifersucht verzehrt. Jeder Geschäftsbrief weckte wilden Verdacht, sie behauptete, er komme von Maria, sie erkenne die Schrift; oder von Raquel, sie erkenne das Parfum. Nie wollte sie zugeben, daß sie in Wirklichkeit glaubte, er stamme von Camilo und sie hätten eine verfeinerte Methode ausgetüftelt, miteinander zu korrespondieren. Wenn sie José Augusto ausreiten sah, schickte sie einen Diener nach Mosteirô, um herauszubringen, ob er sich dort aufhielt. Oder sie versteckte sich einen ganzen Tag in einem dunklen Kleiderschrank oder in einer Bodenkammer, wo nie jemand hinkam, damit José Augusto, wenn er heimkehrte, denken sollte, sie habe ihn verlassen. Sie durchsuchte seinen Anzug, roch daran, stöberte nach Spuren, nach Haaren; ein abgerissener Knopf brachte sie außer sich, weil sie sich obszöne Spiele der Leidenschaft und gewaltige Ausschweifungen vorstellte. Dieser Wahn teilte sich allen mit, im Hause herrschte eine Übererregtheit ähnlich der Panik, die man genießt, bevor sie Überzeugungskraft gewinnt und zur konkreten Drohung wird.

Eines Tages fand Fanny in einer von José Augustos Schubladen Ausschnitte aus dem »Portuense«, darunter einen vom 30. Mai 1854. Zu dieser Zeit waren sie vom Bom Jesus zurückgekehrt, wo Camilo ihnen eine Woche Gesellschaft geleistet hatte. Danach hatte er den Artikel verfaßt, in dem er seinen furchtbaren Rat in Erinnerung brachte: »Lassen Sie ihn vorbeiflattern! Atmen Sie nicht seinen Atem ein, denn er überträgt den Tod!« Und ein Stückchen weiter: »Ich habe sie erschreckt. Sie wußte nichts von der Existenz dieser wilden Tiere. Und dann beobachtete ich Dulce. Was las man in ihrem Gesicht, Neugier, Mitgefühl, gekränkte Eigenliebe, die Angst der Einfalt oder den Vorsatz zu einem männlichen Mut... was mochte es wohl sein? Vielleicht alles zusammen. Ich bin es, der sich geirrt hat! Mein Freund war ein Mysterium, und er wird es für alle bleiben, wenn sie ihn durch den Vorhang des Herzens ausspähen wollen...«

Er hatte sich nicht geirrt. Fanny sollte in hilfloser Untätigkeit erstarren, in der tränenlosen Kälte der großen Empörung, für die die Welt des hellen Verstandes unwirklich ist. Von diesem Augenblick an bemächtigte sich ihrer ein so strenges Schamgefühl, daß sie nie wieder erkennen ließ, ob sie José Augustos exzentrisches Treiben beachtete. Ihre Krankheit verschlimmerte sich, sie las oder strickte nicht einmal mehr. Nur selten ritt sie aus; ihr Amazonenkostüm schenkte sie Franzina, die sich daraus einen Rock schneiderte, den sie mit drei Reihen gerüschter Volants verzierte.

Camilo irrt sich, wenn er ihren Aufenthalt in São João da Foz auf Ende November 1853 ansetzt. Tatsächlich befanden sich Fanny und José Augusto bereits am 10. November dort, und zwischen ihnen vollzog sich ein Bruch, der von beiden in ihren Tagebüchern verzeichnet wurde. Er schrieb: »Ich bitte dich, meine geliebte Fanny, daß du den klaren Mut haben mögest, diesen Entschluß zu überprüfen! Wenn nicht um deinetwillen, dann um meinetwillen... selbst wenn es ein Opfer ist, glaub mir, daß ich dir dankbar sein werde, solange ich lebe!«

Am selben Tage um vier Uhr nachmittags schloß sie sich in ihrem Zimmer ein und schrieb zum erstenmal in ihr Tagebuch seit der konfliktreichen Zeit des Beginns ihrer Liebe, als Marias Groll ihr das Herz zerriß: »Ich leide, wenn ich in dieses Buch schreibe, in das ich einst geschrieben habe!... Das Leid von damals ist nicht dasselbe wie das von heute. In jener Zeit erflehte ich das Ende meines Lebens eines Gefühls wegen, das ich nicht länger für mich bewahren konnte. Ich

liebte den Mann so sehr, der mich heute quält. Ich erflehe es heute, weil ich ihn verlassen möchte! Weil ich nicht leben darf! Dieses Buch war für mich und wird immer sein ...«
Hier brach sie ab, und es folgen eine Reihe herausgerissener Seiten und danach José Augustos Worte, die er am Vorabend von Fannys Tod niederschrieb und an dem Tage abschloß, an dem sie nach der Autopsie in der Kirche von Vilar aufgebahrt wurde. »Du hast diese Seiten zerrissen«, schreibt er, »und ich kann nicht einmal Vermutungen anstellen, was dich so sehr hat leiden lassen.« José Augusto log nicht. Aber er wußte gewiß, welches Fannys Leiden war, von dem sie kein Zeugnis hinterlassen hat. Vielleicht wußten es auch Dona Maria Rita und vor allem Maria und Hugh Owen. Camilo, der die Tagebücher sechs Jahre später an sich brachte, versichert, Fanny habe geschrieben »der Mann, der mich heute verabscheut« statt »der Mann, der mich heute quält«. Das Wort wurde ausradiert. Von wem? Wer nahm sich das Recht, es zu ersetzen, ein neues zu wählen? Sicher ist nur, daß José Augusto am 10. November 1853 beschlossen hatte, sich von der Frau zu trennen, die er Camilo gegenüber als »meine Schwester« bezeichnete. Wären ihre Beziehungen nur geschwisterlicher Natur gewesen, hätte José Augusto nicht in die Autopsie eingewilligt, da sie eine Besonderheit hätte enthüllen können, die die Annahme verstärken würde, daß er als Ehemann nicht zu beneiden gewesen war.
Am 30. August, als Fanny gestorben war, fiel ihm, wie es seine Art war, ein Datum ein: es war der Zweite. »Am Zweiten habe ich mich von dir getrennt, wie mußt du gelitten haben, mein Engel!... Die Schufte, die uns in diese Lage gebracht haben, werden nie wieder etwas von mir hören – Freundschaft mit ihnen wäre eine Beleidigung für dein Andenken ... Es wird noch ein Tag kommen, an dem ich Rache nehmen werde, wenn die Rache des Himmels sie nicht schon vorher trifft! ...« Da José Augusto sagt: »es ist ein Jahr her«, wäre jener Zweite, demnach der 2. September 1853, der Tag, an dem er die verhängnisvollen Briefe erhielt? »Der Zweite

wurde in jedem Monat von uns gefeiert! ... Er rief uns jene Nacht ins Gedächtnis, in der wir so viel erlebt hatten.« Also erfolgten Trennung und Wiederversöhnung fast gleichzeitig, wie es in den großen Wirrnissen der Leidenschaft häufig geschieht. Am 7. September 1854 schreibt er: »Heute ist es ein Jahr her, daß du und ich fühlten, wie ein Kummer zu Ende ging, unter dem wir fünf Tage gelitten hatten. Um neun Uhr morgens umarmte ich dich in deinem Zimmer.« Noch ein weiteres Mal wird der Zweite als Pol einer erschütterten und neu aufgenommenen Beziehung vermerkt. Die Sexualität wird als wilder Kampf erfahren, auch ein gespenstischer Sadismus ist bei ihren Zornausbrüchen gegenwärtig – Edelmut im Zusammenprall mit schieren Gemeinheiten und Schändlichkeiten, Bestrafung, Aggressivität, Angst vor der Trennung, Verlangen nach einem Neuanfang, nach Veränderung, wenn sie auch nur Haus, Situation, Freunde betreffen sollte; Neigung zu undurchschaubarem Verhalten, wahnwitzige Planlosigkeit, Unklarheit in den Motivationen – all dies könnte für eine Diagnose dienlich sein, ist aber nicht genug, um einen Roman daraus zu machen.

Es gibt allerdings eine Hypothese, auf die man kommt, wenn man auf Wörter stößt wie »schrecklicher Kampf« oder »Reue über einen Teil meiner Vergangenheit«: daß José Augusto Opium genommen haben könnte. Das wäre nicht verwunderlich, denn Laudanum wurde damals häufig verschrieben. Es gab Perioden, in denen bei ihm Abmagerung, traumhafte Zustände, gesellschaftliche Unangepaßtheit festzustellen sind und vor allem die Verwirrung, die sich in seinem Tagebuch offenbart. Dazu würden auch sein Müßiggang passen und der traumatische Schock über den Verlust der Mutter zugleich mit einer Veranlagung zu geistiger Labilität, die Camilo mit seinem nicht durch Vorbehalte des Gefühls entwaffneten Scharfsinn beobachtet hatte. »Ich habe seine Blässe und sein Lächeln gesehen. Die Blässe der moralischen Hinfälligkeit und das Lächeln einer durch frühe Enttäuschungen gealterten Jugend.« Dennoch bekennt er sich fast als Sklaven dieses düsteren, seelisch abgestorbenen Menschen, an den er sich viele Jahre hindurch erinnern wird, während er wie die Trümmer eines Schiffbruchs dessen Tagebücher sammelt und die Bücher, die er gelesen hatte. Als er eines Tages nach Amarante kam, traf er dort einen Freund von José Augusto, der ihm Byrons Werke schenkte, die einen Teil von José Augustos Bibliothek ausgemacht hatten und die er sehr geliebt hatte. »Darin habe ich ihrer beider Bildnisse gefunden. Immer wenn ich sie betrachtete, ist mir, als sprächen sie zu mir und sagten: ›Und du lebst noch! Wir, die wir vom Glück so begünstigt schienen, sind dahin... und du... du bist hier, wie unversehrt, und fragst unsere Bildnisse, welche Schwäche uns getötet hat.‹« Sechs Jahre waren vergangen. Die Undankbarkeit ist nicht zu verkennen in dem unglaublichen Urteil über José Augusto: »dunkler Märtyrer der unverständlichen Seele, die Gott ihm mitgegeben hatte!...« Die Erinnerung schimmert jedoch in den schmerzbewegten Worten »wie unversehrt«. In Camilo nistete der Neid, der sich der Beständigkeit seiner Freundschaft mit José Augusto widersetzte. Er kämpfte gegen die Dankbarkeit an, in deren Abhängigkeit er verblieb wie ein lärmender, gieriger Lakai. José Augustos Fehler sind in seinem Temperament begründet, nicht in seinem Gefühl. Er wußte, daß das Gefühl kein Gegenstand einer geschäftlichen Vereinbarung ist, daß es sich nicht in Schulden stürzt, daß es niemanden versklavt. Camilo war sein Sklave, weil er sein Genie dafür verpfändete, sich Werte untertänig zu machen, die ihn verlockten; selbst Fannys Leben wurde auf dem erbärmlichen Felde der Eigenliebe zum Opfer gebracht, die der seltensten Leidenschaft so sehr ähnelt. José Augusto hatte keine unverständliche Seele. Der Dichter sagt, die Bahn des Lebens ist keine gerade Linie, und sie fliegt nicht wie ein Pfeil dahin. Eine andere Macht versperrt ihr den Weg und hemmt ihren Gang. Gleichwohl, wenn sich das Schicksal nicht so feindselig zeigte, könnten die Wogen, die aus dem erregten Herzen quellen, nicht so hoch aufschäumen, daß sie sich in Geist verwandeln. »Klügle nicht«, hat der Dichter gesagt,

»laß die Dinge ihren Lauf nehmen.« Doch die Anmaßung sagt nichts und überzeugt immer.

José Augustos Familie hatte ihre Besuche in Lodeiro stark eingeschränkt, und auch der Schwarm der Reiter kam nicht mehr, die früher einmal in dem mit Girlanden aus Myrte und Narzissen geschmückten Salon getanzt hatten. Verlegene Zurückhaltung hatte sich in allen Häusern seiner Bekannten ausgebreitet, von Mosteirô bis Mesão Frio. Die Einsamkeit lastete auf ihm, denn hinter ihr stand ein schweigender Urteilsspruch, und die Spazierritte, die er so geliebt hatte, nach Padrões da Teixeira etwa, wohin er mit Camilo in den sorglosen Zeiten zu reiten pflegte, konnten ihn nicht mehr locken. In Porto würde man ihn schlecht empfangen, in Vilar traf er überall auf tadelnde Blicke. Und als er einmal Fanny wiedersehen wollte, fand er die Türen verschlossen, und der Priester weigerte sich, ihm eine Erklärung zu geben. Nur José de Melo behielt ihn zwei Tage als Gast in Sueima. Dann sagte er zu ihm: »Warum gehst du nicht auf Reisen?«
»Ich gehe und komme nie mehr zurück. Wir sind nichts, mein Freund. Was ich suche, soll mir die Illusion verschaffen, daß ich noch irgend etwas bin.«
Er erblickte das Spazierwägelchen, das er für Fanny hatte nachbauen wollen, und es verschlug ihm die Stimme. Am nächsten Tag reiste er mit dem Dampfschiff nach Lissabon ab. Ein Bekannter, der ihn am Kai traf, sagte zu ihm: »Sie halten sich gut, José Augusto. Das macht das Leben in der Provinz.«
»Die Alchimie der Vergreisung braucht ihre Zeit.« Und er lächelte mit der überlegenen Kühle, die man an ihm kannte.
Dennoch hatte sich José Augusto sehr verändert. Camilo sagte 1848: »Ein Mann mit meiner schlechten Konstitution macht aus allem ein Geheimnis.« Nun begann José Augusto, gefangen in der andauernden Ruhe, die ihm Fannys Tod verschaffte, über Geheimnisse nachzugrübeln, die früher im

Tumult seines Zusammenlebens mit ihr untergegangen waren. Fragen tauchten auf, aber die Antworten fehlten. Schon während er Fannys Papiere durchwühlte, als sie im Sterben lag, hatte er durchblicken lassen, wie entsetzlich dringend es für ihn war, einer Tatsache habhaft zu werden, die ihm entgangen war und den Schlüssel zu dem ganzen Unglück bildete, das sie zugrunde gerichtet hatte. Wir müssen uns abfinden mit seinem Wort: »Ich sehe, dein Geheimnis ist hier nicht mehr zu finden! ... Fanny, wenn es dir möglich ist, verbirg dieses Geheimnis nicht vor mir! Bei den Tränen, die ich eben geweint habe, bitte ich dich, mein Engel!« Es ist kaum glaubhaft, daß José Augusto in der Stunde, in der sie aus dem Leben schied, irgendeinen höllischen Plan ausgeheckt haben sollte. Im übrigen schmiedete er niemals Pläne, selbst die Entführung war ja nicht sein Werk, sondern Fannys. Es bleibt kein Zweifel, daß sie der libidinöse Pol dieses ganzen Abenteuers war, und deshalb war auch ihre Anwesenheit so notwendig für ihre Schwester, von der sie zur gleichen Zeit gehaßt wurde. Ohne Fanny konnte ihr Liebesverhältnis mit José Augusto nicht fortbestehen; ohne Fanny hätte sich die simple Bohemienzuneigung zwischen Camilo und José Augusto nicht zu einer Obsession ausgewachsen, bis sie so ungeheuerliche Handlungen auslöste wie die Übergabe der kompromittierenden Briefe. Aber was war die Ursache für Fannys Erotisierung, für die ungeheure erotische Kraft, die imstande war, eine ganze Kettenreaktion der Libido auf familiärem wie auf gesellschaftlichem Gebiet zu entfesseln? Zum Teil war es sicherlich eine Gabe, eine Art von absoluter Energie, die die Natur ihr anvertraut hatte. Außerdem gab es gewiß noch eine andere, negative Energie, die diesen gewaltigen Bruch mit den Gesetzen der Statik bewirkte, nach denen die Menschen normalerweise sich entwickeln und sterben. Das war Fannys Geheimnis, dem José Augusto auf die Spur kommen wollte.

Er suchte Hugh Owen auf in der Absicht, mehr über Fannys Vergangenheit zu erfahren. Doch als er in das Hotel kam, in dem Hugh abgestiegen war, schaute er in ein verschlossenes

Gesicht und beschränkte sich darauf, ein paar einsilbige Worte mit ihm zu wechseln. Hugh Owen war ebenso wie die Familie und die Freunde überzeugt, daß sein Schwager Fannys Henker gewesen war. Und daß die wütende Verzweiflung, die sie bis zu ihrem letzten Seufzer begleitet hatte, auf die Lieblosigkeit ihres Mannes zurückzuführen war. Armer José Augusto, in Wahrheit ein Opfer blinder Kräfte, der um sich schlug, bisweilen aggressiv wurde, dann wieder weinte und in der höllischen Gewißheit durch das Gebirge galoppierte, daß er weder geliebt noch hintergangen worden war – welch unselige Lage für einen Mann, der nicht einmal über ein Unglück verfügt, das er sich vorstellen kann! Das zersetzt die widerstandsfähigste Seele. »Ich bin einer von diesen Menschen, für die die Liebe die Quelle des Lebens ist«, hatte er gesagt. Und so war es. Aber ihm war eine Frau zugefallen, die von unzerstörbaren Leidenschaften völlig verzehrt wurde und gleichzeitig unschuldig war. Die Unschuld ist ein Abgrund, der keinen Anker hält; sie ist das Unbewußte ohne Inschrift, die man übersetzen könnte. So war Fanny.
José Augusto verbrachte eine Woche in dem Hotel in der Straße Estevão Galhardo und versuchte, an Hugh Owen heranzukommen, der ihm seine Verachtung bezeigte und schließlich zu ihm sagte: »Belästigen Sie mich nicht dauernd mit Ihren Erinnerungen an Fanny! Ihr Sinn für Humanität deckt sich nicht mit dem meinigen. Sie sind das beste Beispiel für den chaotischen Zustand unserer Gesellschaft. Talent ohne gesunden Menschenverstand, Barbarei neben Bildung, große Prinzipien und Mangel an Geist, sie in die Tat umzusetzen. Sensibilität und dazu ein Egoismus, der sie nur simuliert, pompöse Reden und jämmerliche Erfahrungen. Breiten wir den Mantel des Schweigens über diese ganze Geschichte, dann ist sie vielleicht am Ende doch noch zu etwas nütze. Fannys Geheimnis, sagen Sie! Wenn es wirklich ein solches Geheimnis gibt, lassen Sie es doch ausreifen! Vielleicht wird es nach vielen Jahren fruchtbare Materie. Uns steht nicht zu, es zu entdecken.«

Er sah José Augusto nicht wieder. Dieser nahm eines Abends ein wenig Opium, um die Erregung zu dämpfen, in der er ständig lebte, und erlitt einen schweren Anfall, in dessen Verlauf er starb. Es dürfte sicher sein, daß er nicht die Absicht gehabt hatte, Selbstmord zu begehen, und die Dosis war nicht größer gewesen als die, die er auch früher genommen hatte. Doch in der Chemie seines Organismus wirkte eine plötzlich entstandene Verbindung auf dieses Ergebnis hin. »Es gibt unvollkommene Lebewesen, an deren Existenz man unmöglich glauben könnte, wenn man nicht Tag um Tag die augenscheinlichen Beweise dieser großen Wahrheit vor sich sähe! ... Wenn ich mich selber fragen würde, was ich bin, würde ich in schlimme Verlegenheit geraten! ... Ich bin unbegreiflich, daß ist das Äußerste, was ich feststellen kann.« So hatte er gesagt.
Dieser Todesfall war ganz konkret ein Problem für die Hotelbesitzerin. Sie wollte ihre Gäste nicht beunruhigen, und Hugh Owen weigerte sich entschieden, sich mit irgend etwas zu belasten, was mit José Augusto zu tun hatte. Zum Glück hatte sie einen Neffen, einen tatkräftigen jungen Mann, der sich um dieses sonderbare Begräbnis kümmerte. Sie legten den Leichnam in einen Sarg, der als Kabinenkoffer getarnt war, und brachten ihn in der Verschwiegenheit der Nacht auf den Friedhof Dos Prazeres, wo er an einem der letzten Septembertage um fünf Uhr nachmittags in einem fremden Grab beerdigt wurde. Die Tagebücher, die sich in der Hinterlassenschaft des Unglücklichen befanden, verblieben sechs Jahre bei der Wirtin und später bei ihrem Neffen; dann löste Camilo sie aus und brachte sie nach São Miguel de Ceide. Gerüchte gingen um, wonach José Augusto sich mit Arsen vergiftet und einen langen Todeskampf, Stunden grausamster Qualen durchlitten hätte, denen ein Beichtvater beiwohnte. Die Sterbeurkunde vermerkt eine Magen-Darm-Entzündung. Im Jahre 1909 wurde der Sarg in die Grabstätte mit der Nummer 5175, Reihe 47 des genannten Friedhofs umgebettet. Camilo behauptet, er sei auf dem Friedhof Alto de São João unter

einem flachliegenden Stein beerdigt worden. Das ist kein Rätsel, das einen begeistern kann. Camilo schrieb: »Ich will meinen Geist nicht an den Luxus von Begeisterungsausbrüchen gewöhnen, denn den kann ich mir nicht leisten.« Ich auch nicht. Weshalb dieses Thema hier zu seinem Ende kommt.

Als sich die Nachricht von José Augustos Tod verbreitete, fehlte es nicht an den kühnsten Vermutungen. José de Melo schrieb an Raymundo und bat ihn um Auskunft über dieses jähe Ende. Er hatte seinen Freund zwar in einem desolaten Zustand erlebt, aber nichts hatte auf einen tragischen Entschluß hingedeutet. Er hatte auch keine Krankheit an ihm wahrgenommen, und José Augusto hatte über keine körperlichen Schmerzen geklagt. Deshalb erbat er sich »einen genauen und ins einzelne gehenden Bericht über dieses Ereignis. Ich werde niemals aufhören zu glauben, daß da etwas Außergewöhnliches im Spiel gewesen sein muß.« Die Nachbarschaft von Hugh Owen im selben Hotel fand er beunruhigend.

Als Camilo von José Augustos Ende erfuhr, sagte er: »Wenn ich eines Tages über diesen Fall schreiben sollte, werde ich behaupten, er ist an Gehirnfieber gestorben. Das ist eleganter, und die Leute mögen so etwas.«

»Und du, wie wirst du denn sterben, Camilo?« fragte ihn José Vieira de Castro, der zu der Zeit noch keine zwanzig Jahre alt war, ein übermütiges, mageres Kerlchen, das Camilo verehrte. Er war sein Nachbar auf dem Gut Pinheiro, und sein vertrauter Umgang mit ihm hatte ihm José Augusto ersetzt. In der begeistertesten Phase ihrer Beziehungen, die auf den Aufenthalt beim Bom Jesus do Monte gefolgt war, hatte Camilo Vieira in seinen Feuilletons bei Namen genannt, um José Augusto zu reizen, der den Jungen für ein kindliches Gemüt hielt, für das die Liebe ein Aberglaube war.

Camilo ließ die Augen durch das Café Guichard schweifen

und erwiderte: »Unter all diesen Menschen befinden sich sechs Selbstmörder: wegen Schulden, aus enttäuschter Liebe oder weil sie keine Karriere machen können. Abgesehen von denen, die an Schwindsucht zugrunde gehen oder an Lungenentzündung, weil sie ihre Galoschen und ihren Regenschirm vergessen haben. Das Leben ist ein Eimer voller Unrat, der aufs Geratewohl über den Boden verstreut wurde und so auf dem Antlitz der Erde harmlos aussieht. Jedes Fragment hat seine Geschichte, und diese Geschichte enthält das Unendliche. Wir sind allesamt Barbaren, entschlossen, uns vermittels des Staubes, den wir aufwirbeln, durchzusetzen.«
»Welch ein Mensch!« rief Vieira. »Wenn er in einer berühmten Stadt zur Welt gekommen wäre, wäre er weniger einfallsreich.«
»Und du auch. Dann hättest du nicht die seidene Kniehose mit Schnallen und Knöpfen aus Perlen erfunden. Aber wir wären dann glücklicher.«
Nach Fannys und José Augustos Tod begann die fruchtbarste Epoche des Schriftstellers. Der Fortgang derer, die wir lieben, belebt den Durst nach schöpferischem Tun. Er vergaß sie nicht, er pflanzte über ihnen die Gemüsegärten und die Rosenhaine seiner Werke. Niemals erfuhr er genau, was in ihren Herzen vor sich gegangen war und so stark zu den Turbulenzen in ihrem Leben beigetragen hatte. Er gestand, daß er selbst den Spanier Fuentes, einen verheirateten Mann, der kein anderer als der spanische Konsul in Porto war, um Fannys Briefe ersucht hatte. Und der hatte zu ihm gesagt: »Warten Sie, ich werde meine Frau darum bitten ...«, was Camilo als Beweis für die Harmlosigkeit dieser Briefe ansieht. Wo ist die Frau, die die Briefe einer Vertrauten ihres Mannes aufhebt? Wo ist der Mann, der das zuläßt? War Fanny eine Romanautorin ohne Publikum wie die Virgínia aus den Memórias de Guilherme do Amaral? »Die Literatin Virgínia verschwendete die Anmut ihres Stils an alle ausgezeichneten Geister.« Dies ist eine für Fanny allzu herabsetzende Unterstellung. Ein vernünftiges dummes Herz wäre geeignet gewe-

sen, sie in den Grenzen eines gedeihlichen Verhaltens festzuhalten, weit entfernt von Dornen und anderen Hindernissen. Menschen, die einander ähnlich sind, gesellen sich schließlich zueinander, aber sie war niemandem ähnlich. José Augusto litt, weil er sie nicht lieben und in ihr nur ein Symbol sehen konnte, für das man nur mäßig empfänglich ist. Und Fanny litt, weil sie ihn zwingen wollte, eine edle Seele zu haben. Darauf hatte sie all ihre Erwartungen gegründet, denn die Frauen setzen ihr ganzes Wohl auf das Schicksal, das sie dem geliebten Mann zuerkennen. Von ihnen kann man sagen, was Plotin vom Licht sagt – wundervolle Dinge: »Wenn der Körper aufhört zu existieren, so rührt das daher, daß seine Seele und die Seelen derer, die ihm nahestehen, ihm nicht mehr genügen. Wie kann er also weiterleben? Aber was ist nun eigentlich geschehen? Sollte sein Leben verschwunden sein? Sagen wir einfach, daß dieses Leben der Widerschein eines Lichtes war. Und sich nun nicht mehr hier befindet.«

Nachwort

Die abenteuerlichen Lebensumstände Camilo Castelo Brancos, des nach Eça de Queirós bedeutendsten portugiesischen Romanciers in der zweiten Hälfte des 19. Jahrhunderts, sind den Gebildeten unter seinen Landsleuten wohlvertraut. Im deutschen Sprachraum muß dieser Autor, dem in Agustina Bessa-Luís' Roman »Fanny Owen« eine Schlüsselrolle zufällt, zunächst einmal vorgestellt werden; denn außer dem erst vor wenigen Jahren von Curt Meyer-Clason übersetzten melodramatischen Roman der Leidenschaften »Amor de Perdição« (»Das Verhängnis der Liebe«) ist von Camilo hierzulande nichts weiter bekannt geworden. Das Werk des portugiesischen Autors steht auf der Schwelle zwischen Romantik und Realismus; Camilo war ein Vielschreiber, der von seiner Feder leben mußte und, obwohl ein Großmeister der portugiesischen Sprache, so viele Kompromisse mit dem Geschmack seiner Verleger und seines Publikums einzugehen hatte, daß von seinen zahllosen Titeln höchstens ein halbes Dutzend lesbar und lesenswert geblieben sind. Wenn er gleichwohl noch heute in seiner Heimat eine große Gemeinde hat und Autoren wie Philologen beschäftigt, hat dies nicht zuletzt mit seinem legendenumwitterten Lebensgang zu tun, auf dem Frauen eine ähnlich bestimmende Rolle spielen wie auf dem Lebensweg Goethes.

Der 1825 im nordportugiesischen Vila Real geborene uneheliche Sproß einer alten Bürgerfamilie erlebte als Kind und Jugendlicher die blutigen Bürgerkriege mit, welche die Anhänger Dom Miguels, die sogenannten Miguelisten, gegen die liberalen Gefolgsleute König Pedros IV. und dessen Tochter Maria II. da Glória ausfochten. Die Miguelisten wollten die absolute Monarchie wiederherstellen, die vor den napoleonischen Kriegen in Portugal geherrscht hatte; die Liberalen kämpften für eine von den Schranken einer Verfassung eingegrenzte konstitutionelle Monarchie. Die Auseinandersetzungen zwischen den beiden Parteien zogen sich über zwanzig Jahre hin, ruinierten die portugiesische Wirtschaft und endeten erst 1847 mit dem Sieg der Liberalen und der Verbannung Dom Miguels. Es gehört zur Legendenbildung um Camilos Leben, daß er selbst als junger Mann mit den Guerrilleros des Thronprätendenten mitgekämpft zu haben behauptet. In Wahrheit hat er nur mit Zeitungsartikeln für Dom Miguel gestritten. Nach dem frühen Tod seiner Eltern hatte er sich autodidaktisch fortgebildet und keinen der drei von ihm begonnenen Studiengänge zum Abschluß gebracht: er blieb ein Dilettant mit medizinischen, juristischen und theologischen Kenntnissen, die ihm für sein schriftstellerisches Werk zugute kamen, auf das er sich schon früh mit großer Entschlossenheit konzentrierte, nicht ohne ständig dem Journalismus Tribute zu entrichten, dessen (schmale) Einkünfte ihm das Überleben ermöglichten.

Camilos zeitlebens ungesicherte Lage erklärt wohl auch seine Antipathie gegen das reiche Bürgertum der Stadt Porto, in deren Umkreis sich sein Leben überwiegend abspielte, und gegen die adligen Würdenträger der konstitutionellen Monarchie. Sich als Habenichts und verachteter Tintenkleckser in der Welt der Geldsäcke, der reichen Brasilienheimkehrer und der (im sozialen Abstieg begriffenen) adligen Herren zu behaupten und durchzusetzen, hat ihn ein Leben hindurch viel Kraft gekostet, bis er sich endlich selber in den Rang eines Vizegrafen aufgenommen sah.

Der häßliche blatternnarbige Charakterkopf mit Pincenez und Schnauzbart hat die Frauen magisch angezogen. Im Alter von sechzehn Jahren heiratete er zum ersten Mal, um in den Genuß seines väterlichen Erbes zu kommen, was nur einem Familienvater gelingen konnte; Frau und Tochter starben nach wenigen Jahren. Noch während seiner frühen Jahre in Vila Real verband er sich in wilder Ehe mit Patrícia Emília de Barros, einem Mädchen aus gutem Bürgerhause, dem er den Laufpaß gab, als eine Tochter geboren wurde. So hielt es

Camilo gern, wenn seine Liebesbeziehungen Folgen hatten; er fürchtete für seine Unabhängigkeit als (schlecht verdienender) Schriftsteller und machte sich aus dem Staube. Patrícia Emílias Tochter gab er in die Obhut der häßlichen, aber hochgescheiten Nonne Isabel de Vaz Mourão, mit der er eine jahrelange Liebesbeziehung unterhielt. Die Klosterdamen feierten damals zuweilen Feste mit Fadogesang, Gedichtvorträgen und selbstgefertigten Süßigkeiten; bei diesen Feiern waren Dichter und Künstler gern gesehene Gäste, und auf diese Weise scheint sich Camilo in das Vertrauen von Isabel Mourão gestohlen zu haben. Als zu dieser Liebschaft eine weltliche »Nonne« hinzukam, die weitaus ältere Maria Felicidade do Couto Browne, die Mutter des Modediktators von Porto, eine Dichterin, die ihre Verse mit »Schwester Dolores« signierte, erregte dies den Neid eines Portuenser Journalisten, der Camilo als Nonnenverführer anprangerte und daraufhin von ihm im Theater mit einem Spazierstock traktiert wurde. Außerdem mußte Camilo mit dem Sohn der Maria Felicidade ein Duell austragen, weil die Verführung seiner Mutter ins Gerede gekommen war. Später ließ der Dichter die beiden Nonnen, die echte und die literarische, ebenfalls sitzen und entführte eine verheiratete Dame der besten Portuenser Gesellschaft, Ana Augusta Plácido, was deren gekränkten Eheherrn veranlaßte, die flüchtigen Liebenden aufgreifen und ins Untersuchungsgefängnis der Stadt sperren zu lassen. Der nachfolgende Prozeß wegen Ehebruchs endete merkwürdigerweise mit einem Freispruch der Liebenden, die fortan in Camilos Landhaus in S. Miguel de Ceide bei Famalicão lebten, das heute als Camilo-Museum dient. Ana Plácido schenkte Camilo drei Söhne, deren Nichtsnutzigkeit den Eltern großen Kummer bereitete: zwei waren Streuner und tranken und verspielten ihr Geld; der dritte war geistesgestört und versetzte seine Umgebung durch aggressives Verhalten in Schrecken. Ana Plácido hingegen hielt treu zu Camilo, der sie schließlich auch 1889 heiratete, ein Jahr bevor er, unter seiner Erblindung leidend, seinem Leben mit einem Pistolenschuß ein Ende setzte.

Agustina Bessa-Luís hat sich mehrfach von Dichtergestalten zu ihren Romanen inspirieren lassen, von der unglücklichen Florbela Espanca, von Fernando Pessoas Heteronym Álvaro de Campos und dem Dichter der »saudade«, Teixeira de Pascoaes. In ihrem Roman »Fanny Owen« (1979) steht ein einschneidendes Erlebnis aus Camilos Jugendzeit im Mittelpunkt: seine Verstrickung in die unglückliche Liebe zwischen seinem Freund José Augusto Pinto de Magalhães und Fanny Owen, der Tochter des britischen Husarenobersten Hugh Owen und einer reichen Dame aus Porto. Die Autorin fand die verstreuten Materialien zu dieser Liebesgeschichte in Camilos Schriften, vor allem in »No Bom Jesus de Braga« und »Duas Horas de Leitura«, sowie in den überlieferten Tagebüchern der beiden Unglücklichen. Wie sie in ihrem Vorwort ausführt, hat sie aus diesen und weiteren Materialien eine kunstvolle Montage verfertigt, in der Camilos und seiner Freunde eigene Aussagen das (objektivierende) Gerüst bilden, zu dem die Autorin aus Eigenem ihre unvergleichliche Kenntnis der nordportugiesischen Kulturgeschichte und ihre Kunst der Seelenanalyse beigesteuert hat. Aus dem Zusammenwirken beider Elemente, der Bonmots Camilos und der beschreibend-analytischen Kunst der Agustina, ist ein klar gegliedertes, eindrucksvoll geschlossenes Kunstwerk entstanden. Freilich mußte die Autorin, indem sie Camilo zur tragenden Gestalt ihres Romans machte, notgedrungen in das Gestrüpp seiner von Legenden umrankten Biographie hineingeraten, und da sie sich dem Romantiker zwar vorurteilslos und um ein eigenes Urteil bemüht, aber als Romanautorin und nicht als Philologin näherte, mußten sich hier und da Widersprüche zu den herrschenden Meinungen der Camilo-Forschung ergeben. So stellt sie beispielsweise die Liebesbeziehung Camilos zu der Nonne Isabel de Vaz Mourão in Abrede, die der Camilo-Forscher Alexandre Cabral in seinem 1989 erschienenen, umfassenden »Dicionário de Camilo Castelo Branco« als verbürgt und glaubhaft ansieht.
Der gesamte erste Teil des Romans führt uns in die längst

anachronistisch gewordene Welt der Landbarone und Majoratsherren zwischen Douro und Minho ein, die ihre landwirtschaftlichen Verpflichtungen schleifen lassen und sich ihren Vergnügungen, dem Schuldenmachen und dem Weltschmerz der Untätigen überlassen, für den Lord Byron das Verhaltensmuster geliefert hatte. Bessa-Luís zieht noch zwei weitere Musterbilder aus der deutschen Romantik heran: Goethes »Werther« und Hölderlins »Hyperion« und seine Liebe zu Diotima, Gestalten, die für die romantische Jugend von Porto immerhin ein halbes Jahrhundert und mehr zurücklagen, aber als Muster dank dem *décalage culturel* zwischen Mittel- und Randeuropa nachwirkten. Im übrigen macht es einen besonderen Reiz ihres Romans aus, daß sich die ultraromantischen Gefühlskonflikte der Protagonisten oberhalb der aus genauer Kenntnis geschilderten elementaren Welt der Bauern und Kleinbürger abspielen. Die großen Gefühlsbewegungen der kleinen, bereits von Morbidität und Niedergang angekränkelten Oberschicht entfalten sich abgelöst von dem derben, samt Prügelszenen und Vergewaltigungen »gesunden Volksleben« der Unterschicht. »Mein Engel«, schwärmt José Augusto von Fanny und anderen Frauen, sein Diener Vicente macht einer Hofmagd ein Kind und bleibt ganz ungerührt, als sie bei der Abtreibung stirbt. Die Damen und Herren der gutbürgerlichen Gesellschaft lassen Schmuck und Geist auf den großen Ballempfängen der Saison glitzern; das Pächterehepaar auf José Augustos Gut Lodeiro liefert sich einen Geschlechterkampf, bei dem der Ehemann seiner Frau Zähne und Arme blutig schlägt.

Mit Vorbedacht zitiert Agustina Bessa-Luís aus Lord Byron, »Werther« und »Hyperion«. Sie liefern das Muster, nach welchem sie das Gewebe der Beziehungen José Augustos zu Fanny Owen ausarbeiten kann. José Augusto entsprach, wie sein Foto zeigt, schon seinem Äußeren nach dem Typus des romantischen Liebhabers: lang wallende Mähne, Schnurrbart und düster-melancholischer Blick; stets war er dandyhaft mit höchster Eleganz gekleidet. Der früh verwaiste Majoratsherr, ein mittelmäßiger Poet und ein beschränkter Provinzler mit heftigem Gefühlsleben, verliebt sich nacheinander in die beiden Töchter des Hauses Owen, Maria und Fanny, und läßt sich von Fanny zu einer skandalösen Entführung bewegen, an der Camilo nicht unbeteiligt bleibt: Auch er ist (so scheint es zumindest im Roman) auf seine Weise in die Beziehung José Augustos zu Fanny verstrickt, und die Autorin hat diese Einbezogenheit in ihrem Roman noch stärker betont, als dies aus den Dokumenten der Epoche hervorgeht. Offenbar hat Camilo ein dem Liebesneid ähnliches Gefühl verspürt: Er luchst dem spanischen Konsul von Porto, einem gewissen Fuentes, die Briefe ab, die Fanny an ihn gerichtet hatte, als sie schon José Augusto ihre Liebe beteuerte, und bringt sie über einen Mittelsmann zu José Augustos Kenntnis. So harmlos der Inhalt dieser Briefe ist – Fuentes war womöglich einer der zahlreichen Besucher im gastfreien Hause von Fannys Mutter –, der Liebende ist schwer gekränkt, weil Fanny dem Konsul schreibt, sie fühle sich unverstanden, während sie schon José Augusto ihre Liebe beteuert hatte. Eine Kleinigkeit, wie man meinen sollte, aber José Augusto fühlt sich in seiner »Macho«-Ehre gekränkt und so unheilbar gekränkt, daß er nach der aus Pflichtgefühl vollzogenen Heirat mit Fanny anscheinend eine Josephsehe mit ihr führt, die beiden nur Leid und gegenseitige Quälereien bringt, von denen Fanny ein knappes Jahr darauf durch den Tod erlöst wird. Die Morbidität, die das Widersinnige ihrer Gefühlserlebnisse begleitet, verstärkt sich noch durch Fannys Tuberkulose, die Modekrankheit der Romantiker, und diese Krankheit wiederum gibt – wie eine Erinnerung an Thomas Manns »Zauberberg«-Sanatorium zeigt – ihrer Leidenschaft Auftrieb, bei der Opferdrang und Herrschsucht, Sinnlichkeit und Vergeistigung einander ablösen. Fannys gänzlich auf das Gefühl gestelltes Leben ist – auch das macht Bessa-Luís' Roman deutlich – die Kehrseite der müßigen Existenz aus Blumengießen, Stickereiarbeiten und Klavierspiel, die damals die bürgerlichen Konventionen den höheren Töchtern auferlegten. José Augustos Schwanken zwischen seelischer Grausamkeit, die Fußtritte nicht ausschließt, und zerfließender Reue und Anbetung seines »Engels« zeigen einen labilen Charakter, den späten, von der Dekadenz angekränkelten Erben einer langen Abfolge von Majoratsherren. Eine »Allianz der Extreme« nennt Camilo das Liebesunglück seiner Freunde, in das er – als nicht immer distanzierter Betrachter – einbezogen ist: in ihrer kurzen Ehe wechseln Gleichgültigkeit und Eifersucht, Liebe und Liebesleid rasch und unvoraussehbar miteinander ab. Kunstvoll hat die Autorin dieses Wechselbad der Gefühle nachgestaltet, das man bald als Haßliebe, bald als Liebesleid kennzeichnen möchte, und wer ihr Werk kennt, weiß, daß sie gerade als Beobachterin der »gemischten Gefühle« hohe Meisterschaft erlangt hat.

Agustina Bessa-Luís läßt sich nicht von Camilos absprechenden Urteilen über »die beiden Unglücklichen mit dem leeren Hirn und dem Herzen voller Torheiten« ins Schlepptau nehmen. Sie durchschaut Camilo, wenn er die tragische Liebe seiner Freunde als »romantische, bis zum letzten Extrem getriebene Leidenschaft« charakterisiert; denn hinter diesen Äußerungen wittert sie einen mühsam verschleierten Liebesneid, der Camilo so weit treibt, daß er beiden vorwirft, sie lebten nur aus *seinem* Verlangen, *seiner* Freude und *seinem* Leiden. Letztlich ist es jedoch nicht nur der Liebesneid, der seine abschätzigen Äußerungen über José Augusto motiviert; hinzu kommt eine stille Genugtuung darüber, daß der mit Glücksgütern gesegnete Freund, »den ich wegen so vieler Voraussetzungen zum Glück beneidet hatte«, tiefer fällt und früher von der Lebensbühne abtreten muß als er, der um seinen Lebensunterhalt kämpfende Schreiberling und Habenichts. In Wahrheit hängen José Augusto und Fanny nicht von Camilos Willen ab, sondern von Krankheit, Erbanlagen und falsch verstandener romantischer Lektüre; das verrät sich deutlich in dem Kontrast zwischen ihren hochgestylten Tagebüchern und ihrer Sprachlosigkeit im täglichen Umgang. Agustina macht immer wieder auf diese Verbogenheit, ja

Verlogenheit ihres übersteigerten Gefühlslebens aufmerksam und entlarvt Camilos Liebesneid, wenn sie ihn nach Fannys Tod eine Überprüfung ihrer Jungfräulichkeit vornehmen läßt, nur um seinem »Freund« José Augusto Impotenz nachweisen zu können.

Ein Wort noch zu José Augustos Entschluß, Fannys Leichnam einbalsamieren zu lassen und ihr Herz in einem alkoholgefüllten Glasbehälter in der Kapelle seines Gutshofs aufzubewahren. Anderthalb Jahrhunderte trennen uns von diesen romantischen Bräuchen, die nicht nur in Portugal, sondern auch in Deutschland und Österreich im Schwange waren. Der Balladenkomponist Carl Loewe (1796–1869) verfügte, daß sein Herz in der größten Pfeife der Orgel seiner Stettiner Stadtkirche aufbewahrt werden sollte, und ein reiner Wissenschaftler wie der Grazer Linguist Hugo Schuchardt (* 1845) ließ noch 1927 sein Herz in einem Alkohol-Flacon in der Villa Malwine, dem heutigen Institut für Romanistik an der Grazer Universität, aufstellen, wo es später, weil sich der Behälter öffnete, in die Wand eingemauert werden mußte.

Der Luxus der Liebe sei die Traurigkeit, resümiert Agustina die quälerische Liebe zwischen José Augusto und Fanny Owen, und gut hölderlinisch fügt sie hinzu: sie mußten sterben, »weil sie nicht eine einzige Person sein konnten«. Ihre übergroße Liebe wurde ihnen zur Knechtschaft, und sie scheiterten an der übermäßigen Vergeistigung ihres Trieblebens, die sie ihren romantischen Vorbildern abgeschaut hatten. Fanny liebte jemanden, der nicht José Augusto war, José Augusto fand keinen Zugang zu dieser Liebe, und so richteten sich beide im ständigen Wechsel von glücklichen Augenblikken und aufkommenden Schuldgefühlen zugrunde.

Trotz der einprägsamen Vergegenwärtigung eines ganzen Zeitalters – der verspäteten portugiesischen Romantik des 19. Jahrhunderts – ist Agustina Bessa-Luís' Buch nichts weniger als ein historischer Roman. Das historisch getreue Ambiente liefert nur die Kulisse für ihre packende Seelenanalyse eines Dreiecksverhältnisses, dem Camilos überlieferte Bonmots und Aphorismen eine objektivierende Distanz geben, ohne die diese Liebesgeschichte – wie Camilos Roman »Amor de Perdição« – im Melodram untergehen müßte. Die glückliche Verbindung von Camilo-Texten und Agustinas Schilderungskunst hingegen zwingt den zügellosen Strom der romantischen Leidenschaften in ein geordnetes Bett.

Georg Rudolf Lind

Anmerkungen

Seite 7
Film – »Francisca« von Manoel de Oliveira, 1981.

Seite 9
Bernardim Ribeira (1500–1552), portugiesischer Hofdichter der Renaissance.

Seite 13
Clara Belloni, italienische, und Mlle. Debedeille, französische Opernsängerin, traten in der Opernsaison 1849 in Porto auf.

Seite 16
Dom Miguel (1802–1866), absolutistischer König von Portugal 1828–1834, stieß auf den Widerstand der portugiesischen Liberalen und wurde nach einem blutigen Bürgerkrieg in die Verbannung geschickt. Miguelisten – Anhänger Dom Miguels.

Seite 18
Manuel Negrão (1830–1898), adliger Freund Camilo Castelo Brancos. Sein Briefwechsel mit dem Autor ist großenteils verlorengegangen.
Reinaldo Macdonell, aus Schottland stammender General, kämpfte 1833 und 1846 in Portugal im Dienst Dom Miguels (siehe Anmerkung Seite 16). Fand 1847 bei einem Scharmützel den Tod.

Seite 19
Fado – portugiesisches Volkslied meist wehmütigen Charakters, heute noch lebendig, in Coimbra auch bei den Studenten beliebt.

Seite 20
Dom Pedro (1798–1834), König Pedro IV. von Portugal, nach Brasiliens Unabhängigkeitserklärung 1822 als Pedro I. Kaiser von Brasilien. Dankte zugunsten seiner Tochter Maria da Glória

ab, um dem Unabhängigkeitsbedürfnis der Brasilianer Genüge zu tun.

Seite 24
Saldanha – siehe Anmerkung zu Seite 95.

Seite 26
»Tom Jones oder Die Geschichte eines Findlings« (1749), Hauptwerk des englischen Schriftstellers Henry Fielding (1707–1754).
»Clarissa Harlowe« – gemeint: der Briefroman »Clarissa« des englischen Schriftstellers Samuel Richardson (1689–1761): ein tugendhaftes Mädchen aus gutem Hause wird von dem faszinierenden, gewissenlosen Lovelace zugrunde gerichtet.
Bom Jesus do Monte – Der gute Jesus vom Berge, vielbesuchter Wallfahrtsort bei Braga, berühmt durch die prachtvollen barocken Treppen, die zum Heiligtum hinaufführen und deren Absätze mit Springbrunnen und Statuen geschmückt sind.

Seite 31
Braga, Alexandre José da Silva (1829–1895), portugiesischer Dichter und Rechtsgelehrter, berühmt für seine Beredsamkeit.
Soares de Passos, António Augusto (1826–1860), Verfasser sentimentaler, banal romantischer Gedichte, sehr beliebt beim großen Publikum.
Marcelino de Matos (1824–1865), Rechtsanwalt und Politiker in Porto, gehörte zur Gruppe der Portuenser Bohemiens und war mit Camilo und José Augusto befreundet. Betätigte sich auch als Dichter und Journalist.

Seite 43
»O Porto e a Carta« (Porto und die Verfassung), eine Zeitung, deren Mitarbeiter und Chefredakteur Camilo damals war.

Seite 50
Ricardo Browne (?–1870), Modediktator der Stadt Porto, duellierte sich mit Camilo, als dessen Liebesbeziehungen zu Brownes Mutter Maria da Felicidade Browne ins Gerede kamen.

Seite 67
Isabel Cândida de Vaz Mourão, Nonne im Benediktinerinnenkloster in Porto, unterhielt mit Camilo eine längere Liebesbeziehung, die Agustina Bessa-Luís in Zweifel zieht. Die Nonne scheint keine Schönheit gewesen zu sein, war aber kultiviert und wohlhabend. Sie war Camilo sehr zugetan und erzog seine Tochter Bernardina Amélia.
Patrícia Emília de Barros (1826–1885) stammte aus einer guten Familie in Vila Real, ließ sich von Camilo entführen; sie schenkte ihm eine Tochter, die von der Nonne Isabel Cândida aufgezogen wurde.

Seite 69
Mann aus Zaragoza – Bezeichnung für jemanden, der Voraussagen macht, vor allem Wettervorhersagen.

Seite 71
General Santiago – Santiago Garcia de Mendonza (1821–1884), kam als spanischer Offizier 1846 nach Portugal und schloß sich für kurze Zeit den Guerrilleros der Miguelisten unter Macdonell an. Von diesem aus der Truppe ausgeschlossen, heiratete er eine portugiesische Aristokratin, nahm die portugiesische Staatsangehörigkeit an, war publizistisch tätig und schließlich portugiesischer Konsul in Marseille.

Seite 72
Vautrin – Romangestalt Balzacs aus »Glanz und Elend der Kurtisanen«.

Seite 73
Rastignac und Rubempré – Gestalten aus Balzacs Roman »Verlorene Illusionen«.
Ritter Oliveira – Francisco Xavier de Oliveira (1702–1783), portugiesischer Diplomat am Wiener Hof, emigrierte später nach England. Seine Schriften sind treue Sittenbilder der portugiesischen Lebensverhältnisse im 18. Jahrhundert.

Seite 76
Eurico der Presbyter – Hauptfigur in Alexandre Herculanos

historischem Roman gleichen Namens (1848), der das Leben der Christen unter der Maurenherrschaft in Portugal zum Gegenstand hat.
Regeneration – portugiesische politische Bewegung, die 1851 durch einen Militäraufstand des Herzogs Saldanha gegen den Ministerpräsidenten Costa Cabral ausgelöst wurde. Die Verdienste der Regeneration liegen vor allem auf dem Gebiet des Straßen- und Eisenbahnbaus.

Seite 88
José de Melo – João Machado Pinheira Correia de Melo (1824–1891), von Agustina Bessa-Luís stets José Correia de Melo genannt, schriftstellerisch tätiger Politiker, der freundschaftliche Beziehungen zu Camilo unterhielt.

Seite 89
Ana Augusta Plácido (1831–1895), verheiratet mit einem reichen Portuenser Bürger, verließ ihren Mann, um mit Camilo zusammenzuleben, und hatte mit ihm drei Kinder. Das Liebespaar wurde in das Untersuchungsgefängnis von Porto eingeliefert, im folgenden Prozeß jedoch freigesprochen. Ana Augusta lebte mit Camilo in dessen Landhaus in São Miguel de Ceide, das heute als Camilo-Museum eingerichtet ist.

Seite 91
Aires de Gouveia, António (1828–1916), studierte Theologie und beteiligte sich am kirchlichen und politischen Leben. Zeitweise Justiz- und Außenminister, Erzbischof von Calcedónia. Setzte sich für humanere Gefängnisse ein. In seiner Jugend mit Camilo befreundet, später von ihm mit Spott bedacht.
»Der Landprediger von Wakefield« (1766) – humorig-idyllischer Roman des englischen Schriftstellers Oliver Goldsmith (1728–1774).

Seite 94
Childe Harold (1812) – erster Welterfolg Lord Byrons (1788–1824), spiegelt seine Reiseeindrücke in Nord- und Südeuropa und seine Ansichten über die zeitgenössische Gesellschaft wider.

Seite 95
Beresford, William Carr, Viscount (1768–1854), englischer General und Marschall des portugiesischen Heeres, das er reorganisierte und in den napoleonischen Kriegen siegreich gegen die französische Invasionsarmee führte.
Saldanha, João Carlos de Oliveira Daun, Herzog (1790–1876), Marschall des portugiesischen Heeres, zeichnete sich in den napoleonischen Kriegen aus und kämpfte als Anführer der liberalen Armee gegen die Miguelisten, die er zwang, die Belagerung Portos (1832/33) aufzugeben.

Seite 118
Leonor Teles (gest. 1386), Königin von Portugal als Gemahlin König Ferdinands I., ehrgeizig und skrupellos. Ihre Liebschaft mit dem Grafen Andeiro provozierte einen Skandal. Johann I. verbannte sie nach Spanien.

Seite 121
Sá de Bandeira (1795–1876), zeichnete sich in den napoleonischen Kriegen aus und war später einer der Führer der Armee der Liberalen.

Seite 126
Maria da Felicidade do Couto Browne (1800–1861), verheiratet mit einem reichen Portuenser Bürger, dichtete unter dem Namen »Soror Dolores«. Unterhielt mit Camilo eine Beziehung, die von seinen Biographen zum Konkubinat hochstilisiert wurde. Von dem Journalisten Navais Vieira deshalb unflätig attackiert.
Novais Vieira, João Augusto (1825–?), Journalist, verspottete Camilos Vorliebe für Nonnen mit und ohne Gelübde. Camilo verprügelte diesen gehässigsten seiner Widersacher im Theater, was einen Prozeß zur Folge hatte.

Seite 139
Herculano, Alexandre Herculano de Carvalho e Araújo (1810–1877), portugiesischer Dichter und Romancier der Romantik und bedeutender Historiker.

Seite 142
Die Konvention von Gramido (1847) beendete den portugiesischen Bürgerkrieg.
Cabral, António Bernardo da Costa Cabral Graf von Tomar (1803–1889), erregte als Regierungschef wegen seiner Steuerpolitik allgemeine Unzufriedenheit, die sich 1846 im Volksaufstand der »Maria da Fonte« entlud.

Seite 151
Königin Carlota Joaquina (1775–1830), verheiratet mit Dom João VI., Mutter von Dom Miguel und Dom Pedro IV.; herrschsüchtig und mit ihrem Gemahl ständig zerstritten, begünstigte sie ihren Sohn Dom Miguel bei seinen Versuchen, die absolute Königsherrschaft wiederherzustellen, und wurde nach ihrer Absetzung in Queluz unter Hausarrest gestellt.
Dona Maria II. da Glória (1819–1853), Königin von Portugal ab 1834, nachdem ihr Vater Dom Pedro IV., zu ihren Gunsten abgedankt hatte. Konstitutionelle Monarchin, verheiratet mit Ferdinand von Coburg-Gotha.
Talavera, Abuera und Vitória – Schauplätze von Schlachten der napoleonischen Kriege auf der iberischen Halbinsel.

Seite 152
Raul Brandão (1867–1930), von Dostojewski und allgemein der russischen Literatur beeinflußter portugiesischer Romancier und Verfasser von Memoiren, der sich in seinen Büchern der Armen annahm.

Seite 153
Aquilino Ribeira (1885–1963), portugiesischer Romanschriftsteller mit dem seit Camilo reichsten Wortschatz, Gegner Salazars und Anwalt der kleinen Leute gegen ihre Ausbeuter – Staat und Grundherren.
José Gerardo Ferreira dos Passos (1801–1870), Marschall und Staatsminister, Verteidiger der Stadt Porto.

Seite 169
Herzog Palmela – Pedro de Sousa Holstein Palmela (1781–1850), portugiesischer Staatsmann und Vorkämpfer der liberalen Partei.

Seite 188
»calessini da giardino per ragazzi« – Gartenwägelchen für Kinder.

Seite 196
»Manon Lescaut« – in dem Roman des französischen Schriftstellers Antoine (Abbé) Prevost (1697–1763) verkörpert Tilberge die Ansprüche der Pflicht.

Seite 197
Patuleia – Bezeichnung für die Volkspartei in der Revolution von 1846 in Portugal. Eigentlich »Plebs«, »niederes Volk«.

Seite 220
Teixeira de Pascoaes – Pseudonym des Dichters Joaquim Pereira Teixeira de Vasconcelhos (1879–1952), Begründer der literarisch-philosophischen Bewegung des »Saudosismo«, die in der typisch portugiesischen »Saudade«-Sehnsucht das Wesen Portugals zu finden meinte. Er bemühte sich als Lyriker und Zeitschriftenherausgeber um eine Erneuerung Portugals. Auch er beschäftigte sich dichterisch mit der Tragödie Fanny Owens.

Seite 228
»As Memórias ...« – Die Memoiren des Guilherme de Amaral.
»Um Homem ...« – Ein Mann von Ehre. Romane von Camilo Castelo Branco.

Seite 230
»O Remorso« – Der Gewissensbiß.

Seite 231
Capilésaft – aus Steinraute destillierter Sirup, vermischt mit Wasser, früher als Erfrischungsgetränk sehr beliebt.

Seite 244
José Vieira de Castro (1838–1872), einer der engsten Freunde Camilos, beendete eine erfolgreiche politische Laufbahn durch die Ermordung seiner Frau nach deren Ehebruch und wurde nach Angola verbannt.

suhrkamp taschenbücher
Eine Auswahl

265/1/11.93

suhrkamp taschenbücher
Eine Auswahl

Kraus: Schriften in 20 Bänden. st 1311-1320, st 1323-1330
– Die letzten Tage der Menschheit. st 1320
– Literatur und Lüge. st 1313
– Sittlichkeit und Kriminalität. st 1311
Karl-Kraus-Lesebuch. st 1435
Kundera: Abschiedswalzer. st 1815
– Das Buch vom Lachen und vom Vergessen. st 2288
– Das Leben ist anderswo. st 1950
Laederach: Laederachs 69 Arten den Blues zu spielen. st 1446
Least Heat Moon: Blue Highways. st 1621
Lem: Die Astronauten. st 441
– Frieden auf Erden. st 1574
– Der futurologische Kongreß. st 534
– Das Katastrophenprinzip. st 999
– Lokaltermin. st 1455
– Robotermärchen. st 856
– Sterntagebücher. st 459
– Waffensysteme des 21. Jahrhunderts. st 998
Lenz, Hermann: Die Augen eines Dieners. st 348
Leutenegger: Ninive. st 685
Lezama Lima: Paradiso. st 1005
Lovecraft: Berge des Wahnsinns. st 1780
– Der Fall Charles Dexter Ward. st 1782
– Stadt ohne Namen. st 694
Mastretta: Mexikanischer Tango. st 1787
Mayer: Außenseiter. st 736
– Ein Deutscher auf Widerruf. Bd. 1. st 1500
– Ein Deutscher auf Widerruf. Bd. 2. st 1501
– Georg Büchner und seine Zeit. st 58
– Thomas Mann. st 1047
– Der Turm von Babel. st 2174
Mayröcker: Ausgewählte Gedichte. st 1302
Meyer, E.Y.: In Trubschachen. st 501
Miller: Am Anfang war Erziehung. st 951
– Das Drama des begabten Kindes. st 950
– Du sollst nicht merken. st 952
Morshäuser: Die Berliner Simulation. st 1293
Moser: Grammatik der Gefühle. st 897
– Körpertherapeutische Phantasien. st 1896
– Lehrjahre auf der Couch. st 352
– Vorsicht Berührung. st 2144
Muschg: Albissers Grund. st 334
– Fremdkörper. st 964
– Im Sommer des Hasen. st 263
– Das Licht und der Schlüssel. st 1560
Museum der modernen Poesie. st 476
Neruda: Liebesbriefe an Albertina Rosa. st 829
Nizon: Im Bauch des Wals. st 1900
Nooteboom: In den niederländischen Bergen. st 2253
– Mokusei! Eine Liebesgeschichte. st 2209
O'Brien: Der dritte Polizist. st 1810
Onetti: So traurig wie sie. st 1601
Oz: Bericht zur Lage des Staates Israel. st 2192

265/3/11.93

suhrkamp taschenbücher
Eine Auswahl

265/4/11.93

suhrkamp taschenbücher
Eine Auswahl

Oz: Black Box. st 1898
– Eine Frau erkennen. st 2206
– Der perfekte Frieden. st 1747
Paz: Essays. 2 Bde. st 1036
– Gedichte. st 1832
Penzoldt: Idolino. st 1961
Percy: Der Idiot des Südens. st 1531
Plenzdorf: Legende vom Glück ohne Ende. st 722
– Die neuen Leiden des jungen W. st 300
Poniatowska: Stark ist das Schweigen. st 1438
Praetorius: Reisebuch für den Menschenfeind. st 2203
Proust: Auf der Suche nach der verlorenen Zeit. 10 Bde. suhrkamp taschenbücher
Puig: Der Kuß der Spinnenfrau. st 869
– Der schönste Tango der Welt. st 474
Ribeiro: Brasilien, Brasilien. st 1835
Rochefort: Zum Glück gehts dem Sommer entgegen. st 523
Rodoreda: Auf der Plaça del Diamant. st 977
Rothmann: Stier. st 2255
Rubinstein: Nichts zu verlieren und dennoch Angst. st 2230
Russell: Eroberung des Glücks. st 389
Sanzara: Das verlorene Kind. st 910
Semprún: Die große Reise. st 744
– Was für ein schöner Sonntag. st 972
Sloterdijk: Der Zauberbaum. st 1445
Späth: Stilles Gelände am See. st 2289
Sternberger: Drei Wurzeln der Politik. st 1032
Strugatzki / Strugatzki: Die häßlichen Schwäne. st 1275
– Eine Milliarde Jahre vor dem Weltuntergang. st 1338
Tendrjakow: Die Abrechnung. st 965
Unseld: Der Autor und sein Verleger. st 1204
– Begegnungen mit Hermann Hesse. st 218
Vargas Llosa: Der Geschichtenerzähler. st 1982
– Der Hauptmann und sein Frauenbataillon. st 959
– Der Krieg am Ende der Welt. st 1343
– Lob der Stiefmutter. st 2200
– Tante Julia und der Kunstschreiber. st 1520
– Wer hat Palomino Molero umgebracht? 1786
Walser, Martin: Die Anselm Kristlein Trilogie. (Halbzeit, Das Einhorn, Der Sturz). st 684
– Brandung. st 1374
– Ehen in Philippsburg. st 1209
– Ein fliehendes Pferd. st 600
– Jagd. st 1785
– Jenseits der Liebe. st 525
– Liebeserklärungen. st 1259
– Lügengeschichten. st 1736
– Das Schwanenhaus. st 800
– Seelenarbeit. st 901
– Die Verteidigung der Kindheit. st 2252
Walser, Robert: Der Gehülfe. st 1110

265/5/11.93

265/6/11.93